D1198451

tres días de viaje; cerca de
1,000 kltrs. mis emplazamientos [illegible]
de la costa sobre un declive.

21 VENDREDI

29-8-43.

nuevo desplazamiento, esta vez
solo de 15 kltrs. me parece que
el próximo viaje será
bueno, hacia Europa. —
Hoy nos hemos enterado que [illegible]
habría [illegible]

22 SAMEDI

[illegible]
de [illegible]. Es el [illegible]
[illegible]
Francia!

2-9-43

se pasado unos días [illegible]
[illegible] esperando algo [illegible]

23 DIMANCHE

[illegible], pero [illegible]
me parece que aquí tenemos [illegible]
[illegible]
hasta la vista.

3-12-43

Hoy ~~[illegible]~~ hemos roto la monot[illegible]
[illegible] de unos [illegible]
un corto desplazamiento.

« Le vrai civilisé . . . sera celui qui saura se maîtriser, s'ordonner pour consacrer toujours plus de lui-même à l'œuvre qui le dépasse sans

La niña que miraba los trenes partir

RUPERTO LONG

Primera edición: abril, 2016
Primera impresión en Colombia: marzo, 2017

Diseño: Estudio Cactus

Impreso en Colombia-*Printed in Colombia*

ISBN: 978-958-5425-02-6

Impreso por TC Impresores, S. A. S.

Penguin
Random House
Grupo Editorial

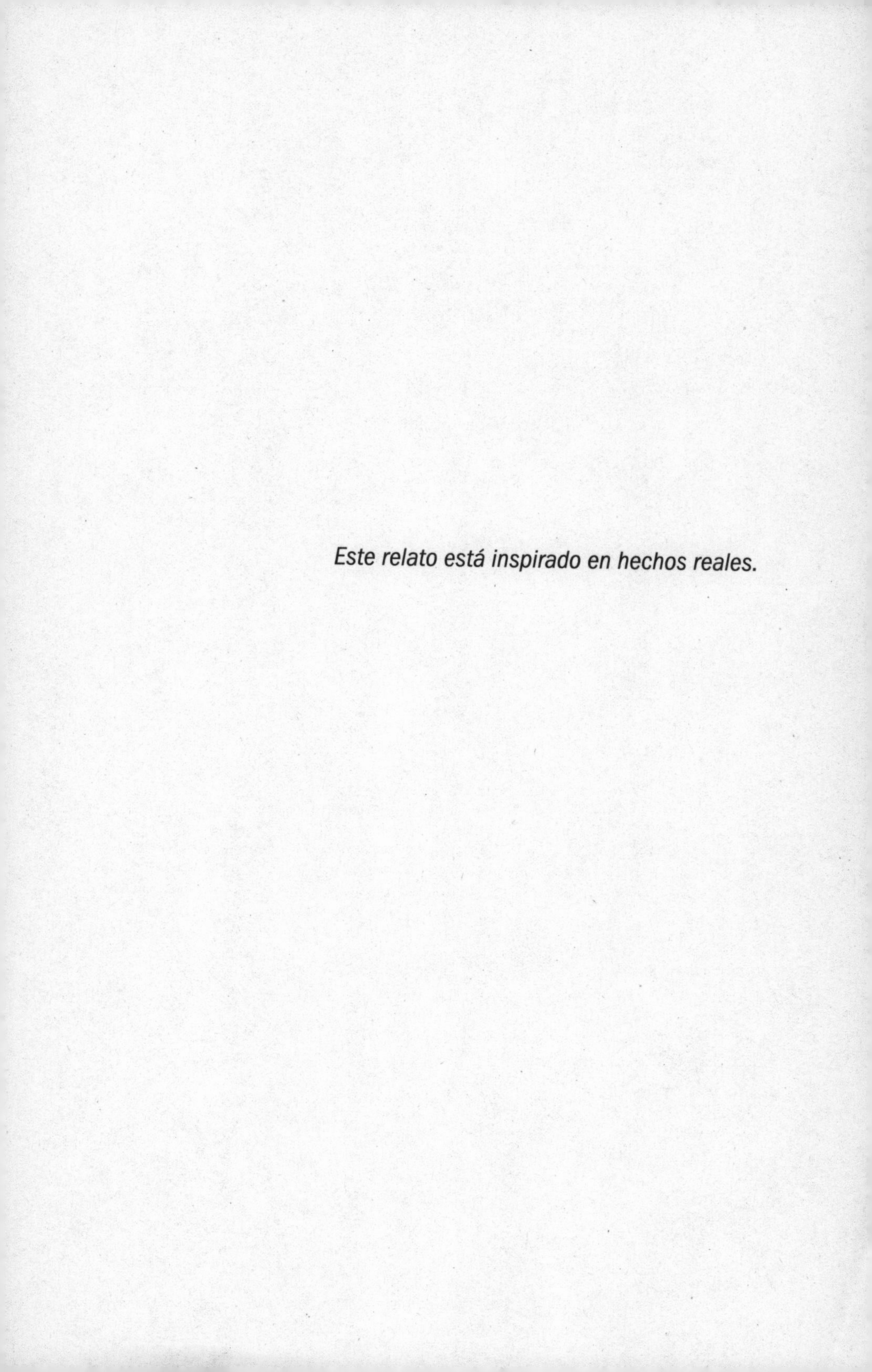

Este relato está inspirado en hechos reales.

ÍNDICE

Aquellos que no recuerdan el pasado
están condenados a repetirlo.
George Santayana

¿Qué será de los sueños de Andia?
¿Se realizarán algún día?
Sin título, *Ana Vinocur*

Le plus petit instant de la vie
est plus fort que la mort, et la nie.
Les nourritures terrestres, *André Gide*

Entonces ella susurró algo
que significaba mucho más que sus palabras:
«la Navidad pronto estará aquí».
Última Navidad de guerra, *Primo Levi*

Introducción
EN BUSCA DE UN NOMBRE PERDIDO

Grenoble, Francia, setiembre de 2005

–¡Sí, es él! –le grité a Jacques, sin poder contener mi emoción–. ¡No cabe duda!

Por fin, luego de tantos años de afanosas investigaciones, las piezas del rompecabezas comenzaban a cerrar.

Jacques, mi asistente, parapetado junto al vetusto proyector de cine de mi sala de trabajo, asintió con la cabeza, sonriente y sorprendido.

Recuerdo bien aquel momento. Era el atardecer de una fresca tarde de otoño y el viento proveniente del *massif de la Chartreuse* barría el valle del Isère. Grenoble se preparaba para un largo invierno. Me paré y serví dos generosas copas de *cognac*. Era aún muy temprano para festejar. Pero igual consideré que nos merecíamos ese premio, luego de una década de trabajos y desvelos.

Mientras bebíamos lentamente, observamos una vez más la vieja película.

***

La filmación transcurría en Montevideo, un brumoso puerto situado donde el Río de la Plata desemboca en el Atlántico sur, y las tomas correspondían a la primavera austral de 1964. Para mayor precisión: eran del 8 de octubre.

El general Charles de Gaulle, con su imponente talla, recorría la avenida principal de aquella ciudad, vitoreado por una marea humana –cientos de miles de personas, dirían luego los cronistas–. Agitaban banderas, gritaban *¡bravo!* y derramaban no pocas lágrimas. Una lluvia copiosa y el viento inclemente del sur castigaban a la multitud. El general –fiel a su estilo– desdeñaba toda protección.

El aguacero le había empapado el *képi* y las gotas de lluvia corrían por su rostro. Al llegar a la plaza de la Independencia, descendió de su vehículo y rindió homenaje al héroe de Uruguay, José Gervasio Artigas. Luego, el presidente de Francia y el de Uruguay –Luis Giannattasio– pasaron revista a las tropas.

Al finalizar la ceremonia, De Gaulle giró hacia la derecha y saludó –uno por uno– a los uruguayos que combatieron por Francia en la Segunda Guerra. Setenta *orientales* –así se denominan los habitantes de ese país– se enrolaron como voluntarios en las Fuerzas Francesas Libres. Muchos de ellos combatieron en la Legión Extranjera e incluso algunos integraron la legendaria 13.ª *Demi-Brigade*, que se cubrió de gloria en el norte de África y en la liberación de Francia. La filmación registra la presencia de treinta de aquellos voluntarios, luciendo con orgullo sus uniformes de combate y en rigurosa formación militar bajo la lluvia.

De Gaulle avanzó con lentitud, impertérrito a pesar de la tormenta que se descargaba cada vez con mayor furia sobre la capital austral. Su rostro reflejaba una profunda emoción contenida: veinte años antes esos hombres curtidos –siendo aún jóvenes muchachos– cruzaron el océano y arriesgaron sus vidas por un ideal de libertad, dispuestos a servir bajo una bandera que no era la suya, en el peor momento de la guerra y cuando toda esperanza parecía perdida. ¡Confiaron en su llamado, cuando muchos de sus compatriotas le habían dado la espalda!

El general estrechaba la mano de cada uno con fuerza, lo miraba a los ojos e inclinaba levemente su cabeza mientras parecía musitar:

–*Merci*.

Entonces sucedió. Un *attaché* se le acercó por detrás, le susurró algo al oído y desapareció.

¿Qué le dijo? ¿Escondía algo ese breve y sigiloso mensaje? ¿Tenía, acaso, alguna importancia?

La primera vez que vimos la añeja película no lo sabíamos a ciencia cierta. Igual procuramos descifrar sus palabras. Según me informaron más tarde los fonólogos, el *attaché* habría murmurado al general:

–Es uno de ellos.

Acto seguido, un recio soldado de buena presencia, pelo negro y bigotes recortados –quien lucía el uniforme de la Legión Extranjera, con el grado de cabo y varias condecoraciones–, se adelantó y estrechó la diestra del mandatario.

De Gaulle retuvo la mano del hombre –tal vez un instante más que a la de los demás–, lo miró fijo a los ojos –quizá con un dejo de emoción– y susurró, con un levísimo rictus de sonrisa, casi imperceptible:

–*Bien fait, légionnaire!*

¿Pero por qué De Gaulle hizo ese comentario? ¿Qué tenía de singular ese legionario? ¿Qué hechos había protagonizado para merecer –¡ni más ni menos que de labios del general!– ese enigmático elogio: «*bien fait!*»?

Ahora, por fin, habíamos develado el misterio.

***

La historia comenzó unos cuantos años antes.

Por ese entonces conocí, en un congreso en la América del Sur, a un ingeniero de Montevideo que respondía al curioso nombre de Ruperto Long-Garat. Por su intermedio tomé conocimiento de la película, que por entonces ya cumplía tres décadas, así como de ciertas conjeturas y cavilaciones.

Las investigaciones que él había realizado –y que puso a mi disposición– sugerían que la indescifrable expresión de De Gaulle en el viejo film guardaba relación con el destino de una niña belga de 8 años, desaparecida de Lieja en el frío otoño de 1941, devorada de algún modo que desconocíamos por la ocupación nazi. Por aquel entonces, solo su dulce nombre parecía haber sobrevivido.

Un nombre encantador, sugerente, perfumado de enigmas: Charlotte. Un nombre cuyas huellas parecían haberse perdido en los insondables abismos de la memoria.

La enigmática historia era un fiel reflejo de la terrible época que nos había tocado vivir. Todavía cercana en el tiempo y que no teníamos derecho a olvidar.

Además, parte importante de aquellos sucesos había transcurrido en la región donde yo vivo desde hace años, en el imponente y misterioso *massif de la Chartreuse*. Por si ello fuera poco, la chiquilla era *liégeoise*, como buena parte de mi familia, entre quienes se cuenta el eximio matemático Charles-Jean Étienne Gustave Nicolas de La Vallée-Poussin.

Estas razones, éticas y afectivas, me condujeron sin titubeos a abocar las energías del Institut des Hautes Études Historiques de l'Isère –que tengo el honor de presidir–, en procura de arrojar luz sobre el destino de Charlotte, apenas un nombre perdido en la inmensidad de la devastación ocasionada por la barbarie nazi.

Fue así que durante diez años reunimos testimonios de protagonistas y testigos, escritos, documentos y fotografías, y también descartamos infinidad de pistas que a ningún lugar conducían. Así pudimos recomponer, pieza por pieza, la fascinante y asombrosa historia que ahora expondremos a consideración de los lectores, con el solo afán de que las nuevas generaciones conozcan lo acontecido, para que nunca más se vuelva a repetir.

Este es un relato donde están registrados muchos nombres que merecen recordarse: unos, como ejemplos de la dignidad del ser humano; otros, como arquetipos de su abyección. Narraremos hechos que nos admiran y sucesos que nos avergüenzan.

La siguiente es una historia nacida del anhelo por descubrir los misterios que escondía un nombre perdido. O casi.

Georges de La Vallée-Poussin
Institut des Hautes Études Historiques de l'Isère
Président
Grenoble, 2005

PRIMERA PARTE

LOS ADIOSES

Todos los adioses están escritos en el viento
todas las palomas llevan adioses en sus alas
todos los ojos guardan un llanto no vertido
y he aquí las palabras que no te he dicho...

Elevación de la amada, *ÓSCAR HAHN*

I

EL ADIÓS DE ALTER

Lieja, Bélgica, invierno boreal, diciembre de 1938

Geneviève Saint-Jean (17 años)*, estudiante de Derecho

Un día Alter desapareció.

Cuando comenzó el receso estudiantil por las fiestas de fin de año, nos despedimos como siempre. Él vivía en una residencia universitaria, no demasiado lejos del centro, porque estudiaba Ingeniería en la Universidad de Lieja. Tenía una hermana, Blima –mayor que él–, que vivía con su esposo Léon en Seraing, en la *Grande Liège*. Blima y Léon eran polacos, como Alter. Y tenían dos hijos chicos, Raymond y Charlotte, que habían nacido en Bélgica. Alter comentó que pensaba ir a visitar a su familia en Polonia, aprovechando el receso. Aunque también dijo que si no lo hacía, se iría de paseo con unos amigos. No le di importancia.

Yo sé por qué me vinieron a ver a mí.

Es verdad que con Alter tuvimos, en fin... digamos que un romance. Pero fue algo muy ingenuo; éramos jóvenes y soñadores. Igual, en su tiempo, ¡aquello fue un escándalo!

Lo que pasa es que mi familia era muy católica y yo era menor de edad, tenía diecisiete. Alter era mayor, tenía veintiuno, y además era judío. Pero yo era liberal y eso no me importaba para nada. Él era alto, elegante, con una mirada profunda y muy inteligente. En realidad, me encantaban los estudiantes de Ingeniería, aunque a veces fueran un tanto presumidos. Las chicas de Derecho nos cruzábamos

* En todos los casos, las edades mencionadas corresponden a la época en que ocurrieron los hechos narrados en los testimonios.

con ellos en los patios de la Universidad, y de allí surgían muchas aventuras. Aunque también frustraciones y lágrimas, ¡por supuesto! Pero Alter era muy especial. Formal, educado, respetuoso, «un caballero como los de antes», se podría decir.

Una tarde de verano me invitó a tomar un helado. Era una heladería italiana, muy fina, todavía recuerdo su nombre: *Bacio di Cioccolato*. Me trató como a una dama: me retiró la silla, tomó mi chaqueta y la colgó. Se veía que me quería conquistar. ¡Pero lo gracioso era que yo ya estaba conquistada por completo! Luego me acompañó a mi casa antes de que oscureciera, me dio un beso en la mejilla y se retiró. Nunca olvidaré ese atardecer. Yo hubiera deseado más, pero él no se animó. Y hubiera estado muy mal visto que una chica tan joven y católica tomara la iniciativa. Así que me contuve. ¡Me porté como una dama!

Luego me invitó varias veces más a lugares elegantes y de buen nombre. Siempre repetíamos el mismo ritual: ¡un caballero y una dama! Mis amigas se reían de nosotros, pero estoy segura de que nos envidiaban. Hasta que un día, al regresar a mi casa, sucedió. Nos detuvimos poco antes de llegar. Me miró más largo y profundo que otras veces. Me llamó la atención su mirada; parecía esconder algún mal presentimiento... Yo me derretí, como siempre, y pensé: «ahora viene el beso en la mejilla y adiós». Pero no, me agarró por los hombros con esos brazos suyos fuertes, de hombre grande, me atrajo hacia él y me besó en la boca largamente, con esa levedad tan propia de su manera de ser. Solo que esta vez no me contuve: cuando me pareció que estaba por soltarme, vencí cualquier resto de timidez y lo besé con ardor, mordiéndole los labios, *si ardente*, a la *liégeoise*. Alter se sobresaltó: no lo esperaba, pero no se resistió. Tampoco lo hizo después, cuando lo acaricié con pasión.

Nos encontramos unas cuantas veces más. Aunque nunca pasamos de allí... Usted me entiende. El invierno se fue acercando y con el frío llegaron las nubes negras... y las malas noticias. Las humillaciones a los judíos se sucedían en los países de la Vieja Europa, siendo Polonia uno de los peores. Los días se volvieron cortos y los atardeceres eran barridos por un viento cada vez más cruel. Nuestras escapadas se espaciaron. Para colmo, la comunidad valona no se destacaba por la discreción: nuestras andanzas pronto llegaron a oídos de mi padre, exageradas y deformadas por bocas maledicentes. Él nos había educado en la tolerancia y se oponía a cualquier forma de discriminación. Pero que «su niña» estuviera en boca de todos, y para peor con un judío, ¡era demasiado para él! Un día me dijo que tenía que hablar conmigo.

–Sé que te estás viendo con un chico, y que es judío –me dijo, con su voz grave y profunda, mientras enrollaba su mostacho; luego me miró directo a los ojos y agregó–: Estoy seguro de que no vas a hacer nada impropio. Yo confío en ti.

Solo eso dijo. Pero su mirada cargada de amor reflejaba una cierta angustia, que en aquel momento no alcancé a comprender. ¿Qué temía mi papá? ¿Solo que el «honor» de «su niña» fuera mancillado? No, en su mirada había mucho más.

Todo contribuyó a que nos viéramos cada vez menos. ¡Justo cuando Alter más me necesitaba! El día del receso nos despedimos con forzada naturalidad. Al fin y al cabo eran solo un par de semanas...

–Todavía no sé lo que voy a hacer en estos días. Pero no bien terminen las vacaciones te vendré a buscar.

Nos sonreímos, nos besamos, nos separamos.

Dos semanas después me instalé en el patio, ansiosa. Hacía un frío de morirse. Cada tanto se abrían las puertas de la Facultad y un grupo de estudiantes de Ingeniería salía al patio (en esa carrera eran casi todos varones). Yo miraba, angustiada. Casi me paraba, tanto me saltaba el corazón. Pero no, Alter no estaba entre ellos. Esperé y esperé. Día tras día. Cada recreo, cada tiempo libre, salí a buscarlo. Cada vez con mayor desesperación. Luego la tristeza se fue adueñando de mi alma. Hasta que ya no pude sentir nada más.

Nunca volvimos a vernos.

***

Charlotte (5 años), sobrina de Alter

Yo era muy pequeña: tenía solo 5 años cuando mi tío Alter partió hacia Polonia. Es poco lo que tengo para decir. Pero conservo lindos recuerdos de aquel muchachón alto y buen mozo, que solía visitarnos en nuestra casa de Seraing-sur-Meuse. Él era un poco mayor que mi hermano Raymond, quien a su vez era siete años mayor que yo. Así que lo sentíamos más como un primo grande que como un tío. Siempre que venía dedicaba un buen rato a jugar con Raymond y conmigo. Lo queríamos mucho.

–Tío Alter se fue a Polonia, a visitar a los abuelos –comentó una noche mi mamá, Blima, durante la cena.

Su voz se escuchó extraña, pareció que le costaba mucho decir esas palabras. Incluso sus ojos se humedecieron. Mi hermano y yo no entendimos por qué.

Léon, mi padre, la miró fijo y luego cambió de tema.

A nosotros no nos llamó la atención. Era natural que un hijo visitara a sus padres. Lo que ignorábamos era el mundo sin razón que estaba naciendo en ese mismo momento, y que no tardaría en envolvernos por completo.

***

Christoff Podnazky (23 años), estudiante de Ingeniería

Alter era mi mejor amigo en Lieja.

Los dos éramos polacos y judíos, a pesar de mi nombre de pila (mi madre tuvo la idea de ponerme Christoff, quizá pensando que iban a ignorar mi origen, vaya uno a saber). Además, veníamos de pueblos vecinos: él era de Konskie y yo era de Plock. De modo que cuando nos encontramos en la Facultad y hablamos de todas estas cosas, enseguida surgió una linda amistad. A veces pasábamos los fines de semana con una barra de amigos en lugares de recreo en las Ardenas, como Spa o el Parque Natural *Hautes Fagnes*. Hacíamos largas caminatas y compartíamos baños en las aguas termales. Tiempo después Alter se hizo de una noviecita, una chiquita rubia muy simpática, que lo adoraba. ¿Geneviève? Sí, sí... era ella, la recuerdo bien. ¡Bastante picarona!

Él había venido a estudiar a Lieja, luego de finalizar el Secundario, porque estaba harto de la manera que trataban a los judíos en Polonia. En Bélgica también sucedían cosas desagradables, pero la gente era más tolerante. Además, en Lieja vivía su hermana mayor, Blima, con su esposo y sus dos hijos. Mi familia también había emigrado, aunque mis abuelos permanecían en Plock.

A mediados del 38 comenzaron a sonar tambores de guerra. Se hablaba de que Polonia sería atacada por la Alemania nazi, pero que si ello sucedía Inglaterra y Francia acudirían en su ayuda. Los estudiantes comunistas de la Universidad aseguraban que la Unión Soviética tampoco iba a tolerar esa invasión. Tiempo después, cuando el canciller nazi Ribbentrop y el soviético Mólotov firmaron un pacto de no agresión, no sabían qué decir.

En noviembre se produjo en Alemania y Austria la *Kristallnacht*, la Noche de los Cristales Rotos. Todas las sinagogas, así como miles de comercios y casas de judíos fueron atacados y saqueados por los nazis. ¡Ni siquiera las escuelas o los hospitales judíos se salvaron de la destrucción! Cientos de judíos fueron humillados, internados en campos de detención y asesinados. Nosotros nos estremecimos. Fue un golpe en el estómago sin previo aviso. No sabíamos qué hacer.

–Estoy muy preocupado por mis padres en Polonia –me dijo un día de repente Alter–. Tal vez en el receso de fin de año vaya a verlos.

Demoré en reaccionar.

–¡Mejor nos vamos todos de juerga a Spa! –al final le respondí, al verlo tan apenado–. Dicen que algunas de las muchachas de la clase también vendrían... –procuré alentarlo.

Pero yo también estaba alarmado por el giro de los acontecimientos, y en varias ocasiones había pensado en visitar a mis familiares en el pueblito natal. Mis motivaciones eran distintas y –si se quiere– aún más fuera de la realidad que las de Alter: soñaba con defender a mi patria, la sufrida nación polaca, contra el invasor germano, como tantas veces lo habían hecho, con heroísmo, otros familiares míos a lo largo de la historia. Pero... era muy joven, estaba confundido, y por el momento me seducían más unos días de parranda, piletas termales, cerveza y muchachas en Spa.

Hasta que llegó el día del receso. Al caer la tarde –recuerdo bien ese día, de cielo tormentoso y amenazante–, me crucé con mi amigo.

–Lo he estado pensando mucho –me dijo Alter; luego continuó, sin darme tiempo a interrumpirlo–. Temo por lo que estarán viviendo mis padres, que son tan religiosos, en estos tiempos. Pasado mañana tomaré el ferrocarril para Varsovia. Dentro de cinco días estaré en Konskie.

Alter leyó la sorpresa en mi rostro. Quedé sin palabras.

–Pero... pensé que nos íbamos de campamento –alcancé a balbucear.

–Lo siento, Christoff, ya lo tengo decidido. Ayer compré el pasaje de ferrocarril.

–¿No te parece que es peligroso volver a Polonia?

–Tú y yo somos polacos, vamos a estar a salvo y protegidos en nuestra patria –me respondió con firmeza.

No sé si de verdad lo creía. Pero era lo que quería creer.

Fue un duro golpe, un sacudón que cambió mi vida. Ya no pude pensar en otra cosa. Lejos quedaron las cervezas y las muchachas. Esa tarde estuve viendo los ahorros que tenía, más algún dinero que podía prestarme un amigo. Al día siguiente hablé con mi familia. Y una semana después de la conversación con Alter, al otro día de Navidad, estaba siguiendo sus pasos, rumbo a mi pueblo natal de Plock.

Fueron decisiones que cambiaron el destino de nuestras vidas.

Nunca debimos haberlas tomado.

II
EL ADIÓS DE DIMITRI

París, Francia, 14 de julio de 1939

Gocha Gelashvili[1] (unos 30 años de edad), exiliado georgiano

Recuerdo muy bien la Fiesta Nacional de Francia del año 39, *le Quatorze Juillet*, y el desfile militar por la avenida de *les Champs Élysées*. ¡Qué orgullo sentí aquella mañana!

La avenida estaba engalanada con la tricolor y el pueblo francés se había volcado a las calles. Eran días tensos: ya se olfateaba el olor de la pólvora, y se adivinaba el ruido de fusiles y botas en los cuarteles.

Había palcos para los invitados especiales, dispuestos con gran pompa. El invitado más importante era el rey de Inglaterra, Jorge VI de Windsor, quien ocupaba el lujoso palco central con todo su séquito. Su hija Isabel, entonces una joven adolescente, lo acompañaba. Todo estaba pensado para que el mensaje fuera claro: la inquebrantable unidad de Francia e Inglaterra, cualesquiera que fuesen las circunstancias.

Las tropas desfilaban con gran honor, en medio de los vítores y aclamaciones de la multitud. De repente, descendiendo por *les Champs* camino a la *Place de la Concorde*, con el grandioso *Arc de Triomphe* como fondo, se vieron aparecer unos batallones que lucían –por vez primera– un *képi* blanco, portando fusiles con bayoneta calada y desfilando con precisión milimétrica. Era la mítica Legión Extranjera. ¡Y era impresionante! La multitud los ovacionó a más no poder. ¡Había tanta ilusión y tantos miedos en aquella gente que volvía a asomarse a un abismo después de todo lo padecido durante la Gran Guerra! Tal vez esos magníficos batallones, con su impecable *képi blanc*, les brindaran algo de seguridad ante ese futuro amenazador.

¡Fue entonces que lo vimos! ¡Era verdad el rumor que se había corrido como reguero de pólvora entre los exiliados georgianos, pero que no creímos hasta verlo con nuestros propios ojos, más desconfiados que Santo Tomás! Al frente de la compañía más importante, divisamos (entre los brazos del gentío, que se agitaban locamente) la imponente figura –alta, enhiesta, vertical– del comandante Dimitri Amilakvari, el legendario Bazorka, graduado con honores en la Academia de Saint-Cyr, la más prestigiosa de Francia, fundada por el mismísimo Napoleón.

Bazorka, al igual que nosotros, escapó junto con su familia en la trágica noche de la ocupación soviética de Tbilisi. La mañana de aquel desfile contaba tan solo 32 años, pero su nombre ya tenía aroma a leyenda. Sin duda era un elegido.

Días después, los georgianos refugiados en Francia –tan descorazonados con nuestro destino– nos divertimos mucho al enterarnos de este diálogo:

–¿Por qué nombró a un oficial extranjero al frente de un batallón tan importante? –interrogó el anterior gobernador militar de París, Henri Gouraud, al general Miquel.

La respuesta fue muy simple:

–Porque es el mejor de todos.

¡Se imagina la emoción que sentimos!

***

Tbilisi, Georgia, 18 años antes, el 24 de febrero de 1921

Aleksandre Barkalaia (17 años), cadete de la Escuela Militar de la República de Georgia

Había humo por todos lados. ¡No veíamos nada!

El estruendo de los disparos de obuses y tanques era ensordecedor. Estábamos siendo masacrados. Los gritos desesperados de nuestros soldados heridos partían el alma. Nadie los atendía. Los cadetes como yo no teníamos ninguna experiencia en combate, aquel era nuestro bautismo de fuego. Unas horas antes habíamos jurado lealtad a la República Democrática de Georgia y muerte al enemigo invasor. En esos momentos temblamos de orgullo y patriotismo. Ahora temblábamos de rabia e impotencia. ¡Pero no de miedo!

Toda la furia del Ejército Rojo, conducido por un hijo de Georgia, un traidor llamado Iósif Vissariónovich Dzhugashvili, más conocido en la historia negra de la humanidad como Stalin, se había descargado sobre nosotros. ¡Solo pretendíamos ser una nación libre, elegir nuestros gobernantes, trabajar en paz! Pero eso no era admisible para ese apátrida asesino. Dicen que Trotski se opuso a la invasión, aunque después escribió un panfleto apoyándola. Dicen que Lenin no estaba de acuerdo, pero que al final cedió a las presiones de su lugarteniente. Para nosotros eso no hacía diferencia. En el frío cruel del invierno transcaucásico, nos golpeaban el odio y el resentimiento de ese hijo putativo de nuestra querida patria, con el enorme ejército de un imperio detrás. Era como una daga clavándose lentamente, cada vez más cerca del corazón.

Solo nuestro amor a la libertad postergó por unos días el inevitable final.

El humo nos sofocaba, nos ahogaba, nos impedía ver aun a corta distancia. ¡Era horroroso! A cada minuto la muerte se acercaba más a nosotros. La intuíamos ya próxima, la adivinábamos.

Cada tanto, una ráfaga de viento helado proveniente de las montañas nevadas del Gudauri barría Tbilisi. Entonces, durante unos instantes, divisábamos los encarnizados combates que se sucedían, casa por casa, a ambos lados del río Mtkvari y a lo largo de la avenida Rustaveli. Nuestras tropas luchaban heroicamente. Sin embargo, toda vez que el aire se despejaba un poco, las banderas rojas se veían más cercanas. Sabíamos –nuestro comandante nos lo había dicho– que si los soviéticos alcanzaban la plaza Gorgasali, frente a la curva del río, todo estaría perdido. Si hollaban con sus botas sangrientas el sacro lugar consagrado a San Jorge, patrono de Georgia, nuestra suerte estaría echada.

¡El aire se volvió irrespirable! ¡El humo caliente de las explosiones quemaba nuestras gargantas! Pero nadie quería retirarse. Pelearíamos hasta nuestras últimas fuerzas; eso estaba decidido.

De repente, el viento aclaró la visión durante unos segundos, y lo que contemplamos fue lo único que esperábamos, aterrorizados, que jamás sucediera. Desde el norte, atravesando el puente de Metekhi, una compañía de soldados soviéticos se abalanzaba sobre la plaza Gorgasali destruyendo todo lo que encontraba a su paso. Era un batallón de refresco, preservado en la retaguardia. Nuestros exhaustos defensores caían aniquilados como moscas.

Sentí una punzada en el corazón. ¡La daga había alcanzado su objetivo! Una nueva bocanada de aire y polvo hirviendo, proveniente de una explosión cercana, invadió la edificación donde nos guarecíamos y me alcanzó de lleno. La vista se me nubló y caí hacia un costado, vencido. No sé lo que aconteció con mi fusil, no lo recuerdo.

Estaba casi inconsciente cuando sentí que una mano agarraba el cuello de mi uniforme por la nuca y me arrastraba por el suelo, en medio de la humareda. Avanzamos a los tumbos. Hasta que al atravesar una de las habitaciones, la mano que me arrastraba no advirtió un enorme trozo de mampostería que se había desprendido de las paredes por los bombardeos y estrelló mi cabeza contra el bloque de ladrillos. No alcancé a gritar. No pude, ya no me quedaban fuerzas...

Luego, no supe más.

***

Puerto de Batumi, mar Negro, unos días después, marzo de 1921

Teona (18 años), estudiante de Arte y enfermera voluntaria

Cuando se produjo la invasión de los rusos, fui asignada a un hospital de campaña en las afueras de Gori. En realidad yo estudiaba Arte, que era mi pasión. Pero como en el Secundario hice un curso de Enfermería, los comandantes pensaron que podía ser de utilidad allí. Los primeros días fueron tranquilos, nos las arreglamos bastante bien para atender a los soldados heridos que venían del frente. Luego todo se complicó.

Hasta llegar a la mañana atroz del 1 de marzo, cuando en la curva del camino vimos aparecer aquella columna de soldados y cadetes maltrechos provenientes de Tbilisi y de Mtskheta. ¡Nunca lo olvidaré! Una interminable caravana de desamparados, que parecía no tener fin. Comprendimos que algo terrible había sucedido. ¿Cayó Tbilisi? ¿Nos hemos rendido? Nos abalanzamos sobre aquellos pobres muchachos que traían el cuerpo deshecho y el alma en jirones, y los acosamos a preguntas, ¡estábamos desesperadas!

«Seguimos combatiendo», fue lo único alentador que pudimos escuchar. Por lo demás, sus relatos eran a cuál más sombrío. Además, nada sabían sobre nuestras familias y eso aumentaba nuestra inquietud.

Al día siguiente, con un panorama cada vez más desalentador, el comandante decidió trasladar el hospital al puerto de Batumi, sobre el mar Negro. Era una hermosa estación balnearia, adonde también habrían de llegar las desdichas de la guerra. En eso estaba, tratando de acondicionar los medicamentos y demás enseres para el viaje, cuando en medio del griterío de los heridos y las manchas de sangre que se multiplicaban como hongos por todos lados, vimos aparecer por el camino un viejo carretón tirado por caballos y conducido por tres adolescentes, que tendrían a lo sumo 15 años. ¡Qué extraño!, pensamos, ¿qué cargará ese viejo carretón? Cuando nos acercamos, ¡no lo podíamos creer! Una docena de cuerpos de cadetes, con sus uniformes blancos bañados de sangre y metralla, se amontonaban en la caja de la carreta.

–¡Atiéndanlos, por favor! –gritó Nikoloz, uno de los muchachos, a quien reconocí de inmediato–. ¡Están vivos!

Las enfermeras nos precipitamos sobre los cuerpos de los cadetes, que rogaban por agua y temblaban de frío: todos, salvo uno, aún vivían. Un médico del hospital dirigió la operación, dándonos instrucciones para aplicarles los primeros auxilios.

El comandante se acercó a ver lo que sucedía. Luego miró, uno por uno, a los tres quinceañeros, hasta fijar su mirada en aquel que dirigía el operativo. El joven estaba dedicado a alimentar y cuidar de los caballos, con la clara intención de regresar al frente de batalla no bien completara sus tareas. Los ojos del comandante se llenaron de admiración. El muchacho tenía el rostro cubierto de polvo y manchado de sangre, y sus ropas –de buena calidad– estaban sucias y rasgadas. Recién en ese momento levantó la vista por primera vez. Poseía una mirada soñadora, y una nariz y labios que reflejaban determinación.

¡Pero si era mi primo hermano Dimitri! ¡No lo podía creer!

Luego me enteré de que Dimitri y sus dos amigos habían escapado de sus familias para defender a su patria. Los tres vivían en las afueras de Gori, donde sus padres poseían tierras y se dedicaban a la labranza, desde hacía varias generaciones. Al llegar al frente de lucha, por entonces ubicado al norte de Tbilisi, se presentaron al capitán de un batallón y solicitaron armas. Como era de suponer, les fueran negadas. Pero no se desanimaron: con ayuda de un viejo carretón prestado por un tío, se dedicaron a salvar a docenas de soldados malheridos. Entre ellos, el cadete Aleksandre Barkalaia.

El comandante les habló, tratando de que no regresaran al frente. Dimitri no dijo demasiado, pero sacudió su cabeza de un lado a otro. Los esfuerzos del comandante resultaron inútiles.

***

Mi primo había nacido en 1906 en la pequeña localidad de Bazorkino, en Osetia, y se decía que nuestra familia era de origen noble. El apellido original era Zedguinidzé, pero como habíamos recibido

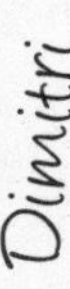

el título hereditario de *Amilakhor* –o sea, guardianes de la fortaleza real de Gori–, muy pronto este nombre sustituyó al de la familia. En la fotografía de la familia Amilakvari que se descubrió muchísimos años después, en la que aparecen sentadas mi abuela y mi tía, yo soy la niña que está de pie justo detrás de Dimitri.

Él tenía 8 años entonces, y yo 11. Teníamos narices y labios idénticos, pero nuestros ojos eran bien distintos. Mejor dicho: los suyos eran diferentes a los de toda la familia. Bazorka –así le apodaban, por su lugar de nacimiento– poseía unos ojos soñadores, y su mirada provocaba, digamos... una cierta fascinación.

Yo también tenía lo mío, a decir verdad: era altita, de andar erguido y elegante, mi pelo poseía unos destellos rojizos (esto no se aprecia en la foto, como es obvio) y siempre acostumbré a hacerme arreglos llamativos en el peinado, al dejar que mi cabello llegara más allá de los hombros, con grandes moñas de colores.

Cuando Bazorka creció, su figura adquirió un aire atractivo y galante, aun siendo un adolescente. Y a pesar de ser primos hermanos, debo confesar... ¡que Dios nuestro Señor y San Jorge me lo perdonen!... que me gustaba mucho. Y yo a él, estoy segura. Sucedieron algunas cosas. Todas ellas muy inocentes, pero suficientes para desvelar mis noches.

Luego se escucharon rumores de invasión. El monstruo se nos arrojó encima y se terminaron nuestros sueños. Y allí estábamos los dos, rodeados de muertos y heridos, en medio del horror de la guerra.

Dimitri terminó de alimentar a los caballos y acondicionar el carromato. Se acercó y me dirigió unas palabras cálidas, amables. Acarició mi mejilla con su mano rugosa (¡cuánto había cambiado en tan poco tiempo!) y nos abrazamos.

El fuego de los bombardeos resplandecía en el atardecer invernal. Y hacia allí marchó Bazorka, con su armatoste y sus dos amigos.

***

Una semana después, todo estaba perdido.

Nuestras familias, una tras otra, partieron desde el puerto de Batumi hacia Estambul. La angustia nos devoraba el alma, sobre todo a nuestros padres. Nosotros éramos jóvenes y no dejábamos de soñar. Pensábamos que la invasión rusa no duraría demasiado y que pronto regresaríamos a nuestra querida patria.

En esos días que permanecimos en Batumi, los jóvenes acostumbrábamos a reunirnos por las tardes. Hablamos un par de veces con Dimitri, hicimos planes, prometimos volver a vernos. También lo vi conversar animadamente con las hermanas Dadiani –Irina, Elo y Elisso–, tres bellezas georgianas de ascendencia principesca. Me puse muy celosa, no lo voy a negar. Pero también comprendí. Un amor entre primos hermanos solo nos habría provocado sufrimiento.

Unos días después, las noticias del feroz avance del ejército de Stalin no dejaron alternativa. El exilio era nuestro único horizonte.

***

París, Francia, 14 de julio de 1939

Condesa Thamara Amilakvari[2] (4 años), hija de Dimitri Amilakvari

Tengo recuerdos borrosos de la Fiesta Nacional de Francia del año 39, y el desfile militar por la avenida de *les Champs Élysées*. Imágenes, sentimientos, sensaciones. Sobre todo recuerdo que me sentía tan orgullosa... Más por lo que decía mi madre, Irina, que por lo que yo era capaz de entender con 4 años de edad.

–¡Miren a su padre! ¡Qué elegancia! –nos dijo una y otra vez a mi hermano Othar y a mí–. Imagina lo que van a pensar tus hijos, Dimitri, cuando te vean desfilar por *les Champs*...

Mi padre apenas insinuó una leve sonrisa satisfecha. No se permitía más expresividad que esa. Era el hijo de un refugiado que huyó de su patria para salvar la dignidad y el pellejo. Siempre pensó que contener sus emociones era una forma de manifestar su fortaleza ante la adversidad. Si ahora la vida le regalaba una alegría, seguro que pronto lo pondría a prueba. Esa era su manera de pensar.

***

Mi abuelo y su familia –incluido mi padre– partieron del puerto de Batumi un neblinoso amanecer de marzo de 1921, poco antes de que los soviéticos completaran la ocupación de nuestra querida y añorada patria, Georgia.

No sé con certeza si mi madre, la princesa Irina Dadiani, llegó a conocer a mi padre en Georgia, antes del exilio. Siempre se dijo que en los días previos a nuestro embarque para Estambul, Dimitri fue cautivado por la belleza de las tres princesas Dadiani, con quienes mantuvo largos encuentros. Pero no sé si es verdad, tal vez no sea más que parte de la leyenda.

Lo cierto es que ambas familias, los Amilakvari y los Dadiani, luego de estar un tiempo en Turquía, arribaron por separado a Francia. Pero como la comunidad georgiana en París era muy pequeña, los jóvenes no tardaron en reencontrarse. En 1924, Dimitri fue admitido en la Escuela Militar Especial de Saint-Cyr. Dos años más tarde se graduó y poco tiempo después alcanzó el grado de capitán. ¡Era el capitán más joven de toda Francia!

El romance entre la princesa y el joven capitán –heredero del título de Caballero de la Corona de Georgia– pronto fue conocido y celebrado por todos. Un par de años más tarde se casaron y vinieron los hijos: mi hermano Othar en 1931 y yo en junio del 35. Luego de la amargura del exilio y el dolor por la pérdida de los amigos caídos durante la invasión, la vida renacía para los dos jóvenes y se llenaba de ilusiones. ¡Parecía un cuento de hadas!

¡Y verlo desfilar aquella mañana por *les Champs Élysées*, al frente de su compañía...!

Pero era 1939. Y todos sabemos que después del otoño, viene el largo y oscuro invierno. Muy pronto el cielo se cubrió de negros nubarrones, que presagiaban terribles tormentas.

Y todo lo que temíamos que sucediera, sucedió.

III
EL ADIÓS DE DOMINGO

Montevideo, Uruguay, primavera austral de 1941

Domingo López Delgado[3] (24 años), soldado del Ejército Nacional

–¿Así que usted está dispuesto a ir a la guerra en Europa?

–Sí, señor.

–¿Y se ofreció como voluntario?

–Por supuesto, señor.

El comandante me observó con atención, como quien estuviera contemplando a un extraterrestre recién venido de Marte.

–¿Y usted sabe lo que va a hacer, lo ha pensado bien? –insistió el comandante José María Rivero, sorprendido, con un aire de sincera preocupación, infrecuente en la Fuerza.

–Lo pensé desde que comenzó la guerra, y lo decidí cuando Francia pidió el armisticio –le respondí, convencido–. Me presenté en la Embajada de Inglaterra, en la de Francia, en la de Bélgica... No sabía cómo hacer para ir, ¡pero ahora encontré la manera!

–No todo el mundo toma decisiones como esa. Usted tiene agallas, soldado.

–Lo que sucede, comandante, es que estoy esperando la respuesta del Comité de la Francia Libre a mi solicitud de enrolarme como voluntario y quisiera saber... –recién en ese momento me asusté un poco y no supe bien cómo seguir– ... en caso de que fuera aceptado y aún me encontrara preso... cuál sería su actitud.

Rivero se tomó su tiempo. Me miró largo rato, mientras apretaba una y otra vez el lado derecho de sus labios, como quien jugando al truco hace la seña de la espadilla.

Sabía que por su cabeza desfilaban las reiteradas faltas cometidas por este soldado en los últimos tiempos. Entre ellas, mi última trifulca con un cabo en pleno patio del cuartel del Batallón de Ingenieros N.º 5, cuando pretendió golpearme con su machete. No tuve más remedio que tirarle una trompada, que apenas lo rozó y además, ¡fue en defensa propia! Igual terminé en el calabozo, incomunicado y con centinela de vista en la puerta, como si fuera un tipo peligroso.

Ya llevaba varios días preso e incomunicado. Pero lo único que me obsesionaba era que viniera la respuesta de Londres y me encontrara en esa lamentable situación. ¿Qué pasaría entonces? Luego de muchos intentos, había logrado que se me permitiera hablar mano a mano con el comandante, lo que rara vez sucedía. Y allí estaba ahora, esperando su sentencia, como un convicto.

–Soldado López: de inmediato se presenta en libertad, por orden mía. Que le recojan el equipo. Si no tiene dónde alojarse, mientras no lo llamen permanezca en el cuartel... Hasta que esto suceda, está eximido de todo servicio –me quedé de una pieza, boquiabierto; pero el comandante Rivero aún no había finalizado–. Vístase de particular y se le pagará el sueldo el tiempo que sea necesario. Cuando lo llamen para ir a la guerra, ordenaré su baja.

La rígida disciplina militar impedía cualquier demostración de afecto y menos de un simple soldado raso hacia un oficial de alto rango. Pero para mí aquel sería un momento inolvidable: fue la única vez que un oficial del Ejército Nacional me trató como persona y con respeto.

Se acercó y me estrechó la mano. Le agradecí de la manera más efusiva que pude –yo estaba emocionado, no me salía una palabra de la boca–. Y cuando ya me retiraba, todavía me dijo:

–López... lo felicito.

Luego bajó su mirada y continuó con su trabajo.

***

¿Ha escuchado hablar de Rocha?

¡No, no...! La Vuelta de Rocha es otra cosa, ¡eso queda en Buenos Aires, en La Boca!

Me refiero a una pequeña y tranquila ciudad de Uruguay, ubicada cerca del Atlántico y no muy lejos de la frontera con Brasil. Allí nací yo, en el año 17. Luego, ya mozo, me fui a Montevideo, la capital, para tratar de abrirme camino en la vida, como hacían tantos. Pero nunca olvidé el pueblo que me vio nacer. Siempre volvía para visitar a mi madre y a los viejos amigos.

En una de esas vueltas al pago, tomando una copa con unos amigos en el viejo Café Gardeazábal, ubicado en la patriótica esquina de 18 de Julio y 25 de Agosto –que antes fue el Café y Billar El Globo, cuando las calles aún se llamaban Sierra y San Miguel–, surgió el tema de la guerra europea. Yo ya venía de apretar los puños cuando los nazis ocuparon París... y ni que hablar cuando me enteré del armisticio, ¡una verdadera rendición! Por eso me golpeó fuerte aquella conversación:

–¿Vieron qué rápido cayó París? Los alemanes ya son dueños de toda Francia –comentó Paco, un viejo compañero de partidas de billar, con satisfacción.

–Sí, la guerra se acerca a su fin –completó el Ruso Pérez, luego de lo cual sentenció–: comienza un nuevo tiempo... ¡la era germana!

Esos comentarios, más el silencio cómplice o cobarde de los demás parroquianos, fueron demasiado para mí. Fue como si hubieran encendido una mecha conectada a un barril de pólvora.

–¿Quién les dijo que la guerra termina con la victoria alemana? Eso es lo que desean los que tienen alma de esclavos, los que con gusto serían sirvientes de los nazis... –les disparé, a quemarropa–. Se alegran por la caída de París... Los bárbaros podrán ocupar la ciudad, ¡pero jamás terminarán con la libertad!

–Esas palabras son tan románticas como carentes de verdad –acotó, con aire de superioridad, Ludendorff Quagliata, un veterano habitué del café, quien en su nombre parecía sintetizar el pacto ítalo-germánico.

La discusión subió de temperatura. Los argumentos fueron y vinieron, cada vez más provocadores. Hasta que fue Paco quien colmó mi paciencia:

–Y si tú eres tan admirador de Francia, ¿por qué no vas a defenderla?

¡No tuve mejor argumento que amenazarlo con romper en su cabeza una gran jarra de cerveza!

Ya aplacada la gresca, nos marchamos cada cual por su lado. Pero debo confesarle que fue en aquel viejo boliche casi centenario, donde tantas tardes de billar y cerveza había compartido con mis amigos, que tomé la decisión de ir a la guerra.

No iba a permanecer impasible ante los crímenes que se estaban cometiendo, discutiendo con estrategas de café y colocando banderitas de colores para marcar el avance de los ejércitos... ¡No! Mi lugar estaba donde se peleaba por la libertad.

Nunca pensé que la guerra fuera una película norteamericana donde los buenos no mueren. Siempre supe que podía pagar con mi vida el paso que había dado. Entendí que valía ese precio. Poca cosa es la vida sin libertad. Y también supe que no iba a luchar contra los molinos de viento, como don Quijote. Iba a enfrentar hombres de carne y hueso, fuertemente armados, que estaban ganando la guerra.

A muchos les causó risa. ¿Qué era un hombre más en aquel caos de hierro y fuego? ¡Nada! Ahora, si todos los hombres amantes de la libertad hubieran pensado así, Francia no hubiera contado con miles de voluntarios.

Fui a la guerra arrastrado por mi amor a Francia, madre de la civilización, y por mi amor a la democracia. Para poder gritar bien alto, si algún día regresaba: «¡He defendido la libertad con mis propios brazos!». Por eso fui a la guerra.

***

Pedro Milano[4] (23 años)

–¡Domingo! ¡Domingo! –le grité con toda la fuerza de mi voz–, ¡llegaron las citaciones!

Mi amigo dudó un instante, ¡como si no supiera de qué le estaba hablando! Luego abrió los ojos, grandes como el dos de oro, y corrió a su casa. Un rato después nos instalamos los dos en una mesa del viejo Café Vaccaro, en el barrio de Goes, junto a una ventana sobre la avenida General Flores. En el centro de la mesa acomodamos, con todo cuidado, los sobres que habíamos recibido del Comité de la Francia Libre.

Nuestra emoción era imposible de describir. Los dos éramos de Rocha y habíamos venido en la misma época a Montevideo. Ahora sentíamos dentro del pecho algo difícil de explicar: podríamos cumplir con nosotros mismos y aportar nuestro granito de arena a la causa de la libertad.

Antes de abrir los sobres llamamos a don Tomás, un mozo tan añejo como el boliche, y le ordenamos, con todo ceremonial:

–Dos cañas bien servidas, Maestro. Este es un momento muy importante para nosotros, ¿sabe?

Don Tomás asintió con lentitud, compenetrado con la gravedad de una situación que desconocía por completo. Nos sirvió dos medidas de caña, de la buena, como para la ocasión.

Recién en ese momento sentimos que estábamos preparados. Abrimos los sobres y leímos:

> Hemos recibido noticias de Londres que mucho interesan a Usted. Ruégole pasar por nuestra oficina, a la brevedad posible.

¡Qué pocas palabras, pero cuánto significaban para nosotros!

***

Nos emperifollamos lo mejor que pudimos y a las dos de la tarde llegamos a la Embajada Británica. Luego de una larga espera nos recibió el señor Lalour, delegado de la Francia Libre. En la sala nos habíamos reunido un puñado de uruguayos, que fuimos recibidos al mismo tiempo. Entre ellos, recuerdo con tristeza que también se encontraba Águedo Sequeira.

–Hemos recibido la contestación de Londres –nos informó Lalour en tono solemne–: Han sido aceptados como voluntarios en las Fuerzas Francesas Libres. Ahora solo debemos esperar un barco que los transporte a Inglaterra.

Se produjo un largo silencio. Fue difícil contener la emoción.

***

Domingo López Delgado

¿Qué sentimos en ese momento?

No sabría definir una sensación tan extraña, tal confusión de sentimientos.

Alegría, sí, por supuesto. Emoción ante un destino incierto. ¿Orgullo? También.

Pero hubo algo más. Un sentimiento que no conocíamos, pero que nos iba a visitar con frecuencia: era el miedo, que comenzaba a asomar, todavía escondido tras el sacudón provocado por tantos cambios en nuestras vidas. El miedo físico, el cruel miedo al dolor y a la muerte.

***

pasaporte contiene 24 páginas.
asseport contient 24 pages.
PASAPORTE
PASSEPORT
EPÚBLICA ORIENTAL DEL URUGUAY
EPUBLIQUE ORIENTAL DE L'URUGUAY
asaporte
asseport 07907
el portador
porteur Señor
López
y de
et des hijos
enfants
Uruguaya
IMPRESIÓN DÍGITO PULGAR
FOTOGRAFÍA DEL PORTADOR
FIRMA DEL PORTADOR
SIGNATURE DU TITULAIRE
Y DE SU ESPOSA
ET DE SA FEMME
IMPRESIÓN DÍGITO PULGAR
MINISTERIO DE RELACIONES EXTERIORES
DIRECCIÓN GENERAL

Y así llegamos al 11 de noviembre de 1941.

Fueron nuestros últimos momentos en la patria que abandonábamos. Era una tarde gris, un poco fría, a tono con el estado de ánimo que nos dominaba.

La maniobra de levar anclas se inició a las cinco en punto de la tarde. El *Northumberland* comenzó a moverse con lentitud, perezosamente. La gente corría por el murallón, como para acompañarnos un minuto más. Había lágrimas en los ojos de todos.

Largo rato permanecimos en el puente. Sin hablar, solo tratando de grabar en nuestra retina ese pedazo de tierra que tanto amábamos. La costa uruguaya se fue perdiendo a lo lejos, envuelta por las sombras de la noche. Aún se veían las luces de Montevideo. ¿Volveríamos a verlas algún día?

Se hizo la noche. No queríamos pensar. ¿Para qué?

Bajamos a conocer a nuestros compañeros de viaje: chilenos, argentinos, dinamarqueses, ingleses, polacos y unos cuantos uruguayos. Mientras esperábamos la hora de cenar, compartimos unos aperitivos que el barman del barco vendía a tan buen precio que daba gusto consumirlos. Después de la cena jugamos un monte inglés.

Cuando subimos de nuevo a cubierta, todo era oscuridad. Comenzó a soplar una brisa fresca. Sentimos un leve temblor. ¿De frío, tal vez?

IV
EL ADIÓS DE CHARLOTTE

Lieja, Bélgica, otoño boreal de 1941

Raphael Ledouc (cercano a los 50 años), *bouquetier*

Sí, sí... yo era el *bouquetier* de la *rue Ferrer*, en Seraing-sur-Meuse... Raphael Ledouc, aunque todos me decían *monsieur Le Duc du Nez Proéminent*, ya se imaginará por qué... ¡Ahh! ¡Qué tiempos aquellos!

La niña venía todos los viernes por la tarde. ¡Me parece verla! El pelo lacio del color de los castaños, que flotaba en el viento, unos ojos a la vez soñadores y vivaces, pícaros, que parecían observarlo todo. A veces se sujetaba el cabello con una cinta de colores y, ¡qué gracioso!, cuando se ponía inquieta por algo –por ejemplo, cuando se había olvidado de traer los francos para pagar las flores–, se movía de tal manera que la cinta se le soltaba y caía al suelo... ¡me daba una ternura! Solía llevar una docena de begonias amarillas y otra de margaritas. Pero lo que ella adoraba era el aroma de las lilas: se ponía a olfatear unas y otras –como un picaflor– hasta que el polen la hacía estornudar... ¡Qué divertido! En ocasiones su mamá cambiaba un poco el pedido, escrito en una esquela que la niña traía bien dobladita. Pero no faltaba nunca. Yo la esperaba con caramelos. Se comía uno y, antes de partir, pedía permiso para llevarse otro. Por supuesto que le decía que sí. ¡Qué contenta se iba!

Lo que pasaba es... que ellos eran judíos, ¿sabe? Festejaban eso que ellos festejan los sábados, aunque más bien por tradición y por la mamá, porque el padre no era muy religioso. Por eso compraban las flores... pero igual eran muy buena gente. Ya comenzaban a ser tiempos difíciles para ellos. ¡Bah! Eran tiempos difíciles para todos. Alemania había invadido nuestro país en mayo de 1940 y, al poco tiempo, comenzó la escasez de alimentos y combustibles. Eso lo sufríamos todos. Pero para ellos era peor: tenían que inscribirse en un registro aparte, que llamaban Registro de los Judíos, ir a escuelas separadas, comprar en sus propias tiendas, que nunca tenían nada... Y después tuvieron que usar una estrella amarilla cosida a la ropa, para que todo el mundo supiera que eran judíos y no se les acercaran... ¡Como si tuvieran la peste!

El que los conocía bien era Michel, encargado del café Saint-Hubert, sí, sí... el que está en la *rue Ernest de Bavière*, en el barrio de Outremeuse. *Monsieur* Léon, el papá de la niña, solía pasar por allí. Era un gran amante del *billard*, ah, sí, sí...

Un viernes de tarde, hacia finales del otoño de 1941, le preparé a la niña una docena de begonias hermosas, de un color casi anaranjado. No era fácil conseguir flores tan lindas en esos tiempos, la guerra hacía estragos. Yo tenía que salir a encontrarme con unos amigos, pero no quería defraudar a la niña. Además, ¡deseaba ver la cara que pondría cuando viera esas flores tan hermosas y tan grandes! Y regalarle los caramelos, ¡por supuesto! Yo vivía solo, ¿sabe?, y eran tiempos tristes. Esas cosas eran importantes para mí. Decidí aguardar a que viniera.

Esperé y esperé.

Nunca apareció.

Al caer la tarde, bajé la cortina de la florería con el corazón afligido.

Estaba seguro de que nada bueno podía haber sucedido.

***

Charlotte (8 años), Seraing-sur-Meuse, Lieja

¡No había lugar para llevar a Katiushka!

¡Qué terrible! Eso sí que no lo esperaba. Papá nos había dicho, a mi hermano Raymond y a mí, que solo podíamos llevar una pequeña maleta con ropa, zapatos y cosas personales, como cepillo de dientes y peine. Estuve toda la tarde luchando con la valijita, sacando y poniendo ese puñado de cosas, una y otra vez... pero no tenía remedio: la mitad de la ropa no cabía, ¡y todavía faltaban los zapatos! Yo sabía que no podía llevar juguetes... ¡pero Katiushka!

–Padre, tengo un problema con la maleta que me diste, ¡es muy pequeña! –le dije con total desparpajo, como quien está por irse de vacaciones–. ¿No tendrás una más grande?

Mi papá sonrió, aunque su mirada parecía cansada y triste.

–No, Charlotte –respondió dulcemente, mientras se sentaba en mi cama–, tenemos que pasar desapercibidos, cuantas menos cosas llevemos, mejor.

–La verdad, padre, es que no tengo espacio para Katiushka, la bailarina rusa, la que me regaló mamá, y que a ella se la había dado la abuela. Desde que no nos dejaron ir más a la escuela, siempre está conmigo. Es mi mejor amiga. ¡No la puedo dejar abandonada!

Mi padre me rascó la nuca con infinita dulzura, como solía hacerlo cuando era más pequeña y no podía dormirme. Sabía que eso me gustaba y me calmaba.

–Será solo por un tiempo. Déjala bien protegida, y con otros muñecos, para que esté más acompañada... –la voz pareció que se le quebraba; pero se repuso: me abrazó con ternura, me dio un beso en la cabeza y dijo con fingido entusiasmo–: Ya te compraré una nueva amiga en París... ¡una bailarina del Folies Bergère!, ¡te va a encantar!

***

Todo sucedió demasiado rápido.

Apenas un año y medio antes vivíamos tranquilos, íbamos a la escuela, no había racionamiento. Aunque... ya no éramos todos iguales. Bah, es verdad que algunos compañeros siempre se burlaban de nosotros, porque los viernes nos íbamos temprano de clase y no asistíamos a fiestas. Y más se burlaban de mi hermano Raymond, después de la clase de gimnasia, en la ducha... por eso que les hacen a los muchachos judíos... ¿se entiende, no es así? Pero no había maldad, eran bromas de jóvenes y ya estábamos acostumbrados. No era eso lo que nos preocupaba.

Pero había algo raro en el ambiente: sentíamos que nuestro camino y el de los demás belgas comenzaban a separarse. También había miedo a que estallara la guerra, todos hablaban de eso. Pero vivíamos bastante bien. Hasta fuimos algunas veces de vacaciones a Spa, en las Ardenas, cerca de Lieja, con sus aguas termales y sus piletas, ¡era tan divertido!

A mí me gustaba mucho la naturaleza. Pero también aprendí a disfrutar del arte. Desde chica me maravillaba la Ópera de Lieja –a la que me llevaron mis padres un par de veces–, y mi sueño era asistir algún día a la Universidad, como mi tío Alter.

No es que tuviéramos lujos: mis padres, Léon y Blima, habían venido de Polonia quince años antes; él era de Lodz y ella de un pueblito más al sur, llamado Konskie. Cuando Léon tenía 20 años, sus padres y sus hermanos decidieron buscar un nuevo horizonte, para lo cual emigraron a Uruguay, un país pequeñito en el sur de América. Parece mentira... ¡a Uruguay! ¡Un lugar tan remoto!

Pero mi padre prefirió quedarse deambulando por Europa, aunque cada tanto retornaba a Polonia. Incluso llegó a alistarse en el ejército para defender a su patria contra los rusos. Fue en uno de esos regresos que conoció a mi madre y ¡zas! El amor es capaz de todo. Porque eran bien distintos: él era agnóstico y gustaba de la ópera, del baile, el vodka y el buen café, era un *bon vivant*; ella, tres años menor, era recatada, de origen pueblerino y humilde, con una muy fuerte formación religiosa heredada de su padre, un estudioso del Talmud. Mamá siempre decía que estaba convencida de que a Léon se lo había enviado Yavé... ¡que solo por eso había aceptado a alguien con tantos «defectos»! ¡Qué gracioso! Pero sea como fuere, se querían mucho y eran bien unidos.

Mi padre, que había estudiado y era muy emprendedor, abrió un taller de confección de vestimenta. Pero al final se cansó del rechazo a los judíos que ya se notaba en muchos lugares de Polonia, y se mudó para Lieja. Y allí, ¡vuelta a empezar! Los padres de Blima, Yaakov y Raia, permanecieron en Konskie, al igual que su hermana Rifka, su esposo y sus dos hijos. Los restantes tres hermanos de Blima también dejaron Polonia. Una de sus hermanas emigró a los Estados Unidos y su hermano mayor –el tío Paul– se fue a vivir a Amberes. Cierto tiempo después Alter, el menor de todos, vino a estudiar Ingeniería a la Universidad de Lieja.

«Bélgica es más abierta, sobre todo Valonia», solía decir papá. Y era verdad: yo, que había nacido en Lieja en el año 33, era una belga más, nadie me hacía distinción porque fuera judía. Lo mismo sucedía en otras ciudades: Amberes, Bruselas, Charleroi... «Además –decía también–, Francia e Inglaterra son nuestros aliados: si Alemania pretende invadirnos, ellos nos van a defender». Tanto lo creía que en el año 38 recibimos en casa a una muchacha austríaca (tenía 18 años), que vino huyendo de la ocupación alemana de su país. Gertha, así se llamaba, vivió con nosotros cerca de dos años, hasta que el peligro de invasión a Bélgica fue inminente. En ese momento OSE, la Oeuvre de Secours aux Enfants, la envió a Francia. ¡Quién iba a pensar que algún día seguiríamos sus pasos!

Pero así fueron las cosas. En mayo del 40, Hitler invadió Holanda y Bélgica. Francia e Inglaterra acudieron en nuestra ayuda, pero todo fue inútil. En tan solo dieciocho días el rey Leopoldo III capituló, el Gobierno se exilió y nosotros quedamos a merced de los alemanes. Al principio pretendimos que todo siguiera igual. Pero la guerra es como una noche densa y brumosa que lo va envolviendo todo... hasta devorarlo.

Cada día en casa había menos comida. Los negocios de papá ya no marchaban como antes y en los almacenes escaseaban los alimentos. Había que recurrir al mercado negro, donde los precios andaban por las nubes. Igual mamá era muy ingeniosa para cocinar –«yo vengo de un pueblito donde ni comercios había», nos recordaba–, y era capaz de hacer maravillas. Pero el toque de queda obligaba a recluirnos en casa al anochecer, por lo cual no había tiempo para paseos ni amigas. Fue en una de esas tardes de otoño –largas, silenciosas y frías, con una tristeza en el aire que parecía adueñarse de todo– que mamá, procurando alegrarme, hurgó largo rato en un viejo arcón familiar, hasta encontrar a Katiushka.

–Es una bailarina rusa. Hace muchos años me la regaló tu abuela –me dijo, con infinita ternura, mientras me entregaba la pequeña criatura–. Ahora es tuya, vas a tener que cuidarla.

Recuerdo bien aquel día. Le di la bienvenida a Katiushka como si fuera el más magnífico de los regalos. Por la noche mamá cocinó patatas fritas a la belga, polenta y tarta de ruibarbo, ¡mis platillos preferidos! Ya en la cama, me dormí mimando a mi nueva amiga, y a pesar de que no era demasiado devota, le agradecí a Yavé por los padres que tenía y por los obsequios tan hermosos que me enviaba. ¡Cómo podía saber la tragedia que –en esas mismas horas– se estaba preparando!

La tarde siguiente, al regresar del colegio, escuché voces extrañas susurrando en la cocina. Me acerqué con cuidado a la puerta y asomé la cabeza. Mi tío Paul y su esposa, un matrimonio vecino y mis padres me saludaron, con pretendida naturalidad, aunque se los veía serios y preocupados.

–Charlotte, esta es una conversación de mayores –me dijo mi padre–. Ve al dormitorio a hacer tu tarea, más tarde te llamaremos para la cena.

Los murmullos continuaron. De camino a la habitación me crucé con Raymond, mi hermano mayor, quien había escuchado algunos rumores sobre lo que estaba ocurriendo.

–Los alemanes ordenaron a los belgas hacer un censo de los judíos.

–¿Y los belgas qué van a hacer? –le pregunté con ingenuidad.

Raymond se encogió de hombros. No era posible hacerse demasiadas ilusiones.

Me encerré en mi cuarto y abracé a Katiushka. En la cocina continuaron los susurros. Por años no volvería a oír a mis padres hablar en voz alta. Las paredes escuchaban. El miedo y la desconfianza pasaron a formar parte de nuestras vidas. Pronto también lo sería el espanto. Porque éramos *los diferentes*.

Al día siguiente, camino a la florería de mi amigo Raphael, vi los afiches con el Edicto. Era imposible no verlos, estaban por todos lados.

VILLE DE LIÉGE

Registre des Juifs

En application de l'Ordonnance du 28 octobre de M. le Commandant militaire pour la Belgique et le Nord de la France.
l'Administration communale est appelée à tenir un registre des Juifs, âgés de plus de quinze ans, ayant leur domicile ou leur résidence
ordinaire à Liége.

Les Chefs de ménage juifs sont donc obligés de se présenter, avant le 30 Novembre 1940, munis des cartes d'identité de la
famille et de toutes autres pièces utiles, **au Bureau de la Population, rue Féronstrée, N° 44.** Les Juifs étrangers, inscrits **au Bureau**
des Etrangers, rue St-Etienne, 3, doivent se présenter à ce dernier Bureau.

L'ordonnance susrappelée définit comme suit la notion de Juif :

1) Est juive toute personne issue d'au moins trois grands-parents de race juive ;

2) Est regardée comme juive toute personne issue de deux grands-parents juifs, si elle :

a) adhère au moment de l'entrée en vigueur de la présente ordonnance au culte juif ou y effectue son adhé-
sion ultérieurement, ou

b) si son conjoint est juif ou si elle contracte mariage avec un Juif ultérieurement.

Dans les cas de doute, est regardée comme Juive toute personne adhérant ou ayant adhéré au culte juif. Un
grand-parent est regardé sans condition ni réserve, comme Juif, lorsqu'il a adhéré au culte juif.

PÉNALITÉS prévues par l'ordonnance du 28 octobre :

1) Sera puni d'emprisonnement et d'amende ou de l'une de ces peines, toute personne contrevenant volontairement ou par négligence aux prescriptions de la présente ordonnance ou à celles la mettant à exécution, notamment toute personne omettant de faire les déclarations prescrites, ou ne respectant pas les délais fixés ou encore ne les faisant pas conformes à la vérité ;

2) En dehors des peines ci-dessus, la confiscation des biens pourra être prononcée. Lorsqu'une personne déterminée ne pourra être poursuivie ou condamnée, la confiscation pourra être prononcée indépendamment.

o

Liége, le 18 novembre 1940.

Le Bourgmestre,
JOSEPH BOLOGNE

El Edicto «definía» lo que era un judío... como nosotros...

Y establecía las penas por no presentarse al Registro: prisión y confiscación de bienes. Estaba firmado por Joseph Bologne, *Bourgmestre* de Lieja. ¡Pero si Bologne era socialista! ¿Qué estaba pasando?

«Por algo será», «algo habrán hecho», decían muchos no judíos en voz baja. Pero lo terrible era que, a veces, nosotros pensábamos lo mismo: ¿qué mal hicimos para merecer este castigo? ¿En qué nos equivocamos? Nos hacían sentir culpables de nuestra propia desgracia. Y que nada valíamos. Nos sentíamos derrotados ante nosotros mismos.

Era el 18 de noviembre de 1940.

El tiempo del desprecio había comenzado.

***

Michel Balthazard (unos 35 años), encargado del Café Saint-Hubert

Monsieur Léon tenía una rutina que cumplía a rajatabla: llegaba al Saint-Hubert al terminar sus negocios en el centro, poco después de las cinco –él tenía un taller de confecciones–, y se instalaba en una mesa de la terraza con vista al *boulevard*. Nathalie, la mesera, ya conocía sus gustos: un *café au lait* bien cargado en invierno y un *café liegéois* en verano. Eso sí: ¡era muy exigente con el café! No se le podía dar cualquier cosa. Recuerdo que cuando comenzaron las apreturas de la guerra, la calidad del café se vino abajo. Él lo degustaba, como si fuera un *sommelier*, y luego fruncía el rostro, entrecerraba un ojo y apretaba los labios, con contrariedad. Yo lo espiaba desde detrás de la barra y me resultaba hasta gracioso. Pero él no decía nada: era un caballero.

Al terminar el café, ingresaba al bar por la puerta principal, la de la esquina, y jugaba algunas partidas de billar con sus amigos. Ese juego lo apasionaba, pero igual se cuidaba bien de no manifestar demasiado sus emociones. Nada de esos griteríos destemplados a los que me tenían acostumbrado algunos parroquianos, que me obligaban a abandonar mi puesto para rezongarlos hasta que se calmaran, como si fueran niños. No, *Monsieur* Léon era un señor, como ya le dije. Más bien alto, elegante, poseía una frente ancha –como de persona inteligente– y usaba el cabello recortado. Iba siempre bien vestido: traje de tres piezas y corbata, a veces hasta de pajarita, y era muy educado en el decir. Bueno, él era judío... ¿usted lo sabe, no es así? Pero mire que no lo parecía.

Unos minutos antes de las siete se despedía de sus amigos, siempre muy correcto, y se tomaba una cerveza en la barra, conversando conmigo. A pesar de que había nacido en Lodz, Polonia, hacía muchos años que vivía en Lieja. ¡Y le gustaban las cervezas trapenses! Como la Rochefort, el orgullo de la región. A la hora en punto se ponía de pie, saludaba y se marchaba para su casa.

A veces, sobre todo los días más calurosos, lo acompañaba una niña. ¡Era una jurguilla! ¡De lo más vivaracha! Corría de un lado para otro, me alborotaba el negocio, pero era muy compradora. Le encantaban los dulces y chocolates que servíamos con el café. Y bueno, al final siempre se iba con alguna golosina.

Después las cosas cambiaron.

Cuando los alemanes ocuparon Bélgica comenzaron a aparecer las *leyes raciales*... ¡así las llamaban! Al principio no les hacíamos caso, tratábamos de que la vida siguiera como siempre. Nuestros amigos son nuestros amigos, solíamos decir. No íbamos a aceptar que los boches prepotentes nos pusieran la bota encima, así como así. Pero aún no habíamos entendido lo que estaba sucediendo. Ya no se trataba de los boches, sino de los nazis... y eso era otra cosa.

Un día, al caer la tarde, luego de que en varias ocasiones me advirtieran de que no debía dejar entrar judíos al negocio (sin que yo les hiciera caso), un piquete de las SS irrumpió en el café. Sin siquiera dirigirme la palabra, pidieron la identificación a los parroquianos. De malos modos, ¡por supuesto! Al final llegaron a un rincón donde un viejito de barba entrecana, que siempre usaba una gorra oscura a cuadros, bebía lentamente un pequeño café. De inmediato supe lo que iba a suceder.

–Pero si se trata de *monsieur* Isaac Abramson –dijo el oficial que comandaba la partida, con ademán grandilocuente y una falsa sonrisa–. A ver... a ver... Miren lo que dice acá –el oficial giró, siempre sonriente, y se dirigió a sus compañeros–: ***JUIF-JOOD,*** ¡en mayúsculas y en color rojo! ¿Estás corto de vista o no sabes leer? –interrogó al viejito, quien no se movía ni decía palabra.

»¡Gustav! Vamos a enseñarle a esta lacra decrépita que este no es su lugar en el mundo. Aquí solo entran seres humanos, aunque más no sea, estúpidos belgas.

Gustav y un compinche levantaron al viejito de los brazos, mientras el pocillo de café volaba por el aire y se hacía pedazos contra el suelo. Un tercero sacó unas tijeras del bolsillo y se acercó a ellos. Los presentes contuvieron la respiración, mientras el viejito apretaba sus mandíbulas en un gesto como de silenciosa dignidad.

El de las tijeras se puso a cortarle la barba, mientras sus compañeros festejaban y reían, a la vez que le pegaban en la cabeza, sin mayor violencia, más bien para humillarlo. ¡Nunca olvidaré esas risas y esas miradas! Recién en ese momento observé al joven que manejaba las tijeras: sobre el uniforme regular de las SS –similar al de los demás miembros del piquete–, lucía con ostentación la temida insignia de la Légion Wallonie, del rexista Léon Degrelle. No pronunció palabra mientras vejaba al viejito, cortándole la barba con formas absurdas que provocaban las risotadas de sus compinches. Pero todos nos dimos cuenta y nos miramos en silencio, indignados. De todos modos, no creo que le importara. Era un valón... ¡igual que nosotros!

El viejito siguió de mandíbulas apretadas, como ignorando lo que sucedía. Eso terminó de exasperar al oficial. Agarró al viejo del saco, por detrás de la cabeza, lo arrastró hasta la puerta y lo arrojó con violencia a la calle, como quien se deshace de una bolsa de basura... Y allí quedó, desparramado y sangrante, en medio de la *rue Ernest de Bavière.*

El oficial volvió a entrar al café.

–¿Quién es el encargado?

Me adelanté.

Me tomó por las solapas del abrigo y me sacudió a su antojo. Luego me soltó y me cruzó el rostro de una bofetada. Sentí un insoportable ardor en la mejilla, mientras un hilo de sangre salía de mi boca. Una furia incontrolable me dominó. Pero no supe qué hacer.

–¿No sabes que está prohibido servir a judíos? Y estamos informados de que no es el único, ¿sabes? –aclaró con cinismo–. Ahora vas a pegar en las puertas y ventanas los carteles que te va a dar Gustav. Si llegas a permitir que otro judío entre, lo vas a pagar tú. ¿Está claro?

***

Monsieur Léon no estaba aquella tarde nefasta. Pero concurrió al día siguiente.

Es probable que no supiera nada de lo sucedido: eran tiempos en que la gente no hablaba de ciertas cosas. Llegó a la hora de siempre y se instaló en su mesa. Tuve la impresión de que miraba los carteles que yo había pegado la noche anterior, pero parecía no comprender. En realidad, no lo sé.

Me acerqué lentamente, me paré frente a él y lo miré a los ojos. Durante un tiempo que pareció interminable nos miramos sin hablar. Mis ojos se iban llenando de lágrimas y era incapaz de articular palabra. Los suyos se colmaban de asombro, incrédulos. Con vergüenza le señalé los carteles. Viles, infamantes, miserables. ***INTERDIT AUX JUIFS***. Giró su cabeza, los leyó y luego asintió levemente, tres veces, con increíble amargura. Se puso de pie, se acomodó el saco, miró el café una vez más –como quien se despide de un viejo amigo– y atravesó la calle, con su robusta figura siempre erguida; aunque el andar vacilante delataba la terrible angustia que padecía.

Yo me quedé de pie en la vereda, sin decir palabra, contemplando cómo su silueta se perdía tras una esquina de esa Lieja gris que nos estaba consumiendo.

Eran las cinco de la tarde de un miércoles de otoño del 41. Nunca más lo volví a ver. Ni a él ni a la niña. Y todavía me culpo.

¿Tiene usted idea, acaso, de lo que les sucedió?

***

Charlotte

Fue mi mamá, Blima, la que recibió la *Intimation*.

Lo sé bien, porque yo estaba a su lado. Ella firmó el recibo, como si fuera una carta cualquiera. Cuando cerró la puerta y la leyó, palideció y sus piernas se aflojaron. Tuvo que recostarse contra el marco de la puerta para no caer. Pareció que se desmayaba. Intentó decirme algo, pero no le salieron las palabras. Se dirigió a su cuarto, mientras con una mano me hacía un ademán de que esperara. Guardó la carta en su mesa de luz y entornó la puerta. Luego oí sus sollozos, que pretendió acallar para que yo no sufriera.

Era un viernes helado, a fines del otoño de 1941.

Cuando mi padre llegó, se encerraron en el dormitorio y hablaron largamente. Eran los mismos susurros que se repetían desde hacía un año, cuando los nazis comenzaron a identificarnos y perseguirnos. Pero esta vez sus voces se oían aún más preocupadas.

A la mañana siguiente, papá partió muy temprano, casi al amanecer. Cuando me levanté a desayunar con Raymond y mamá, vi de reojo que la carta del día anterior había quedado sobre la cómoda del estar. Era un papel de color verde, de forma alargada, con el título *Intimation*.

Durante un año lo habíamos soportado todo. ¿Qué nuevo martirio nos anunciaba el misterioso papel verde? ¿Seríamos capaces de resistirlo?

Primero fue el censo de judíos, en cada municipalidad, para que quedáramos registrados en forma separada de los ciudadanos belgas. ¡Como si no lo fuéramos! Se suponía que el censo era «voluntario» y que los judíos debíamos «solicitar la inscripción». Por ello, a pesar de las terribles penas con las que amenazaban a los que no se presentaran «por su propia voluntad», mi papá decidió que no nos inscribiríamos. Pero cuando Gérard Romsée –un valón como nosotros, para mayor vergüenza– pasó a ocupar la Secretaría General de Interior a mediados del 41, dispuso que a todos aquellos que no estábamos inscriptos se nos estampara en nuestros carnés de identidad la palabra ***JUIF-JOOD***, en letras mayúsculas rojas de gran tamaño.

Esto fue solo el comienzo. Poco después se empezó a exigir el uso de una estrella amarilla con la palabra ***JUDÍO*** del lado izquierdo, sobre el corazón. Nosotros la usamos unos días, pero luego papá dijo que nos la quitáramos. Más adelante se nos prohibió asistir a las mismas escuelas que los demás niños. Perdí casi todos mis amigos. ¡Fue muy humillante y doloroso! Luego vino la destitución de los funcionarios públicos, abogados, profesores y periodistas judíos. Más tarde la de los médicos. Mi papá, que era una persona muy culta, tenía varios amigos profesores, sobre todo de letras. Cuando quedaron sin trabajo comenzaron a venir a casa, cada dos por tres, como de visita. Pero cuando mamá les ofrecía de comer –algo sencillo, como un plato de sopa con pan, porque mucho no teníamos–, veíamos cómo lo devoraban con desesperación. De todos modos, cada vez que venían estaban más flacos y de peor aspecto. Era muy poco lo que se podía hacer.

Después se inició la campaña de «arianización»: todas las empresas, casas, campos y dineros en los bancos que fueran propiedad de judíos debían ser confiscados y transferidos a manos de «arios»... Las empresas de vestimenta –como la de mi papá– estaban en la mira. Pero como el taller no era muy grande, se fue salvando. Papá sufría mucho, no solo por ver tanta injusticia, sino porque no podía creer que algunos belgas –¡incluso entre sus amigos!– pudieran colaborar con los nazis, bajo la promesa de recibir los bienes de algún judío en desgracia, lo que al final casi nunca sucedía.

NTREPRISE JUIVE

Direction assurée par un
administrateur provisoire aryen
... en application des lois des

La verdad es que papá se afligía mucho. Pero no perdía su buen humor, ni su dignidad, ni su elegancia. Porque era un hombre de buena presencia. Hasta aquel miércoles, ya entrado el otoño... En realidad, nunca supe bien lo que sucedió. Los miércoles y los viernes, días que dedicaba a hacer los pagos y cobranzas en el centro, no regresaba derecho a casa, sino que se detenía un par de horas en un café de Outremeuse. Yo también fui algunas veces con él, a pesar de que solo tenía 8 años. Le gustaba mucho el café y jugar al billar con sus amigos. Pero ese miércoles llegó temprano. Algo había sucedido. Cuando entró, Raymond y yo estábamos haciendo los deberes. ¡Nunca lo habíamos visto tan abatido!

–¿Qué te ha sucedido, Léon? –lo interrogó mi madre.

Él la miró fijo a los ojos, pensativo; luego bajó la vista y respondió:

–Hoy he visto el rostro de Satanás.

Solo eso dijo. Y ya nunca fue el mismo de siempre.

***

Abraham Kempinski[5] (18 años), falsificador, París

Mmm... ¡Es muy difícil saberlo! Porque había encontrado un modo de producir tal cantidad de documentos falsos que en poco tiempo había inundado toda la región norte, incluidos Bélgica y los Países Bajos. Cualquiera que buscase una nueva identidad sabía que tomando contacto con la Resistencia la podía lograr. Y si todo el mundo lo sabía, era obvio que los servicios de policía también. Por eso teníamos que extremar las precauciones, y rara vez tomábamos contacto directo con nuestros «clientes». Si se les puede llamar así, ya que todo lo hacíamos en forma gratuita, sin interés alguno: era una manera de luchar por nuestras ideas y por la libertad.

Sin embargo, hacíamos algunas excepciones. Por ejemplo, cuando se trataba de extranjeros que permanecían pocas horas en París. Por eso recuerdo a aquel hombre, quizá sea el que usted anda buscando. Era robusto, bien vestido, muy formal; era belga, aunque hablaba con acento del Este. Pero no recuerdo su nombre, ¡imposible! Recibíamos entre treinta y cincuenta «órdenes» por día, ¡imagínese!

¿Estamos hablando del otoño de 1941, no es así?

Nos encontramos en un cafecito de la rue Jacob, a poca distancia de nuestro «laboratorio» (una pequeña buhardilla en *rue des Saints-Pères*). Su urgencia era extrema, porque había recibido una *Intimation* para trabajar en los campos de internación. Nosotros estábamos en contacto con muchas organizaciones: la OSE, el Movimiento de las Juventudes Sionistas, *Combat*, Liberación Norte, los Francotiradores y Partisanos... Por lo general, en los papeles conservábamos el nombre de pila y modificábamos el apellido; si teníamos que cambiar los dos, procurábamos al menos mantener las iniciales. Ese fue mi caso, que pasé a llamarme Keller.

¿Quiénes éramos nosotros? Tal vez haya oído hablar de la Sexta Sección Secreta de la UGIF. Aunque se nos conocía como «los pintores», porque nuestro taller de trabajo se encontraba en una buhardilla que había sido siempre *atelier* de artistas plásticos, bohemios y pobres de toda solemnidad. Esa era nuestra fachada. Teníamos la particularidad de habernos conocido trabajando para la UGIF, la Union Générale des Israelites de France, un organismo judío gubernamental instaurado por el gobierno colaboracionista de Vichy y financiado con el dinero y los bienes expoliados a los judíos durante la «arianización», que se suponía ayudaba a los niños cuyos padres eran deportados a los campos de trabajo. Como supondrá, algunos jóvenes nos cansamos de esa actitud sumisa, y decidimos actuar. Cuando éramos alertados de una redada para detener judíos, tratábamos de avisar a las víctimas y les ofrecíamos papeles con una nueva identidad, para que pudieran huir. ¡No se imaginan cuántos no nos creían y preferían quedarse! A veces hasta se enojaban: cuando les hablábamos de los campos de exterminio decían que eran mentiras, inventadas por Churchill y los norteamericanos. Pero la mayoría sí nos creían, y así se salvaron miles de familias.

En total éramos cinco. Yo tenía 18 años, y había sido reclutado por otros muchachos un poco mayores, que ya estaban en eso de la falsificación desde hacía algún tiempo: Samuel, Renée, Suzie y Herta, todos de poco más de 20 años. Éramos muy unidos. Y trabajábamos sin descanso: sabíamos que la vida de muchos dependía de nosotros.

Nos unían nuestros ideales. Pero además todos habíamos sufrido en carne propia los horrores de la ocupación nazi. Mi madre –una mujer toda ternura, oriunda de Tbilisi, Georgia– apareció muerta junto a las vías del tren, cuando regresaba de avisarle a su hermano que la policía lo buscaba para detenerlo. Los servicios de Seguridad me informaron que había sido un accidente, que había confundido la puerta del baño con la de salida... ¡por favor, qué hijos de puta, cuánta indignación! En fin, son los tiempos que nos tocó vivir.

¿Y sabe algo más? Yo soy argentino. Sí, porteño, de Buenos Aires, en el sur de América. Y eso me salvó dos veces la vida.

***

Tío Paul (41 años), tallador de diamantes, Amberes

–¡Es demasiado peligroso, Léon! –intenté disuadirlo, casi con desesperación–. Y más aún con Raymond y la pequeña Charlotte. ¡Es una locura!

Pero mi cuñado era un hombre de decisiones firmes. Y cuando estaba convencido de algo, era difícil que diera marcha atrás.

–Los nazis controlan los ferrocarriles, sobre todo los que van a Francia. Han puesto los mejores agentes de las SS y de la Gestapo, los más inteligentes y crueles, a inspeccionar a los pasajeros de los trenes... ¡Hasta recurren a perros policía para detectar a los que usan papeles falsos, sobre todo a los judíos! –insistí, imaginando el terrible destino que esperaría a mi hermana Blima y a sus hijos, en caso de ser descubiertos.

–Mira, Paul, he hecho todo de la mejor manera, no tengas temor –me respondió con voz tranquila, por más que su mirada dijera otra cosa–: los papeles son perfectos, fabricados en el laboratorio de la Resistencia Francesa, son los mejores. Y viajaremos con maletas pequeñas, como si fuéramos a visitar a la familia. Además, he reunido todos mis ahorros y vendido todo lo que he podido, hasta las máquinas del taller y... aquí es donde necesito tu ayuda: quiero convertir todo en diamantes, que son más fáciles de llevar.

–¡Pero te has vuelto loco! –lo interrumpí, casi a los gritos, aunque hacía tiempo que solo hablábamos de ciertos temas en murmullos.

Temía por mi hermana y por los niños. Eso era verdad. Pero también era verdad que la decisión de Léon cuestionaba mi propia idea de quedarme en Amberes, con mi mujer y mis dos hijos. Nuestra hermana mayor ya había partido con su familia hacia los Estados Unidos. Yo era el único que seguía pensando que Bélgica podía ser un lugar seguro para los judíos. La colectividad de Amberes era muy grande (mayor que la de Bruselas, y mucho más que la de Lieja), y siempre había vivido en armonía con los demás flamencos. Además, había sectores de la producción y el comercio, como la industria diamantera –en ella yo trabajaba desde muy joven–, en la que los judíos éramos expertos, casi diría indispensables, sin exagerar. ¿Cómo iban a prescindir de nosotros?

Nuestros caminos se bifurcaban. Si yo estaba en lo cierto, las arriesgadas ideas de mi cuñado eran una locura. Pero si los oscuros presagios de Léon se volvían realidad, entonces yo estaba cometiendo un gravísimo error.

Y el terrible dilema que enfrentábamos era que ambos no podíamos tener razón al mismo tiempo. Uno de nosotros estaba condenado a ser sacudido por la tragedia.

***

Charlotte

¡A partir de aquel momento seríamos la familia Wins! Léon Wins, su esposa Blima y los hijos de ambos: Raymond y la pequeña Charlotte Wins. Y el martes por la noche –apenas cuatro días después de haber recibido la *Intimation*– viajaríamos a París. Con una pequeña maleta cada uno. En apariencia, un simple viaje familiar para visitar a nuestros parientes franceses.

¡Conocer París, la Ciudad Luz! Siempre había oído hablar tanto de ella: La *Tour Eiffel*, *l'Arc de Triomphe*, la Catedral de *Notre*

Dame... ¡Cuánto había soñado visitarla! Ahora, sin embargo, en mi corazón de 8 años la angustia y el miedo habían ahogado cualquier anhelo de aventura. Mi mente infantil sabía que más allá de la aparente seguridad del hogar y de la fortaleza moral de mis padres, el peligro nos acechaba. Como lo mostraba el infame citatorio, cuyo texto al final había alcanzado a leer:

INTIMATION
PREFECTURE DE POLICE

Liège, le 23 octobre 1941.

Monsieur Léon S. est invité à se présenter en personne accompagné d'un membre de sa famille ou d'un ami, le 29 octobre 1941, à 6 heures du matin au Gymnase Sportif pour examen de sa situation. Prière de se munir de pièces d'identité.
La personne qui ne se présente pas aux jour et heure fixés, s'exposerait aux sanctions les plus sévères.

Le Commissaire de Police

¡Ahora ya lo sabía! ¡Había recibido el siniestro *billet vert* del *Arbeitseinsatz*, el que todos tanto temían! Léon, mi adorado padre, había sido citado para llevárselo a los malditos campos de trabajo... Los rumores decían que los enviaban a trabajar en la construcción de una muralla sobre el Atlántico, la *Atlantikwall*, en pleno invierno, sin abrigo y con escasa alimentación. Debía presentarse el miércoles, muy temprano por la mañana, «para un examen de su situación». ¡En un gimnasio! ¡Por Dios!

Era un momento de decisión.

Por eso el sábado en la madrugada papá viajó a Francia para «tramitar» los papeles de una nueva identidad, con un falsificador que nosotros nunca conocimos. El domingo de mañana –en el camino de regreso a París–, se reunió con mi tío Paul, en Amberes. Por la noche, nuestros padres nos reunieron, a Raymond y a mí, en el estar de la casa.

–Vamos a dejar Lieja, pero solo por un tiempo. Hasta que las cosas mejoren –nos aseguró mi padre–. Ustedes todavía son muy jóvenes, pero deben saber que su padre fue citado para los campos de trabajos forzados, fuera de Lieja, de los que no se regresa... Quiero que sepan que no van a dividir a nuestra familia –dijo con firmeza–. Viajaremos todos juntos pasado mañana, martes, a París. Más adelante seguiremos hacia el sur de Francia. Conservaremos los nombres, pero nuestro apellido será Wins. Ahora seremos la familia Wins –mi padre esbozó una sonrisa leve, casi forzada–. Nunca dejaremos de ser judíos... pero por un tiempo no lo vamos a decir... Y tienen que aprender a persignarse –afirmó mientras con su mano derecha hacía la señal de la cruz–. Cada uno de nosotros llevará cosidos en la ropa algunos diamantes. En las hombreras de los sacos, por ejemplo. Tienen que cuidarlos mucho, porque es lo único que tendremos para sobrevivir en los próximos meses. Ah, y vamos a llevar una sola valija cada uno.

Escuchamos sus palabras en absoluto silencio. Y no nos atrevimos a hacer una sola pregunta, a pesar de todas las dudas que nos asaltaban. La mayoría de esas preguntas no tenían respuesta, y lo sabíamos. En realidad, solo teníamos una certeza:

–Quiero que sepan que no van a dividir a nuestra familia –repitió mi padre.

***

Raphael Ledouc, *bouquetier*

Esperé otro viernes más, sí, sí... Pero ¡nada!

Al día siguiente, como era sábado, yo cerraba la florería más temprano. Era una tarde fría y gris, que anunciaba la proximidad del invierno. A pesar de que eran las cuatro de la tarde, estaba muy oscuro. Hacía varios días que andaba afligido... por lo de la niña, ¿sabe? Entonces me decidí. Junté fuerzas –que ya me escaseaban en esas épocas– y partí rumbo a su casa.

La iluminación de las calles era mínima, debido a la guerra, sí, sí... y también se habían multiplicado los raterillos, capaces de aprovecharse de alguien como yo, que no era un muchacho. Pero igual me las arreglé para transitar por aquellas tenebrosas callejuelas –verdaderas bocas de lobo–, hasta desembocar frente a la casa de la niña. Una sencilla pero agradable casa de dos plantas, ubicada en el número 87, *rue du Molinay*, una calle empinada del suburbio industrial de Seraing-sur-Meuse, de estilo tradicional, bien *liégeoise*... Ya era noche cerrada, y la casa estaba completamente a oscuras. A través de sus ventanas no se vislumbraba ni una sola luz, ni siquiera emergía un tenue resplandor.

La angustia se apoderó de mí de tal manera que me sentí tentado a golpear el llamador de las casas linderas, sí, sí, y a preguntar si sabían qué había sido de sus vecinos y de la niña. A duras penas logré contener mi desesperación. No hubiera estado bien preguntar por la niña a esas horas y en ese estado.

Me quedé parado en la vereda un tiempo que me pareció eterno, aunque tal vez hayan sido solo unos minutos, mientras la noche invernal se hacía sentir, sin importarle la desdicha que yo estaba padeciendo. Decidí regresar. Giré sobre mí mismo, con la cabeza gacha, y entonces... en la calzada, frente a la casa y junto al cordón de la vereda, ¡vi algo que me hizo latir fuerte el corazón!

Era una cinta de colores, sí, sí... como aquellas que la niña usaba para sujetar su cabello del color de los castaños. Las que se soltaban y caían cuando algo la inquietaba o la sobresaltaba. Contuve la respiración. ¡Por Dios! ¿Qué le habría sucedido?

Levanté la cinta con lentitud: era de color rosado claro. La guardé con cuidado en el bolsillo de mi saco, junto con unos caramelos que le había llevado, por si la encontraba, ¿sabe? Era todo lo que me quedaba de ella. Y entonces percibí con claridad, en esa noche helada y cruel, en la cual la maldita guerra me arrancaba aun la más pequeña de las alegrías, que la esperanza de algún día volver a ver a aquella niña era lo único que todavía brindaba un dejo de calor a mi vida.

SEGUNDA PARTE
EL INVIERNO

Pero, ¿cuál era su escondite en ese París del invierno de 1941-1942, que fue el más desolador e inclemente invierno de los años de la Ocupación? ¿Cuál era su refugio? ¿Y cómo lograba sobrevivir en París?

Dora Bruder, *PATRICK MODIANO*

I
EL VIAJE HACIA LA NOCHE

Estación de ferrocarriles Guillemins, Lieja, noviembre de 1941

Charlotte

Los vi y me corrió un escalofrío.

Arribamos a la vieja estación de ferrocarriles de Guillemins temprano por la mañana. Papá nos había dicho que era muy importante llegar a París antes de que anocheciera. Y en esa época del año oscurecía muy temprano, no más de las cinco de la tarde.

Sus instrucciones habían sido claras: actuar con «naturalidad» (¡como si eso fuera tan fácil!), no hablar con nadie y llevar una valija chica, «como quien va a visitar a la familia por unos días». Si teníamos que preguntar algo, Raymond y yo seríamos los encargados de la tarea: éramos los belgas «nativos» y hablábamos sin acento. Como yo sufría de un problema de bizquera, solía llevar mi ojo derecho tapado. Pero la noche antes de la partida, por temor a llamar la atención, me quité el parche. Y ya no lo volví a usar.

Yo llevaría puesto mi grueso abrigo de invierno, con sus grandes hombreras al estilo de la época, donde se ocultaban parte de los diamantes (trataba de no pensar en eso, me asustaba mucho). Antes de dejar nuestra casa, mi mamá nos sirvió a todos una taza grande de café con leche y unas galletitas muy ricas. Fue el último sabor del hogar, aunque ya manchado de tristeza.

Luego nos zambullimos todos en un automóvil que papá Léon había contratado («tiene que parecer un viaje normal, no vamos a andar arrastrando bártulos a pie por las calles», nos había dicho), y atravesamos medio dormidos la ciudad de Lieja, aún en penumbras.

Cuando el coche se detuvo, yo manoteé mi valijita con determinación y me bajé con la decisión de quien ha asumido que debe comenzar una nueva vida, a pesar de los pesares y cueste lo que cueste. Pero fue entonces que los vi.

Custodiaban tanto la entrada principal como las laterales. La estación central de trenes de Lieja resultaba un sitio clave y era celosamente vigilada. La huida de enemigos políticos y judíos debía ser evitada. Para eso estaban ellos.

Los oficiales de las Waffen-SS, el cuerpo de elite, vestían impecables uniformes de color oscuro y cuello en un tono más claro, donde lucían su temida insignia: SS. Eran acompañados por agentes de la Gestapo, con sus tapados de cuero que llegaban hasta más abajo de las rodillas. Unos y otros calzaban brillosas botas de cuero negras y exhibían en el brazo izquierdo un brazalete rojo con la cruz esvástica. Su vestimenta (muchos años después me enteré de que fue diseñada por un tal Hugo Boss), su aire de suficiencia y superioridad eran impresionantes.

¡Quedé petrificada! El temor cedió paso al miedo más atroz. Un miedo que se adueñó de mí por completo hasta ocupar cada rinconcito de mi ser. Un miedo que no me abandonaría por años. Pero mi padre me sacudió y un instante después –no sé cómo– estaba frente a ellos.

–Documentación –le dijo a mi padre un oficial de las SS, mientras clavaba en él sus ojos celestes, casi transparentes.

Mi padre pareció no inmutarse. Su estatura y su porte militar lo ayudaban mucho. Raymond era aún más alto. ¡No podía tratarse de dos «sucios judíos», por favor! El oficial pareció asentir y le devolvió los papeles a mi padre. Respiramos profundo y seguimos nuestro camino.

Atravesamos los pórticos de ingreso de la vieja *Gare des Guillemins*, con su frontón coronado por la enorme estatua de una mujer (que simboliza la industria, me habían enseñado en la escuela), y nos dirigimos a nuestro andén. Tercer vagón, segunda clase. Nos sentamos en la fila 36. ¿Por qué recuerdo estos detalles? No lo sé. Tenía el corazón en la boca. No podía pensar.

***

Nuestro destino era Lille, Francia, donde debíamos trasbordar a otro tren camino de París. Era un largo viaje, que nos llevaría todo el día. «Pero lo importante es llegar a París antes de la noche», había dicho papá Léon.

Unos minutos antes de las ocho se escuchó el silbato y la vieja locomotora de vapor inició su marcha. Cada tanto, el zangoloteo del tren disipaba un poco mis angustias y me venía algo de sueño... ¡Para qué! Instantes después me despertaba sobresaltada, aterrorizada. Así, una y otra vez, durante un tiempo que me pareció interminable. Al partir de Tournai, última ciudad belga en el camino a Lille, comenzamos a escuchar, como proveniente del último vagón, un sonido que me pareció muy extraño. Se trataba de algo así como un repiqueteo, que no alcanzaba a identificar. ¿Qué sería? El repique se escuchaba cada vez más cercano. Se oía unos minutos, y luego se silenciaba. Y de pronto comenzaba otra vez.

Hasta que de repente se abrió bruscamente la puerta trasera del vagón. Al frente del grupo venían unos hombres con un uniforme similar al de los que custodiaban la estación de Lieja, pero algo me decía que tenían un rango inferior.

–Es la gente de Degrelle –le susurró Léon a Blima.

Escuché que entre ellos hablaban francés con acento belga. ¿Serían miembros de la odiada Légion Wallonie? Tras ellos, cuatro miembros de la Gestapo –con sus largas gabardinas de cuero negro y sus botas lustrosas– taconeaban ruidosamente contra el piso del vagón, con toda ostentación. «Hemos llegado *nosotros*, los nuevos amos del mundo», parecían decir.

En el vagón se instaló un silencio sepulcral. Cada tanto la comitiva se detenía frente a algún desdichado, vaya uno a saber por qué. Exigían su documentación y luego lo sometían a toda clase de preguntas, hasta humillarlo. Los belgas colaboracionistas eran socarrones, se burlaban de él. Los alemanes de la Gestapo no perdían tiempo en esas cosas. Lo perforaban con su mirada y si no encontraban algo que les llamara la atención, seguían adelante. En nuestro vagón no sucedió nada, pero en el siguiente agarraron a un muchacho por el cuello, lo levantaron en el aire y lo abofetearon. ¿Por qué, qué hizo? No lo supimos. ¿Qué hicieron con él? Imposible saberlo.

Llegamos a Lille. Cambiamos de andén y abordamos el tren a París. Era un ferrocarril más grande y moderno. Quinto vagón, segunda clase. Fila de asientos 16. ¿Pero por qué recuerdo todos estos detalles inútiles? Tal vez fuera una defensa frente a ese mundo hostil que no podía comprender, no sé.

Esta vez tuvimos una larga y tensa espera. Algo andaba mal. Temimos que tuviera que ver con nosotros. Mis padres no lograban disimular su impaciencia. ¡Pero ni soñar con preguntar! Al final se escuchó el silbato y el tren se puso en marcha. ¡Uf, qué alivio! Ya era primera hora de la tarde y en noviembre oscurece temprano. Mamá sacó de su bolso unos sándwiches de queso y una botella de agua. Era poco, pero daba para engañar el estómago. Fue un breve momento de alivio en un viaje dominado por un miedo feroz.

No habría pasado media hora desde la partida cuando oímos, otra vez, el temido repiqueteo de las botas militares. Primero lejos, distante. Luego, cada vez más cerca. Pero... ¡no puede ser! ¡Por Dios, qué tormento! Esta vez sí sabíamos de qué se trataba. Y esta vez venían en serio.

No había lugar para colaboracionistas mediocres y socarrones: era un numeroso contingente de las Waffen-SS y miembros de la Gestapo. Exigían la identificación de los pasajeros, uno por uno. Cuando surgían dudas, los miraban fijamente y les hacían un par de preguntas. No más.

Tres filas antes que nosotros le pidieron los papeles a una mujer que tendría unos 40 años. Algo les debe de haber llamado la atención. Le hicieron una pregunta sencilla en alemán. Luego otra en francés. La mujer tenía un terrible acento polaco, imposible de disimular.

–Tome sus cosas y trasládese al último vagón. Allí otro oficial le va a asignar un asiento.

Solo eso le dijeron. Ni siquiera le gritaron o la trataron mal. Alcancé a ver su rostro transfigurado por el terror. Tomó su bolso, luego buscó su pequeña valija –como pidiendo disculpas–, sintiéndose observada por todos los demás y casi admitiendo que era su culpa, por ser tan torpe de no poder ocultar el acento de su idioma natal... Tenía la edad de mamá, y hasta alguno de sus gestos. Pero no pude hacer nada. Se la llevaron y no pude hacer nada. Nadie podía hacer nada, la impotencia era desesperante.

Una vez más sorteamos la prueba y oímos el repicar de los tacones alejarse por el tren.

Por las ventanas veíamos el cielo gris encapotado y los árboles sin hojas, con sus finas ramitas tendidas hacia lo alto que parecían rogar piedad –esa fue la idea que me vino a la cabeza en ese momento, lo recuerdo bien–, mientras el sol se acercaba a su ocaso y la luz se extinguía.

Ya no llegaríamos de día a París.

***

¡Qué curioso! ¡Yo había imaginado algo tan distinto! No podía creer que esa inmensa ciudad a oscuras que estábamos atravesando en el ferrocarril fuera mi soñada París. Aquí y allá algunos manchones de luz. Por lo demás, ¡una boca de lobo!

Al final llegamos a la *Gare du Nord*. Estábamos agotados. ¡Habían sido tantas las emociones! Era noche cerrada, y era visible la preocupación de mi padre. Bajamos del tren con nuestras valijitas y lo seguimos. Había soldados alemanes y policías franceses por todos lados. Me dio la impresión de que mi padre estaba buscando encontrarse con alguien, que no aparecía. ¿Quién? No lo sé. Todo lo hacía con disimulo: no podía pararse en un lugar fijo, porque nos habrían detenido de inmediato. Caminaba con lentitud, mirando a uno y otro lado con los ojos, casi sin mover su cabeza. Atravesamos la enorme estación. Era evidente que su amigo –o quienquiera que fuese– se había retirado, dada la demora del tren en arribar a París. Finalmente, asomamos por la puerta y nos dirigimos al *boulevard* de Magenta.

Unos pocos focos rodeaban la estación. La negrura parecía devorarlo todo. Si Lieja era una pequeña ciudad vigilada y controlada, París era una inmensa ciudad ocupada.

Mi padre pareció no inmutarse. Pasó, junto con su familia, al lado de los oficiales de las SS que vigilaban la estación. Extrajo de un bolsillo interior del chaleco una pequeña esquela y leyó una dirección. Fueron tan solo unos segundos. Luego siguió caminando, con lentitud, rumbo a la ciudad en penumbras.

¡Qué ironía! Por la mañana no quisimos atravesar nuestra propia ciudad a pie con las valijas, para no llamar la atención. Ahora no tuvimos otra alternativa que internarnos en las fauces de una gigantesca ciudad desconocida y llena de amenazas, con nuestras maletas a cuestas y sin rumbo cierto.

Léon abrió la marcha. Nosotros lo seguimos, a su lado, hasta confundirnos con la noche.

II
UN TENUE CALOR EN INVIERNO

Konskie, Polonia, otoño e invierno de 1941

Christoff Podnazky

Viajamos en aquel vagón de ganado durante toda la jornada.

Dos días antes nos reunieron a los judíos que aún vivíamos en Plock. Supimos que íbamos a viajar porque nos dijeron que podíamos llevar una valija por persona. Pero ignorábamos a dónde. Al amanecer nos trasladaron en camiones a la estación de ferrocarril, donde nos dieron una magra ración para el camino. Luego nos subieron a empujones a los vagones. Era un tren hediondo, construido para transportar reses, falto de ventilación, donde nos hacinaron como si fuéramos animales. Pero el olor fétido que nos revolvió el estómago no bien pisamos el vagón no provenía de la bosta del ganado, sino de vómito humano en estado de putrefacción. Se veía que el «embarque» anterior no lo había pasado demasiado bien...

No puedo decir que estuviera acostumbrado, porque es imposible habituarse a tanta miseria humana. Fíjese que cuando abrieron las puertas del vagón, un joven soldado alemán tomó un balde de agua, decidido a limpiar aunque más no fuera un poco la mugre acumulada: vómitos, orines, excrementos. Su superior lo detuvo, secamente:

–Son judíos. No es necesario.

Nadie se negó a ascender a los vagones. Hubiera sido inútil resistir. Sin embargo, los oficiales incitaban todo el tiempo a los soldados para que nos golpearan la espalda con la culata de los fusiles. Esos golpes no eran demasiado fuertes, no nos provocaban dolor. Pero sí humillación. Para ellos éramos bestias y debíamos ser tratados como tales.

***

Yo regresé a mi Polonia natal desde Bélgica –donde estudiaba Ingeniería en la Universidad de Lieja–, a comienzos de 1939. Lo hice preocupado por el ambiente de guerra generado entre Alemania y Polonia. Y por la creciente hostilidad hacia los judíos de ciertos grupos políticos de mi propio país, que organizaban pogromos y ataques a las sinagogas. Soñaba con defender a mi patria como lo había hecho mi padre.

Sin embargo, solo fue necesario ingresar a Polonia, y más tarde arribar a mi bella ciudad de Plock, sobre el Vístula, para comprender qué lejos de la realidad habían ido a parar mis sueños. Mi patria se debatía en el desorden, sin saber qué estrategia seguir frente al posible ataque alemán. También comprendí que existía una seria amenaza de que la Unión Soviética se sumara a la invasión, abalanzándose sobre Polonia desde el este. Tampoco se sabía para qué serviría nuestro acuerdo de defensa con Inglaterra y Francia, dadas las propias debilidades de estos dos países y su lejana ubicación geográfica. Al final logré enrolarme en el Ejército Polaco como voluntario. Pero el entrenamiento que recibí fue mínimo y el armamento que me asignaron era obsoleto. Comprendí que mi aporte sería ínfimo y pasé esos últimos meses de libertad consumido por la angustia y la impotencia.

Hasta que, en la madrugada del 1.º de setiembre de 1939, la Alemania nazi invadió Polonia desde el oeste. Por su parte, la Unión

Soviética lo hizo desde el este diecisiete días después. Fue evidente que ambas ofensivas (y el posterior reparto del territorio polaco) fueron acordadas de antemano. Nuestras tropas se batieron con heroicidad. Inútil heroicidad, podría decirse, porque fueron aplastadas en cuestión de días. Mi querida ciudad de Plock fue ocupada por los nazis en los primeros días de setiembre. Varsovia cayó tres semanas después. Yo fui destinado a un batallón de reserva, por lo cual no participé de ninguna acción de guerra. Lo único que hice fue retroceder, día tras día, siguiendo las órdenes de mis superiores. Sobre finales de mes, cuando ya todo estaba perdido y la única alternativa era huir hacia Rumania, decidí –con dolor– quitarme el uniforme, enterrarlo al lado de un tilo añoso (que podría identificar si alguna vez regresaba) y volver a mi vieja Plock, junto con los míos, polacos y judíos.

Esta vez supe, desde antes de adoptarla, que era una decisión equivocada.

Pero igual seguí adelante. Era lo que tenía que hacer.

***

Luego de la ocupación alemana, la situación en Plock se deterioró muy rápido. Sobre todo para los judíos. Nosotros éramos la cuarta parte de la población, unos nueve mil. Fuimos sometidos a trabajos forzados. Algunos consiguieron escapar. Más adelante, a mediados de 1940, se estableció un gueto. Pero los nazis prefirieron no mantenerlo y comenzaron las deportaciones masivas de judíos a otros destinos. Para la segunda mitad del 41, solo quedábamos en Plock unos pocos judíos, sometidos a una situación cada vez más degradante.

No me sorprendió el anuncio de que también nosotros seríamos trasladados. Lo asumí como un eslabón más en la cadena de desdichas que la guerra nos había deparado. Ascendí lentamente –a golpe de culatazos– a los destartalados y malolientes vagones, y acomodé mis raquíticos bártulos, mientras algunos de mis compañeros de infortunio hacían arcadas sobre los vómitos ya putrefactos de nuestros antecesores.

Así anduvimos todo un día interminable. Sabíamos que íbamos rumbo al sur por los rayos del sol. Y también que pasamos por Lodz, porque allí nos detuvimos largo rato y algo pudimos escudriñar por las rendijas del vagón. Fueron transcurriendo las horas. La ansiedad cedió paso a la desesperación. Cuando la tarde ya caía y era imposible resistir un minuto más, el convoy se detuvo. Se escucharon pasos presurosos y herrajes que crujían. ¡Sí, habíamos llegado! Contuvimos la respiración. De repente, un movimiento brusco y las puertas del infame vagón se abrieron de par en par.

La luz nos cegó. Durante unos instantes no pudimos distinguir nada. Luego vimos las sombras de unos guardias alemanes que azuzaban a un grupo de prisioneros para que colocaran las rampas de descenso del tren. Recogimos nuestros bultos y nos acercamos al borde del vagón. El alivio por salir de semejante lugar de reclusión se mezclaba con la incertidumbre acerca de nuestro destino. ¿Dónde estábamos? ¿Y para qué?

Me asomé al aire libre y aspiré hondo el fresco del anochecer. Era una recompensa, luego de soportar tanta hediondez. Me dispuse a descender. De repente, no sé por qué, miré a lo lejos, hacia el edificio de la estación. Fue entonces que lo vi.

Su figura espigada y su cabeza erguida eran inconfundibles, aunque se lo notaba muy delgado. Estaba vestido con un traje azul de poca categoría, sobre el cual se distinguía la estrella de David amarilla del lado derecho. De todos modos, comparado con las vestimentas remendadas (y a menudo harapientas) que solíamos llevar los judíos en aquellos tiempos, aquel traje parecía bastante mejor, lo cual me intrigó.

Comencé a bajar por la rampa. De repente, mi mirada fue interceptada por sus profundos ojos negros. Ambos mantuvimos fija la visual durante un segundo que pareció eterno. Luego el culatazo en la espalda de un guardia me sacó de toda ensoñación. Terminé el descenso, me entreveré con los demás y no volví a verlo.

Pero estaba seguro. Era él. Y me había reconocido. ¿Acaso sabía que yo viajaba en aquel tren?

***

Nos condujeron a un vestuario donde recibimos una ducha helada que, en pleno octubre, bien nos pudo provocar una neumonía. Pero después de haber navegado en la mierda todo un largo día, la recibimos como una bendición. Luego, a los camiones. A golpes de culata, por supuesto. Para entonces ya era un secreto a voces: ¡nos iban a realojar en el gueto de Konskie! ¡Eso lo explicaba todo! O casi todo. Porque aún quedaban muchas preguntas sin respuesta.

Sobre nuestro nuevo «hogar» se tejían diversas conjeturas, aunque la mayoría pensaba que luego de los padecimientos sufridos en Plock el traslado significaba una mejoría. Muchos tenían una «buena imagen» –si así se le puede llamar– del gueto de Konskie. «La esperanza es lo último que se pierde», pensé, con cinismo. Sin embargo, de una manera bien singular, los hechos se encargarían de demostrar que estaba equivocado. Los camiones se detuvieron. Nuevo descenso. Más culatazos. Un oficial de las SS leyó un largo bando:

–Antón Brodstein, número 83 de la calle Warszawska, al fondo. Isaak Berlinsky, número 14 de la calle Bóżnicza...

Y así siguió un buen rato. Ignorábamos cómo llegar a nuestra nueva morada. Pero de eso se ocupó la policía judía local, dependiente del Judenrat, el Consejo Judío de Konskie. Un poco más tarde, recién entrada la noche, desembarqué con mi bolsa en una pequeña pieza con un jergón, una vela y un urinal. No tenía ventana. Y la sensación de hacinamiento en aquel gueto era terrible. Pero al menos estaba limpia y parecía no tener pulgas. Podía haber sido peor.

***

Pasaron cuatro días desde la noche de mi arribo a Konskie. Un trabajo me fue asignado en un taller de confecciones situado en Maja 3, a unos doscientos metros de mi sucucho. Como pago por mis servicios recibía una magra ración de alimentos, velas y alguna prenda de segunda mano.

Esa noche era el primer día de Sucot. Yo no era muy religioso, por lo que eso no significaba demasiado para mí. Pero sí era verdad que en esas noches de festividad se me acrecentaba la nostalgia de los tiempos idos. De repente alguien golpeó mi puerta. Me quedé helado. ¿Quién podía ser? Acerqué la vela a la puerta y abrí con lentitud. El mismo traje azul de segunda clase, la misma delgadez, los mismos ojos negros, grandes y profundos, la misma mirada clara. Pero esta vez en su rostro se dibujaba una sonrisa.

Nos confundimos en un apretado abrazo sin final.

–¡Christoff, querido amigo! ¡Qué alegría volver a verte!

–¡No lo puedo creer, Alter querido!

¡Mi viejo amigo de Facultad! Y había traído algunas joyas con él, para celebrar Sucot y nuestro reencuentro: una botellita de *schnapps* y un minúsculo trozo de queso. Yo saqué a luz todas mis raciones y –como si dispusiéramos de los manjares más apetitosos– nos decidimos a disfrutar del momento.

Durante horas y horas, casi hasta el amanecer, olvidamos ese mundo cruel que amenazaba con devorarnos de un bocado en cualquier momento. Hablamos de todo: nuestras historias, nuestras alegrías y nuestros miedos.

–Temo por mis padres –me confesó–. Están cada día más débiles. Y mi padre, por ser tan religioso, ha sufrido toda clase de humillaciones. Cada vez que sale del gueto, con su túnica negra, su larga barba blanca y su *kipah*, se expone a burlas y castigos, cada vez más crueles. Mi madre trata de impedirlo. Pero él no le hace caso: «no nos van a poner de rodillas», le dice, «acuérdate de lo que sufrió Abraham». Parece un hombre fuerte, pero sufre mucho por dentro...

–Yo perdí contacto con mis padres –le dije–. Quedaron en Lieja y hace muchos meses que no tengo noticias de ellos. Bélgica no es lo mismo que Polonia, pero igual no sé qué pensar.

Su regreso a la patria natal no había sido mucho mejor que el mío. La comunidad judía de Konskie lo recibió muy bien: era un muchacho joven, de buena presencia y cercano a recibirse de ingeniero en una prestigiosa Universidad europea. De inmediato lo apodaron «el Ingeniero». ¡Pero lo que pudo hacer antes del comienzo de la guerra fue tan poco! Solo conseguir un trabajo, y brindar algo de ayuda a sus padres y a la comunidad.

El 1.º de setiembre del 39 el mundo se derrumbó. Y el 6 de setiembre, a media mañana, la Wehrmacht entró a paso triunfal en la pequeña ciudad histórica de Konskie. El despliegue alemán de hombres y armamentos fue impresionante. El equipamiento lucía reluciente y hasta el estado de los uniformes era impecable. La Alemania nazi se había preparado con todo cuidado para ese momento de gloria. Alter comprendió que la noche sería larga.

Pero lo que me contó a continuación era imposible de adivinar.

–Nos encontrábamos en Krakowska, la calle principal de Konskie, no muy lejos del parque, a eso del mediodía del domingo 10 de setiembre –comenzó Alter, como quien evoca un sueño (o una pesadilla), y encuentra difícil aceptar que haya sido realidad–, cuando escuchamos un fuerte ruido de motores. Supusimos que tendría que ver con la guerra, pero jamás podríamos haber imaginado la verdad.

Comprendí que lo que me iba a relatar provocaba en mi amigo sentimientos encontrados. Su mirada reflejaba dolor y desprecio, incluso odio. Pero por otra parte había en sus ojos un brillo de extraña fascinación, como el que en ocasiones nos provoca en una sala de cine la contemplación de un monstruo abominable, por más que sepamos todo el mal que es capaz de engendrar.

El ruido era cada vez más intenso, una gran cantidad de vehículos se aproximaba. De pronto, por un extremo de la calle principal vieron emerger una columna motorizada que se acercaba, levantando grandes nubes de polvo.

Mi amigo hizo una pausa en su relato y entornó los ojos:

–El estruendo se volvió ensordecedor. Al frente del desfile motorizado venían las motocicletas, luego los *sidecars* y más atrás los jeeps, todos en perfecta formación. Los oficiales que participaban de la cabalgata eran de las Waffen-SS y habían cuidado los más mínimos detalles. Recuerdo que llevaban antiparras oscuras con marco de color claro: era imposible verles la mirada, el ser humano había desaparecido tras la máquina de matar. El efecto general era imponente –Alter respiró profundo; sabía que lo que estaba a punto de revelar me sacudiría–. De repente, en medio de la caravana pudimos contemplar un impresionante *Grand Mercedes* negro con accesorios niquelados que se desplazaba a buena velocidad con la capota abierta. Y en su interior viajaba... Adolf Hitler.

***

Gunther Hessen (24 años), oficial de las Waffen-SS

Después de la arrolladora victoria del general Rudolf Gerd von Rundstedt sobre el Ejército de Polonia, fui destacado al pueblo de Konskie. Tres días después, el sábado 9 de setiembre en horas de la noche, recibimos un alerta cifrado. El comandante fue el único que tuvo acceso a su contenido.

–Mañana a las siete de la mañana se deberán presentar en mi despacho –nos ordenó a los oficiales–. Allí recibirán mis instrucciones.

Al día siguiente estábamos todos reunidos, éramos unos veinte.

–Les informo que hoy a las 11:45 recorrerá esta ciudad, en una caravana motorizada, el canciller imperial del Tercer Reich, nuestro *Führer* Adolf Hitler –la voz del comandante pretendió ser fría y militar, pero se lo notaba emocionado–. Cada uno se apostará, con un pelotón de soldados, en los lugares que les indicaré a continuación. Deberán aplicar de manera estricta la Ordenanza de Máxima Seguridad. Y recuerden: la protección de nuestro *Führer* depende de nosotros: si hay errores, los responsables serán ejecutados.

A la hora señalada, con puntualidad prusiana, escuchamos el tronar de los motores que avanzaban por la calle principal. Verificamos nuestras posiciones. Fueron tan solo unos segundos. Pero debo decir que el pecho nos estalló de orgullo. Nuestra adorada patria, humillada luego de la derrota en la Gran Guerra, volvía a resurgir con gloria. Y allí estábamos nosotros para contemplarlo. ¡Qué privilegio!

La comitiva pasó a nuestro lado. Y en el centro, en un Mercedes Benz 770 K descapotable, pude ver, a no más de tres metros de distancia, al *Führer* de la nación alemana. Los soldados se mantuvieron vigilantes. A los oficiales la Ordenanza nos autorizaba a saludar el paso de las autoridades. Y eso hice, con toda la fuerza de mi voz:

–¡*Heil* Hitler!

Más tarde supimos que el canciller imperial había aterrizado en un aeropuerto cercano a Kielce, desde donde se dirigió a Konskie. Allí se reunió con el general Walther von Reichenau en su cuartel general, instalado en una mansión en las afueras de la ciudad. Von Reichenau le informó del avance de las operaciones y de la tenaz resistencia encontrada en el pueblo de Konskie. También comentó al canciller imperial que, el día antes, un grupo armado de civiles polacos había asesinado y mutilado a un alto oficial y a cuatro soldados alemanes (se decía que les habían sacado los ojos y cortado la lengua). Al parecer, en el crimen participaron varios judíos. Esto no nos sorprendió. El *Führer* dejó instrucciones precisas sobre cómo proceder al respecto.

***

Christoff Podnazky

–Pero eso no fue todo... –esta vez Alter pareció decidido a no continuar. Le pesaba demasiado lo que aún quedaba por relatar.

Sin embargo, era Sucot. Un tiempo de raíces bíblicas que recuerda las penurias del pueblo judío durante su deambular por el desierto y la precariedad de sus condiciones materiales, simbolizado por el mandato de habitar en una cabaña provisoria o *sucá*, luego de escapar de la esclavitud en Egipto. No estábamos en una choza de palmas, sino en un triste cuartucho de un gueto, donde no solo la situación material era pobre sino que además el futuro de nuestras vidas estaba en juego. Y en ese mundo desalmado que nos tocó vivir, dos amigos del alma nos habíamos reencontrado. Era tiempo de hablar, de compartir las penurias que nos carcomían por dentro.

–No terminábamos de reponernos de la sorpresa que nos causó la presencia de... quien ya hablamos, cuando, al día siguiente, cerca del atardecer, el pueblo se inundó de rumores: «No puede ser ella».

«Sí, que yo la vi bajar de un jeep». «Y si es ella, ¿por qué vino?». Eso me preguntaba yo: ¿por qué? –se interrogó mi amigo, a la vez que sacudía la cabeza con amargura–. ¿Por qué?

***

Gunther Hessen

Sí, les puedo confirmar que Helene *Leni* Riefenstahl, la cineasta del Tercer Reich –famosa en todo el mundo por haber dirigido *El triunfo de la voluntad* y *Olympia*–, arribó el día siguiente que el *Führer* a Konskie, y fue testigo de todo lo que sucedió.

Así quedó consignado en el libro de novedades: «Siendo las 17:15 del día 11 de setiembre de 1939, se produjo el arribo en caravana motorizada a la villa de Konskie, ex Polonia (ahora perteneciente a la Gobernación del Reich), de *Fräulein* Helene Bertha Amalie Riefenstahl, quien permaneció en la villa bajo protección de esta Comandancia».

Fui asignado a su custodia personal desde el momento mismo de su llegada. El arribo de *Fräulein* Riefenstahl llamó la atención de todo el pueblo. Además de ser muy famosa, *Fräulein* Riefenstahl era muy bella. Su abundante cabellera negra, crespa y levantada, contrastaba con su tez clara. Su figura, de por sí atractiva, era realzada por una vestimenta de corte militar gris azulada, botas altas de cuero negro, un cinto ancho y entallado, y un tirador de cuero negro del cual colgaba –en su espalda– una pistola militar. Sus ademanes eran decididos y enérgicos. Yo estaba en funciones y era mi responsabilidad concentrarme en su protección. Pero debo confesar que era imposible escapar a su encanto. Al día siguiente debía filmar algunas escenas con su camarógrafo Guzzi, venido desde Berlín. La idea de trabajar como corresponsal de guerra había sido aprobada por el propio *Führer*, según nos comentaron. Nuestro apoyo debía ser incondicional.

A media mañana, *Fräulein* Riefenstahl nos ordenó trasladarla a la plaza Kościuszki, en el centro. Enfrente, en la iglesia de San Nicolás, estaban depositados los ataúdes del general Wilhelm von Roettig y los cuatro soldados asesinados el día anterior por los polacos. En un costado de la plaza se había concentrado una gran cantidad de soldados de la Wehrmacht. Nos acercamos a ellos. Estaban muy exaltados y se referían a los polacos de la peor manera. Cuando identificaron a *Fräulein* Riefenstahl se abrieron y nos dejaron pasar para que observáramos lo que estaba sucediendo. Rodeado por los soldados, un grupo de polacos estaba excavando una gran fosa en la plaza. Serían unos treinta. Algunos disponían de palas, otros cavaban con sus propias manos. Por el aspecto físico y la vestimenta se veía que la mitad eran judíos.

–Es para enterrar a nuestros camaradas caídos –me acotó uno de los pocos oficiales del Heer que se encontraban presentes.

Continuamos observando la escena durante un buen rato. Los polacos eran escarmentados todo el tiempo por los soldados de la Wehrmacht: los insultaban y golpeaban con la culata de sus fusiles. Se notaba que a *Fräulein* Riefenstahl esto le molestaba. Cada tanto algún oficial intentaba calmar los ánimos. Al final, cuando la fosa tenía unos dos metros de profundidad, un oficial dio la orden de detener la excavación y sacar a los polacos del pozo. Al hacerlo, los soldados comenzaron a insultarlos y golpearlos, cada vez con mayor violencia. En ese momento *Fräulein* Riefenstahl los increpó:

–¿No han oído lo que ha dicho el oficial? ¿Por qué no se comportan como soldados alemanes?

Las respuestas fueron violentas y amenazadoras:

–¡Denle un piñazo en la boca, sáquense de encima a esa puta!

–¿Qué esperan? ¡Dispárenle a la puta!

No era momento para discusiones. Tomamos del brazo a *Fräulein* Riefenstahl y nos dispusimos a retirarla de la plaza. En eso oímos un disparo. Luego otros. Se había desencadenado una balacera. Todos nosotros, incluida *Fräulein* Riefenstahl, corrimos hacia el lugar de donde provenían los disparos. La escena que contemplamos nos horrorizó. La reacción de *Fräulein* Riefenstahl quedó registrada en una fotografía. Yo soy uno de los oficiales que también aparecen en la foto.

Lo que vi no me gustó. Pero no fuimos nosotros, fueron soldados de la Wehrmacht. Igual no los culpo. Estábamos en guerra. Y en la guerra, todo vale.

***

Christoff Podnazky

–Nuestro pequeño pueblo hervía de actividad. Tropas alemanas, motos, jeeps y camiones se desplazaban todo el tiempo –continuó Alter.

Mientras servía dos minúsculas copitas de aguardiente, me confió su amargura por la rápida derrota del Ejército Polaco. Varsovia aún resistía y algunas regiones se mantenían libres del invasor. Pero la suerte estaba echada.

–Aquella tarde del 12 de setiembre alcancé a entrever, por primera vez, el horror que se nos venía encima.

Alter detuvo un instante su relato, con la mirada perdida. Luego me contó que con unos amigos fue hasta las cercanías de la plaza Kościuszki, para ver qué estaba pasando. Se corrían muchos rumores. Ya habían confirmado que la afamada Leni Riefenstahl estaba en el pueblo. Pero, ¿por qué? El sorpresivo pasaje de Hitler por Konskie alimentó la fantasía de que quizá podrían obtener alguna información relevante para enviarle al ejército. De repente, vieron un grupo de soldados alemanes que «arreaba» a unos treinta ciudadanos polacos hacia un costado de la plaza: había muy jóvenes (casi niños), adultos y viejos. La mayoría de ellos eran judíos, incluso algunos que conocía. Los agruparon en torno a dos árboles de la plaza. Un rato más tarde les entregaron unas pocas palas y les ordenaron que cavaran un pozo grande, de unos tres metros por seis. Nuestros compatriotas (que en su mayoría eran gente humilde, de pueblo) no entendían alemán: ignoraban que esa fosa era para enterrar a los alemanes que estaban velando en la iglesia vecina. Muchos pensaron que era para ellos mismos. Estaban aterrorizados. No obstante, se esmeraron en hacer su trabajo lo mejor posible: los que no tenían palas excavaron con manos y uñas. Otros ayudaron a retirar la tierra. Fue la primera vez que mi amigo vio hombres hechos y derechos, respetados por su comunidad y sus familias, doblarse de rodillas. Era simple de entender: querían salvar sus vidas.

Mi amigo Alter tragó saliva. Le costaba seguir. Algo me decía que al hablar de aquellos hombres, estaba hablando de todos nosotros y de sí mismo. Me comentó que de repente se escuchó un rumor creciente. Alguien se acercaba. El círculo de soldados se abrió. Una mujer elegante (escoltada por varios oficiales de las SS) se acercó a la fosa. Era Leni. A pesar del terrible momento que estaba viviendo, no pudo evitar sentir una cierta fascinación por aquella mujer. Mientras tanto, los soldados apremiaban cada vez más a nuestros compatriotas, pero el progreso era lento. Insultos y golpes se sucedían. Era cada vez peor. De repente Leni dijo algo que molestó a los soldados. Hubo gestos, ademanes airados, y al final la cineasta optó por retirarse secundada por su *garde de corps* de las Waffen-SS. Instantes después un oficial dio por terminada la excavación y ordenó a los soldados que retiraran a los polacos de la fosa. Al hacerlo, los insultos, golpes y puntapiés se multiplicaron. Fue entonces que alguien (se dijo que fue un escolta del teniente de la Luftwaffe, Bruno Kleimienel) disparó a un anciano que terminaba de salir del pozo, exhausto. El pobre hombre cayó fulminado. Los demás miraron con espanto, sin saber cómo reaccionar. Tres muchachos jóvenes salieron corriendo hacia la calle que atraviesa la plaza. Los otros dudaron un instante, pero luego el pánico se volvió general y optaron por correr, casi todos en la misma dirección, procurando alcanzar la calle Granata. Entonces comenzaron los disparos: los vecinos de Konskie fueron cayendo, uno tras otro, en el momento que atravesaban la calle para buscar refugio. Varios creyeron encontrar protección en el gran almacén que está frente a la plaza. Pero sus puertas estaban cerradas. Seis hombres cayeron asesinados, unos sobre otros, a las puertas del almacén. Otros quedaron desparramados en la misma acera, aquí y allá. Muy pocos lograron escapar. Los oficiales y soldados alemanes continuaron disparando, ahora al aire, mientras exhortaban a los vecinos a dispersarse, sin per-

mitir que nadie se acercara a los caídos. Es probable que varios de los heridos hayan muerto más tarde, desangrados.

Luego de un doloroso silencio, Alter –desgarrado por el sufrimiento– me contó que para completar la «faena», un grupo de soldados alemanes roció con nafta la vieja sinagoga de madera, ¡el orgullo de la comunidad judía!, y la prendió fuego.

Esa noche se reunió con sus amigos. Algunos aseguraron que los muertos eran veintidós. Otros hablaron de más de treinta. Todos coincidían en que al comenzar la carnicería Leni regresó y presenció la masacre, y que se tomaron fotografías de lo ocurrido. Tiempo después se supo que Leni protestó por lo ocurrido ante Von Reichenau y ante el mismísimo Hitler, lo cual no le impidió aparecer –pocos días después de la matanza– sentada a la izquierda del *Führer*, en el almuerzo que este ofreció en el Grand Hotel Sopot de Gdansk, para celebrar la victoria sobre Polonia...

Alter y sus amigos estaban muy excitados y querían hacer algo. Les pareció que su primer deber era hacia los muertos, por lo que decidieron recuperar los cuerpos y darles sepultura. Fue un alto riesgo, porque había estado de sitio y si los alemanes veían a alguien moviéndose en las sombras, dispararían a matar. Igual se las arreglaron para recuperar ocho cuerpos, entre ellos los de dos muchachos de dieciséis años. Luego los enterraron en un baldío cerca de la iglesia.

Alter me miró fijo a los ojos, una de las pocas veces que lo hizo a lo largo de todo su relato:

–Christoff: trabajamos toda la noche, quedamos exhaustos. Pero sentimos que algo habíamos hecho. En realidad, ese fue mi primer acto de resistencia a la ocupación. Y me marcó para siempre –me dijo pensativo.

Y agregó:

–Esa tarde también aprendí algo más: no estamos viviendo una guerra; esto es otra cosa, mucho más repugnante y aterradora.

***

Esta vez el silencio fue largo. Renovamos la vela, que ya agonizaba, y también las copitas de aguardiente. Yo tenía unos dátiles, lo poco que había podido salvar de Plock. Comimos y bebimos lentamente, sin hablar. Ambos sentimos que nuestra conversación debía recorrer otros caminos.

–¿Has sabido algo de Geneviève? –le pregunté de repente.

Se sonrió, con un dejo de tristeza:

–Le he escrito varias cartas, pero no he tenido respuesta. Quizá no le hayan llegado...

–¡Esa chiquita sí que te quería! –le dije, con una sonrisa pícara.

–Sí, tengo la ilusión de que al terminar la guerra nos volvamos a encontrar.

–¡Y que nos vayamos todos juntos a celebrar a Spa, con unas cuantas cervezas!

Nos reímos, un poco más distendidos. Pero no pudimos dejar de comparar nuestros sueños –los sueños de cualquier par de jóvenes de veinte y pico de años– con la mísera situación en que vivíamos.

–Tengo una amiga –dijo de pronto Alter.

Giré mi vista y lo miré con ojos de sorpresa.

–¡No, no es lo que piensas! –respondió de inmediato, a la defensiva, aunque había en su cara una traviesa alegría que desmentía sus palabras–. De verdad, somos amigos. Y además estos no son tiempos de hacerse demasiadas ilusiones: después se sufre mucho.

Comprendí los sentimientos de mi amigo. Pero igual quise saber más. Me confió que la joven se llamaba Swit, que en polaco significa alba, amanecer: «es un bonito nombre», dijo con una sonrisa. Se habían conocido un año antes, a finales del 40, después que los nazis crearan el gueto. Me explicó que el gueto tenía dos barrios: uno en el área de la calle Nowy Swiat y los números altos de Warszawska, y el otro en el centro, en la zona de la calles Pocztowa, Joselewicza y Krakowska, donde estaba la sinagoga. Durante mucho tiempo, hasta la primavera de este año, los barrios no estaban cercados, lo que facilitaba la convivencia con el resto de la ciudad. Incluso los polacos que tenían sus casas dentro del gueto no las abandonaron. Al igual que en otros lados, los alemanes obligaron a los habitantes del gueto a crear un Consejo Judío, o Judenrat. Sus integrantes fueron propuestos por los propios judíos. Y, como era de suponer, mi amigo «el Ingeniero» fue uno de los elegidos.

–Sí, lo suponía. Eso explica el uniforme azul –le comenté.

Alter asintió, sin demasiado entusiasmo.

Entonces me contó que al principio lo tomó como un honor. Pero pronto comprendió que se trataba de una pesada carga. Al comienzo de la ocupación, en Konskie vivían seis mil quinientos judíos, más de la mitad de la población. Luego trasladaron judíos de otras localidades, provocando un creciente hacinamiento, hasta llegar a más de ocho mil.

–Contando a tu amigo de Plock... –pretendí bromear; pero Alter no estaba de humor para ello.

–Luego todo fue empeorando...

Al principio el gueto era abierto, lo que facilitaba el ingreso de personas y alimentos, tanto de manera «legal», como por medio del «contrabando». El Consejo Judío era presidido por Josef Rozen –un antiguo empleado municipal–, y además de Alter estaba integrado –entre otros– por Yehezkel Gottlieb, Ezryl Weintraub, Simon Vajntraub, Wolf Fryclman, Nusyn Neufeld, Ioszek Roldzer, Chairn Albert, Leon Rozenberg, Samuel Piiyc e Hipolit Kon. Sus oficinas se encontraban en el número 50 de la calle 3-go Maja (3 de Mayo). Disponía de un cuerpo de unas treinta personas como Servicio de Seguridad, una suerte de policía judía. Para aliviar las penurias de los habitantes, el Judenrat estableció un comedor y un orfanato o guardería, que cuidaba a unos doscientos cincuenta niños. A los judíos se les permitía trabajar en fábricas de la ciudad o en los campos aledaños. Pero había que pagar una cuota: periódicamente, grupos de judíos eran enviados a los campos de trabajo de Hrubieszow. La mayoría de los pobladores del gueto valoraban los esfuerzos del Judenrat por paliar la situación, que se deterioraba cada día más con el avance de la guerra. Pero algunos –me confesó– habían comenzado a mostrar hostilidad y resentimiento, y los culpaban por no lograr más concesiones por parte de los nazis. Eso le parecía injusto y le dolía mucho, porque en ese pequeño pueblo todos se conocían desde la infancia.

La reacción de los polacos había sido muy variada. Al principio tuvieron que escuchar barbaridades del tipo: «Al menos Hitler está haciendo algo bueno por Polonia: la está librando de los judíos». Cosas así se podían oír en la calles y en el mercado. Pero provenían de una minoría radical, que ya había provocado ataques y pogromos contra los judíos, aun antes de la ocupación. La mayoría de la población parecía indiferente. Aunque a medida que los ataques de los nazis contra los judíos se multiplicaron, la solidaridad de los polacos fue manifestándose. Los católicos, a instancias del Frente para la Resurrección de Polonia, comenzaron a comprometerse más, aportando alimentos e incluso protección.

Fue así que un mediodía apareció en las oficinas del Judenrat una joven de pelo castaño de unos 20 años llamada Swit Czerny. Lo primero que captó la atención de mi amigo fue su aparente ingenuidad: llegó con dos bolsas de malla, una en cada mano, repletas de alimentos para donar. En ese tiempo, Alter ya había comprendido la magnitud de la tarea que tenía por delante en el orfelinato, comparado con la cual el aporte de la joven era una gota de agua en el mar. Lo que le provocó una gran ternura. Pero pronto descubrió que tras aquella apariencia frágil de joven pueblerina, que todavía lucía pecas y rasgos casi infantiles, se escondía una firme convicción.

–Vine a mediodía, a plena luz del día, para que me vea todo el mundo, a ver si se animan y hacen lo mismo. Me llamo Swit –dijo, mientras le tendía la mano a Alter.

Pocos días después, Swit y un grupo de jóvenes ya desempeñaban un papel destacado en el cuidado de niños en el orfelinato. La mayor parte de los responsables eran judíos, pero un buen número de chicas y muchachos polacos los estaban ayudando. Algunos por sus convicciones religiosas o políticas (tanto los católicos como los socialistas habían convocado a los polacos a enfrentar el antisemitismo), otros por ser gente de buena voluntad, que no quería volverse cómplice de los actos infames que estaban presenciando.

–Pero ahora recibimos órdenes de que el gueto deberá cerrarse, y que el tránsito de ingreso será controlado –continuó Alter con profundo desánimo–. Veremos qué podemos hacer, pero no lo sé...

Nada más me dijo aquella noche sobre su amiga Swit. De por sí siempre había sido muy reservado, y hasta tímido, en esos temas. Pero sus preocupaciones eran otras, y mucho más oscuras, en aquella noche de Sucot.

***

El amanecer se aproximaba. La noche en mi cuartucho había transcurrido rápido en compañía de Alter. Brindamos por las familias y la amistad, con nuestras menguadas copitas de aguardiente.

Luego vendrían otras veces. Esos encuentros semanales, por lo general los viernes, se volvieron indispensables para nosotros. Reservábamos los mejores alimentos y ropas para ese día, dentro de la penuria creciente que padecíamos. Ninguno de los dos era demasiado religioso –aunque Alter lo era más que yo–, pero la necesidad de calor humano en ese páramo de afectos llevó a que esos encuentros se convirtieran en una suerte de «sabbat laico».

Resbalábamos hacia un abismo sin fondo. Lo sabíamos. Sin embargo, por paradójico que pueda parecer, vivimos algunos instantes de felicidad. En definitiva, eso es lo que nos depara la vida: fugaces momentos de dicha, que se escapan apenas intentamos capturarlos para siempre.

***

Swit Mariah Czerny (20 años), administrativa del Hospital de Konskie y asistente social

Nací al amanecer de un día de primavera en la granja de mis padres, en las afueras de Konskie. Por eso me pusieron Swit, que en polaco significa «alba». Y Mariah por la Virgen, la madre de Jesús.

Siempre tuve sensibilidad por los temas sociales: la pobreza, los necesitados, los perseguidos. Por eso, al culminar el Secundario opté por estudiar para asistente social en el instituto regional. Cuando me gradué eran tiempos difíciles para Polonia, no había trabajo para los jóvenes. Solo conseguí empleo en el Hospital, como administrativa.

Para peor, al poco tiempo estalló la guerra y los nazis ocuparon nuestro pueblo. Empezaron a perseguir tanto a los polacos como a los judíos, pero más a los judíos. Los bosques cercanos a Konskie eran uno de los reductos fuertes de la resistencia polaca, la Armia Krajowa (el Ejército de la Patria). Los alemanes tenían miedo de internarse en ellos, y cuando lo hacían sufrían frecuentes emboscadas. Nosotros nos enterábamos de todo lo que sucedía a través del *Biuletyn Informacyjny* de la Armia, y celebrábamos el valor de nuestros compatriotas. Pero sabíamos que detrás de cada golpe venía la venganza de los nazis, que descargaban toda su furia contra la población.

Más tarde los alemanes crearon el gueto y empezaron a perseguir a los judíos. Muchos polacos sentimos que no les debíamos dejar solos. Lo que les hacían era inhumano e iba contra las Leyes de Dios. Y nosotros no podíamos permanecer de brazos cruzados. Mis padres tenían mucho miedo. Se contaban cosas terribles de lo que les pasaba a polacos que protegían a judíos. «No se preocupen, Dios me protege, como al buen samaritano», les decía. Y siempre llevaba escondida en mi ropa, bien contra mi corazón, una estampita de la Virgen María. Pero yo también tenía mucho miedo.

Un mediodía a finales del 40, cuando todavía se podía entrar y salir del gueto sin mayores problemas, llevé unas bolsas de comida de la granja de mis padres para donar al Judenrat. Por lo general me atendían unos señores mayores, muy amables, que me agradecían con efusividad. Pero aquel día, de repente, me encontré frente a un hombre joven como de un metro noventa, de actitud cortés, aunque se lo veía hundido en un traje azul que le quedaba demasiado grande. Se notaba que estaba agobiado por la situación. Sin embargo, todo en él transmitía dignidad. De inmediato atrajo mi interés. Hablamos unas palabras, intercambiamos nuestros nombres, sonreímos y, casi al mismo tiempo, los dos mencionamos la posibilidad de vernos algún día.

Y ese día llegó: al cabo de un interminable y gélido domingo de invierno, en el cual habíamos servido sopa caliente a una multitud de personas, nos retiramos del comedor. Como ya era de noche, Alter se ofreció a acompañarme hasta la granja de mis padres. Fue una larga caminata. Hacía un frío de morirse, pero los dos éramos polacos y aguantadores. Además, teníamos mucha necesidad de hablar con alguien que nos comprendiera. Hablamos de todo y nos hizo mucho bien.

Luego esas caminatas se volvieron habituales. Él me dijo que le gustaba mucho mi nombre, que el alba era el momento más hermoso del día, cuando uno se llena de esperanzas. «Los franceses llaman al alba *le petit jour*», me comentó. Además me explicó que mi nombre, en inglés, quiere decir «dulce». No lo sabía. Yo le dije, con cierto atrevimiento: «si no fuera por el traje con el que te han disfrazado, serías muy buen mozo». Nos reímos largo rato. Nunca se olvidó de eso.

Hasta que un atardecer, poco antes de llegar a la granja, me besó. Fue un beso breve y sutil. Luego me abrazó fuerte, muy fuerte, como si quisiera que nos fundiéramos en una sola persona.

–¡Qué tiempo terrible nos toca vivir! –me dijo, como en un susurro, mientras seguíamos abrazados–. Ya disfrutaremos de la vida. Ahora solo podemos sobrevivir.

Comprendí su visión trágica de la vida. No era para menos. ¡Con todo lo que estaba pasando! Hubo otras caminatas de regreso, al caer la tarde o por la noche. Volvimos a abrazarnos y besarnos. Nos gustábamos y nos queríamos cada día más. Pero él sentía una enorme responsabilidad y estaba sufriendo mucho. Mi deber era acompañarlo y apoyarlo.

A mediados de 1941 el gueto se cerró cada vez más. Construyeron cercas y establecieron puertas de acceso, que eran los únicos sitios por donde entrar o salir. El contacto con el gueto fue limitado a un horario específico, bajo la supervisión de la policía judía. En ocasiones también se apostaban allí piquetes de soldados alemanes y de las SS. Los controles se volvieron frecuentes y rigurosos. Tanto que, a veces, ni siquiera con el carné que me había otorgado el Judenrat –que acreditaba que pertenecía a una organización de ayuda social–, me permitían el ingreso.

Nuestros encuentros con Alter fueron cada vez más espaciados.

III
UN INVIERNO DESOLADOR

Ciudad de París, Zona Ocupada, noviembre-diciembre de 1941

Charlotte

Cuarenta y nueve días.

Permanecimos tan solo cuarenta y nueve días en París. Lo sé bien porque conté los días como una presidiaria. ¡Pero qué días! Fue un invierno desolador e inclemente, uno de los más terribles que se recuerdan. Las nevadas comenzaron en noviembre. En diciembre y enero se registraron temperaturas de hasta quince grados bajo cero. El agua se congelaba en las cañerías. Y la escarcha en las calles hacía que a veces fuera imposible caminar.

¡Qué distinto fue de lo que había imaginado! Cuando era una niñita, en Lieja, me encantaba viajar a Bruselas y soñaba con visitar París, ¿quién no? Pero cuando mi papá nos dijo «mañana nos vamos a París», el miedo me devoró la ilusión. Igual, la fantasía de una maravillosa «Ciudad Luz» en esos tiempos tan oscuros, de algún modo seguía en mi corazón.

Cuando aquella noche abandonamos la *Gare du Nord* y nos internamos en esa inmensa ciudad en penumbras, que parecía estar muerta por el toque de queda, el duro invierno y la escasez de combustibles, comprendí qué lejos habían quedado mis sueños. Deambulamos por Belleville y Le Marais, siguiendo las intuiciones de mi padre, que no tenía un mapa de la ciudad. Rara vez vimos otro ser humano; y cuando lo hicimos, este se alejó caminando rápido, como si huyera de un fantasma. Cada tanto nos cruzábamos con un vehículo. Algunos avanzaban con lentitud, como si estuvieran patrullando, vigilando. ¿Serían de la Policía Secreta, de la Gestapo o quizá de la Policía para Asuntos Judíos? Resultaba evidente que éramos forasteros. Sin embargo, nadie nos detuvo. ¡Aquella noche sí que tuvimos un Dios aparte, solo para protegernos a nosotros!

Sería cerca de la medianoche cuando mi padre golpeó en una suerte de pensión de mala muerte. Ingresó al zaguán, mientras nosotros tres permanecimos afuera de la casa. Oímos los susurros del encargado y de mi padre, que pronto se transformaron en una discusión de subido tono. Temimos lo peor. Pero al final Léon se impuso, y un rato después nos instalamos en una pieza minúscula, sin ventanas, provista de tres colchones en el suelo, una palangana con agua y un orinal de latón. Estábamos agotados. Pero no tanto como para no sufrir al comprender cuánto habíamos caído, en tan solo veinticuatro horas.

Esa noche descubrí una sensación nueva, para mí desconocida. Con el apuro y las limitaciones de equipaje, mamá solo trajo con ella los sándwiches que comimos en el tren. «Después vamos a comprar algo para la noche», nos comentó. En un mundo «casi normal», como el que habíamos habitado hasta el día anterior, eso se escuchó razonable. Mas luego del terrorífico viaje y el imprevisto desembarco en la noche de París, llegamos a aquel sucucho miserable con las manos vacías. A pesar del miedo y el cansancio, esa noche descubrí el hambre. Y me dormí sabiendo que esa nueva sensación no me iba a abandonar tan fácilmente. Sería una mala amiga que me acompañaría por largo tiempo.

***

Jean-Marcellin Lavoisier (unos 30 años), comerciante

Sí, es verdad que operé en el mercado negro durante la guerra, en París.

Y sí, también es verdad que conocí a *monsieur* Léon Wins. Él era mi cliente. Y nunca olvido a mis clientes.

Pero le digo más: no soporto la hipocresía de quienes se rasgan las vestiduras por lo que hacíamos algunos y no se miran al espejo. Gracias a gente como nosotros muchos franceses tuvieron algo para comer. Y no hablemos de los perseguidos o de los judíos. ¿Cuántos más se habrían muerto de hambre o por enfermedades si nosotros nos hubiéramos negado a venderles?

Por otra parte, ¿de qué otra cosa iba a vivir? Yo siempre fui negociante, como mi padre y mi abuelo. La culpa de todo la tuvo la guerra, y eso es cosa de políticos. Gente como yo y mi familia no tuvimos nada que ver. Los productos comenzaron a escasear, sobre todo comida y artículos de primera necesidad, y luego vino el racionamiento. La Office Central de Répartition des Produits Industriels le daba a la gente un *billet d'approvisionnement* de color verde, numerado y firmado, para que pudiera comprar... ¡un jabón! Otros cambiaban su ropa por aceite, pan o carbón. ¡Sin hablar del «café» a base de garbanzos o los «cigarrillos» de hojas de girasol! Pretendían que la gente solo comiera rutabaga... Personas como *monsieur* Wins, un señor belga que viajaba con frecuencia a París por negocios, no podía estar pasando esas apreturas. Recuerdo que, durante el brutal invierno del 41, en que faltaba de todo y la gente se moría de hambre y de frío, me compró algunas cosas. Era un caballero: regateaba un poco, aunque menos que los parisinos, y pagaba al contado.

Luego a él se le complicaron las cosas en Bélgica y le tuve que hacer un favor. Pero no fue porque estuviera enredado en la política, y mucho menos por judío, que no lo era. Yo vi sus papeles, y además era un hombre robusto, parecía un militar: ¡mire si iba a ser judío!

***

Charlotte

Estuvimos tres días sin salir de aquel sucucho infecto. Mamá, Raymond y yo.

Papá nos dejaba por un rato dos o tres veces al día, y regresaba a dormir antes del toque de queda. Nos traía algo de comer, pero muy poco. Apenas daba para entretener el estómago durante un rato. El hambre no tardaba en volver. De todos modos, el ambiente en ese cuchitril era hediondo y el olor a orina insoportable. Eso aplacaba las ganas de comer.

Y papá regresaba cada vez más preocupado. Se veía que las cosas no estaban saliendo como pensaba. No podían hablar entre ellos en la piecita, porque estábamos Raymond y yo, y mucho menos en los pasillos, por temor a ser escuchados. Se los veía muy angustiados.

Hasta que al cuarto día, al regresar de su salida matutina, papá volvió con otro semblante.

–Preparen sus cosas –nos dijo, animado–. Hoy, al caer la tarde, un rato antes del toque de queda, nos vamos a mudar a otro lugar, mejor que este.

***

De nuevo armamos nuestras valijitas. Poco después de las cinco de la tarde abandonamos «nuestro primer hogar parisino». ¡Hacía más de tres días que no veíamos la luz del día y que no respirábamos otro aire que el de aquella covacha impregnada de orines! Si bien la tarde ya se apagaba, igual el brillo de la luz nos hirió la vista. Y el aire, gélido y húmedo, tan favorable para una pulmonía, ¡nos pareció encantador! Peregrinamos unas cuantas manzanas por el barrio al norte de Le Marais, con los sentimientos entremezclados. Padecíamos una felicidad irracional, habida cuenta de que estábamos exponiendo nuestras vidas a un gran riesgo.

No podíamos alojarnos en hoteles o pensiones: eran los primeros lugares donde ellos buscaban, durante las razias, cuando salían a cazar judíos. La única alternativa era subalquilar una pieza a alguien que, a su vez, hubiera alquilado una casa demasiado grande y necesitara cubrir parte de los gastos en tiempos de crisis. Alguien no judío, por supuesto. Y ese fue nuestro destino. Una pieza en una vieja casa de altos, cuyos inquilinos eran un matrimonio de ancianos húngaros, emigrados a Francia décadas atrás. Ellos habitaban la planta baja, el *rez-de-chaussée*. En la planta alta había dos habitaciones, que ocupábamos otra familia judía y nosotros. La habitación tenía una pequeña ventana que daba a un pozo de luz, pero permanecía cerrada la mayor parte del tiempo por seguridad. ¡Pero tenía una ventana! Y el baño era compartido con los dueños de casa y la otra familia judía. ¡Pero había un baño!

Seguiríamos con los colchones en el suelo, y el frío a soportar sería cruel en aquella vieja casa llena de humedades. Pero después del abismo al que descendimos durante nuestros primeros días en París, esta mudanza nos dio algo de aliento. Estábamos más animados y se lo dijimos a Léon.

Nunca olvidaré su mirada de papá orgulloso. Solo se permitió esbozar una sonrisa. No había defraudado a su familia. Eso era todo para él.

***

Sarah Wilkinson, *née* Soibelt (28 años), profesora de gimnasia infantil

Mi esposo, Thomas Wilkinson, era un industrial inglés proveniente de una familia aristocrática. Era un hombre muy importante en su tiempo, *my dear*. Poseía acciones en diversas empresas francesas: metalúrgicas, fábricas de motores, talleres, por lo que yo disfrutaba de una cierta inmunidad, *you know*, al menos al comienzo de la Ocupación.

Con Thomas nos conocimos unos años antes, durante una Gala de Beneficencia en el Hôtel de Crillon en París, ciudad donde yo vivía. Fue amor a primera vista, a pesar de que él casi duplicaba mi edad. Poco después, cuando cumplí veinticinco, nos casamos en Brighton. Fue una ceremonia por todo lo alto, con pompa y circunstancia, a la que asistieron miembros de la nobleza y poderosos industriales. Al comienzo de la guerra vivíamos entre la residencia del Condado de Sussex y el *appartement* de París. Y así continuamos un tiempo más, hasta que las dificultades cada vez mayores para viajar nos obligaron a fijar residencia temporal en París. Thomas luchaba por mantener sus empresas en marcha, y yo ayudaba a aliviar las miserias que sufría aquella gente.

Todos los martes y jueves recogía grupos de niños –no más de quince a la vez– en los Comedores Populares de París, y los llevaba a hacer ejercicios de gimnasia a los parques de la ciudad. Pasaba por el Comedor a las dos de la tarde, cuando hacía un poquito menos de frío. ¡Esos niños y niñas estaban famélicos! Y llevarlos a quemar energías en un parque al aire libre, en ese terrible invierno del 41, a veces con el césped cubierto de nieve, parecía una locura. ¡Pero les hacía tanto bien!

Cuando los iba a buscar, conversaba con sus padres. Por eso recuerdo bien a aquellos chicos: el varón era alto y rubio, y la niña tenía el cabello claro, del color de las castañas, que ataba con unas delicadas cintitas de colores. Aunque se veía que no la estaban pasando bien y su ropa lucía desmerecida. Su padre era fuerte y buen mozo, tenía presencia de hombre de negocios venido a menos; en algo me recordaba a mi Thomas –salvando las distancias, por supuesto–. Y todos ellos eran «arios», así lo decían sus papeles, *of course!*

¡Como si a mí me importara! *As a matter of fact*, mi nombre de soltera era Sarah Soibelt. Tú entiendes, ¿no es así? Yo recogía a los niños que la directora del Comedor me indicaba. Pero si eran judíos, más contenta me quedaba, porque sabía que eran los que estaban sufriendo más. No era la única. Éramos un grupo de amigas. Algunas de nosotras éramos docentes –que nos conocíamos de los encuentros de profesores–, otras eran empleadas y oficinistas. Teníamos en común la rebeldía contra la discriminación y el racismo. Camille Galliot era un poco menor que yo, Marie Lang era de mi edad, Denise Recouvrot, Françoise Siefrid y Jenny Viou eran las más chiquitas –tenían poco más de 20–, mientras que Marie Lemeunier y Simone Decise eran las «grandes»: estaban por los 50. La mayoría eran católicas, aunque alguna que otra era como yo, *you know*. Con el tiempo nos comenzaron a llamar... «las amigas de los judíos». Para humillarnos, como te imaginarás.

Hasta que una de aquellas tardes, cuando iba con los niños camino de una zona del *Jardin des Tuileries* que nos gustaba mucho, porque estaba más protegida y calentaba algo el sol tibio del invierno, y además tenía unas escaleras anchas donde improvisábamos juegos, vimos algo que nos sacudió. En una de las esquinas del *Jardin* habían instalado unos juegos para niños, muy simpáticos y rodeados de un cerco blanco de madera. Durante un instante nos alegramos:

era una nueva atracción para los chicos, en una época tan triste. Pero fue tan solo un instante. De inmediato vimos en la puerta de entrada un prolijo cartel, con esta inscripción en letras rojas:

PARC À JEUX
RESERVÉ AUX ENFANTS
INTERDIT AUX JUIFS

El parque de juegos estaba reservado para niños, pero prohibido para judíos...

No podía creerlo. ¡Y eso estaba sucediendo en mi adorada Francia, la de la Libertad, la Igualdad y la Fraternidad! Esos niños eran tan despreciables que no merecían subir a un tobogán o dar vueltas en una calesita.

En el interior del parque de juegos unos cuantos chicos, bien abrigados y alimentados, se divertían a más no poder. Tuve que pasar con mi esmirriada comitiva frente a la puerta de entrada, por delante del vergonzoso cartel. No tuve más remedio. Los míos observaron el cartel con una mirada perdida, como si no alcanzaran a comprender su significado. Algunos de los niños franceses me gritaron: «Profesora, por qué no entramos un ratito, para ver los nuevos juegos». Pero los chicos judíos sí que entendieron, estoy segura. Los ojos se les nublaron de tristeza. Y bajaron la mirada. Sin decir nada.

Se me estrujó el corazón. A esa altura de mi vida ya había visto muchas cosas, y me consideraba una muchacha fuerte. Pero la tristeza de esas miradas... *My God!* No se me olvidará mientras viva.

Fue una señal de la tragedia que estábamos viviendo. Es verdad que la ordenanza alemana de setiembre de 1940 –tres meses después de la Ocupación– obligó al censo de todas las familias judías en Francia, incluidos los niños; y que la vergonzosa ley francesa del 3 de octubre de 1940 prohibió a los judíos ejercer numerosas profesiones, además de autorizar el internamiento de los «extranjeros de raza judía» en «campos especiales».

Pero debo confesar que fue recién aquella tarde, cuando vi cómo a los niños judíos se les prohibía divertirse en los juegos infantiles, que tomé plena conciencia del mundo tenebroso en que vivíamos. Tal vez fue la tristeza infinita de aquellas miradas inocentes. Quizá la dignidad de sus silencios. No siempre el grito es la mayor de las rebeldías.

***

Luego soplaron nuevos vientos, trayendo noticias cada vez más alarmantes. A inicios del invierno del 41, la estrella amarilla comenzó a exigirse para identificar a los judíos. Pero fue cuatro meses después, el 28 de mayo de 1942, que se volvió obligatoria. Esa noche, las «amigas de los judíos» sentimos que ya era demasiado. *Really, it was too much!* Decidimos también nosotras llevar la estrella de David. Pero a nuestra manera.

Simone confeccionó una estrella amarilla, pero en forma de rosa. Marie Lang respetó la ordenanza y elaboró una estrella de David de color amarillo: pero la colgó al cuello de su perro. La otra Marie se colocó la estrella amarilla con la forma y en el lugar indicado «por la ley», pero asimismo colgó de su cintura una cadena con ocho pequeñas estrellitas, cada una con una letra de la palabra VICTOIRE. Las más chiquitas optaron por lucir en las estrellas sus propios nombres, de manera provocadora. Así Denise utilizó una estrella blanca, sobre la cual escribió *Danny*, mientras que Jenny hizo lo mismo con su nombre. Françoise, de tan solo 20 años, fue aún más lejos: confeccionó una estrella «fantasiosa» de colores en la que escribió *Papou*. Yo hice un corazón rosado sobre el que pinté la estrella de David, lo que no dejaba muchas dudas acerca de mis afectos.

La mayoría fueron detenidas y llevadas al campo de Tourelles, lo que generó un revuelo entre los burócratas carcelarios, no acostumbrados a lidiar con «prisioneras arias». Otras logramos escapar a tiempo. Gracias a los contactos de Thomas, dos semanas después del comienzo de las detenciones –*thanks God!*– crucé la frontera con España por el País Vasco, y un mes más tarde regresaba a nuestra casa de Sussex. Quienes no tuvieron esa suerte dieron prueba de una entereza admirable. Camille declaró en su interrogatorio: *yo misma confeccioné la estrella de David y la cosí a mi blusa; lo hice en signo de protesta contra las medidas antijudías*.

Las «autoridades» francesas y alemanas intercambiaron mensajes, que revelaron su confusión y perplejidad ante la actitud de «las arias recluidas en el campo de Tourelles». Al final, no solo decidieron mantenerlas en prisión, sino enviarlas al siniestro campo de Drancy. Además de obligarlas a llevar –en lugar visible– la inscripción: «amigas de los judíos».

***

Charlotte

Los jueves eran los días más alegres de la semana.

Los martes y jueves mamá me llevaba a uno de los Comedores Populares, que la Mairie y otras organizaciones crearon para paliar las desdichas de la guerra. Caminábamos juntas largo rato, más de media hora, muchas veces con un frío insoportable. Íbamos todo el tiempo tomadas de la mano. Eso me gustaba mucho. La comida no era muy rica, pero al menos estaba caliente y la servían abundante. Comparada con las menguadas raciones que conseguía papá los demás días en el mercado negro, y que comíamos encerrados en la casa de los húngaros, aquello era un festín.

Pero los jueves, además, una profesora de gimnasia nos recogía en el comedor y nos llevaba a hacer ejercicio a un parque. Mi preferida era Mrs. Wilkinson. Era una inglesa elegante, de carácter muy exigente, que por lo general estaba de buen humor. Pero cuando algo la fastidiaba se ponía seca y rigurosa, sin contemplaciones. Nos sacaba derechito hacia el parque, casi sin hablarnos, y a la menor distracción nuestra, ¡nos pegaba un reto! En el fondo, creo que eso nos gustaba. Nos trataba como a chicos normales, no nos hacía sentir diferentes. Al llegar a los jardines, no importaba el frío o la nieve, ¡todos a hacer gimnasia! Como premio, ella nos proponía juegos y entonces todo era alegría.

Sin embargo, en esas caminatas por París, a veces veíamos cosas que no nos gustaban. Una tarde vimos un nuevo parque de juegos para niños, recién construido. ¡Saltamos de alegría! Mrs. Wilkinson se dirigió a la entrada; nosotros la seguimos en estricto orden, formados de dos en dos, como a ella le gustaba: ¡no fuera a ser cosa que se arrepintiera! Pero, al aproximarnos, vimos un cartel en la entrada que nos dejó sin palabras: estaba prohibido el ingreso a los niños judíos. En un instante, una multitud de imágenes se agolpó en mi cabeza. Imágenes que me recordaron las primeras veces que me hicieron sentir distinta, en la lejana Bélgica. En realidad, que me hicieron sentir inferior. Que había cosas de las que otras niñas podían disfrutar y que yo no merecía.

Los niños judíos, que éramos la mayoría, reaccionamos todos del mismo modo. No dijimos nada. Reservamos esa profunda humillación para nosotros mismos y la enterramos en nuestra propia alma. Miramos unos instantes el cartel; luego seguimos caminando hacia el interior de los jardines. Recordé las palabras de mi padre, unos meses antes: «hoy he visto el rostro de Satanás...».

Días después vimos la ciudad empapelada de afiches invitando a una gran exposición en el Palais Berlitz, organizada por un cier-

to Institut d'étude des questions juives, o algo así. Se promocionaba como un evento impresionante, que estaba siendo un gran éxito. El nombre de la exposición *–Le JUIF et la FRANCE–* destacaba en grandes letras rojas, mientras que los afiches ilustraban un globo terráqueo sobre el cual se abalanzaba una torva figura de ojos diabólicos, larga barba y manos rapaces que semejaban garras, y que quería apropiarse y destruir el mundo. ¿Sería eso... un judío? ¡Pero mi padre y mi abuelo, y mis tíos Paul y Alter no eran así! ¡Por Dios! ¿Qué era esto? ¿Qué estaba sucediendo?

***

Durante los cuarenta y nueve días que estuvimos en París, esas fueron mis salidas. Un par de horas los martes y tres o cuatro horas los jueves –y no siempre–: dependía de *la météo* y de lo riesgoso de la situación, a juicio de mi padre. El resto del tiempo permanecimos encerrados en la habitación de los húngaros, con el ventanuco casi tapiado, día y noche. Esos primeros días de aislamiento me resultaron insoportables.

Cuando papá nos dijo que íbamos a dejar Lieja para refugiarnos en Francia con una nueva identidad, no me di cuenta de lo que se nos venía encima. De un día para otro desapareció el mundo tal como lo conocía. Fue una ruptura brutal. Las rutinas (levantarse, vestirse, ir a la escuela) perdieron sentido. Nos quedamos sin apellido, sin familia y sin amigos. Ingresamos a otro mundo, de encierro y soledad, que por el momento se reducía a la habitación tapiada de los húngaros.

Solo hicimos una salida «en familia». Una noche, poco antes del toque de queda, nos trasladamos hasta un café bastante oscuro cerca de la *Place de la République*. Mamá nos vistió con lo mejor que teníamos. Mis padres querían aparentar que se trataba de un paseo «de gente normal», que iba a tomar un café con un amigo. A Raymond y a mí nos sentaron en una mesita más chica, próxima a la ventana, mientras ellos se reunían en otra mesa, cerca de la barra, con un señor corpulento, de modales bruscos. Me pareció escuchar que lo llamaron Marcellin. Raymond bebió un jugo y yo una limonada. Mis padres y su amigo tomaron un par de cafés cada uno. Nosotros mirábamos de reojo, tratando de adivinar lo que estaban conversando. No lo logramos. Menos de una hora después vimos que el señor pagaba la cuenta, tendía su mano para saludar a mis padres con gestos enérgicos y se retiraba del café. Un instante después, papá nos llamó y nosotros también nos fuimos.

***

Jean-Marcellin Lavoisier

¿Ustedes quieren saber cuál fue el favor que le hice a *monsieur* Wins? Ya me lo han preguntado de varias maneras y, como no han obtenido la respuesta que esperaban, ¡vuelven a preguntar!

Yo no tengo nada que ocultar, ¿les queda claro? Pero les diré solamente en qué lo ayudé. Sin más detalles. A finales del año 41, durante el invierno más terrible de la Ocupación, *monsieur* Wins me explicó que sus negocios de telas en Valonia no estaban marchando bien, por culpa de la escasez y la guerra. Que había decidido iniciar una nueva operación de confecciones en la Francia Libre de Vichy, donde tenía amistades. Para ello necesitaba cruzar la línea de demarcación con su familia, y no quería tener problemas. Como los dos éramos hombres de negocios, nos entendimos rápido. Vi sus papeles y los de su familia: quedaba claro que eran belgas y no judíos. Como yo era un seguidor del *maréchal* Pétain y tenía mis contactos en Vichy, la tarea no me resultó difícil. Pero yo no soy un *passeur*, un pasador de fronteras, ¡por Dios!

Viajó al sur en los primeros días de enero de 1942. Tengo entendido que allí le fue muy bien e hizo una gran fortuna con sus negocios. Nunca regresó a Bélgica.

***

Charlotte

Al tercer día del Año Nuevo de 1942, a la hora de la cena –un momento triste, por ser la hora del crepúsculo y por la escasez de comida–, papá respiró profundo, guardó silencio durante un instante (como solía hacer antes de los grandes anuncios) y nos dijo con voz pausada:

–Mañana, a primera hora de la mañana, partimos en ferrocarril hacia Lyon, una ciudad que queda más al sur, en la Zona Libre, que depende del gobierno francés de Vichy. Así era como yo había planeado las cosas. Pienso que en Lyon vamos a estar mejor, mientras dure todo esto...

Mamá, quien sin duda ya sabía la noticia, intentó hacer un gesto de aprobación, una especie de sonrisa: era un deber respaldar a su marido y transmitir confianza a sus hijos. Pero no lo logró. Habían pasado dos meses de nuestra partida de Lieja y ya habíamos olvidado la sonrisa.

Tercera parte
LAS VOCES DEL VIENTO

El viento me moldeaba a imagen de la ardiente desnudez que me rodeaba. Y su abrazo fugitivo me confería, piedra entre las piedras, la soledad de una columna o de un olivo bajo el cielo del estío.

El viento de Djémila, Albert Camus

I

EL VIENTO DEL RÓDANO

Ciudad de París, Zona Ocupada, enero de 1942

Charlotte

Partimos temprano en la mañana. Había nevado por la noche y las calles de París se veían blancas y silenciosas. El frío era atroz y la brisa que barría la ciudad cortaba la respiración. La *Gare de Lyon* me recordó la Estación de Guillemins, en Lieja. Los oficiales de las Waffen-SS y de la Gestapo estaban por todos lados: era el lugar de embarque obligado de judíos y otros perseguidos por el régimen nazi en su camino hacia el sur, con la ilusión de alcanzar la libertad. Pero no era nuestro caso: nosotros éramos «arios» que acompañábamos a mi padre en su viaje de negocios.

–Identificación –nos exigió el guardia de la Gestapo a la entrada de la estación.

Nos examinaron de arriba abajo, sin importar la larga cola de gente que esperaba para entrar. Si alguien perdía el ferrocarril, no era problema de ellos. Léon y mi hermano Raymond, con su altura y su pose erguida, tan distintos de las imágenes de los «repugnantes judíos» que circulaban por todas partes, ayudaban mucho en esas inspecciones. En esas circunstancias es difícil preocuparse por alguien que no sea uno mismo y su familia. Esa es la verdad. Pero no dejaba de pensar: ¡qué terrible que a uno lo detengan solo por su aspecto! Y, sin embargo, era lo que sucedía. Había quienes no tenían los papeles en regla. Pero otros eran arrestados solo porque a juicio de los agentes «parecían judíos».

Nos instalamos como pudimos. El tren estaba lleno y los pasajes no eran numerados. Se escuchó el silbato tres veces, y la locomotora –una vieja vaporera– se puso en camino. ¡Uf, qué alivio! No sabía bien adónde íbamos, ni qué nos esperaba, solo tenía claro que el destino final era la ciudad de Lyon. Pero papá hablaba de la «Zona Libre», del «gobierno francés de Vichy»... ¡Sin duda estaríamos mejor que en esa cárcel parisina donde pasamos cuarenta y nueve días!

A medida que el tren aceleraba su marcha –aunque siempre a paso de tortuga– y veíamos la campiña francesa, con sus prados verdes y sus *petits villages*, donde parecía que la guerra no había llegado, un sentimiento de alegría me inundó por dentro. ¿Tendríamos ahora un poco de felicidad?

Duró poco. El tren se detuvo en un poblado, no sé cuál. Se escuchó subir a algunas personas: voces fuertes, discusiones distantes. Y luego, un sonido inconfundible me horrorizó. ¡Era el taconeo de las botas militares! ¡Otra vez! Por favor, *¡nooo!*

Apenas pude controlarme. Mis padres no se dieron cuenta de la tragedia que yo estaba viviendo. La puerta del vagón se abrió con brusquedad, y entraron ellos. Al menos no estaban controlando papeles. Era solo una inspección visual. ¡Nos perforaron con la mirada, a uno por uno! Yo estaba temblando (no sé por qué reaccioné tan mal), sentía pánico de que me preguntaran algo que no supiera responder. La inspección duró una eternidad... Pero siguieron de largo. Unos minutos después el tren retomó la marcha. Más adelante ocurrió lo mismo en otros poblados.

Transcurrían cinco interminables horas de viaje, cuando algunos pasajeros comenzaron a hablar de «*la ligne de démarcation*». Lo decían con nerviosismo. Miré a mi padre en busca de una respuesta.

–Estamos por cruzar la línea que separa la Zona Ocupada de la Zona Libre –me susurró Léon, con mucha tranquilidad, casi con una sonrisa.

El tren se detuvo. Un gran número de oficiales alemanes de las SS y de la Gestapo, que estaban apostados en el andén, subieron a los vagones al mismo tiempo. ¡Ya no solo se escuchaba el taconeo de las botas sino también los ladridos de los perros y los gritos violentos de los oficiales alemanes! Yo estaba aterrorizada, no sabía qué hacer. Me agarré fuerte del brazo de mi padre, pero este retiró mis manos con cuidado: teníamos que disimular. Aquí y allá, pasajeros acusados de «judíos» eran bajados del tren con brusquedad y arrestados. Los oficiales de las SS gritaban con violencia:

–*Schnell! Schnell!* –urgiendo a los supuestos judíos a descender. No había argumentación ni explicación posible. Nadie la hubiera escuchado.

A nuestro turno, mientras los oficiales controlaban los papeles, los perros nos olfatearon durante largo rato. Al finalizar, nos gritaron en alemán algo que no entendí. Mi padre asintió con la cabeza... y siguieron de largo.

***

Todavía cuatro horas más demoró el viaje. Ya anochecía en Lyon cuando el tren ingresó a la estación. Se veían tropas francesas pero no tropas alemanas, salvo algunos oficiales de la Gestapo con su inconfundible sobretodo de cuero negro. Eso me alegró. Los demás pasajeros también estaban más animados. Incluso sonreían y hacían bromas, algo imposible de imaginar un par de horas antes. Tal vez la Zona Libre fuera muy distinta al lugar de donde veníamos.

Al bajar del tren, Léon se dirigió al comienzo del andén número ocho. Allí se quedó unos minutos, mientras simulaba que compraba cigarros en un quiosco cercano. Parecía saber lo que estaba haciendo. De repente, alguien se le acercó:

–Soy Louis, amigo de Marcellin –le dijo, y guardó silencio.

–Y yo soy *monsieur* Wins –respondió papá, mientras tendía la mano para saludarlo.

Louis parecía impaciente por retirarse cuanto antes del lugar. Así lo hizo, mientras intercambiaba unas pocas palabras con mi padre. Nosotros tres los seguimos detrás.

Salimos. Ya se había puesto el sol, pero el resplandor todavía iluminaba las montañas nevadas que rodean parte de la ciudad. El viento que recorría el valle del Ródano acentuaba el frío, intenso y seco. Durante un breve trayecto seguimos los pasos de *monsieur* Louis, hasta llegar a nuestro «hogar». Soñábamos con que allí tendríamos un nuevo comienzo.

¡Qué equivocados estábamos!

II
EL VIENTO DE LA SOLEDAD

Lyon, Estado Francés Libre de Vichy,
desde finales del invierno al verano de 1942

Jean-Claude Rapalian (15 años), estudiante de Liceo

¿Usted me pregunta por la familia belga?

¿Sí? ¿Los Wins? Recuerdo bien su nombre, porque yo tenía un compañero de Liceo en Lyon con el mismo apellido. Pero no eran parientes, por lo que pude averiguar.

¡Todavía recuerdo el rostro de desilusión de aquel hombre, *monsieur* Wins, cuando mi padre, Krikor, le mostró el lugar que teníamos preparado para ellos!

–¡Pero no es lo que acordamos con *monsieur* Marcellin Lavoisier! –protestó Wins, indignado.

Mi padre se encogió de hombros. No era la primera vez que el mentiroso de Marcellin lo ponía en una situación incómoda. Pero era todo lo que tenía para ofrecer. *Monsieur* Wins se quejó todavía un poco más, aunque con respeto, sin ofender a mi padre. Era un hombre golpeado, pero no doblado, que conservaba su dignidad.

–Ahora no tenemos otra salida –se resignó–. Así que nos quedaremos aquí por algún tiempo, hasta encontrar una solución.

Mi padre, Krikor Rapalian, había alquilado una casa en la zona de la Estación de Lyon-Brotteaux, donde vivíamos con mi madre y mis cuatro hermanos. La vivienda era grande, pero estaba en mal estado. Krikor era mecánico en un taller de automóviles, pero con la guerra bajó muchísimo el trabajo. Por eso decidimos alquilar las piezas. Primero a una familia y luego a una pareja, todos refugiados de la Guerra Civil de España. Cuando Marcellin llamó a mi padre y le habló de los belgas, ya casi no quedaba espacio en la casa. Pero necesitábamos el dinero, e hicimos lo que pudimos.

Ellos eran cuatro. Para *monsieur* Wins y su esposa arreglamos una esquina del depósito, donde quedaban protegidos de la vista de quien abriera la puerta por una montaña de leña y objetos viejos que iban a parar a ese lugar. Para sus hijos, un muchacho alto de mi edad y una niña rubiecita bastante menor, acondicionamos un lugar más limpio y seguro. Aunque, a decir verdad, el sitio era un tanto pequeño...

Nos esforzamos, no queríamos problemas con los inquilinos.

Igual comprendo la decepción de *monsieur* Wins.

***

Charlotte

Raymond y yo aguardamos en el recibidor, mientras mis padres recorrían nuestro «nuevo hogar». Era tarde por la noche, teníamos hambre y sueño. Pero estábamos contentos. Esa brisa fresca de las montañas y del Ródano parecía sentarnos bien, aun en pleno invierno. Nos sorprendió que demoraran tanto.

–¿Habrá algún problema, Raymond?

–No, no lo creo –contestó mi hermano–. Tú sabes cómo es papá, ¡siempre tiene todo bien arreglado!

Aguardamos un rato más. De repente, vimos a Blima bajar por la escalera. Su rostro se veía pálido, desfigurado. Detrás descendió mi padre. ¡Parecía tan abatido! Mi padre sabía hablar muy bien, siempre encontraba las palabras adecuadas. Y muchas veces, además, las acompañaba con una broma o con una sonrisa pícara o tierna, según la ocasión. ¡Y ahora nos miraba mudo, como si no supiera qué decir!

Se produjo un silencio incómodo, desconcertante. Temimos lo peor: tener que volver a agarrar nuestras valijitas e internarnos en la noche invernal, sin saber a dónde ir, como en París.

–Vengan –dijo mi padre en cambio y bajó la cabeza, derrotado–. Les voy a mostrar dónde nos vamos a quedar.

Subimos a la primera planta. Recorrimos un largo pasillo, al final del cual –casi escondida– se encontraba una pequeña puerta. Léon la abrió, mientras nos decía:

–Aquí nos vamos a quedar papá y mamá.

Nosotros asomamos la cabeza y vimos un montón de fierros oxidados, piezas de motores y de coches en mal estado, sillas con las patas quebradas y cosas por el estilo. Todos estos objetos se desparramaban sobre una pila de leña. Del cuartucho salía un olor a humedad impresionante. Como nosotros mirábamos sin comprender, papá nos dijo:

–Nosotros vamos a dormir allí, al fondo, a la derecha.

Asomamos más nuestras cabezas y alcanzamos a ver parte de un colchón.

–¡Ah! –dijimos los dos al mismo tiempo, asombrados.

Después pasamos por un baño. Las paredes estaban descascaradas y su estado dejaba mucho que desear, pero al menos era espacioso. Igual, papá Léon se sintió en la obligación de advertirnos:

–Miren que este baño lo vamos a tener que compartir con otras personas...

Tal vez porque éramos jóvenes y queríamos mantener viva la ilusión, acompañamos a papá en silencio, con la secreta esperanza de llevarnos una grata sorpresa.

Recorrimos el pasillo y entramos a una habitación más amplia, de uso común, una suerte de sala de estar. La atravesamos. Al fondo había un placar de madera, con dos puertas anchas. Papá las abrió. Vimos una gran cantidad de perchas con ropa colgada: sobretodos y ropa de abrigo, que llegaban hasta el suelo. Con un brazo Léon corrió la ropa, y allí apareció una cucheta con dos pequeñas camas, una sobre otra, que apenas cabían en ese cubículo.

–Aquí se van a quedar ustedes –nos dijo con voz queda, abrumado por la pena y la vergüenza.

¡Aquello era un ropero!

***

Depositamos nuestras valijitas debajo de las cuchetas.

Era tarde por la noche y la tristeza que sentí fue infinita. El cansancio y el hambre de la larga jornada de sobresaltos desaparecieron por completo. Solo quería tirarme en mi cama y llorar. Así lo hice. Raymond pretendió consolarme, pero también él estaba muy desanimado. Más tarde vino mamá, me trajo un trozo de pastel y una botellita con agua. Pero no pudo quedarse mucho rato. Para estar con nosotros tenía que dejar la puerta del placar entreabierta, y eso era peligroso. Cualquier otro habitante de la casa, o incluso alguien de paso, podría vernos y conocer nuestro escondite. Era muy riesgoso. Así que cuando le pareció que yo estaba un poco mejor, se fue para su cuarto.

Pero yo seguí llorando, sin emitir sonido, hasta empapar la almohada y mi blusa. Me sentí en la más absoluta soledad, como nunca antes me había sentido. Al final, el sueño me venció.

En los días siguientes supimos muchas cosas más: que el baño lo teníamos que compartir con otras catorce personas (la familia armenia que nos alquilaba y sus cinco hijos, un matrimonio andaluz con tres hijos y una pareja española). Que uno de los niños españoles tenía la desgracia de estar enfermo con sarna y no debíamos acercarnos a él. Que el depósito que habitaban mis padres estaba infestado de ratas. Que el ropero donde vivíamos Raymond y yo no tenía luz, por lo que teníamos que pasar la mayor parte del día encerrados y a oscuras. Que allí no habían pulgas, pero en cambio abundaban *les punaises*, las olorosas chinches, escondidas tras el revoque descascarado.

Nunca olvidé la soledad infinita de aquella primera noche.

Recuerdo también que –ante ese mundo desalmado que nos acosaba– por primera vez me asaltó un doloroso pensamiento, que ya nunca pude sacarme de la cabeza por completo: «Quizá nuestros padres no sean suficientes para protegernos».

***

Consuelo Hernández Randall (9 años)

¡Coño! ¡No cabe ni un alfiler en esta pocilga pestosa y todavía tenían que traer a los belgas!

Pues que eso fue lo primero que pensé cuando supe que ¡otra familia más! se había instalao en la casona. Y pa' colmo, ¡no hablaban castellano! Nosotro' habíamo' sido los primeros en llegar a lo de lo' armenios, un año antes. Mi padre –Tito Hernández– era un poeta andaluz, después mudao a Madrid, que simpatizaba con los republicanos, por lo que cayó en desgracia luego de la Guerra Civil. No es que haya tomao la' armas, ni na parecido. Pero es que cuando los sublevaos triunfaron, ya vio que se iba a morir de hambre. ¡Pa' colmo mi madre –Sidney Randall– era una pintora yanqui, conocida de Hemingway! Cruzaron la frontera sin papeles y se instalaron en el sur de Francia. Se la' arreglaron pa' sobrevivir: mi mamá vendía cuadros en las ferias de los poblaos y mi padre era un sieteoficios que hacía de to, porque ya se sabe que la poesía es maja pa' enamorarse, pero que de la poesía no se vive.

Cuando Alemania derrotó a Francia, nosotros quedamos del lao de Vichy. No teníamo' un duro, así que terminamos to' metidos en «el aposento» de lo' armenios. ¡Y pa' completarla, mi hermano el Ramón se agarró la sarna! Vivía rascándose, el pobrecito, sobre todo el cuello, las manos, las muñecas y debajo de los sobacos. ¡Estaba como loco! Mis padres, con mil esfuerzos, le compraron una loción. Pero no le alcanzó pa' na. Al poco tiempo estaba igual otra vez. To' teníamos que apartarnos de él, por temor a contagiarno', así que se la pasaba más solo que el uno. ¡Angelito!

¡Y pa' colmo, allí fue que cayeron los belgas! Las esperas pa' poder entrar al baño se hicieron interminables. ¡Un par de veces llegué a mearme encima, y mira que soy aguantadora! Me cruzaba de patitas... ¡y a esperar! En eso estaba una tarde, sentada en el suelo del pasillo, cuando caí en la cuenta de que la belga chica estaba sentada cerquita de la puerta del baño, medio escondida, como hacía siempre. ¡Había llegao al baño antes que yo! Ellos trataban de que nadie lo' viera. Pero estábamos juntos to el día, imagínate, ¡to se sabía! La miré y vi que estaba cruzadita de piernas, igual que yo. ¡Estaba en la misma, la gran puñeta! Aguanté to lo que pude, y cuando vi que ya me meaba otra vez, fui caminando despacito por el pasillo (¡qué rápido iba a ir, si llevaba las patas más cruzadas y apretadas que monja en convento!). Ella se dio cuenta de mi situación. En ese mismo momento, el baño se desocupó.

–*Bonjour, je suis Charlotte. Voulez-vous aller en premier?* –me dijo, y se sonrió, muy educadita.

¡Y pensar que yo ya estaba por matarla a la belga chica!

No dudé:

–*Merci* –le dije, y me zampé en el baño.

Cuando salí vi que había vuelto a esconderse en el recodo del pasillo. Estaba peor que yo antes, ¡pero se la' aguantaba! La miré:

–*Je suis Consuelo* –le dije, y casi que le dediqué una sonrisa. Pero me costaba mucho sonreír.

Después nos vimo' pocas veces. Pero al meno' nos saludábamo'.

***

Charlotte

«Mi vida en un ropero».

Llegué a imaginar que si algún día salía de todo eso escribiría un libro y le pondría ese título. Seguro que en el momento en que lo pensé, ¡aún no sabía todo lo que me faltaba por vivir!

Nuestra vida transcurría en un armario. No teníamos ninguna ventana o abertura. Tampoco una mísera bombilla eléctrica. Las puertas de madera que cerraban nuestra «habitación» solo dejaban unas rendijas, por donde entraban algunos rayos de luz de la lámpara que colgaba en el estar. Como eran tiempos de escasez, y había que ahorrar, esa lámpara permanecía apagada la mayor parte del tiempo. Recién se encendía al caer la tarde. A veces, uno de nuestros padres la prendía a escondidas durante un rato, para aliviarnos la jornada. Pero por lo general pasábamos el día en la oscuridad. De todos modos, tampoco teníamos libros. ¡Con lo que me encantaba leer!

Con Raymond bajábamos de las cuchetas y nos sentábamos en el suelo, debajo de la ropa de abrigo. Pero ni siquiera la podíamos correr, por si alguien desconocido abría las puertas y teníamos que escondernos de apuro bajo las cuchetas. Las ropas largas y abundantes eran una primera barrera de protección.

Tampoco podíamos hablar. Temíamos ser escuchados por cualquiera que se encontrara en el estar vecino. Cada tanto, luego de mirar largo rato por las rendijas de la puerta para asegurarnos de que no había nadie en los alrededores, nos animábamos a abrir unos centímetros las puertas del placar, como si hubieran quedado mal cerradas. Esto lo hacíamos tarde en la noche, cuando los demás inquilinos ya se habían acostado. ¡Cómo disfrutábamos de ese haz de luz que bañaba nuestro diminuto habitáculo! ¡El día se nos iluminaba en plena noche! Ideábamos juegos con lo poco que teníamos. Y tratábamos de conversar un rato, entre susurros, a ver si nos venía sueño y olvidábamos el hambre. Incluso recordábamos los primeros tiempos, cuando papá todavía nos traía dulces para hacernos olvidar los malos momentos. ¡Con el hambre que padecíamos ahora! Igual no teníamos mucho tema. Al final, terminaba encerrada en mi mente, hablando conmigo misma. Nuestros días transcurrían todos iguales dentro del maldito ropero.

Las primeras semanas fueron interminables. Solo la esperanza de que pronto nos mudáramos a otro sitio me daba algo de ánimo. De todos modos, al atardecer me ganaba la tristeza y se me escapaban las lágrimas. Yo adoraba a mi padre y entendía que estaba haciendo todo lo posible. También sabía que nuestros padres habían preferido el mugroso depósito infestado de ratas para reservar el «mejor lugar» para Raymond y para mí. Pero no podía evitar que cierto resentimiento me invadiera cuando pensaba cuánto habíamos caído en tan poco tiempo. ¡A dónde habíamos ido a parar! ¿Habríamos hecho bien en abandonar nuestra adorada casita de Lieja para escondernos en Francia? ¿No habría estado mejor el tío Paul, que permaneció en Amberes, o el tío Alter, que regresó a Polonia, con los abuelos?

Por eso, una noche, cuando escuché los pasos de mi padre que se acercaba por el pasillo (para alcanzarnos algo de comida antes de dormir, como hacía siempre), tomé la decisión. No bien abrió la puerta del armario me le colgué del pescuezo y le di un abrazo enorme, interminable. Papá no sabía bien lo que estaba pasando, así que soltó una risa un tanto torpe, de hombre bueno. Raymond, sin que yo le hubiera dicho nada, captó la idea y le palmeó la espalda con calidez. Todo transcurrió en silencio. Papá nos miró largo rato, con una sonrisa profunda y tristona. Luego depositó en el suelo los dos platitos con comida que traía (¡tan escasos!) y una botella de agua.

–Estoy orgulloso de ustedes –dijo, con la voz entrecortada por la emoción.

***

Giusto Pacella (30 y pico de años), mozo del Grand Café des Commerçants

Como mi padre y mi abuelo, yo era mozo de café.

Mi familia es originaria de Caltanissetta, en Sicilia. Poco antes del comienzo de la guerra, yo me vine a Francia a probar fortuna. Y tuve suerte: luego de trabajar en bares y *brasseries* de mala muerte, logré ser aceptado en el Grand Café des Commerçants, en el corazón de Lyon, lo que no es para cualquiera. Pero yo era mozo de raza. Me gustaba, para mí era una profesión, como quien dice carpintero o ingeniero. Los clientes más asiduos, que aquí llaman los *habitués*, me conocían bien y les gustaba que yo los atendiera. Yo no me metía en sus asuntos, ¿sabe? Pero ellos me comentaban sus cosas y hasta me pedían opinión. Y yo estaba siempre alerta, para lo que fuera.

Después estalló la guerra. Muchas cosas cambiaron. Y cuando Francia fue derrotada, firmó el armisticio y quedó bajo la bota alemana, ¡mucho más! Si bien estábamos en la llamada Zona Libre, bajo el Gobierno del mariscal Pétain, la verdad es que el nombre del verdadero presidente era... Adolf, ¿me entiende? Muchos de los clientes más antiguos y aristocráticos dejaron de venir. Unos porque se arruinaron sus negocios, otros porque eran judíos. Vino mucha gente al sur de Francia huyendo de la Ocupación, pero era gente de escasos recursos. El café pasó tiempos difíciles. Y la clientela cambió mucho.

Comenzaron a ser frecuentes las mesas de gente que intercambiaba información y hacía, digamos... conspiración contra el gobierno. Muchachos de la Resistencia, ¿vio? También familias perseguidas que todavía conservaban algunos recursos, como para darse un gusto, o para encontrarse con amigos que estaban en la misma. Yo trataba de mantenerme al margen de todo, pero uno tiene orejas y escucha, ¡qué le voy a hacer! Así que don Giusto se adaptó a los nuevos tiempos, ¡qué más remedio!

Y por eso le puedo confirmar que había un par de mesas, aquellas de allá, las que están al lado de la barra, ¿ve?, que era donde se reunían los belgas y los franceses venidos del norte. Acudían todos los viernes, días de buena concurrencia, para pasar desapercibidos. Pero no eran siempre los mismos, no, variaban mucho. La familia que usted me describe la recuerdo bien, aunque no retuve su nombre... ¿Los Wins? Sí, puede ser, aunque no estoy seguro. Lo que sí recuerdo es que la niñita siempre pedía lo mismo: un helado de fresas. Y me parece ver la expresión de su rostro cuando –con grandes ademanes– se lo servía en su mesa. ¡Qué gracioso, eso nunca lo pude olvidar!

***

Charlotte

Oscuridad y silencio. Soledad.

Esas fueron las claves de mis primeros meses en Lyon.

Solo podía hablar conmigo misma. Un día, en ese tiempo, cumplí 9 años. No supe cuándo. Había perdido la cuenta de los días y nadie me lo dijo. Tampoco hubiéramos tenido dónde ni con qué festejar el cumpleaños. Mi padre libraba la lucha diaria por conseguir algo para comer, con poco éxito. Los comerciantes del mercado negro se aprovechaban sin piedad de la escasez. La gente entregaba los ahorros de una vida para conseguir un poco de comida. Era una vergüenza. Mi padre, que tenía que cambiar dinero extranjero o nuestra reserva secreta de diamantes –cada vez más reducida–, era una presa fácil, a pesar de su carácter firme y de ser un buen negociante. Mi madre vivía pendiente de hacer milagros con lo poco que él traía y de mantener la ropa de todos en condiciones aceptables. Para colmo, ¡Raymond y yo no parábamos de crecer! Por suerte, Blima se manejaba muy bien con la aguja. Con gran ingenio agrandaba nuestra ropa, año tras año. La verdad, ¡no sé cómo hacía! Y ni hablar de ir al médico o al dentista. ¡El dolor de muelas había que aguantarlo, qué más remedio! No era tiempo para cumpleaños.

Así y todo, a medida que el clima mejoró y llegó la primavera, intentamos nuestras primeras salidas. La primera fue una noche, tarde, a eso de las nueve.

–Hoy vas a hacer tu primera salida, Charlotte –me dijo papá Léon, con voz muy dulce–. Vas a tener que ir sola, como habíamos hablado –me advirtió, mientras fruncía el ceño con preocupación–. Pero te va a hacer bien salir un rato de aquí.

Mi padre bajó conmigo la escalera de la casona y me acompañó hasta la puerta:

–No te olvides de todas las recomendaciones que te hice, ¡por favor! –imploró.

Entonces abrí la puerta y salí. Nunca olvidaré ese momento.

Hacía tres meses que no salía del ropero. El aire fresco, los sonidos, algunos destellos de luces, los aromas, todo se me vino encima al mismo tiempo, hasta hacerme trastabillar. Sentí una punzada en mi ojo malo. ¡Pensé que me iba a desmayar! Cerré los ojos y respiré hondo el aire fresco de las montañas y el río. Varias veces. Hasta que sentí que me volvía el alma al cuerpo. Abrí los ojos con lentitud.

La casa de los armenios estaba ubicada en una calle que no tenía salida, un *cul-de-sac* donde la basura se amontonaba dentro y fuera de los recipientes dispuestos para recogerla. ¡Lindo lugar para los roedores!, pensé. Luego inicié mi caminata. Mi padre me había dado instrucciones precisas: doblar en la primera a la derecha, atravesar tres bocacalles, doblar a la izquierda por una calle que sale en diagonal, y luego de nuevo a la izquierda hasta llegar al callejón de los armenios. Ochocientos metros en total. No hablar con nadie, responder lo mínimo si alguien me preguntaba, no detenerme frente a ninguna vidriera. Fui avanzando, metro por metro: ¡estaba aterrorizada! En algún momento sentí que me pondría a temblar sin poderme controlar. Entonces el aire fresco y el movimiento del caminar fueron haciendo su obra. Me fui serenando, hasta tal punto que cuando encaré el último trayecto, ya me daba pena regresar a mi armario. Lo recorrí lentamente, disfrutando del momento, a pesar del miedo. ¿Me habrá visto alguien salir de la casa? ¿Se daba cuenta la gente, al verme pasar y con solo mirarme, de lo que era?

***

Salíamos tarde por la noche. Muy pocas veces. Y siempre por separado, nunca de a dos. A veces Raymond y yo arreglábamos para cruzarnos en nuestros recorridos, para vigilarnos el uno al otro y sentirnos más acompañados. Alguna vez también lo hice con mamá; fue muy tierno encontrarme con ella por la calle en esos días tan duros.

Recién en el verano, cuando ya llevábamos seis meses en la ciudad, papá se animó a llevarnos un día a un café.

Nos vestimos con todo lo mejor que teníamos, ¡aunque a esa altura ya era tan poco! Seríamos una familia belga, de paso por Francia, que salía a tomar algo un viernes de verano para refrescarse. El lugar se llamaba Grand Café des Commerçants y era muy hermoso. Debía ser un lugar caro. Más tarde aprendí que no había más remedio que ir a sitios buenos para no levantar sospechas. Nos sentamos los cuatro en una mesa. Luego llegaron dos matrimonios más, sin hijos, y el mozo arrimó otra mesa a la nuestra. Eso me sorprendió: no sabía que mis padres tuvieran amigos en Lyon. El mozo, un italiano muy simpático y conversador, tomó la orden. Papá nos había dicho que no fuéramos a pedir nada muy caro, que ya sabíamos cuál era nuestra situación. De modo que, a mi turno, me quedé muda: no sabía qué decir.

–¿No te gustaría un helado, Charlotte? –me sugirió, en tono salvador.

¡Con el hambre que tenía! ¡Me hubiera podido comer todo lo que había en el café!

–¡Sí, por supuesto! –respondí, eufórica–. De fresas, ¿podrá ser?

–¡*Adesso fragola, signorina!* –respondió el mozo.

Minutos después retornó con el pedido. Me sorprendió que papá y sus amigos conocieran al mozo y lo saludaran por su nombre.

Sirvió a todos y me dejó a mí para el final. Se acercó, y con una gran reverencia depositó frente a mí el helado de fresas, que estaba colocado en una enorme copa de cristal y decorado con unos toques de chocolate y un barquillo. Yo abrí los ojos y la boca con admiración. Los presentes celebraron el momento:

–¡Bravo, don Giusto! –corearon.

Fue un raro instante de felicidad.

***

Raymond y yo comentamos todo lo que vimos en aquel café. No hubo nada que no nos llamara la atención, tal era el aislamiento en que vivíamos. De todos modos, yo estaba tan encerrada en mí misma que no prestaba atención a lo que hablaban «los grandes», ni siquiera oía el ruido ambiente. Allí comencé a entender que tenía una capacidad especial para concentrarme y aislarme del mundo.

Sin embargo, algunas palabras atravesaron la capa protectora y perturbaron mi mundo. Se habló de que «existían campos de concentración», y se temía «que fueran un adelanto de algo peor». También se dijo, con entusiasmo, que «los Aliados desembarcaron en África del Norte y ya combaten contra los nazis».

–Dicen que junto a los ingleses pelean las tropas francesas del general De Gaulle –comentó uno de los amigos de mi padre.

–Sí, así es. Y también está presente la célebre Legión Extranjera, comandada por el coronel Dimitri Amilakvari, el héroe de Narvik –le respondió Léon con admiración.

–Si los nazis comienzan a sentirse hostigados por los franceses, van a intensificar la represión y las razias en suelo francés... –dejó caer el otro amigo, preocupado.

Yo ya sabía de las razias y sobre cómo proceder en caso de que alguna vez se acercaran a la casa de los Rapalian. Pero aun así las imaginaba muy lejos de mi mundo.

Aquella noche fue inolvidable para mí. Por muchos motivos. Uno de ellos fue que escuché, por primera vez, ya sobre el final de la reunión, que los amigos pensaban escapar a Suiza.

Incluido mi papá.

Por varios días no pude dormir. No podía pensar en otra cosa.

***

Esa noche aprendí que los bares y cafés eran como una red informal de contactos, la única fuente de información libre en un tiempo en que los diarios y las radios estaban al servicio del Gobierno de Vichy. La sola organización que se mantenía viva en una época de desolación.

Por lo general, las reuniones se hacían en cafés conocidos, de buen nombre, por razones de seguridad; aunque los asistentes luego tuvieran que dejar el alma para pagar la cuenta. Café du Rhône, Grand Café des Négociants, Café de la Cloche, Grand Café de la Préfecture. Pero también las había en oscuros bodegones de mala fama, únicos lugares a los que podían asistir las figuras más notorias de las Fuerzas Francesas del Interior, más conocidas como Resistencia Francesa.

Papá y mamá nos llevaron a cafés y bares en otras ocasiones, una vez cada tanto. Les servía mostrarse como una «familia normal». Pero tampoco podían hacerlo seguido, por seguridad y por falta de recursos, dado que cada día soportábamos mayores apreturas.

En esas tardenoches de cafés, yo prefería hablar con Raymond o escuchar la música, cuando la había. O encerrarme en mis pensamientos. Pero también algo registraba de las conversaciones de «los mayores»: las acciones de los *résistants* –que aumentaban cada día– y la apertura de un nuevo frente en el norte de África traían algo de esperanza, en una guerra que hasta ese momento solo había recogido victorias de un solo bando. Un leve viento de ilusión estaba soplando.

Pero también escuché hablar mucho –con odio y con miedo– de un tal Pierre Laval, jefe del Gabinete de Vichy, al que acusaban de ser un servil de los nazis. Y de un cierto Klaus Barbie, jefe de la Gestapo, a quien acababan de trasladar a Lyon, y que gozaba de muy mala fama por los crímenes cometidos en Holanda contra los judíos.

***

En cualquier caso ir a los bares tenía una insólita ventaja, que yo disfrutaba en grande: ¡poder ir al baño! Nunca había cola, así que iba varias veces por noche. ¡Y me quedaba un buen rato! Aunque de repente, sin ningún motivo en particular, me largaba a llorar. ¡No había forma de evitarlo!

Una vez por mes, llegaba el momento más ansiado: ¡la salida para ducharme en los baños turcos cercanos a la Estación! ¡Qué emoción! Pagaba algo, me introducía en la ducha y la hacía durar todo lo que podía. En Lieja vivíamos en una casa donde la prolijidad era una obsesión. Mi madre, sobre todo, ¡era muy maniática de la limpieza! En eso salí a ella. Yo también era muy limpita. Pero, seguro, luego caímos en esa casona llena de ratas, chinches y pulgas, donde casi no se podía ir al baño...

Tal vez no me lo crean. Pero cuando emprendía el regreso, a pesar de que iba camino a encerrarme de nuevo en la oscuridad del ropero, me sentía afortunada. Y ¿saben una cosa? Lo terrible es que tenía razón.

***

Jean-Claude Rapalian

Todo se agravó con la llegada de Klaus Barbie a Lyon, en mayo de 1942.

Barbie era un alto oficial de la Gestapo que se había «destacado» por sus atrocidades en Amsterdam. Con el regreso de Pierre Laval al frente del Gabinete de Vichy, los nazis se sintieron con las manos libres para actuar también en el sur de Francia. Ya antes se hacían *rafles* –redadas–, pero solo cuando había denuncias de judíos escondidos. O de guaridas de la Resistencia. Pero con Barbie todo cambió: por algo, al poco tiempo, ya se lo conocía como «el carnicero de Lyon»...

***

Nosotros vivíamos con miedo.

Necesitábamos la plata. Pero ¡cuántas veces! a la hora de la cena, mi padre Krikor, cansado, le dijo a mi madre:

–¡Para qué nos habremos metido en esto!

Sin embargo, no habíamos sufrido demasiados disgustos.

Hasta que llegó aquella maldita noche de verano. No recuerdo bien la fecha, pero sí que hacía mucho calor. Yo estaba estudiando en la mesa del comedor, haciendo mis deberes para el Liceo. De repente, mi padre abrió la puerta de la casa y gritó:

–¡Jean-Claude, se viene una razia!

Habíamos hablado muchas veces del tema. Sobre qué hacer y qué no hacer. Pero cuando escuché la palabra «razia», quedé petrificado. Demoré en reaccionar y salir corriendo escaleras arriba, para avisar a los demás. Primero a los Wins, que eran el mayor riesgo. *Monsieur* Wins había salido, pero su esposa Blima enseguida habló con sus hijos, y los tres salieron corriendo hacia abajo. Luego advertí a los españoles, pero prefirieron quedarse.

No pasaron cinco minutos cuando escuchamos fuertes golpes, que hicieron temblar la puerta de la casa.

Habían llegado.

***

Charlotte

Todos los días, después de levantarnos, Raymond y yo hacíamos las camas bien prolijas, para dar la idea de que nadie había dormido en ellas. Luego, cada uno juntaba sus cosas y las metía en su valijita, hasta las más pequeñas. Eran las precisas instrucciones de nuestro padre. Así de cuidadoso era papá Léon.

Esa tardecita estábamos matando el tiempo en la oscuridad, porque nadie había prendido la luz del estar. De repente la luz se encendió y Blima abrió las puertas del placar:

–¡Viene una razia! –susurró con voz angustiada–. Agarren sus cosas y vengan conmigo.

Sentí un golpe de pánico tan fuerte que casi no podía respirar. ¡Tenía que reaccionar! Manoteamos nuestras valijitas y salimos a toda velocidad por el pasillo y escaleras abajo, hasta alcanzar la puerta de calle. Mamá la abrió con cuidado: todavía no se veía a nadie sospechoso.

–¡Vamos, Charlotte, Raymond: hagan lo que les dijimos!

Y luego partió por la calle de los armenios, con fingida naturalidad.

De un salto alcanzamos los cubos de basura y tratamos –cada uno por su lado– de encontrar un escondrijo. Yo me oculté entre dos cubos de basura que estaban recostados a la pared, y bajo una pila de cartones viejos y mugrosos abandonados en el lugar. Raymond hizo algo parecido. No habíamos terminado de escondernos, cuando vi aterrada que un grupo de unos veinte policías franceses con perros doblaba la esquina y avanzaba a paso forzado por el callejón donde nos ocultábamos. Lo comandaban tres agentes de la Gestapo, con su inconfundible vestimenta. Se dividieron en grupos y arremetieron contra varias casas. Golpeaban las puertas con violencia, para asustar.

Un oficial de la Gestapo y cuatro gendarmes con un perro irrumpieron en la casona de los armenios. Desde mi escondite escuché los gritos de los policías, la respuesta de Krikor y luego las botas del oficial taconeando en la escalera de madera. ¡Otra vez ese maldito sonido que tanto me aterrorizaba! Me tapé las orejas con las manos, con toda mi fuerza, y procuré no escuchar nada más.

***

Jean-Claude Rapalian

Abrimos la puerta justo cuando parecía que la estaban por derribar.

Un oficial de la Gestapo se zambulló para adentro de la casa acompañado por varios gendarmes y un perro policía, mientras gritaba el nombre de mi padre: «¡Krikor Rapalian!». Era notorio que venían tras algo. Y venían con saña.

–Soy yo –le respondió papá con voz apagada.

–¡Sabemos que tienen gente escondida! –vociferó el oficial nazi en un pésimo francés.

–Pero son solo inquilinos... –se defendió Krikor, pálido y desencajado.

El oficial no estaba para discusiones. Gritó una orden en alemán y avanzó hacia la escalera, seguido por sus secuaces. Nosotros marchamos detrás. Sabían lo que estaban buscando.

Primero fue el turno de los españoles. Sin dejar de gritar controlaron sus papeles y les hicieron preguntas. Pero no eran su objetivo. Los dejaron de lado con desprecio. Entonces comenzaron a dar vuelta la casa: abrieron roperos y armarios, y revisaron en todos los rincones. Era evidente que tenían algún dato. Hasta que llegaron a la sala de estar. El perro se acercó al placar y comenzó a olfatear. Contuvimos la respiración. Luego ladró, como si hubiera reconocido algo. El oficial alemán se abalanzó sobre el ropero y abrió sus puertas de par en par. Solo se vio ropa colgada. Corrió la ropa de un manotazo... y aparecieron las cuchetas. Comenzó a gritar como un loco, los gendarmes prepararon sus armas y el perro ladró cada vez con mayor furia. Temí lo peor.

–¿De quién son estas camas? ¿Quién duerme aquí? –dijo entre rugidos de odio, mientras amenazaba con su pistola.

Nadie le respondió. La tensión subió a niveles insoportables.

De repente, a mi lado apareció Consuelo, la niña de los españoles. Yo no me di cuenta, pero había estado allí todo el tiempo.

–*C'est à moi. Je dors là parce que mon frère Ramon a la gale* –le respondió al oficial de la Gestapo con voz firme, sin intimidarse–. *C'était l'idée de mes parents pour me protéger.*

El perro se lanzó hacia Consuelo, ladrándole a centímetros de su cuerpo. La niña resistió el ataque con un valor admirable.

–¿Y tú quién eres?

–Soy Consuelo, y soy española, nacida en Madrid.

Durante un momento el oficial no supo qué hacer. Su odio aumentó al sentirse estafado, aunque no sabía si por su «soplón» o por los habitantes de la casona. Debe haber considerado la posibilidad de arrestarnos e interrogarnos a todos en la Comisaría, empleando sus «métodos», que sabía que no fallaban. Luego recordó que España era un país aliado de Alemania y del Gobierno de Vichy, y que por lo general defendía a sus ciudadanos en el exterior, aunque no fueran simpatizantes del gobierno. «Un par de cerdos judíos no valen tantas complicaciones», seguramente concluyó.

Entonces dio un paso adelante, se acercó a la niña y se agachó hasta poner su boca al lado del rostro de Consuelo:

–¡La próxima vez te toca a ti, gitana inmunda! –le escupió sobre la cara, mientras deslizaba la pistola lentamente por su cuello, con el dedo en el gatillo.

Después se paró, nos miró con repugnancia, vociferó nuevas órdenes y se marchó, seguido por sus secuaces.

***

Charlotte

Desde mi refugio entre la basura, alcancé a ver la puerta de calle que se abría. Enseguida salió el perro, que parecía arrastrar a uno de los gendarmes. Se escucharon unos gritos y apareció el oficial de la Gestapo, seguido por los demás policías. Unos minutos después todos los integrantes de la partida se reunieron a la entrada del callejón. A pesar de la oscuridad, me pareció ver que se llevaban a dos desdichados (una chica y un muchacho, ambos muy jóvenes) que habían detenido en una de las casas vecinas.

Lo peor había pasado; pero el terror que me dominaba seguía vivo en mi interior. Me mantuve quietita durante largo rato.

No me animaba a asomar la cabeza, ni mucho menos a salir. ¿Y si volvían?

Recién entonces presté atención a una molesta sensación que me había perturbado desde el momento en que me metí en la basura, una suerte de cosquilleo en los dedos de los pies y en los tobillos. Corrí unos cartones y miré mis pies, apenas protegidos por unas pantuflas, lo único que tuve a mano para ponerme en el momento de la huida: no menos de cuatro ratas grandes, con su asquerosa pelambre grisácea y sus colas larguísimas, viboreaban entre mis piernas. Se me revolvió el estómago del asco, tuve ganas de vomitar, apenas pude contener las arcadas. Igual, no me animé a mover los pies. Temía mucho más a los soldados que a las ratas. Y además, ellas no me mordieron en todo ese rato que convivimos entre la basura. ¡Me consideraban una igual!

Seguíamos vivos, vaya una a saber por cuánto tiempo. Pero ¡a qué precio! Mi Dios, ¿en qué nos estábamos convirtiendo?

***

Giusto Pacella

Como le dije, luego de la derrota de Francia la clientela cambió mucho. Se vino abajo. Eran menos y con pocos recursos. ¿Y las propinas? ¡Ni le cuento!

Pero a partir del verano del 42 fue aún peor.

Se comentaba que la situación en el Frente Ruso no venía bien para los alemanes. También que el ingreso de Estados Unidos a la guerra, luego del bombardeo japonés a Pearl Harbor a finales del 41, había cambiado mucho las cosas. Además, el desembarco aliado en el norte de África, y las andanzas de los ingleses de Montgomery y los franceses de De Gaulle, no demasiado lejos del sur de Francia, terminaron de poner nerviosos a los nazis y a los *collabos*. Las redadas se volvieron frecuentes y cada vez más violentas. Los detenidos marchaban al cuartel general de la Gestapo, que se encontraba en el Hotel Terminus de Lyon, próximo a la Estación. Pronto esta sería la guarida del personaje al que todos temían: un tal Klaus Barbie.

La concurrencia del café se vio cada vez más raleada. ¡Ni siquiera los viernes, o los sábados, se completaban todas las mesas! Incluso las de los belgas y los franceses del norte comenzaron a quedar libres en esos días. Venían cada vez menos. Yo extrañaba a toda esa gente entretenida y conversadora, que me trataba como a un amigo: «¡Cómo está, don Giusto, hace tiempo que no lo veíamos!», me decían, antes de ordenar su pedido. Me pedían opinión y luego comentaban: «¿Ven, no les decía?: don Giusto es un filósofo de la vida». Y siempre recordaba a aquella niña, *la signorina del gelato di fragola*.

***

Para atraer clientes, al patrón se le ocurrió incorporar algo de música.

Contrató a un viejo pianista afroamericano y a una cantante francesa de unos treinta y pico de años, necesitados de trabajo. El pianista –a quien apodaban Charlie– disfrutaba de tocar *blues* y acompañar a la cantante; no le importaba cuánta gente asistiera al café. Mientras tuviera el piano cerca, siempre estaba con una sonrisa. Pero Michelle, la cantante, era todo lo contrario. Se la veía muy triste, era difícil arrancarle una sonrisa. Igual nos hicimos buenos amigos y confidentes. Fue por ella que supe algunos datos más de la *signorina*.

Michelle actuaba en el Grand Café des Commerçants los viernes, sábados y –a veces– los domingos. Era su único ingreso, con el que cubría el alquiler de un tugurio cerca de la Estación y sus gastos para sobrevivir. Vivía al día. La guerra la golpeó muy fuerte. Su único hermano murió no bien comenzaron los combates, al final de la *drôle de guerre*. Ella había nacido en Eure-et-Loir, pero luego de la Ocupación emigró a Lyon, en busca de algo de libertad. ¡Qué decepción tuvo, la pobre! Allí conoció a un veterano militar, ya retirado, con quien compartió copas, sábanas y un puñado de sueños. Hasta que su capitán sintió –a finales del 41– que su deber era sumarse a la Resistencia. Desde ese momento solo lo vio un par de veces, con gran riesgo, y recibió media docena de mensajes. Se encontraba sola, pobre y con su carrera que parecía terminada. ¡Cómo no se iba a sentir mal esa *ragazza*!

Le gustaba dar grandes caminatas. Caminar es bueno para la gente sola, ¿sabe?; la distrae de sus preocupaciones. Aunque en esa época... se podían llegar a contemplar escenas más espantosas que las que se trataban de olvidar. Sea como fuere, en esas largas recorridas se cruzó varias veces con la *signorina*. Siempre en la misma parte de la ciudad: en las afueras de la Estación, en un descampado desde donde se divisaban los trenes arribar y partir de Lyon. ¿Tendría por allí algún noviecito? ¿O solo disfrutaba de observar el ir y venir incesante de los trenes?

***

Charlotte

Después de aquella primera razia, nada volvió a ser igual.

Era evidente que alguien sabía de nuestro escondite e informó a la Gestapo. Alguien que nos vio entrar y salir reiteradas veces de la casona de los armenios. O tal vez, simplemente, alguno de los habitantes de la casa que habló de más en el almacén o en un café, como un estúpido.

Pero ¿qué interés podía tener el Ejército Alemán o la Policía Francesa en dos jóvenes casi niños, como Raymond y yo? ¿Qué peligro podíamos significar?

Después regresaron otras razias por nuestro barrio, cada vez con mayor frecuencia. No bien recibíamos la voz de alerta, corríamos a nuestros escondites entre la basura, acompañados por nuestras amigas... Pero era evidente que los delatados habían sido otros: en ocasiones ni siquiera registraban la casa de los armenios, y cuando lo hacían, la inspección parecía más bien de rutina.

Volvimos al silencio, la oscuridad y la soledad de nuestros primeros meses en el ropero. En esos días, nuestros padres nos dieron «clases» sobre cómo manejarnos si ellos eran apresados y quedábamos solos. A mamá todavía le quedaba corazón para aconsejarnos: «pase lo que pase, nunca tengan malos sentimientos hacia los demás: eso los envenena».

No teníamos juguetes. «Las manos de un niño necesitan estar en actividad», solía decir Blima. Por ello recogía de las calles los *tracts* o volantes que arrojaban los nazis y los *collabos* de Vichy (la ciudad de Lyon siempre estaba inundada de esas miserables octavillas) y con santa paciencia de madre nos fabricaba «juguetes» o nos preparaba hojas de papel para hacer manualidades. ¡Era muy irónico! Vivíamos encerrados en un placar, y matábamos el tiempo con juguetes hechos de volantes... ¡en los que se incitaba a denunciar a los judíos escondidos!

Las visitas a cafés se volvieron excepcionales. ¡Cómo extrañaba mis helados de fresa! Y las salidas solitarias se espaciaron, cada vez más sigilosas y precavidas. El miedo era mi compañero de caminatas. Y la soledad extrema era una técnica para sobrevivir. No quería mirar ni que me miraran, ¡quería desaparecer! Ya no me gustaba ir hacia el centro de la ciudad, donde había mucha gente: quizá alguien me reconocería. Prefería ir hacia los suburbios más despoblados. Y a menudo terminaba en el mismo lugar: una pequeña colina, en las afueras de la Estación, desde donde se divisaban los trenes que se marchaban de Lyon. Me fascinaba ver los trenes partir, contemplarlos perderse en la campiña, tan veloces y tan libres...

Hasta que una tarde, al caer el sol, me llamó la atención un viejo tren de ganado que se desplazaba con lentitud. Lo observé de manera distraída –los trenes de cargas y animales eran los que menos me atraían–, cuando de repente me pareció ver que entre las maderas del vagón... ¡asomaban brazos y manos!

Pero ¡no podía ser! Seguro que estaba viendo mal, por la escasa luz del atardecer. Me paré de un salto y traté de acercarme un poco. El tren ya se alejaba, yo estaba muy nerviosa, forcé la vista lo más que pude y... ¡qué horror! ¡Nunca pude olvidar aquella imagen! Brazos, manos y pies humanos se esforzaban, en un desesperado e inútil intento, por escapar a través de las aberturas que dejaban las paredes de madera de los vagones.

¿Quiénes eran los desgraciados que viajaban en esos vagones? ¿Por qué los transportaban de esa manera tan espantosa? ¿A dónde los llevaban?

Regresé a la casa de los armenios con el corazón estrujado. Estaba horrorizada. No sé por qué, pero no les pude contar a mis padres lo que había visto. Me escondí en la oscuridad del ropero, y por unos cuantos días, el silencio me devoró.

III
EL VIENTO ACRE DEL DESIERTO

Norte de África, abril y mayo de 1942

Domingo López Delgado

El 15 de abril rodeamos el cuerno de África y nos internamos en el golfo de Adén, camino al canal de Suez.

Un día después ingresamos en el mar Rojo, a través del estrecho de Bab-el-Mandeb. La costa, que se veía muy cercana –tanto a babor como a estribor–, daba la impresión de aridez y desolación. Ni un arbusto, ni una mancha verde de vegetación. El calor era sofocante. En el mar, cardúmenes de tiburones merodeaban alrededor de nuestro barco, el *Île-de-France*. Tres días más tarde recibimos la orden de desembarcar. Lo primero que vimos fue el monumento a Ferdinand de Lesseps, el constructor del canal. Luego recorrimos la población de Suez.

Al día siguiente, nos transportaron en camiones al Troops Transit Camp. Allí, por primera vez, luego de cinco meses de dejar Uruguay, olfateamos la proximidad de la guerra. Habíamos recorrido la isla de Trinidad en el Caribe, Halifax en Canadá (puerto donde se formaban los convoyes para cruzar el Atlántico), Belfast en Irlanda del Norte, Londres (donde recibimos instrucción militar en el Old Dean Camp de Camberley), Aldershot (en cuyo hospital nos hicieron los controles médicos y nos vacunaron contra las enfermedades y «pestes» a las que íbamos a estar expuestos), Liverpool, Ciudad del Cabo y Durban, en África del Sur. En fin: ¡medio mundo! Pero al fin estábamos cerca.

En esos meses vivimos muchas experiencias. La que más me impresionó fue en Durban. Un mediodía fuimos a tomar un ómnibus, al rayo del sol. En la parada había un banco destartalado, donde se apretujaban cantidad de individuos de raza negra. A su lado había un banco de plaza, en buenas condiciones, donde no había nadie, con un cartelito: «europeos solamente». Al subir al autobús, lo mismo: discos rojos marcaban los pocos lugares donde «ellos» se podían sentar. Me hirvió la sangre. Yo era un amante de la libertad, ese racismo me revolvió el estómago.

También nos curtimos. Hasta tal punto que muchos voluntarios tiraron la toalla y regresaron a su tierra. Tal vez tenían una idea cinematográfica de la guerra, donde pensaban ser «el mocito de la película». Pero no los culpo. Llevábamos una vida muy dura. Y el baile todavía no había comenzado...

Cruzamos el canal de Suez en balsas. Luego nos condujeron en ferrocarril hasta el puerto de Haifa. Aprovechando la cercanía de la ciudad, cargamos nuestra ropa «de civiles» y la convertimos en buen dinero. Esto nos permitió recuperarnos de las molestias del interminable viaje: recorrimos todos los bares de Haifa, de manera que al llegar la noche estábamos en tal estado de alegría que terminamos armando una trifulca de los mil demonios.

Unos días después nos trasladaron en camiones hasta Beirut, donde nos alojaron en el cuartel Dépôt de Troupes du Levant. Fuimos llevados a la presencia de un teniente:

–¿De dónde viene usted?

–Soy co-ordobés –respondió orgulloso Luis Pardo, quien había viajado con nosotros, muy suelto de cuerpo.

–¿*Cóomo?*

–De la Argentina –aclaró.

–Ahh, ¿y qué hacía?

–Era empleado de una ferretería.

–¿Y usted? –encaró a Antón Salaverri.

–Estudiante de Derecho, de Uruguay.

Entonces me miró a mí:

–Yo era soldado del Ejército de Uruguay.

–¡Ajá! –comentó el teniente, mientras un suboficial anotaba las informaciones.

Así continuó el breve interrogatorio de los voluntarios que nos sumábamos a las Fuerzas de la Francia Libre, incluidos veintitrés sudamericanos. Al terminar, el teniente se dirigió al suboficial y con voz fuerte –para que lo escucháramos– dispuso:

–Está bien. Quedan todos afectados a la Legión Extranjera.

Sentimos que nos corría un frío por la columna vertebral.

¡A la Legión Extranjera! Nos miramos unos a otros, pasmados por el asombro. Perteneceríamos a la legendaria y altiva unidad de elite, fundada en 1831 por el rey Luis Felipe de Orleans, la que no registraba una sola rendición en toda su historia. ¡No lo podíamos creer!

***

Facundo Peláez (21 años), artesano, voluntario uruguayo de la Legión Extranjera

Muy pronto comprendimos que en la Legión se escondía una sorda rivalidad entre los oficiales y soldados más curtidos, y aquellos que –como nosotros– éramos los «recién llegados», juzgados por ellos como demasiado tiernos para tener un lugar en esa gloriosa unidad de combate, de la que se mostraban tan orgullosos.

El cabo belga Delese, apodado *Nené le Terrible*, con muchos años y batallas en la Legión sobre sus hombros, fue el encargado de «domesticarnos». No perdió oportunidad de demostrarnos su antipatía y de pretender someternos con su prepotencia.

Hasta que un día se pasó de la raya. Por la tarde, en horas de descanso, bajo el calor infernal del Oriente en verano, se paró en la puerta de nuestros dormitorios y empezó a gritar:

–¡A formar! ¡A formar!

Nos miramos entre nosotros: no estábamos dispuestos a tolerar el atropello de que nos obligara a formar al rayo del sol del mediodía, en nuestro tiempo de reposo, sin motivo alguno. Domingo, que era uno de los líderes naturales del grupo, enseguida nos dijo:

–Si cuando vengan los demás a auxiliarlo, ustedes me ayudan, a este le pego yo.

–¡Sí, de acuerdo! –dijimos todos.

Nené le Terrible seguía gritando.

–¿A formar, por orden de quién? –le preguntó uno de los muchachos, para asegurarnos de que no hubiera una orden superior.

–Por orden mía. ¡Yo soy el que hago la ley aquí!

¡Era demasiado! Domingo saltó sobre el cabo, golpeándolo en la cara y arrojándolo contra la pared. Y atrás aparecimos todos nosotros. *Le Terrible* no podía creer lo que sucedía, y salió disparando al grito de:

–¡Me atacan los nuevos!

Tal cual lo suponíamos, una veintena de «viejos» legionarios, varios de ellos con rostros que metían miedo, se arrojaron sobre nosotros. Solo se usaron los puños y la pelea fue pareja, pero ellos se llevaron la peor parte.

Al día siguiente nos pusieron a todos juntos en el mismo dormitorio. Temimos lo peor. Pasamos varios días de tensiones y amenazas. ¡A punto estuvimos de irnos a las manos, pero esta vez con armas en ellas! No obstante, en los días siguientes quedamos sorprendidos. Nos habían puesto a prueba. Y no habíamos fallado.

Fue otro siniestro personaje –apodado *Bébé le Parisien*– quien un buen día laudó la cuestión: «Ustedes pueden estar en la Legión», nos dijo, para nuestro asombro. ¡Qué lo parió! Con el correr del tiempo aquellos hombres rudos se convirtieron en los mejores compañeros. ¡Quién lo hubiera dicho!

De algún modo, comenzamos a hacer propio el legendario lema: *Legio Patria Nostra*. La Legión es nuestra Patria.

***

Domingo López Delgado

Partimos de Beirut con rumbo a El Cairo. En los días finales de entrenamiento, el capitán Jean Simon –con quien luego compartiría cuatro años de campaña– me propuso integrar el equipo de boxeo de la Francia Libre en un campeonato del Octavo Ejército Británico. Ya me había destacado por mi «cara de fierro y pegada de burro» en los largos viajes oceánicos, donde poco había para hacer. ¡Pero ese campeonato fue mi consagración! El cronista de *El Día de El Cairo* escribió: «En el transcurso de la velada, el combatiente francés originario de Uruguay Domingo López infligió un *foudroyant* nocaut a su adversario que lo dejó en cuatro patas». ¡Y gané la corona de mi categoría!

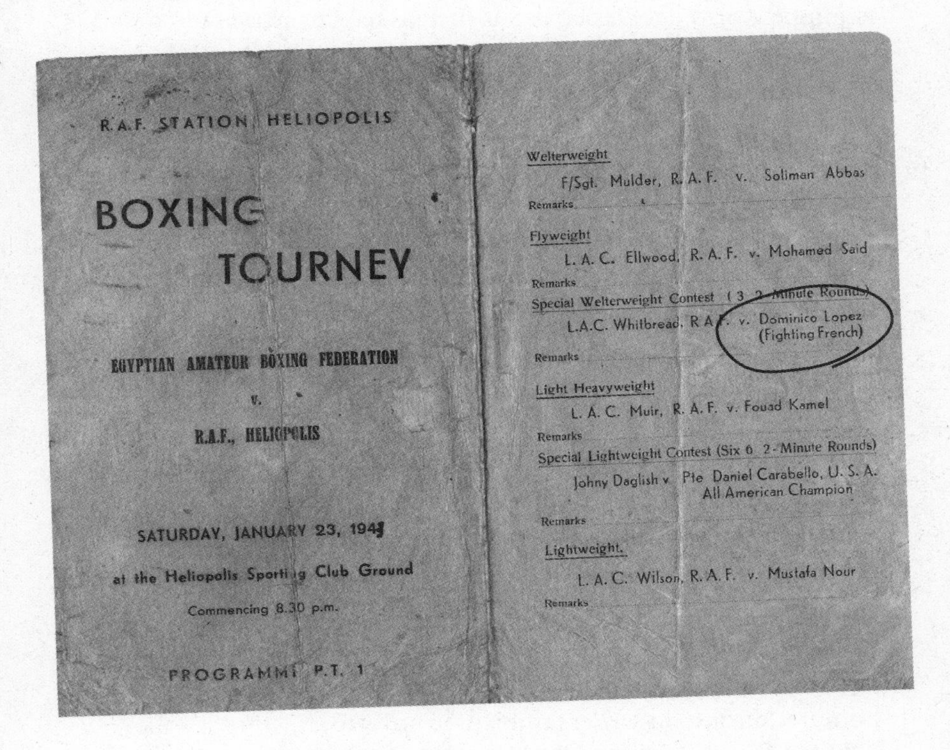

R.A.F. STATION HELIOPOLIS

BOXING TOURNEY

EGYPTIAN AMATEUR BOXING FEDERATION

v.

R.A.F., HELIOPOLIS

SATURDAY, JANUARY 23, 1943

at the Heliopolis Sporting Club Ground

Commencing 8.30 p.m.

PROGRAMME P.T. 1

Welterweight

F/Sgt. Mulder, R. A. F. v. Soliman Abbas

Remarks

Flyweight

L. A. C. Ellwood, R. A. F. v. Mohamed Said

Remarks

Special Welterweight Contest (3 2-Minute Rounds)

L.A.C. Whitbread, R.A.F. v. Dominico Lopez (Fighting French)

Remarks

Light Heavyweight

L. A. C. Muir, R. A. F. v. Fouad Kamel

Remarks

Special Lightweight Contest (Six 6 2-Minute Rounds)

Johny Daglish v. Pte Daniel Carabello, U. S. A. All American Champion

Remarks

Lightweight.

L. A. C. Wilson, R. A. F. v. Mustafa Nour

Remarks

Un par de días después recibimos orden de prepararnos para partir. Nada nos dijeron del destino. Pero al rato las novedades ya se cuchicheaban entre los legionarios.

–¡Vamos al frente de batalla!

–Sí, pero, ¿a dónde?

–¡Se dice que a Bir Hakeim!

Las reacciones eran variadas. Algunos, más informados, repetían con una mezcla de asombro y fascinación:

–¡Bir Hakeim!

Los demás, entre ellos nosotros, recién nos enteramos entonces de que se trataba de un desolado paraje estratégico en la inmensidad del desierto de Libia. La ofensiva de los alemanes estaba en todo su apogeo y las tropas inglesas retrocedían ante el empuje arrollador del Afrika Korps, comandado por el mariscal de campo Erwin Rommel, el mítico Zorro del Desierto. Sus fuerzas habían atravesado toda Libia y ahora se acercaban a la frontera con Egipto. Si lograban conquistarlo, accederían al Medio Oriente y sus pozos petroleros desde el sur. ¡Y ese sería el fin! La situación era crítica para los Aliados. Bir Hakeim era clave en la estrategia de Hitler.

Partimos. Poco antes de llegar a Alejandría nos sorprendió una tormenta de arena que no dejaba avanzar a los vehículos. El convoy se componía de treinta camiones, que transportaban obuses de cañón y unos cien hombres para reforzar la posición. Esa noche dormimos en Alejandría. Con las primeras luces del día continuamos la marcha.

Pasado el mediodía divisamos unas extrañas fortificaciones que, en una primera impresión, parecían encontrarse en medio de la nada. Sin embargo, a medida que nos acercamos, comenzamos a descubrir –semienterrados en ese paisaje inhóspito– piezas de artillería, defensas antiaéreas, tanques, vehículos de transporte, tiendas de comando y comedores. Solo el hospital de campaña asomaba sobre el terreno, identificado con una cruz roja, para evitar ser bombardeado por los aviones alemanes. Trincheras y huecos eran el refugio de miles de hombres. Pronto lo serían también de nosotros.

Era la tarde del 25 de mayo de 1942. Habíamos arribado a Bir Hakeim.

Alguien dijo que su nombre significaba Caldera del Diablo. Era un lugar a la vez misterioso y atemorizante. En el ambiente se respiraba el aroma del combate cercano.

Sin embargo, nada hacía presagiar que en las próximas dos semanas entraríamos en la historia.

***

Bir Hakeim, desierto del Sahara, Libia, 25 y 26 de mayo de 1942

Domingo López Delgado

¡El Sahara! Cuántas veces, en la escuela de Rocha, había fantaseado con ese desierto inconmensurable, al escuchar a la maestra rural hablar de sus dunas infinitas, sus caravanas de camellos, sus beduinos... En mi cabeza infantil de 8 o 10 años había sonado a leyenda. Y ¿por qué no?, ¡cuántas veces me había imaginado en aquel desierto viviendo heroicas aventuras!

Pero ahora tenía 24 años. Y la realidad era que me encontraba en pleno desierto del Sahara. No solo eso: me encontraba en medio de una guerra, quizá la más cruel en la historia de la humanidad. ¡Y era un lugar tan distinto del que había imaginado!

El Sahara es un mar de arena con temperaturas promedio de más de cuarenta grados centígrados, que pueden alcanzar los sesenta. El sol asoma de manera súbita y se oculta a la carrera. Cuando se esconde, las temperaturas se desploman por debajo de cero en menos de dos horas y el terreno parece que se congelara. La arena voladora es permanente. Fina como polvo, se mete entre la ropa, en la boca y los ojos, obligando a usar unos lentes especiales. Y no estoy hablando de las tormentas de arena, que cuando se desatan y a uno lo sorprenden desierto adentro, es como si pasaran mar adentro: no hay refugio donde protegerse.

Comer no era tarea fácil. Apenas se descubrían los alimentos, como si surgieran de la nada aparecían nubes negras de moscas que no dejaban opción: o uno comía tragando moscas, ¡o no comía! Era imposible escapar de ellas. Tampoco era tarea menor hacer nuestras necesidades mayores. Requería una compleja operación evitar que las bandas de moscas causaran un efecto devastador en nuestras partes más íntimas.

Otro de los grandes problemas era la escasez crónica de agua. La que había en Bir Hakeim era mínima. La mayoría se traía en camiones cisterna desde sitios lejanos, como Tobruk. Se distribuía en bidones y estaba racionada de manera estricta. ¡Ni soñar con bañarse! Por eso era frecuente agarrarse piojos, que se combatían con rociadas de DDT y cortaduras de pelo al rape.

¡Qué lejos me encontraba de aquellas fantasías infantiles!

Sin embargo, había algo que lo compensaba todo. Se olfateaba, se percibía en el aire que hechos importantes estaban por ocurrir. ¡Y yo me encontraba allí! En un lugar decisivo en la batalla por la libertad. Era lo que había soñado. Y estaba dispuesto a pagar el precio.

***

En Bir Hakeim reinaba una intensa actividad. Oficiales y soldados cavaban profundos agujeros en la tierra rojiza y arenosa. Los refugios –para resguardarse de los bombardeos– se protegían con bolsas de arena y techándolos con cuanto material se pudiera encontrar (maderas, piedras, pedazos de hierro, desechos de guerra). Recién allí comprendí el consejo de nuestro capitán instructor en Londres: «dondequiera que vayan a parar, ¡hagan un agujero y entiérrense!».

De repente, cuando aún estábamos tratando de adaptarnos a los rigores de la nueva vida, fuimos sorpresivamente convocados a la presencia de nuestro comandante en jefe. Así se nos dijo, sin mayores explicaciones.

Luego de recorrer una corta distancia, nos presentamos en una tienda de campaña, no mucho mejor que las demás, también semienterrada en el desierto. Estábamos, entre otros, Zerpa, Bolani, Salaverri, Sequeira, el argentino Pardo y yo. Nos recibió un ayudante del comandante, muy simpático, que se distinguía por su pequeña estatura y por renguear de una pierna. Luego sabríamos que se llamaba Jean-Baptiste Renard.

–¡Bienvenidos al balneario de Bir Hakeim! –nos dijo, risueño–. Voy a llamar al comandante para que los conozca y les asigne funciones.

Hasta ese momento no sabíamos a quién íbamos a conocer. Nadie nos había dado un nombre. En ese instante la puerta de la tienda se abrió y, en compañía de Jean-Baptiste, apareció un hombre de gran prestancia: alto, elegante, de rostro cuadrado y firme, vestido de manera impecable, luciendo con orgullo su *képi blanc* de la Legión Extranjera.

–El teniente coronel Dimitri Amilakvari les va a dar la bienvenida y asignar sus tareas –nos dijo Jean-Baptiste, como si fuera lo más natural del mundo.

Quedamos petrificados. ¡Era el legendario príncipe Amilakvari, en persona, que venía a recibirnos! El asombro y la admiración en nuestros rostros fueron evidentes.

Nos dedicó unas breves palabras de bienvenida, y con sorprendente facilidad, nos destinó a cada uno a su unidad de combate. Aquel hombre parecía conocer de memoria a todos sus soldados y tener en la cabeza cada centímetro cuadrado de aquel miserable páramo. ¡Era impresionante!

Amilakvari sí que sabía ganarse la confianza y la lealtad de sus soldados. Bastaron unos pocos minutos de contacto con su emblemática personalidad para reafirmar las razones que nos habían conducido –¡desde tan lejos!– a los horrores de la guerra. Y nuestra firme decisión de arriesgar la vida por la libertad y por Francia.

***

Jean-Baptiste Renard (25 años), auxiliar del comandante de la 13.ª Media Brigada de la Legión Extranjera, teniente coronel Dimitri Amilakvari

¡Cómo no me voy a acordar de aquel grupo de sudamericanos y españoles!

Bullangueros, conversadores, quejosos, a veces indisciplinados o demasiado ruidosos. Pero eran buenos soldados. Tenían las dos cualidades que no se enseñan en ninguna academia militar: lealtad y vocación de sacrificio. Algunos eran veteranos de la Guerra Civil Española, donde fueron derrotados y tuvieron que exiliarse. Pero los sudamericanos dejaron una vida tranquila en remotos países como Argentina, Uruguay o Chile, para cruzar el océano y zambullirse en una guerra feroz, solo para honrar sus raíces o servir a sus ideales. Por un deber de conciencia. ¡En pleno siglo XX! *¡Chapeau...!*

Yo nací cerca de Reims, en Châlons-en-Champagne. Desde niño tuve vocación militar. Pero el físico no me ayudó nada... Luego de muchas gestiones –y el apoyo de algunas amistades de mi padre–, logré ser admitido en la Academia Militar de Saint-Cyr. Me decían que mi estatura estaba por debajo de la requerida. ¡Fíjese! Yo solo quería servir a mi patria y no podía hacerlo ¡porque era demasiado petiso!

Cuando me gradué, unos años más tarde, la guerra era inminente y se necesitaban todos los hombres disponibles. Fui destinado a la 13.ª Media Brigada de la Legión Extranjera. Al estallar el conflicto, muy pronto estuve en el frente de batalla, en la campaña de Noruega. Pero en las gloriosas acciones de Narvik, donde obtuvimos una resonante victoria, fui herido en la pierna izquierda por una ráfaga de ametralladora. Pudo ser peor. Pero igual fue tan grave como para dejarme cojo para siempre. ¡Y ese fue el fin de mi carrera militar! A pesar de las medallas que recibí por el coraje demostrado en combate, mi amargura era enorme. ¡Fíjese que llegué a pensar en lo peor...!

Y allí apareció el comandante Amilakvari. Al pie de mi cama, en el hospital.

–Renard, lo necesito como mi auxiliar de campo –me sorprendió, con un tono que no admitía ser contradicho–. No bien se reponga, preséntese en mi comando.

No creo que en verdad me necesitara. Pero yo sí necesitaba sus palabras. Mi recuperación fue más rápida de lo esperado y al poco tiempo ya estaba bajo sus órdenes. Eran malos tiempos para Francia. Sufrimos la vergonzosa capitulación ante los nazis de junio de 1940, el mal llamado armisticio de Rethondes. Sin embargo, casi enseguida sentimos vibrar de nuevo nuestros corazones, esta vez de felicidad. El 18 de junio, el general Charles de Gaulle dirigió su *Appel*, su llamado a todos los franceses, convocando a continuar la lucha. Fueron pocos los que respondieron desde la primera hora. Pero Dimitri Amilakvari estuvo entre ellos. Y yo junto a él, con todo orgullo. Él solía decir: «Nosotros, extranjeros, tenemos una sola manera de probar a Francia nuestra gratitud por la forma en que nos ha recibido: ofrendando nuestra vida por ella». Yo no era extranjero, pero pensaba del mismo modo.

Pasamos momentos muy difíciles tratando de dar forma a un ejército que estuviera en condiciones de combatir por la Francia Libre. Recién un año después, en el invierno de 1941, logramos reunir una fuerza capaz de plantar cara a los alemanes e italianos que dominaban el norte de África. Para ese entonces, la 13.ª Media Brigada contaba con tres batallones y mil setecientos hombres. Liderados por Amilakvari, prestigiosos oficiales, como los capitanes Babonneau, Pierre Messmer, Pâris de Bollardière, Brunet de Sairigné, Puchois y Jean Simon, habían renovado la mística y fortalecido la moral combatiente de estas tropas que servían bajo viejas y gloriosas insignias. Solo faltaba disponer de armamento adecuado. Y este se obtuvo en los primeros meses de 1942, mientras se endurecía el entrenamiento militar de los hombres. De los hombres y... ¡de una mujer! En la Media Brigada revistaba una sola mujer, la única en toda la historia de la Legión Extranjera: la británica Susan Travers, apodada –por idea del propio Amilakvari– la *Miss*.

Debo ser muy respetuoso del comandante Amilakvari, quien tenía en Francia una hermosa esposa y dos hijos, a quienes adoraba y extrañaba. Pero se sabe que entre el comandante y la *Miss* hubo... en fin... una relación. Aunque eso quedó atrás. Ahora Travers era la chofer del general Marie-Pierre Koenig, el comandante de todas las tropas en Bir Hakeim. Y, bueno... también ahora se comentaban algunas cosas.

***

Por otra parte, le debo ser sincero: para conformar una fuerza de cierta magnitud, fue necesario incorporar a jóvenes reclutas franceses y a voluntarios de las más variadas procedencias. Ambas situaciones trajeron problemas.

Muy pronto fue evidente la división entre «los viejos» y «los nuevos». Pero los jóvenes traían con ellos, de la mano del entusiasmo, la fe en la victoria final de los aliados. Algo que a comienzos del 42 escaseaba en todo el frente de batalla. Los resultados, tanto en el este como en el oeste, no alimentaban esa fe en la victoria. Sin embargo, no tardaría mucho en demostrarse, y allí mismo, que esto era posible.

Por otra parte, muchos decían que nuestra brigada se parecía a la Sociedad de las Naciones. Y que iba a terminar igual... ¡Como la Torre de Babel! Sin embargo, la admiración por Francia y la libertad, el uso de la misma lengua (que algunos hablaban a los porrazos, como podían) y, sobre todo, la hermandad de las trincheras, transformaron a esa variada columna de hombres en una poderosa fuerza de combate. Por más que en ella fuera posible encontrar, además de franceses, soldados belgas, tahitianos, senegaleses, españoles, judíos de Palestina, libaneses y de un sinfín de otras nacionalidades. Incluidos los ruidosos sudamericanos, que pronto me apodaron con picardía el Zorrito Rengo del Desierto, en alusión a mi apellido y demás cualidades...

***

Facundo Peláez

Felizmente, la mayor parte de los amigos cercanos fuimos a parar todos juntos al Segundo Batallón de la Media Brigada. Aunque a distintas unidades: Domingo, Bolani, Zerpa y yo fuimos destinados a las órdenes del capitán Jean Simon. Salaverri y Pardo fueron asignados al mando del capitán De Sairigné, mientras que Sequeira se incorporó a la Quinta Compañía de Infantería, comandada por el capitán Morel.

Cada uno tomó sus pertenencias y se dirigió a su unidad, mientras pensábamos cómo mierda guarecernos en aquel arenal perdido, donde la guerra estaba por estallar.

De repente, un Ford Utility frenó de manera brusca delante de la tienda del comandante Amilakvari. En medio de la nube de polvo que provocó la sorpresiva frenada, vimos descender a un militar de alto rango, seguido por una mujer.

–¡Es el general Koenig! –dijo alguien, con admiración.

Los demás soldados asintieron, mientras algunos detenían su trabajo para presenciar la escena.

–¡Y va acompañado de la *Miss*!

Allí sí debo confesar que todos abandonamos las tareas y nos dedicamos a curiosear. La *Miss* se desplazaba con agilidad y elegancia, aunque era difícil distinguir sus formas, vestida como estaba con el uniforme de combate. Nos encontrábamos en la víspera de un choque feroz y decisivo, en un paraje desértico en el medio de la nada. Pero igual nuestro espíritu latino salió a flote:

–Y se van a encontrar con Amilakvari... Los tres solos... ¡Esto puede terminar muy mal! –comentó un compatriota, con ironía.

–¡O muy bien! –terció otro, obligándonos a esconder la sonrisa–. ¿No será un *ménage à trois*?

***

Susan Travers[6] (32 años), la *Miss, Adjudant* de la Legión Extranjera, asignada como chofer del general Marie-Pierre Koenig**

La primera vez que puse los ojos sobre el comandante Dimitri Amilakvari, paseando por la cubierta del buque *Neuralia* totalmente uniformado de militar, supe que tenía un problema. Era un príncipe atlético y guapísimo, con la mandíbula cuadrada y unas facciones potentes, adorado por sus hombres e irresistible para las mujeres. Amilakvari, miembro reverenciado de la Legión Extranjera, en permanente exilio de su tierra natal desde que a los 14 años huyó de la invasión bolchevique, estaba casado con una de las tres princesas Dadiani, conocidas como las más bellas de Europa.

Después de pasar brillantemente por la Academia Militar de Saint-Cyr, había destacado en Marruecos y en Noruega y se había unido a De Gaulle en 1940, arrastrando con él a muchos hombres devotos. El príncipe, que no se despojaba nunca de su característica capa verde, héroe de Noruega y superviviente de ataques con metralla que estuvieron a punto de volarle la cabeza en más de una ocasión, inspiraba coraje, amor y fidelidad en igual medida. Tenía entonces 35 años, y preparaba a sus hombres para luchar en lo que se preveía como un largo y sangriento conflicto contra las fuerzas del Eje en suelo norteafricano.

** Los textos de Susan Travers fueron extraídos de manera literal de su obra autobiográfica *Una decisión valiente* (véase créditos).

Yo no había conocido a nadie con una personalidad tan magnética como la de Amilakvari, al que sus amigos llamaban cariñosamente Amilak. Sus transparentes ojos azules brillaban, y cuando se fijaron en los míos, sentí como si me estuvieran desnudando el alma. Era un experto en el arte de la seducción, y su acento georgiano no hacía más que incrementar su atractivo. La primera vez que se acercó a mí yo estaba en cubierta contemplando el mar, con el aire apartándome el pelo de la cara. Se acercó y me acarició el brazo con los dedos, en un gesto tan sensual que me dejó sin aliento.

–Dicen que si te quedas mirando el mar el tiempo suficiente, su espíritu acaba robándote parte del alma –me dijo.

***

Domingo López Delgado

El 26 de mayo, temprano por la mañana, fuimos convocados ante nuestro comandante, el capitán Jean Simon. Este oficial cobró justa fama al ser protagonista de un hecho inusual. Luego de la capitulación de Pétain en junio de 1940, Simon y el capitán Pierre Messmer escaparon en un barco italiano que partió de Marsella. Una vez a bordo del buque, que formaba parte de un convoy, los militares –confabulados con el capitán de la nave– simularon una avería y lo desviaron de su recorrido hasta alcanzar Gibraltar. Luego obligaron a la tripulación a continuar viaje hasta Liverpool, donde se sumaron a las tropas de De Gaulle.

Simon era un rubio alto, espigado, que hablaba con una voz de falsete que –cuando lo conocimos– nos causó mala impresión. No tenía mucha más edad que nosotros y era tuerto. En Siria, una bala le había destrozado el ojo derecho. Pero pronto sabríamos que tenía "dos de ellos".

–*Bonjour*. Nombre y país de origen.

–López Delgado, Domingo. De Uruguay.

–Pardo, José Luis, de la Argentina.

–Zerpa, Fulvio. Uruguayo.

Y así seguimos, uno por uno. Al finalizar nos dirigió una breve arenga, con esa voz que nos fastidiaba:

–Ustedes son voluntarios. Vienen de lejos a luchar por mi patria, y yo les agradezco –nos dijo–. Sin duda tendrán buena voluntad. Ahora deben saber que la guerra no es una fiesta, aquí se viene a morir y a matar –respiró hondo e hizo una pausa, para darnos tiempo a reflexionar sobre sus palabras–. Lo verán bien pronto. Nada más.

Momentos después, un suboficial nos condujo a nuestras posiciones. A mí me tocó en suerte servir un cañón de 75 milímetros, a cuyo mando se encontraba el sargento jefe Luis Artola, un vasco veterano de la guerra de España. El tirador era otro español –Invernón–, el apuntador un judío francés –Grinbaum– y el cargador un polaco. Los proveedores éramos un belga –Rimbaud–, otro español –el andaluz Flores– y yo.

–Dígame, ¿usted sabe algo de esto? –me preguntó el Vasco Artola.

–Nada, sargento.

–Bien: entonces vas a comenzar como primer proveedor –sentenció con autoridad–. De manera que te metes en esa trinchera, detrás del soldado que está allí.

Obedecí y me instalé en la trinchera.

–¿Y ahora qué hago?

–Por ahora nada. Cuando «el baile» empiece, el que está detrás de ti te va a dar un obús, que le pasas al que está delante. ¡Y no asomes la cabeza!

–En mal momento llegaste –me dijo el belga por lo bajo.

–¿Por qué?

El andaluz –que andaba por allí cerca–, sin aguardar la respuesta del belga, terció en la conversación:

–Veo que tú habla' español, ¿de dónde ere'?

–Soy sudamericano, de Uruguay.

–¡Coño con el chaval! –exclamó Flores–. ¿Y de la' América' se ha venío a meter la' narice' en semejante infierno, el infeliz?

Me quedé mirándolo, mientras soltaba un torrente de palabras en el andaluz más castizo que se pueda imaginar (sin ahorrar menciones a *la maldita mare que los ha echao al mundo*) y que, por supuesto, no entendí. Luego, más calmo, me explicó que esa misma mañana habían detectado poderosas fuerzas alemanas que se dirigían hacia nosotros. El choque parecía inevitable.

Invernón me invitó a compartir su agujero, lo que acepté gustoso. Era otro andaluz gracioso, protestón y gran camarada. Me puso al tanto de muchas cosas. Pero, sobre todo, me introdujo en el arte de salvar el pellejo. Claro que esto era muy relativo, más temprano que tarde habría de aprender.

***

Jeremiah Lerner[7] (23 años), voluntario de la brigada judía de Palestina

¡Si algo nos sobraba era tenacidad!

Los ingleses nos pusieron todos los obstáculos que pudieron. Primero no querían que nos alistáramos en su Ejército. Luego, a partir de mayo de 1939, cuando Neville Chamberlain firmó el *White Paper*, la emigración judía a Palestina fue casi detenida. Pero igual nos dimos maña. Nosotros queríamos estar del lado de la libertad. Más aún después que estalló la guerra, cuando comenzaron a llegar noticias alarmantes de los horrores cometidos por los nazis a los judíos en los países ocupados.

No hicimos más que seguir las directivas de David Ben Gurion: «Vamos a combatir el *White Paper* como si no hubiera guerra, y vamos a combatir en la guerra como si no existiera el *White Paper*».

Por eso, desde mucho antes que los británicos admitieran la creación –bajo su mando– de brigadas de judíos procedentes de Palestina, ya había pequeños grupos –e incluso batallones enteros– peleando junto a los Aliados en el norte de África. Uno de ellos era el nuestro. Éramos cuatrocientos jóvenes judíos bajo el mando del mayor Félix Liebmann, de Tel Aviv, muchos de los cuales estábamos desde comienzos del 41. También había judíos enrolados en el Ejército Francés y en la Legión Extranjera, como el *adjudant* Willy Lippman o el *caporal* Grinbaum. Teníamos nuestros héroes: el científico parisino de origen judío Théodore Gérard, uno de los primeros en responder al *Appel* de De Gaulle, que ahora peleaba a pocos metros de nosotros como oficial de artillería de la Francia Libre. Y también nuestras víctimas, como el soldado raso Naftalí Fenichel, quien en febrero del 41 escribió desde la prisión:

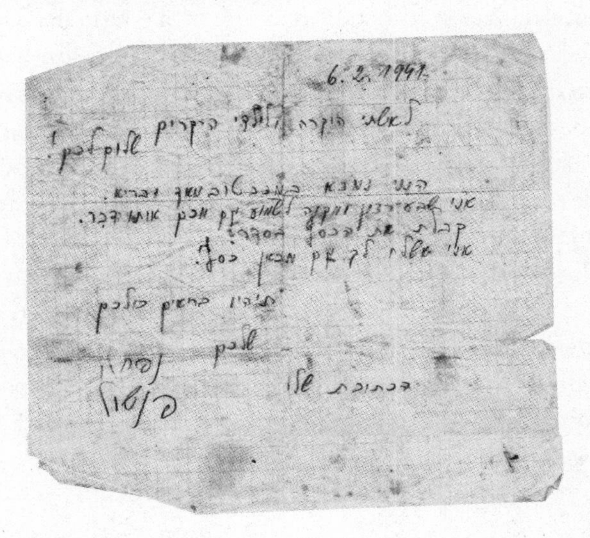
6. 2. 1941.

A mi querida esposa y a mis queridos hijos, Shalom!
Me encuentro en un estado muy bueno y saludable.
Espero escuchar lo mismo de ustedes. Que todos tengan salud. Los ama, Naftalí.

Luego no supimos más de él.

Veníamos de los orígenes más variados. Fíjese nomás mi caso: yo era un *new yorker*; pero mis padres decidieron hacer Aliyá y regresaron a la tierra de nuestros ancestros, por lo que desde joven crecí en un ambiente seco y hostil, tan distinto al de mi ciudad natal. Otros vinieron de Europa o del Medio Oriente.

En los primeros meses de 1942, los ingleses nos ordenaron trasladarnos a una zona remota del desierto de Libia llamada Bir Hakeim, donde no había nada, salvo los restos de un viejo fuerte turco. Allí quedamos bajo el mando del general Koenig. Unos días más tarde, este dispuso que nuestro batallón se hiciera cargo de defender uno de los extremos más alejados de la línea de defensa de Bir Hakeim, llamado Bir el Harmat. Era finales de mayo, y todos los informes y rumores que nos llegaban indicaban que estábamos a las puertas de un poderoso ataque de las fuerzas del Eje. Los franceses tenían orden de defender a muerte esa posición. Se la consideraba decisiva en la guerra del desierto.

Todo fue muy apresurado. Nosotros éramos un batallón de zapadores de minas, mal armado y peor aprovisionado. No teníamos armas pesadas ni equipamiento antiaéreo. Hicimos lo que sabíamos hacer: excavar. Primero, construimos varios campos minados, en defensa de nuestra posición. Luego, cavamos trincheras y refugios individuales para protegernos.

Nos faltaba de todo. Pero nos sobraba determinación. Íbamos a defender esa posición con los dientes apretados. Y teníamos algo más: una bandera de Sion, azul y blanca, con la estrella de David. La teníamos doblada y guardada, porque a los ingleses no les hacía gracia que la izáramos. ¡Pero la teníamos con nosotros! Y estábamos dispuestos a desplegarla, si era necesario.

***

Jean-Baptiste Renard

¡Era el momento que habíamos esperado tanto!

Por primera vez desde la firma del maldito armisticio de 1940 –¡dos largos años atrás!–, las Fuerzas Francesas Libres ocupaban el sitial que les correspondía en el frente de batalla. Habíamos sido relegados a funciones secundarias, muy lejos de las que merecían las tropas de la *Grande Nation*. Pero pagamos el precio de la temprana rendición y –mucho peor–, del colaboracionismo del régimen de Vichy. Inglaterra y Estados Unidos ayudaron al general De Gaulle a mantener en alto el honor de Francia, pero sin darnos lugar en la dirección, que estaba reservada a ellos y a la Unión Soviética.

Ahora teníamos la oportunidad de ganar ese lugar en el campo de batalla.

Debíamos derrotar la dudosa reputación que poseían nuestras fuerzas. Sobre todo la Legión Extranjera, que arrastraba de viejos tiempos la mala fama de ser una banda de mercenarios alistados para escapar de un pasado que los condenaba. En una ocasión, la *Miss* oyó describir a los legionarios como «un manojo de jinetes cosacos temperamentales, oficiales alemanes, turcos maleducados, condes rusos y *lotharios* húngaros».

–Pero yo descubrí que eran encantadores y entrañablemente anticuados en sus posturas sobre el honor y el valor. *Honneur et fidelité* era su grito de guerra. Yo llevaba con ellos poco tiempo, pero cuando sonaba la marcha de la Legión, *Le Boudin*, no podía evitar que mis pies siguieran el ritmo de su melodía.

***

La misión no podía ser más difícil. Bir Hakeim era el extremo sur de una inmensa barrera de defensa levantada por los Aliados, que nacía en la aldea costera mediterránea de El Ghazala y se internaba en el desierto hasta zonas imposibles de transitar. Protegía al estratégico puerto de Tobruk, el principal de la región, que era la puerta de entrada a Alejandría y El Cairo. Era esencial ganar tiempo para que el Octavo Ejército Británico –que se retiraba ante el empuje de Rommel– pudiera reorganizarse para la batalla final. Los franceses teníamos órdenes claras: defender Bir Hakeim costara lo que costara. Los augurios del mando británico no eran demasiado alentadores: creían que podíamos durar –como máximo– una semana.

El vaticinio de Rommel era aún más sombrío:

–Los aplastaré en quince minutos –dijo, en su arenga previa a la batalla.

Éramos tres mil setecientos tres soldados franceses libres, cuya columna vertebral eran los dos batallones de la 13.ª Media Brigada. Durante mucho tiempo el general De Gaulle reclamó para Francia un sitial protagónico en la guerra, sin éxito. ¡Todos hacían oídos sordos! Mientras tanto, nosotros soportábamos un clima extremo, temerosos de contraer «la cucaracha», la locura típica del desierto...

Tendríamos que enfrentarnos a una de las personalidades más emblemáticas de la Wehrmacht: el mariscal de campo Erwin Rommel, el Zorro del Desierto. Lo que ignorábamos era que para el inminente ataque había reunido a las mejores fuerzas del Afrika Korps y del Ejército Italiano, con un total de treinta y siete mil hombres.

Estábamos diez a uno.

***

Domingo López Delgado

Cayó la noche del 26 de mayo. El nerviosismo se percibía en el aire.

El comandante dispuso doble número de centinelas y nos alertó: «Todos listos para la acción». Preparamos las municiones del cañón y de las armas individuales. Las limpiamos de arena y revisamos su funcionamiento.

Fumamos y pensamos. Mi pensamiento voló lejos, muy lejos... ¿Qué estarán haciendo en casa? Mamá no debe imaginar que yo pueda estar aquí, ¡en medio del Sahara! Y si alguien de la familia se enteró, seguro que no se animó a decírselo...

–*Halte là!* –el grito del centinela rompió la calma.

El otro le dio el santo y seña. Cambiaron unas palabras y de nuevo nos envolvió el silencio.

Hacía mucho frío. Me preguntaba: ¿tendremos miedo al ver por primera vez al enemigo? No –pensaba–, no lo creo, ¡lo hemos deseado tanto! ¿Vendrán por la noche o aguardarán hasta la madrugada? Mientras tanto, solo hay que esperar.

Vimos pasar un oficial, haciendo su recorrida.

–*Rien à signaler?* –interrogó al centinela.

–*Rien, mon lieutenant.*

El teniente continuó su camino, no sin antes advertirnos:

–¡Mucho cuidado! Esto puede comenzar de un momento a otro.

Nos dormimos pensando en esas palabras: «de un momento a otro...».

De un momento a otro.

IV
EL VIENTO GÉLIDO DE AQUEL VERANO

Konskie, Polonia, desde finales del invierno al verano de 1942

Kazimierz Wroblevsky (unos 40 años), zapatero

Yo empleaba solo a los mejores.

¿Si me importaba que fueran o no judíos? ¡Para nada! Yo no me meto en temas de religión ni de razas ni de política. El que sirve para trabajar, sirve. Y el que no sirve, el que es un holgazán, ¡no hay con qué arreglarlo! Eso lo aprendí de mi abuelo. Y es la verdad.

Por eso cuando Alter, el ingeniero del Judenrat, me habló de un amigo suyo que conocía de Bélgica, que era muy buena persona y no sé qué más, enseguida le dije:

–Espere, espere: que sea su amigo es buena referencia. Pero ¿sabe una cosa?: con eso no alcanza. Le voy a tomar una prueba: si sirve, sirve, y si no... se lo devuelvo, ¡con moña de regalo y todo!

El ingeniero se quedó serio. No le gustó mucho lo que le dije.

–¡Usted siempre igual, don Kazimierz! Genio y figura hasta la sepultura –me dijo, y recién entonces sonrió y me palmeó la espalda.

Pero yo lo decía en serio. Al día siguiente, el joven Christoff se presentó en mi taller, muy servicial. Le asigné algunas tareas, no demasiado sencillas, como para probarlo. Unos días después ya me había dado cuenta de que Christoff era inteligente, fuerte y voluntarioso; pero tenía una gran torpeza con las manos. ¡Justo lo más importante en una zapatería! Lo pensé bastante. Dudé mucho antes de tomar una decisión:

–A partir de la semana que viene, usted va a trabajar en este taller –le informé.

El joven se emocionó. ¡Hasta me quiso dar un abrazo, de tan agradecido que estaba! Yo no lo acepté: no me gustaba intimar con mis empleados. Y además, eso de los abrazos entre hombres... no me gusta mucho, qué quiere que le diga. Seguro que lo aprendió de los belgas o de los franceses, a los que todos esos manoseos les encantan. ¡Pero eso no es cosa de polacos!

***

Christoff Podnazky

Trabajé en el taller de confecciones de la calle Maja 3, desde mi llegada a Konskie hasta el verano del 42.

La situación en el gueto empeoraba cada día. Las posibilidades de entrar y salir eran cada vez menores. Y ello reducía nuestras oportunidades de acceder a alimentos, ropa y medicamentos. A mediados del 41 se decretó el «cierre» del gueto. Pero, a decir verdad, no se respetó mucho. En primer lugar, por los propios polacos. A unos cuantos no les gustaban los judíos, pero más odiaban al invasor alemán, y trataban de resistir sus órdenes. De todos modos, día tras día, los controles se hicieron más estrictos. Hasta que en diciembre del 41 la gobernación de Konskie instauró la pena de muerte para todo aquel que saliera del gueto «ilegalmente» (¡como si fuera legal, en cambio, confinarnos a todos nosotros dentro de esa minúscula parte de la ciudad, sin comida ni medicinas!). También sería condenado a muerte cualquier polaco que ayudara a un judío a escapar. A los que trabajábamos fuera del gueto, guardias armados nos venían a buscar todos los días y nos custodiaban hasta las fábricas y los talleres. Las exigencias de producción –fijadas por los alemanes– eran absurdas e inalcanzables, aunque dejáramos la vida en las fábricas. Solo unos pocos, que todavía disponían de dinero u objetos de valor, podían recurrir a los sobornos para salir un rato de esa sofocante prisión y hacerse de algún producto. Porque, eso sí: ¡en cuanto veían que podían sacar provecho propio, a los nazis se les iba el desprecio por los judíos!

A partir del verano del 42, las condiciones se volvieron intolerables. Los pocos que todavía conservaban algo de valor debieron esconderlo en los sitios más increíbles: por la noche, piquetes de soldados nazis –fuera de control– ingresaban a las casas y las arrasaban, robando todo aquello que pudiera darles algún beneficio.

Por si ello fuera poco, siguieron trayendo a judíos de pueblos aledaños a Konskie –Radoszyce, Gowarczow– y los instalaron en el gueto, como un año antes habían hecho conmigo. A los que ya estaban afincados allí, sobre todo si eran originarios de Konskie, eso no les gustaba. ¡Así que los enfrentamientos entre judíos, cada vez más desesperados, estaban a la orden del día! En junio del 42 habitaban el gueto algo más de siete mil personas, y no cabía ni un alfiler. Fíjese que cuatro meses después, ¡ya éramos nueve mil! El hacinamiento era sobrecogedor. Y con el brutal amontonamiento de seres humanos –aunque cada vez lo parecíamos menos–, vinieron las epidemias. Sobre todo, el tifus. El «mal de los judíos», como decían los nazis hijos de puta.

***

Con Alter habíamos quedado de encontrarnos el viernes por la noche, como siempre. Eran nuestros «momentos especiales». Por eso me sorprendió verlo llegar el miércoles de tarde, cuando yo acababa de regresar del taller.

No me llamó la atención la delgadez extrema ni la palidez de su rostro, ni siquiera aquel absurdo traje azulado que cada vez le quedaba más enorme. Pero sí me impresionó su mirada.

La mirada de Alter solía ser límpida, clara, transparente. Era el reflejo de su alma. Sin embargo, aquella tarde, esa mirada se había enturbiado. Era verano, y el calor pegajoso se hacía sentir fuerte en aquel depósito de seres humanos en que se había convertido el gueto. Pero debo decir que me corrió un frío helado por la espalda. No sabía qué esperar, pero no era nada bueno. No obstante, Alter no era portador de malas noticias. Bueno... al menos para mí.

–Las exigencias de producción en las fábricas bajo supervisión alemana se van a incrementar, y mucho, en los próximos días. Y las condiciones de trabajo van a empeorar –se despachó, sin mayores preámbulos–. He arreglado para que te tome una prueba don Kazimierz Wroblevsky, el dueño de la zapatería.

–Sí, sí, he oído hablar de él –le respondí enseguida, esperanzado con la propuesta–: todos hablan bien del señor Wroblevsky.

–Es un hombre duro y exigente, pero justo –completó Alter–. Y no discrimina a los judíos. Le hablé muy bien de ti, pero no te hagas demasiadas ilusiones: tendrás que pasar la prueba, ¡don Kazimierz no regala nada!

***

Kazimierz Wroblevsky

Contratar al muchacho fue una decisión acertada. Yo tengo muy buen ojo, rara vez me equivoco. Pero igual he tenido unas cuantas decepciones. No fue el caso. No voy a decir que le gustara trabajar, porque eso no pasa con los jóvenes de ahora. ¡Antes era otra cosa! Pero al menos siempre estaba dispuesto, no vivía escondiéndose en los rincones.

Mi taller estaba fuera del gueto, a unas cinco manzanas de la puerta de entrada al sector ubicado en el centro de Konskie. Christoff arribaba puntual, y no hacía problemas para quedarse fuera de hora. Tampoco se enfermaba. Era un buen trabajador.

Nos llegamos a conocer bastante bien. Amistad no, porque a mí no me gusta intimar con el personal, eso ya lo he dicho. Así supe que se separó de su familia para venir a defender Polonia, su patria, como él decía. En Konskie no tenía otro amigo que Alter, su compañero de estudios en Bélgica. Estaba inquieto por su familia y se sentía muy solo. Tanto que, una vez, ¡hasta lo invité a tomar una copita de aguardiente a mi casa! Fuera del horario de trabajo, por supuesto.

Por eso me llamó tanto la atención, una tarde, ya sobre el final del verano, cuando una jovencita pecosa de pelo castaño ingresó al taller y preguntó por él. Luego de explicarle a Ewa –la chica que atendía el mostrador– que pertenecía a una organización de ayuda social, le pidió para hablar con Christoff. Ewa quedó de una pieza: sabía que yo no permitía visitas privadas en horario de trabajo, ¡como corresponde! Me consultó y fui a hablar con la jovencita. Le aclaré las reglas de la casa. Pero ella no se desalentó. Con gran dulzura me suplicó que le permitiera hablar cinco minutos, no más; que era un asunto muy importante.

¡Me conmovió! No puedo decir otra cosa. Y accedí.

–¡Pero solo cinco minutos! –le advertí, todavía un tanto confuso por haberme mostrado tan débil.

***

Christoff Podnazky

¡El verano del 42 parecía que iba a colmar mi capacidad de asombro!

No había terminado de adaptarme al privilegio de trabajar en la zapatería de don Kazimierz –un taller duro, con un jefe rígido y severo, ¡pero «normal»!–, cuando Ewa se me apersonó con novedades:

–Hay una joven que quiere verte –me informó, y luego de ver que mi rostro de sorpresa se transformaba en preocupación, aclaró–: don Kazimierz autorizó que te reunieras con ella.

Me lavé las manos y me arreglé un poco el pelo –era un día cálido y pesado, estaba sudoroso–, mientras el corazón me saltaba del pecho. ¿Quién sería? Recorrí a grandes zancadas la distancia que me separaba de la puerta del taller. Entonces la vi. Su rostro dulce y tierno estaba trastornado, desfigurado.

–Discúlpame que haya venido a visitarte al trabajo, sé que esto te puede traer problemas –me dijo Swit Czerny, no bien nos saludamos–, pero tengo que hablar contigo. Es sobre tu amigo Alter.

La tomé del brazo y nos trasladamos unos cuantos metros, hasta una esquina del taller, al abrigo de las miradas de los compañeros de trabajo.

–Estoy muy intranquila... –comenzó diciendo Swit.

***

Swit Mariah Czerny

Todo comenzó un domingo de setiembre. Un atardecer que todavía hoy maldigo con todas mis fuerzas, ¡que Dios me perdone!

Ese día yo tenía libre en el Hospital y, como casi todos los domingos, ayudaba en el paupérrimo comedor popular del Judenrat, al igual que otras muchachas polacas. Llevaba algunas verduras y frutas de la granja de mis padres, auxiliaba en la cocina y colaboraba en servir sopa a niños y ancianos. Me sentía reconfortada de poder hacer algo por los demás, pero no me engañaba: las cosas iban cada día peor. La sopa había sido sustituida por caldo, y lo que en esos días les servíamos a los necesitados ya no era más que un agua grasienta. Pero bueno... yo igual concurría contenta y, además... tenía mi premio. Que era verlo a él, como se imaginarán. Y las caminatas de regreso en su compañía: ¡el momento más ansiado de la semana!

Pero también Alter estaba cada vez más desmejorado. Ya no solo era la delgadez, que se había vuelto extrema: su rostro tenía una palidez que asustaba y sus movimientos, por lo habitual elegantes para alguien de su altura, se habían vuelto torpes y descoordinados. Sin embargo, conservaba su dignidad y el buen ánimo, que muchos apreciaban. Siempre tenía una palabra de aliento: «no hay mal que dure cien años», «ya vendrán tiempos mejores», «piensen en todo lo que pasaron nuestros antepasados, y aquí estamos». No es que tuviera una alegría desbordante, por favor, ¿quién podía sentir alegría en aquellas circunstancias? Pero al menos contagiaba ánimo, que tanto se necesitaba.

Hasta aquella tarde. ¡Hasta aquella maldita tarde!

***

Desde que lo vi supe que algo terrible había sucedido.

¡Le habían echado diez años encima de un saque! Se veía encorvado, vencido, y ahora, cuando se cruzaba con la gente, parecía no saber qué decirles. Me acerqué. Él levantó la mirada, que tenía perdida en algún lugar remoto. Abrió sus ojos entrecerrados, y me clavó su mirada profunda, sus ojos negros tan tristes y tan desesperados...

–¿Qué ha pasado? –le pregunté, sin siquiera saludarlo.

Él suspiró hondo, parpadeó, y me volvió a mirar a los ojos:

–Me enteré de algo espantoso.

Solo eso me dijo. Como que lo hubiera atrapado en un instante de debilidad. Pero enseguida reaccionó: recuperó algo de su compostura habitual, y se sintió en el deber de parecer fuerte ante sus compañeros de infortunio. Fueron inútiles mis esfuerzos para que me dijera algo más: que él sabía cuánto lo quería, que en mí podía confiar, que quizá pudiera ayudarlo...

***

Un rato más tarde, al ocultarse el sol, partí rumbo a la granja. Alter –caballero como siempre– se ofreció a acompañarme. Acepté gustosa, con la ilusión de averiguar algo más durante el camino. Pero su cabeza estaba en otro sitio. Y el anochecer tristón de un domingo no ayudaba para nada.

Era una hermosa noche de verano. Luego de soportar durante el día el calor sofocante y húmedo propio de esa época del año, la brisa de la montaña era un refrescante alivio. Resignada a no saber más nada aquella noche, procuré llevar a Alter por otros caminos, que al menos le proporcionaran algún consuelo.

En los últimos meses, a pesar de los dramáticos tiempos que nos había tocado vivir, aquellas caminatas de domingo de tarde se convirtieron en pequeños remansos de dicha en medio del suplicio. Éramos jóvenes (yo tenía 20 años recién cumplidos)... y pasaron cosas, ¿sabe? Hablábamos mucho, contábamos nuestros secretos, confesábamos nuestros miedos. Y teníamos un recodo del camino, ya en las afueras de Konskie –y no demasiado lejos de la granja–, donde había un pequeño robledal, que era nuestro sitio preferido. Lo llamábamos «nuestro robledal». Nos gustaba detenernos allí y jugar... ¿me entiende? Disfrutar el uno del otro. Después, durante el resto de la semana, se me hacía difícil pensar en otra cosa. Sobre todo cuando me iba a dormir. Me encantaba recordar esos momentos, con todos sus detalles, y fantasear... Luego, al despertarme por la mañana, me preguntaba si no sería pecado, si habría hecho bien. Porque nosotros no estábamos casados ni comprometidos. Tres veces se lo confesé al cura de mi parroquia. Me dijo que eran cosas normales, no pareció inquietarse demasiado y eso me tranquilizó. Me mandó rezar unos padrenuestros.

Esa noche desgraciada traté de que todo siguiera igual. No quería perder esa alegría que luego me iluminaba toda la semana, en épocas que sufríamos todo tipo de carencias, de ofensas, de humillaciones. Procuré demostrarle a Alter todo lo que lo quería, lo que lo necesitaba, lo que confiaba en él. Pero ya era demasiado tarde.

Algo se había quebrado en su interior.

***

Por eso pensé en Christoff. Era su mejor amigo, su compañero de estudios en Lieja. ¡Él tenía que saber!

Estuve dos noches casi sin dormir. La angustia me devoraba por dentro. Alter sabía algo que afectaría el futuro de todos nosotros. Algo tan aterrador que no se animaba siquiera a nombrar.

Desesperada, al terminar mi horario en el Hospital, me fui a la zapatería donde trabajaba Christoff. Sabía que lo ponía en riesgo. En esos tiempos lo mejor era pasar desapercibido. Que a un joven judío lo visitara una muchacha polaca en horario de trabajo... Mmm, ¡era algo muy mal visto! Pero no pude resistir. El dueño se apiadó de mí y pude hablar con Christoff.

–Sí, es cierto, yo también lo noté muy extraño anoche, cuando nos encontramos para nuestro «sabbat» –me dijo, pensativo–. Pero casi no pudimos hablar: Alter tuvo que ir a ocuparse de su padre, que está con problemas de salud.

Christoff me pareció sincero al afirmar que tampoco él sabía nada.

–Para colmo –agregó con voz disgustada–, Alter me dijo que pronto llegarán más judíos de los pueblos cercanos. Y que cuando eso ocurra, tendré que compartir mi minúsculo cuartucho. Pero, como supondrás, no protesté: sus preocupaciones eran mucho mayores.

Partí del taller aún más alarmada de lo que había llegado.

Algo estaba por ocurrir. Algo *espantoso* que solamente Alter conocía y que había decidido afrontar en soledad. Al menos por el momento.

Era verano. Sin embargo, un viento gélido me sacudió como a una hoja el otoño.

V
VIRAZÓN EN BIR HAKEIM

Bir Hakeim, desierto del Sahara, amanecer del 27 de mayo

Domingo López Delgado

Un resplandor se observó en el horizonte. El amanecer se acercaba. El silencio era absoluto.

Nuestro cañón estaba dentro de un pozo circular, del cual solo sobresalía el tubo. Diseminados a diez o quince metros de la pieza estaban nuestros refugios individuales. Allí nos manteníamos inmóviles y con los ojos bien abiertos, en la quietud de la noche que finalizaba.

De repente se escuchó un fuerte cañoneo hacia el sur. Parecía lejano. Permanecimos a la espera.

A las nueve de la mañana, una gran cantidad de tanques de la división italiana Ariete aparecieron en el horizonte. Al comienzo se desplazaron de manera paralela a nuestras defensas y a una prudencial distancia. Sin embargo, al pasar frente al lugar donde nos encontrábamos nosotros –el Segundo Batallón de la Media Brigada–, los tanques de pronto giraron y enfilaron directo hacia nuestra posición.

La batalla de Bir Hakeim había comenzado.

***

–¡A sus puestos! –ordenó el Vasco Artola.

En instantes cada uno ocupó su lugar. Artola indicó el objetivo, la dirección y la distancia, y movió la flecha del cañón para apuntar al blanco. El cargador –el polaco– introdujo el obús en la recámara y tocó el hombro de Grinbaum, el apuntador. Este movió los volantes, lo puso en la cruz de su mira y dio la orden de fuego. Invernón, el tirador, jaló del cordón del disparador y el obús partió rumbo a su objetivo.

Ambas fuerzas abrimos fuego al mismo tiempo. Nuestra principal defensa eran los miles de minas sembradas en los últimos meses, con senderos libres entre ellas que solo nosotros conocíamos. En cuestión de minutos el fragor de la batalla se volvió impresionante.

Artola y los tres hombres clave para el cañón debían permanecer de pie y al descubierto, siendo el cargador el más expuesto. Por mi parte, como primer proveedor, estaba metido en la trinchera y le pasaba los obuses al cargador (el polaco) lo más rápido que podía, tratando de no asomar ni el copete afuera. El miedo que sentía era tan grande que ni me atrevía a mirar lo que ocurría: en esos trances la curiosidad es algo muy peligroso. Hacía un enorme esfuerzo por mantenerme sereno y disimular lo asustado que me encontraba. Sentía que en cualquier momento sería presa del pánico.

De pronto se escuchó un grito desgarrador y vi de reojo un cuerpo que se desplomaba.

–Domingo, ocupe el puesto del cargador, que acaba de ser muerto –me ordenó Artola, mientras me palmeaba el hombro.

–¡Pero mire que no tengo experiencia en eso! –le grité al Vasco en medio del estruendo del combate, procurando escapar a mi responsabilidad con una excusa cobarde.

¡Y pensar que apenas unas horas antes nos creíamos tan valientes! La terrible realidad de aquel infierno nos convenció de lo contrario.

–Pero yo no sé, nadie me enseñó... –seguía quejándome en mi madriguera.

–Ya aprenderás, ¡si te dan tiempo! –insistió Artola, impaciente–. ¡Vamos, afuera del agujero y a cargar el cañón, que no hay tiempo que perder!

Salí temblando del refugio y me paré en el puesto del cargador, el más peligroso de todos. Cuando quise introducir el obús en la recámara, mis manos temblaban. A pesar de ser una tarea sencilla, no pude hacerlo. El Vasco, molesto, se acercó a enseñarme: «¡Así se hace!».

Sonó el disparo –¡mi primer disparo!–, mientras me arrojaba al suelo. Se escuchó un fuerte estampido y sentí un duro golpe en las costillas.

–¡Estoy herido! –grité de inmediato–. ¡Me dieron!

Me sujeté con ambas manos el lado dolorido, mientras los compañeros me levantaban y me palpaban.

–¡No tienes nada, te golpeó la rueda del cañón en el retroceso! –me dijeron, entre risotadas. Y sí, tenían razón: al arrojarme al suelo, aterrorizado, caí cerca de la rueda, que me golpeó al recular.

–¡Arriba y a cargar! –terció Artola–. ¡Vamos, muévete!

Me di cuenta de que había hecho el ridículo. Los ojos se me nublaron con lágrimas de rabia y de vergüenza. ¡Era lo que necesitaba! Apreté los dientes con ferocidad y tomé una decisión: ¡de mí no se reiría nadie más!

A pesar de que seguía con miedo, poco a poco lo fui dominando. Ya no escuché más los ruidos del combate. Cargaba el cañón y, mientras esperaba el momento de introducir otro obús, miraba a mi alrededor con una especie de embriaguez. Fue durante esos breves instantes que alcancé a divisar, entre las estampidas de las explosiones, una figura erguida que recorría las defensas con un *képi* blanco y una capa verdosa. Daba la impresión de estar en todas partes y que el fuego enemigo no pudiera lastimarlo: era el príncipe Amilakvari. Los legionarios lo vivaban con idolatría.

Nubes de humo y de arena impedían ver demasiado lejos, lo que aprovechaban los tanques del Eje para aproximarse. Venían, zigzagueaban, escupían fuego y se replegaban, buscando el flanco más débil para romper nuestras líneas. Cada tanto, una horrible explosión interrumpía el avance de uno de los tanques: había saltado en una mina. Si sus tripulantes bajaban, las armas de nuestros infantes se encargaban del resto.

Durante una breve tregua, en la que lo más fuerte del ataque se trasladó a otro sitio, retiramos el cadáver del compañero caído. El belga lo agarró de los pies y yo de los brazos, y lo pusimos en un lugar protegido, para enterrarlo por la noche. Una esquirla de granada le había abierto el vientre al polaco. Y pensar que yo ahora ocupaba su lugar...

Mientras tanto, los tanques enemigos se esforzaban por quebrar nuestra resistencia. Hasta el punto que seis de ellos, sorteando todos los obstáculos, irrumpieron en la posición. Entonces se vieron actos de heroísmo. Los legionarios salieron de sus escondites y se arrojaron sobre los tanques lanzando bombas de mano, destruyendo la mayoría.

De a poco el enemigo aflojó su presión. Al promediar la tarde comenzaron a retirarse, dejando en el campo muchos tanques destruidos y no pocos muertos.

La tranquilidad volvió. Pero sabíamos que aquello era solo el principio.

***

Facundo Peláez

Quiso el de más arriba que desde el primer día nos tocara bailar con la más fea.

De entrada, nomás, tuvimos que mirar la muerte cara a cara.

La mayoría de los sudamericanos estábamos en el Segundo Batallón de la Legión. Y por alguna razón que nunca sabremos, fue justo por nuestra posición que el Zorro del Desierto inició el ataque. ¡Qué lo parió! Aquello fue impresionante. Pero aguantamos a pie firme. Los que servíamos piezas de artillería, como Bolani, Salaverri, Zerpa, Domingo y yo, la verdad es que nos lucimos. Fue nuestro bautismo de fuego, y no quedamos mal parados. Estábamos cagados hasta los pelos, ¡eso no lo puedo negar! Pero supimos aguantarnos y sacar «el trabajo» adelante.

Pero hay que destacar a un compañero que estaba en la Quinta Compañía de Infantería. Porque dentro del Segundo Batallón, la Quinta Compañía fue la que estuvo en la posición más jodida durante el brutal ataque. Tuvieron que luchar con el enemigo encima, a muy pocos metros de distancia. Y a veces cuerpo a cuerpo.

Y entre ellos estaba Águedo Sequeira, vale recordarlo.

***

Jean-Baptiste Renard

¡Qué comienzo! Al caer la tarde nuestras fuerzas, desde los comandantes Koenig y Amilakvari hasta el más humilde soldado, no podían creer lo sucedido. Habíamos obtenido una victoria resonante. Por supuesto, no era momento de festejos. Esto recién comenzaba. Pero sí era hora de dejar atrás ese triste complejo de inferioridad que nos perseguía, por los vergonzosos sucesos protagonizados por algunos malos franceses. Ahora las Fuerzas Francesas Libres, con la Legión Extranjera en primer lugar, estaban en el teatro de batalla. ¡Y de qué manera!

El balance era contundente: los legionarios destruyeron 32 carros y tomaron 91 prisioneros, incluidos numerosos oficiales y el mismo comandante del regimiento, el teniente coronel Prestissimone.

Pero lamentablemente, nuestro buen suceso era solo una parte de lo que sucedía en la decisiva línea El Ghazala. Hacia el sureste de Bir Hakeim, varias fuerzas británicas fueron aplastadas y obligadas a retirarse por el avance del Africa Korps. Pero lo más grave fue que, a medio camino entre El Ghazala y Bir Hakeim, varias unidades italianas estaban próximas a cortar la línea, abriendo un corredor a través de los campos minados y las fuerzas que los defendían.

***

Mientras tanto, ignorantes de todo esto y aprovechando que después del feroz ataque del 27 de junio los ejércitos del Eje parecían menos activos, las Fuerzas Francesas Libres protagonizaron varios ataques sorpresivos.

Sin embargo, de manera inesperada, el 30 de mayo el mariscal Rommel mostró todo su genio militar, mal que nos gustara. Protagonizó una extraña maniobra (que luego se conocería como *Le Chaudron*), haciendo creer al Alto Mando británico que se estaba retirando. Muy por el contrario: en la tarde del 31 de mayo las fuerzas del Eje se hicieron del control de Got el Outaleb, a mitad de camino entre Bir Hakeim y la costa. La línea El Ghazala había sido cortada.

Las malas noticias se abatieron sobre nuestras fuerzas con la furia de un rayo en la noche más negra. ¡Justo cuando nuestro ánimo estaba en lo más alto! Comprendimos lo que esto significaba: en pocas horas estaríamos sitiados.

***

Domingo López Delgado

¡Qué sed! ¡Y qué desesperación!

El racionamiento comenzó al otro día del primer combate: ¡un litro por hombre y por día! Y no había que ser adivino para saber que pronto la ración sería aún menor. Con más de cuarenta grados de temperatura y la arena que nos castigaba de continuo, la sed era un verdadero suplicio. Cuando el sufrimiento se hacía insoportable, refrescábamos las gargantas con un trago que tomábamos con más cuidado que si se tratara de oro líquido.

Los días siguientes los tanques no volvieron a atacar, pero la artillería no nos dejó tranquilos. Y se sumaron los ataques aéreos de los Junkers y los Stukas, cada vez con mayor intensidad. La Royal Air Force trató de ayudarnos, pero fue poco lo que pudo hacer. Solo por la noche nos daban algún respiro; así podíamos comer algo y tomar té caliente, preparado en las profundidades de nuestros agujeros.

En los escasos momentos de calma, siempre me venía a la mente el mismo pensamiento: ¡las cervecerías de Montevideo! Música, alegría y los buenos chops... Quería espantar esos pensamientos, pero siempre regresaban. Cerveza bien helada, refrescos... ¡qué sed! Tomaba la cantimplora y bebía un traguito. «Basta, ¡basta!, o terminás la ración. ¿Y después?», me gritaba a mí mismo. ¡Maldita guerra!

***

Pasó otro día y llegó la noche. Entré al agujero y me puse a conversar con el andaluz Flores. Mientras fumábamos, hablamos de Uruguay, de la familia, de los amigos.

–¡Mire que estar tú aquí! –me dijo, sin terminar de aceptar que fuera por mi propia voluntad–. ¿Y pa' qué? Si por lo meno' salváramo' el pellejo...

–Si salimos de aquí voy a creer en milagros –respondí–, porque va a ser difícil...

Al final me dormí. Pero duró poco.

–¡Vamos, arriba, que te toca la guardia! –alguien me despertó. Pero si apenas había pegado un ojo... A regañadientes me puse de pie, tomé la ametralladora de mano y me tendí delante del cañón. Los ojos bien abiertos y los nervios en tensión: a veces los alemanes tiraban una bengala, otras se oía el estampido de un cañón o el rodar de los tanques.

Los minutos parecían horas. Hacía frío. Cada tanto volvía el recuerdo de las cervecerías montevideanas: bebidas, luces, mujeres, diversión... ¡Y yo allí! Era para amargar a cualquiera. Miré de nuevo el reloj: al fin era la hora del cambio de guardia.

–¡Invernón! –desperté a mi compañero de madriguera–. Levántate, que te toca la facción. Y ponte el capote, que hace un frío bárbaro.

–Ya voy –me contestó una voz somnolienta desde el fondo del pozo.

Me zambullí en el agujero y encendí un cigarrillo; eso distiende los nervios. Al cabo me dormí. Pero no duró mucho: el amanecer era la temida hora de los ataques. ¿Seríamos capaces de resistir otro choque con la violencia del primero? Me hice bien pequeño dentro del pozo y aguardé con los músculos crispados el ataque de los obuses alemanes, que cruzaban el espacio silbando rabiosamente, estallando detrás, a la derecha, a la izquierda, por todos lados. Se escucharon gritos de dolor, gemidos, voces de auxilio...

Sin embargo, recién después vino lo peor: los Stukas.

Describieron círculos sobre nuestras cabezas, igual que pájaros de presa, y luego descargaron cientos de bombas, picando uno después de otro, con un rugido infernal. El campo se oscureció a causa del humo y la arena que levantaron las explosiones. Detrás de la primera ola vino otra, y otra... Nuestros ojos seguían aterrados las veloces evoluciones de los aparatos.

–¡Ahí picó otro! –gritó alguien, y me arrojé a lo más profundo del pozo, hundiéndome el casco en la cabeza y tapándome los oídos para no escuchar el rugido de los motores.

«¡No puedo más, no puedo más!», pensé... hasta que renació la calma. Me senté, sudoroso, humedecí la garganta reseca con un minúsculo buche de agua y encendí un cigarrillo. Con suerte, tendría media hora de afloje.

–¡Los aviones! ¡Ya vuelven! –gritó alguno, y de nuevo a sufrir al agujero.

Así durante todo el día. Todos los días.

¡Salvajes! ¡Si pudiéramos...! Pero, ¿qué? Contra ellos, nadie puede nada.

***

Susan Travers, la *Miss*

Los Stukas eran lo peor. Podía oírlos a varias millas de distancia, como un gran enjambre de abejas zumbando a lo lejos, dirigiéndose hacia nosotros a través del inmenso cielo del desierto. A primera vista parecían una plaga de saltamontes plateados saltando por encima de nuestras cabezas, sin nada para protegernos de su asalto y de su picadura contra nuestros debilitados huesos. El corazón empezaba a golpearme el pecho a medida que el zumbido se acercaba. Las piernas me iban temblando cada vez más, el miedo se asomaba por la boca de mi estómago, me sujetaba por la garganta y me apretaba con más y más fuerza...

... Y entonces llegaba el horrible estruendo y el cegador relámpago de luz blanca. La tierra temblaba y el aire se llenaba de escombros cuando las punzantes corazas explotaban por impacto, mutilándolo, abrasándolo y desfigurándolo todo a mi alrededor.

***

Lo que más me aterrorizaba de aquel lugar abandonado de la mano de Dios eran los gritos; los gritos que podía oír mucho antes de que la tierra temblara y el polvo gris de Libia se levantara como una enorme columna que se mezclaba con la materia letal, los gritos que todavía oía mentalmente mucho después de que se hubieran marchado. «Por favor, haz que se acabe; por favor, que todo termine», murmuraba en voz baja. Pero el zumbido volvía a empezar a lo lejos y sabía que volvían de nuevo...

Sentada sola en el suelo de mi trinchera, con las manos en el cogote, las piernas flexionadas bajo mi propio cuerpo y el mentón escondido entre las rodillas, contenía la respiración. En mi imaginación me veía en un enorme búnker subterráneo, mucho más sólido que mi pequeño escondite cavado en la arena...

... El casco me protegería como una barrera impenetrable contra lo que había visto que los Stukas hacían a los hombres que me rodeaban.

Los hombres sin rostro, sin extremidades y agonizantes gritaban todos a sus madres en su lengua natal: *¡Ma mère! ¡Mutter! ¡Madre!* Y yo, inclinada luego sobre ellos, la única mujer entre cerca de cuatro mil hombres, me ofrecía a sustituirlas. Les atendía después de los ataques aéreos, ayudaba a transportar a los que seguían vivos a la abarrotada carpa que hacía las veces de hospital, y cerraba los ojos de los que ya no necesitaban ayuda.

Luego, después de cada bombardeo, me arrastraba sola de regreso a mi refugio, cerrando la mente, apretando los párpados para combatir las espantosas imágenes, sonidos y olores que acababa de experimentar, y volvía a esperar el siguiente ataque. Mientras cuarenta mil soldados de las tropas alemanas e italianas asediaban nuestra posición.

***

Bir Hakeim, desierto del Sahara, 3 de junio:
día del ultimátum del mariscal Rommel

Domingo López Delgado

Los días pasaban y nuestras chances de salvación eran cada vez menores.

El sitio de Bir Hakeim era un hecho. Desconocíamos los detalles, pero no ignorábamos la realidad de estar rodeados por los cuatro costados. Solo existían dos alternativas, igualmente terribles: caer luchando o terminar tras las alambradas de púas de un campo de concentración. La angustia de sentirnos casi perdidos nos oprimía. Pero nuestra moral no estaba quebrada.

Los bombardeos de la artillería y la aviación eran más brutales cada día. Por la noche oíamos a los tanques alemanes que se movían; y aunque no podíamos verlos por la oscuridad, sabíamos que trabajaban levantando minas para abrirse un pasaje hacia nosotros.

Las primeras luces del 3 de junio asomaron en el horizonte.

En el campo enemigo se notaba un gran movimiento. Los tanques y vehículos levantaban una gran polvareda. «¿Qué pensarán hacer?», me pregunté, preocupado. Los veteranos, nerviosos, parecían olfatear el peligro en el aire.

–¡Esta calma me enerva! –comentó Artola, mientras escudriñaba el desierto con sus prismáticos.

–No nos quejemos –le respondí–. No nos han pegado ni un cañonazo ni hemos visto esa inmundicia de los Stukas.

–Vay, vay, que esto' alemane', maldita la mare que lo' ha parío, no no' harán ná bueno –acotó Flores.

De repente alguien gritó:

–¡Miren lo que viene!

Un pequeño automóvil italiano, enarbolando una bandera blanca, se acercó a nuestras líneas. Hicieron detener el vehículo y apearse al conductor. Un oficial salió al encuentro de los dos parlamentarios. Se saludaron al modo militar. Luego les vendaron los ojos y los condujeron al puesto de comando. Esta escena se desarrolló a escasos cien metros del lugar en que me encontraba, por lo que no me perdí detalle.

–Son oficiales italianos –dijo Artola, que miraba con sus gemelos.

–¿Y qué diablos querrán? –interrogó otro.

–No es difícil adivinarlo –terció un veterano–. Seguro que vienen a pedir la rendición.

Minutos después los italianos partieron por donde habían venido.

***

Jean-Baptiste Renard

Eran momentos de decisión.

El 2 de junio el cerco de Bir Hakeim estaba casi completo. El Afrika Korps, a la vez que quebraba la línea El Ghazala e infligía nuevas derrotas a los británicos, se preparaba para el ataque final a la única posición estratégica que aún no había conquistado.

Por eso, en el Comando General no nos sorprendió la llegada de dos parlamentarios italianos. El capitán De Sairigné los condujo hasta nosotros. Los oficiales comunicaron a Koenig –en presencia de Amilakvari– que el general Rommel exigía nuestra rendición incondicional. De lo contrario, nos matarían a todos: *sterminare*, fue la palabra que utilizaron. Nos sugirieron que era mejor rendirse ante ellos –los italianos– que ante los alemanes, pues estos eran mucho más crueles.

–Rendirse no entra en la tradición militar de la Legión –fue la altiva respuesta del general Koenig–. Tenemos armas y municiones, y estamos preparados para la batalla.

Los oficiales se retiraron de manera respetuosa.

Lo que sí nos sorprendió fue que al día siguiente, el 3 de junio, nos llegara un nuevo ultimátum. Esta vez escrito a mano –en alemán– sobre un papel cuadriculado amarillo, firmado de puño y letra por el propio Rommel:

> A las tropas de Bir Hakeim:
> Su ulterior resistencia solo conducirá a una absurda pérdida de vidas. Sufrirán ustedes la misma suerte que las dos Brigadas inglesas de Got el Outaleb, que fueron exterminadas anteayer.
> Nosotros cesaremos el combate tan pronto como ustedes icen la bandera blanca y vengan hacia nosotros desarmados.

A pesar de la dramática situación que vivíamos, le debo confesar que la misiva del mariscal Rommel nos halagó. Si el Zorro del Desierto (a quien de alguna extraña manera admirábamos) se había involucrado de forma personal en la batalla de Bir Hakeim, era porque no se sentía tan seguro del desenlace final. Sobre todo en términos de los costos humanos, materiales y de días perdidos que debería pagar.

Muchos ojos estaban puestos en nosotros. ¿Qué haríamos? ¿Nos rendiríamos? ¿Cuánto más podríamos resistir? ¿Cuál sería el final? ¿Y sus consecuencias?

El mundo contenía la respiración a la espera del desenlace de Bir Hakeim.

***

Domingo López Delgado

–Les quiero informar que el general Koenig recibió un mensaje del general Rommel –nos dijo el capitán Simon, con grandilocuencia.

Luego de lo cual leyó la nota.

–Como ustedes imaginarán –agregó con su voz de falsete–, el ultimátum fue rechazado. El general me encargó comunicarles esto: «Primero: en adelante debemos esperar un ataque poderoso, con todos los medios combinados (aviación, tanques, artillería e infantería). Segundo: tengo la certeza de que cada uno cumplirá con su deber, sin debilitar su puesto, separado o no de los otros. Tercero: Nuestra misión es resistir cueste lo que cueste, hasta que la victoria sea definitiva. Cuarto: buena suerte a todos».

Cuando Simon terminó la lectura de aquella Orden del Día, donde se nos advertía con claridad que nuestro deber era morir en los puestos de combate, creí que mi corazón dejaba de latir. A pesar de la barba y la suciedad que cubrían mi rostro, el capitán me vio palidecer. Mirándome fijo, agregó:

–No hay que creer que todo está perdido.

Los primeros ataques fueron solo un juego de niños, comparado con lo que ahora se nos venía encima. Rommel había sido claro: la rendición o el exterminio.

***

Me sumergí en el refugio para estar solo. No quería que nadie viera cómo la debilidad espiritual me dominaba. La moral se me resquebrajó como un edificio al que le fallan los cimientos. La idea de la muerte no había venido nunca a mi cerebro con tanta fuerza como en ese momento. ¡Y, sin embargo, habíamos llegado a ese sitio dispuestos a morir por la causa que defendíamos! En ese instante comprendí que es muy fácil estar dispuesto a morir defendiendo un ideal cuando se tienen 25 años y solo una vaga idea de la muerte. Pero cuando entramos en contacto directo con ella, cuando vemos los cuerpos deshechos y los miembros arrancados, los vientres abiertos de hombres que también sustentaron con ardor sus ideales, y que sin embargo murieron con una mueca de terror y de sufrimiento atroz, cuando penetra en nuestra nariz el olor putrefacto de esa muerte, no queremos morir. ¡Un grito estalla en nuestro pecho! ¡No queremos morir!

Un soldado en retaguardia es un hombre con ideas, que piensa y razona. Es, en fin, un hombre normal. En el frente, donde su vida peligra, es una bestia, todo él instinto de conservación. Solo piensa en sí mismo. Y se pregunta si vale la pena dar la vida por sus semejantes, para que disfruten su supremo sacrificio, gozando del derecho a la libertad.

Largo rato permanecí en el fondo de aquel agujero, presa de la más horrible desesperación. Al final, la tranquilidad volvió a mí. Salí a reunirme con los compañeros.

Todos evitaban hablar de lo que se venía. Contamos historias y anécdotas risueñas. Dicen que los agonizantes ven pasar ante sus ojos lo más bello de su vida. ¿No éramos acaso nosotros hombres señalados para morir –en agonía, podríamos decir–, aun estando en todo el vigor de nuestra salud?

***

Jeremiah Lerner

La columna de tanques alemanes se aproximó a nuestra posición. Era evidente la desproporción entre su capacidad de fuego y la nuestra. Un oficial alemán, levantando una bandera blanca de tregua, se nos acercó. Cuando ya se encontraba próximo, nos intimó a voz en cuello: nos rendíamos, o seríamos aniquilados.

De repente advirtió la extraña bandera que ondeaba sobre nuestra posición. Confundido –quizá temiendo haber cometido un error– nos interrogó:

–Pero ¿quiénes son ustedes?

–Somos voluntarios judíos de Palestina, combatiendo al servicio del gobierno británico –le respondió el mayor Liebmann con voz firme–. Y esa es la bandera del pueblo judío –remató con indisimulado orgullo.

El asombro del oficial nazi fue indescriptible.

Era una respuesta que jamás hubiera imaginado. ¡Había visto el demonio!

–Y no estamos dispuestos a rendirnos –finalizó Liebmann, aunque dudo que el oficial lo haya escuchado: ya se encaminaba de regreso a la columna blindada.

Minutos después los impresionantes cañones alemanes de 88 milímetros abrieron fuego, con efecto devastador. A continuación los Stukas nos bombardearon y ametrallaron, una y otra vez. Recién entonces los tanques avanzaron y atacaron con ferocidad. Varios fueron destruidos en los campos de minas. Unos pocos penetraron hasta el centro de nuestra posición. Entonces, un grupo de soldados judíos saltó sobre ellos y arrojó cócteles Molotov a su interior, prendiéndoles fuego.

Sin siquiera una radio que funcionara para comunicarnos con los franceses, que combatían a unas pocas millas, igual resistimos. Una negra y pesada humareda se elevaba de los tanques destruidos, mientras los alemanes se retiraban abandonando a sus muertos en el desierto.

***

Bir Hakeim, desierto del Sahara, 6 a 10 de junio: el ataque final

Domingo López Delgado

Durante varios días sufrimos el fuego permanente de la artillería y la aviación. Pero el verdadero ataque final no comenzaba. Llegamos a desear que atacaran de una vez, tal era nuestra desesperación al tener que soportar durante todo el día que nos masacraran a distancia, sin poder defendernos. Por lo menos en combate se calentaba la sangre, y el olor acre de la pólvora enturbiaba nuestro cerebro con una especie de borrachera.

Así, bajo ese tormento diario que nos enloquecía, llegó el alba del 6 de junio.

Apenas aclaró, la artillería alemana con todos sus cañones y desde todas las direcciones, comenzó a machacar rabiosamente nuestras posiciones. ¡Nunca habían descargado sobre nuestras cabezas semejante cantidad de obuses!

Bajo el aluvión de metralla que rasgaba el aire con su silbido de serpiente, permanecimos inmóviles en el fondo de nuestros agujeros. No bien cesó lo peor del bombardeo, corrimos a nuestros puestos: era claro que se preparaba algo. En efecto, ya estaban los tanques a la vista. No atacaban por el mismo lugar que la primera vez, sino que lo hacían sobre el viejo fuerte turco. El combate quedó entablado.

El apuntador, con una rodilla en tierra y las manos crispadas en los volantes de puntería, el ojo fijo en la mira, acechaba un tanque que entrara en su campo de tiro. Los demás esperábamos. Las explosiones se sucedían rápidas y secas, mientras el humo y el polvo se volvían cada vez más densos.

–¡Distancia mil metros sobre objetivo, a la derecha! –gritó Artola.

–¡Distancia mil metros! –repitió el apuntador.

–¿Visto? –preguntó el Vasco.

–¡Visto!

–¿Listo? –nueva pregunta del Vasco.

–¡Listo! –respondió esta vez Invernón, el tirador, con voz seca.

–¡Fuego!

El brazo de Invernón se plegó: un tirón, un estampido... y una nube de arena que se levantó delante del tanque.

–¡Corto! –gritó Artola–. ¡Tira un poco más alto!

Nuestro apuntador, con tranquilidad, movió los volantes y tomó puntería. El tanque se acercaba zigzagueando con rapidez y disparando directo sobre nosotros. Fueron segundos eternos.

–¡Atención! ¡Fuego! –aulló el Vasco.

Un relámpago, una explosión... y el tanque comenzó a arder.

–¡Bendita sea tu mare! –exclamó Flores.

–¡Bravo! ¡Viva! –coreamos los demás.

Pero no había tiempo que perder.

Nosotros «atendíamos» a los tanques con obuses perforantes y, cuando teníamos tiempo, lanzábamos granadas rompedoras contra la infantería. Cada tanto, el ataque se detenía. Era el turno de la artillería y los aviones, que nos arrojaban otra lluvia de bombas de todo tipo. Al terminar el bombardeo, se reiniciaba el asalto. Así a lo largo de todo el día, tratando de quebrar nuestra resistencia.

No lo lograron. Y al caer la tarde, volvió la calma. Pero nos dimos cuenta de que habían ganado terreno. Llegó la noche, oscura y fría. Extremamos precauciones para evitar una sorpresa, ya que nuestro enemigo se encontraba cada vez más cerca.

Me tocó la primera hora de guardia, junto con Invernón. Era un buen compañero y muy entretenido. Tenía 25 años y hacía siete que estaba en guerra. Me relató historias de la España que había dejado atrás, y su ilusión de que cayera la dictadura de Paco el Sordo, como llamaba a Francisco Franco. De repente Invernón manoteó el fusil ametralladora y se tendió en tierra. Yo tomé una granada e hice lo mismo.

–¿Qué pasa? –le pregunté casi al oído.

Me hizo seña de guardar silencio. Prestamos la máxima atención... Alguien trabajaba con una herramienta, escarbando en la arena: seguro que los *Fritz* estaban levantando nuestras minas. Desde la posición inmediata a la nuestra dispararon una ráfaga de ametralladora. Contestó una alemana con su característico ruido de serrucho cortando madera. A las once llamamos a nuestro relevo.

Nos despertamos antes de que aclarara el día. Luego nos «higienizamos»: humedeciendo la punta de un pañuelo la pasamos por los ojos, y con un buche de agua nos enjuagamos la boca –tragándolo luego–, para suavizar la garganta. Vino la cisterna a traernos el agua (sucia y recalentada) y nos comunicó que en adelante la ración sería de... ¡medio litro!

¿Es que esos pocos kilómetros de desierto eran tan importantes como para resistir hasta morir de sed, si es que antes no teníamos la suerte de que nos mataran los nazis?

El horizonte adquirió reflejos de fuego. Dos horas después el sol nos estaría achicharrando. Amanecía un nuevo día en Bir Hakeim.

***

Jean-Baptiste Renard

La situación se volvió insostenible.

Luego del rechazo al ultimátum de Rommel, las fuerzas del Eje desataron una cruenta ofensiva. Nuestras tropas resistieron cada embate con un coraje y una determinación admirables. Los periódicos del mundo ya hablaban de la «Heroica defensa de los franceses» y de la creciente frustración del general más prestigioso de Hitler. De Gaulle, desde su cuartel general en Londres, nos envió un telegrama: «General Koenig: sepa y comunique a sus tropas que toda Francia los contempla y está orgullosa de ustedes».

Pero la realidad era que el cerco enemigo se estrechaba cada vez más. La batalla solo se detenía cuando los vientos del Sahara desencadenaban una tormenta de arena. Ya ni siquiera la noche era tranquila.

Metro tras metro iban ganando terreno. Además, la superioridad numérica les permitía dar descanso a sus tropas luego de la batalla. Nosotros no teníamos esa posibilidad. Y aunque las pérdidas de hombres no eran cuantiosas, cada día éramos menos en el frente de combate.

El 8 de junio, los Stukas atacaron de noche por primera vez, lanzando cestas de granadas que explotaban por impacto. La estrategia del Zorro del Desierto era clara: mantenernos despiertos toda la noche, para así agotar a nuestras tropas. Al día siguiente se produjo un hecho vergonzoso: los Stukas bombardearon de manera deliberada el hospital de campaña y el vehículo que oficiaba de quirófano, a pesar de estar señalados con enormes cruces rojas. ¡El Afrika Korps consumó un acto indigno de su lema: *Ritterlich im Kriege* (caballerosos en la guerra)! Los veinticuatro heridos fueron destrozados, así como varios de los enfermeros.

Pero lo más grave era la brutal escasez de agua. La ración se redujo a medio litro por día, y luego a cuarto litro. ¡Menos de una taza por persona, en medio de una batalla despiadada, en uno de los peores desiertos del planeta! Era sencillamente inhumano.

Faltos de agua, provisiones y munición, era cuestión de horas para que la moral de las tropas se derrumbara. La suerte parecía echada. Durante la tarde del 9 de junio, el general Koenig envió un dramático mensaje al cuartel general aliado: «Agua y munición prácticamente agotados. No podremos resistir mucho más tiempo».

Al caer la noche, con los últimos rayos de sol pudimos ver las siluetas amenazadoras de los tanques del Eje rodeándonos en todo el perímetro. En algunos sectores la distancia entre sus fuerzas y las nuestras era de menos de cien metros.

Rommel, quien se instaló en el lugar para dirigir personalmente la fase final de las operaciones, comunicó a su cuartel general: «Mañana estaré en Bir Hakeim».

También Koenig envió un telegrama al Octavo Ejército Británico: «Estamos rodeados. Nuestros pensamientos están siempre con vosotros. Tenemos fe. ¡Viva la Francia Libre!».

***

Jeremiah Lerner

Los ataques de alemanes e italianos fueron constantes. Los carros blindados, la artillería, los Stukas... El 6 de junio, durante un bombardeo, nuestra pequeña fuente de abastecimiento de agua fue destruida. Solo nos quedaron algunos bidones semivacíos que habíamos distribuido entre los voluntarios.

En la tarde de ese mismo día, los alemanes enviaron una nueva delegación a exigirnos la rendición. Nuestras fuerzas estaban severamente diezmadas y nos quedaban muy poco armamento y escasas vituallas. Pero no teníamos opción. La rendición, en nuestro caso, equivalía a la muerte. No cabía duda.

Decidimos resistir. No teníamos nada que perder.

***

Domingo López Delgado

Poco a poco, casi sin darnos cuenta, nos fuimos doblegando. No ante la pujanza del enemigo, mantenido a raya durante tantos días. Pero sí ante las fuerzas de la naturaleza: la arena, que levantándose en nubes penetraba por la nariz, la boca y los ojos –aumentando la sed que nos torturaba–, inflamando nuestras gargantas resecas y partiéndonos los labios, que se cubrían de una dura costra. El tormento de la sed era nuestro más temible adversario. Y si las cosas no cambiaban, terminaríamos arrojando las armas por un trago de agua. ¡Agua, sí, agua!

Pasó otro día. Volvimos a rechazar los ataques. Pero, ¿por cuánto tiempo más? ¿Cuántos camaradas dormían ya bajo las arenas calcinadas de aquel desierto? ¿Y cuántos más quedaríamos allí?

El 9 de junio el enemigo estrechó aún más el anillo de hierro que nos ahogaba. Una sección de nuestra infantería cayó prisionera y otras perdieron terreno. Ahora el combate se desarrollaba dentro de nuestro propio terreno, con ametralladoras de mano y granadas. Pero la bandera francesa con la Cruz de Lorena continuaba flameando.

Y allí seguiría a la puesta de sol del 10 de junio –día de feroces combates–, proyectando su sombra gloriosa sobre la cabeza de sus soldados.

***

Bir Hakeim, desierto del Sahara,
anochecer del 10 de junio: la salida de vive force

Susan Travers, la *Miss*

Aquella tarde, a las seis en punto, el general Koenig recibió por radio nuevas instrucciones de la comandancia aliada y convocó a sus oficiales a una reunión urgente. Vimos a los agotados hombres dirigiéndose al escondite del general y supimos que algo estaba ocurriendo. El olor de la derrota estaba en el aire y nos hacía sentir muy incómodos.

Dimitri Amilakvari fue el primero en abandonar la reunión, con su capa verde al viento y su *képi* negro con el ribete dorado graciosamente encaramado en la cabeza. Por un momento me pareció percibir el rastro de su familiar sonrisa. El querido Amilak, que se negaba a llevar el casco metálico por respeto al gran general francés de la Primera Guerra Mundial y «padre de la Legión», Paul Rollet, que hacía lo mismo. «La muerte sabe cuándo te ha llegado el turno, con o sin casco metálico», le dijo una vez Amilakvari a Marie-Pierre Koenig. El resto de oficiales le siguieron, saliendo de la reunión del general con la misma energía, y se dirigieron a sus puestos de mando, todos con expresión resuelta y sin decir palabra.

***

Justo cuando estaba a punto de caer en un profundo sueño de agotamiento, escuché el sonido de unas botas que caminaban sobre la gravilla y me di cuenta de que alguien se acercaba a mi madriguera. Levanté mi techo de lona para ver quién era, y en plena oscuridad pude reconocer la inconfundible silueta del general. Me levanté de un salto y me sacudí el haraposo uniforme como pude.

Tenía los rasgos arrugados y polvorientos, y sus ojos reflejaban una inmensa fatiga. El pobre Pierre llevaba un peso muy grande sobre sus hombros. Había sido responsable de una de las batallas más cruentas de las que tuvieron lugar en África, devolviendo el honor a los franceses libres. Y, sin embargo, su siguiente paso era igual de crucial, puesto que las vidas de cerca de tres mil hombres dependían de él...

... Sonriéndole, traté de ofrecerle un poco de alivio, pero su mirada era fría y distante. Estaba a años luz, muy lejos de mi alcance.

–Tenlo todo preparado –me dijo, con un susurro–. Mañana por la noche vamos a cruzar las filas del enemigo. No le digas una palabra a nadie. Es un secreto absoluto.

–¿Adónde vamos? –le pregunté, mientras el sudor me irritaba los ojos.

Él hizo una pausa, y luego contestó, apretando la mandíbula:

–A una cita.

El miedo me oprimió el corazón. Sabía que su poema preferido era *«Rendez-vous»* (*«Cita»*), del poeta legionario estadounidense Alan Seeger, escrito durante la Primera Guerra Mundial...

> Tengo una cita con la Muerte,
> en alguna trinchera en disputa,
> cuando vuelva la primavera con su evocadora sombra,
> y los brotes de manzana perfumen el aire.
> (...)
> Y yo, fiel a mi palabra de honor,
> no voy a faltar a esta cita.

***

Jean-Baptiste Renard

El plan de nuestro general era sencillo. Tan simple como arriesgado. Luego de descartar la alternativa de rendirse («Para un legionario esta opción no existe», había dicho a sus oficiales), optó por un escape masivo de *vive force*, es decir, quebrando el cerco enemigo.

Dada la brutal desproporción de fuerzas entre ambos bandos, esta decisión bien podía ser una locura.

–Sé que sus hombres llevan dos días sin comer y sin dormir, pero esto es lo último que voy a exigir de ellos en Bir Hakeim –les dijo a sus oficiales–. A la hora H, le daremos al general Rommel una sonora bofetada en la cara y pondremos fin a esta gran batalla con honor.

A medida que la idea comenzó a diseminarse entre las tropas, un gran entusiasmo se fue generando: nadie quería rendirse y terminar en un campo de concentración. Y la audacia del plan había exaltado su ilusión.

Un poco más tarde, el general Koenig emitió la Orden General N.° 12, calificada como acto *TRÈS SECRET*. Bajo sus directivas, los ayudantes trabajamos largo rato en la redacción. Y pienso que –dadas las terribles circunstancias que soportábamos, con la vida de todos nosotros en juego– el resultado fue una Orden concisa y clara, sin por ello olvidar temas esenciales, como el destino de los heridos (*blessés couchés* y *blessés légers*), la forma adecuada de enterrar a los muertos o la destrucción de papeles importantes.

La salida sería por la «puerta» suroeste. El Segundo Batallón de la Legión Extranjera encabezaría la marcha. Otros dos batallones cubrirían los flancos. Lo seguirían los Bren Carriers, luego los vehículos de combate y más atrás los camiones.

El punto de encuentro para los que atravesaran el cerco era el B837, una posición perteneciente a los británicos, veinte kilómetros al sur y señalizada con tres lámparas rojas en la inmensidad del desierto.

También se fijó la crucial hora H: las 24 horas del 10 de junio de 1942.

Todo estaba definido. Era tiempo de actuar.

***

Domingo López Delgado

En la tarde del 10 de junio, después de dieciséis días de infierno, con alegría indescriptible recibimos la orden de prepararnos para salir esa noche rompiendo el cerco de viva fuerza. Nada de cargar armas pesadas: solamente granadas, ametralladoras de mano o pistolas. Nadie pensaba en el peligro de esa arriesgada empresa. Solo pensábamos que esa noche estaríamos libres al fin: vivos o muertos, ¡pero libres! Nuestros rostros demacrados se iluminaron con la luz de la esperanza. Escapar... cueste lo que cueste.

Las cisternas recorrieron las posiciones, distribuyendo las últimas reservas del precioso líquido. De repente, pareció que la sed se había atenuado ante la emoción que sentíamos. Los choferes pusieron en marcha los vehículos y formaron una columna de tres en fondo. Las tanquetas delante, los camiones con heridos al medio y los prisioneros –encadenados y con custodia– en dos de los camiones. Voces de mando secas se escuchaban por todos lados. Cada uno trataba de ocupar el lugar asignado.

Solo faltaban minutos para la hora H.

***

Jeremiah Lerner

Eran las seis de la tarde del 10 de junio. El sol se aproximaba al ocaso en Bir el Harmat. En un par de horas sería noche cerrada. Solo nos quedaban unas gotas de agua y unos paquetes de alimentos. Habíamos sufrido la baja –muertos o heridos– de la mitad de nuestro pequeño batallón. Las municiones escaseaban. El mayor Liebmann mantenía la calma, pero la desesperación ganaba nuestras filas.

De improviso, en el horizonte rojizo del atardecer, vimos una figura que se acercaba.

–¡Es un francés, no disparen! –gritó alguien.

Era un mensajero de las Fuerzas Francesas Libres, proveniente de Bir Hakeim. Y era portador de una orden para nuestra posición.

La noticia se esparció como reguero de pólvora: el Octavo Ejército Británico ya estaba a salvo. Había podido retirarse en orden, salvando su equipamiento y provisiones. En consecuencia, la nueva orden era de proceder a la retirada.

En la oscuridad de la noche, haciendo un esfuerzo indescriptible para acarrear a los heridos –que sabíamos serían tratados sin misericordia si caían en manos de los nazis–, lo que quedaba de nuestro exhausto batallón logró escabullirse de los alemanes, camino de la posición británica de Gasr el Abid.

***

Domingo López Delgado

Era exactamente la hora H. El general Koenig dio la orden de partir. Fue el coronel Dimitri Amilakvari, con su automóvil, quien inició la marcha. A poco de andar, el vehículo pisó una mina y saltó por el aire. Todas las miradas angustiadas se dirigieron al vehículo en llamas. De pronto, entre la espesa humareda, reapareció el príncipe con su capa verde perlada, una pistola en una mano y una granada en la otra. ¡Como si la tremenda explosión no hubiera existido, continuó gritando órdenes a sus hombres!

Las tanquetas y los camiones chocaron contra el enemigo con la demoledora fuerza de la desesperación. El cerco pareció romperse, y los primeros vehículos, como un torrente, lo llevaron todo por delante, perdiéndose luego en la inmensidad de la noche del desierto. Pero el enemigo reaccionó: se recompuso de la sorpresa y las ametralladoras hicieron sentir su tableteo. Gritos de rabia y de dolor atravesaron la noche. La salida de viva fuerza comenzaba a cobrar su precio.

El capitán Brunet de Sairigné procuró conducir a sus soldados a un ataque cuerpo a cuerpo en el flanco izquierdo. Pero los hombres, paralizados por la inusual situación, no reaccionaron de inmediato. Al ver lo que sucedía, Amilakvari corrió hacia donde estaban los soldados al grito de:

–*Baïonnettes aux canons! À moi la Légion! On avance!*

Y él mismo, con el brazo levantado y la capa al aire, iluminado por los vehículos que ardían en la noche, cargó al frente de sus legionarios. Con esto se terminaron las vacilaciones: ¡los hombres hubieran seguido al príncipe Dimitri al mismísimo infierno!

Mientras la lucha se desarrollaba en la oscuridad de la noche –solo iluminada por los camiones incendiados, que esparcían a su alrededor una luz rojiza que volvía todo aún más siniestro–, una docena de hombres aguardábamos la decisión del Vasco Artola, a cuya experiencia confiamos nuestras vidas.

–No se muevan de aquí –nos ordenó–. Voy a ver lo que pasa.

Esperamos sin movernos. ¿Cuánto tiempo aguardamos, con una angustia que nos oprimía la garganta y una mano de hierro estrujándonos el corazón? No podría decirlo: un minuto, veinte, una hora... ¡qué sé yo! Las balas trazadoras cruzaban en todas direcciones y las armas automáticas tableteaban junto al estampido seco del fusil.

Si pudiéramos salir... ¡Ahhh! ¡Si tuviéramos la suerte de salir!

Sujetamos nerviosamente la ametralladora y comprobamos que las granadas estuvieran en el cinturón. ¿Dónde estará Artola? Después nos empezamos a imaginar cosas: ¿y si se hubiera ido? No, no puede ser. ¡Ahí viene! Pero no, la sombra sigue, no era él. ¿Cuándo va a venir? Ya debe ser tarde, y si llega el día y estamos aquí... Pero... ¡ahí viene! ¿Será él? Sí, ¡sí! ¡Qué suerte! Es en esos momentos cuando uno toma plena conciencia de lo que es la hermandad de las trincheras.

–Muchachos, la cosa por allí está muy fea, pegan duro y matan mucho, el que quiera seguirme... –nos dijo–. Yo me voy por aquí, que está más tranquilo.

Sin decir nada, todos optamos por seguirlo. El Vasco se arrodilló y apoyó su brújula luminosa en el suelo, mientras murmuraba: «Hacia el sur». Luego nos dio las instrucciones:

–Que nadie hable, marchen sin ruido y no usen las armas, salvo en caso de que tiren sobre nosotros porque nos hayan descubierto. En ese caso –hizo una pausa y respiró profundo–, cada uno haga lo que quiera y sálvese quien pueda. ¡Adelante!

Avanzamos como fantasmas. En silencio, doblados, lo más cerca del suelo que podíamos. De repente, nuestro jefe levantó la mano en señal de alto:

–Ahora de arrastro, vamos a entrar en un campo de minas –susurró.

Iniciamos la marcha sobre los codos y las rodillas, muy despacio, tanteando el lugar donde apoyar el cuerpo: estirábamos un brazo lo más que podíamos, hasta encontrar la parte de la mina que sobresalía del terreno, para poder evitarla. Un movimiento sin tomar esa precaución hubiera sido fatal. Seguimos así largo rato, con extrema lentitud.

–¡Quietos! –ordenó Artola.

Una bengala iluminó el campo. Apretamos la cara contra la arena, las manos crispadas. Esperamos. ¡Apágate ya, maldita seas! A pocos metros vimos correr soldados: los reconocimos por los cascos, eran boches. Nos apretamos más aún contra la tierra. Se acercaron... y la bengala nos alumbraba. Pusimos el dedo sobre el gatillo. Casi nos pisaron... pero, ¡qué suerte que tuvimos! No nos vieron y se alejaron.

¡Qué minutos más terribles! Cara y cuerpo estaban empapados de sudor. Llevamos la cantimplora a los labios y tomamos un trago de agua, ¡qué alivio!

–¡Otra bengala! –advirtió alguien.

–Si yo le echo la mano al cuello al tío ese de la lucecita... –murmuró Flores en mi oído.

Sufrimos momentos de atroz angustia, una y otra vez. Nuestra esperanza era atravesar el campo de minas sin ser vistos. En el camino nos cruzábamos, a cada rato, con soldados nazis. Cuando ya faltaba poco para lograrlo, nos iluminaron de nuevo. Haber sido descubiertos en ese momento hubiera sido una gran desgracia. Mis nervios no resistían más y, en mi desesperación, le propuse a Artola:

–¿Por qué no les arrojamos una granada y luego los barremos con las ametralladoras de mano?

–¿Tú estás loco? –fue su respuesta–. Matamos unos pocos y aquí nos quedamos. ¡No tires nada!

Otra vez quedamos en tinieblas; pero no podíamos seguir sin riesgo de chocar con los alemanes. Una nueva bengala iluminó el campo de batalla: ¡todavía seguían allí adelante esos malditos! Nos arrastramos hacia la izquierda para evitarlos, y avanzamos. Ahora necesitábamos nosotros una bengala para saber si los habíamos dejado atrás. Nuestro deseo se cumplió y el camino pareció despejado.

–¡Adelante! –nos indicó Artola, mientras hacía señas con la mano.

Debíamos estar casi afuera... Pero nos seguimos arrastrando. Los codos y las rodillas ya estaban en carne viva y el dolor al rozar contra la arena era pavoroso. ¿Pero qué importaba esto si lográbamos salir?

–¡Alto! –otra señal de Artola.

Nos detuvimos y lo vimos arrastrarse de manera zigzagueante. Pero, ¿qué hacía? De repente, se lo tragó la oscuridad. Vuelta a esperar. Sin embargo, ¡valió la pena! Unos minutos después regresó caminando y nos dijo, presa de gran agitación:

–¡A correr, que estamos libres!

De un salto nos pusimos de pie. Y comenzamos una desenfrenada carrera hacia la vida, hacia la libertad. Sentíamos enormes deseos de reír y de llorar, todo al mismo tiempo.

Corrimos. Corrimos enloquecidos... No sabemos durante cuánto tiempo ni qué distancia. Solo nos deteníamos a recuperar aliento cuando Artola lo hacía para consultar la brújula. Detrás de nosotros se fue apagando el ruido del combate, que se prolongaría hasta el amanecer. La claridad del nuevo día volvería inútiles los esfuerzos de los que ya no hubieran escapado.

La luz de ese inolvidable amanecer del 11 de junio de 1942 –el más emocionante de mi vida– me pareció más clara que nunca, más hermosa que nunca. ¡Era libre! ¡No lo podía creer!

Ya estábamos agotados por el esfuerzo sobrehumano, cuando vimos acercarse un camión por el desierto.

–¡Es inglés! –gritó uno de los nuestros.

Los tripulantes nos miraron, asombrados:

–¿Bir Hakeim?

–*¡Yes, yes!* –contestamos–. *Water, water*, ¡agua por favor!

Y nos abalanzamos todos al mismo tiempo sobre el agua que había en el camión, mientras ellos trataban de convencernos de que era mejor tomar primero algo de leche. Nos explicaron que había muchos camiones ingleses patrullando en las inmediaciones, para recoger a los sobrevivientes diseminados por el desierto. Luego marchamos rumbo al lugar de concentración de nuestras tropas.

Nuestra alegría fue enorme al reencontrarnos con los queridos compañeros de sacrificio, sobre todo con los de América del Sur. Nos abrazamos, llorando y riendo, infinidad de veces. Nos acribillamos a preguntas (¿cómo te fue?, ¿cómo hiciste para salir?, ¿te hirieron?, ¿qué compañeros cayeron?) que procurábamos responder todos al mismo tiempo. Como sentenció con ironía Renard, el auxiliar de Amilakvari:

–A pesar del susto, no perdieron la costumbre...

Éramos los orgullosos despojos de la fuerza que había resistido en el infierno de Bir Hakeim durante dieciséis días, que pronto entrarían en la historia.

***

Facundo Peláez

El reencuentro en Gasr el Abid fue lo más emocionante que me ha tocado vivir.

Dicen que fue la *Miss* –que llegó conduciendo el vehículo de Koenig, donde también venía Amilakvari–, quien avistó la primera columna de sobrevivientes. Y creyó que estaba viendo un espejismo: «una fina hilera de hombres dibujados contra el horizonte inmaculado del desierto».

Luego supimos que al verlos acercarse, el príncipe Dimitri se lanzó a correr por las dunas hasta encontrarse con sus hombres, a quienes abrazó y besó en ambas mejillas –uno por uno–, mientras las lágrimas le corrían por el rostro.

Y así, hora tras hora, nuevos grupos

de valientes irrumpieron en el destacamento. Cada arribo fue celebrado con la misma algarabía. Pronto comprendimos que la mayoría de las tropas había escapado al implacable cerco. Nosotros llegamos en un convoy de camiones británico. Los vítores que recibimos al llegar, en mil lenguas distintas, me estremecieron hasta las lágrimas. ¡Y mire que yo soy duro para llorar! Pero aquello fue demasiado, ¡qué lo parió!

Cuando el ambiente se aflojó, y la emoción dejó paso a la jarana, el Domingo –flor de bandido y gran compañero– se acercó a Renard –que era bajito y rengo, también un tipo bárbaro– y le dijo de sopetón:

–¡Cómo te extrañaba, *mon Petit Renard du Désert*! –mientras le sacudía un cachete con cariño, y ambos se confundían en un abrazo.

***

Jean-Baptiste Renard

Sufrimos pérdidas importantes. Tanto en cantidad de efectivos como por la valía de algunos cuadros de la oficialidad: los comandantes Babonneau y Puchois fueron capturados, mientras que Bablon resultó herido de gravedad. El capitán De Lamaze y el teniente Dewey fueron abatidos. Entre el sitio y el escape, la Legión Extranjera perdió un tercio de sus combatientes. Más el total del equipamiento, que debimos dejar abandonado.

Sin embargo, cuando la emoción del reencuentro cedió paso al análisis militar objetivo, no quedaron dudas: la operación de salida a *vive force* fue un gran éxito. Lo que terminó de consagrar a la batalla de Bir Hakeim como de resonante victoria.

***

Cada vez que un nuevo contingente de tropas –que había deambulado durante horas por el desierto, sin agua y expuesto a los ataques de las patrullas enemigas– arribaba a Gasr el Abid, revivíamos la misma emoción.

De repente, avistamos una nueva columna de sobrevivientes. Nos quedamos boquiabiertos. El general Marie-Pierre Koenig nos miró a Amilakvari y a mí. Los dos sacudimos la cabeza: las fuerzas que se acercaban no pertenecían a la Legión, y no sabíamos quiénes eran. Venían muy maltrechos: varios de ellos se tambaleaban, mientras que otros arrastraban a sus heridos con enorme esfuerzo y absoluta carencia de medios. Al frente de la columna ondeaba una bandera sucia y rasgada, que el alto mando francés no alcanzó a reconocer.

El comandante de la escuálida fila de soldados se cuadró frente al general:

–Mayor Liebmann, ¡a sus órdenes, mi general! –le dijo en perfecto francés y con sorprendente energía, habida cuenta de las circunstancias, mientras hacía la venia.

–Descanse, mayor –el general le devolvió el saludo militar, dudando si hacer la elemental pregunta, que estaba en la mente de todos; al final se decidió–: ¿Posición y unidad, mayor?

–Bir el Harmat, general. Somos voluntarios judíos de Palestina, al servicio del Ejército Británico, señor –luego de lo cual continuó, con tono sombrío–: nuestro batallón constaba de cuatrocientos hombres, pero sufrimos muchas pérdidas. Sobrevivimos menos de cien, señor.

En ese momento, el general Koenig observó que uno de los agotados soldados se acercaba a la extraña bandera, la bajaba y la comenzaba a plegar.

–¿Qué está haciendo su soldado, mayor? –lo interrogó.

–Las regulaciones británicas no nos permiten hacer flamear nuestra bandera –le respondió–. Es blanca y azul, con la estrella de David –pretendió explicarle, con cierta inocencia, al sorprendido general: el estado de la bandera impedía distinguir símbolos y colores.

–¡Deténgase, soldado! –ladró Koenig ante la sorpresa de todos–. Y coloque la bandera en el frente de mi coche, al lado de la bandera de Francia.

Se escucharon unos murmullos nerviosos. Que dejaron lugar al asombro cuando el soldado –con mi ayuda, tal cual el coronel me ordenó–, colocó la bandera en el vehículo del general.

–¡Atención! –ordenó Koenig–. ¡Saludo a la bandera!

Y así, en el inverosímil escenario del desierto del Sahara y en el crepúsculo de una de las batallas más trascendentes de la guerra, los oficiales de las Fuerzas Francesas Libres rindieron homenaje al pabellón de los voluntarios judíos, la futura bandera de Israel. Fue el primer saludo.

Recién después estallaron los vítores y los interminables abrazos, mientras los soldados celebraban el reencuentro con sus camaradas de lucha.

***

La batalla de Bir Hakeim resultó un momento de inmensa gloria para la Francia Libre del general De Gaulle.

Las declaraciones se sucedieron, cada una más impactante que la otra. *Sir* Winston Churchill afirmó: «Deteniendo la ofensiva de Rommel durante quince días, los franceses libres de Bir Hakeim salvaron el destino de Egipto y el canal de Suez». El propio Rommel reconoció que «en ningún lugar en África tuve que enfrentar una lucha más encarnizada y heroica».

Incluso el mismísimo *Führer* Adolf Hitler le respondió al periodista Lutz Koch, que había cubierto la batalla: «¿Lo oyen, caballeros? Esta es una nueva evidencia de que siempre he tenido razón: los franceses son, después de nosotros, los mejores soldados de Europa. Incluso con su actual tasa de nacimientos, Francia siempre será capaz de movilizar cien divisiones. Después de esta guerra es necesario armar una coalición capaz de contener una nación que realiza proezas militares que asombran al mundo, como en Bir Hakeim».

También la *Miss*, cuyo valor y audacia al volante salvó la vida de nuestros supremos comandantes Koenig y Amilakvari, lo expresó a su manera: «Yo había temido que fuera una cita con la muerte. Pero resultó una cita con el honor».

Cuarta parte
NOVIEMBRE FEROZ

Miles de buitres callados
van extendiendo sus alas,
¿no te destroza, amor mío,
esta silenciosa danza...?
¡Maldito baile de muertos...!
Pólvora de la mañana.
Presiento que tras la noche
vendrá la noche más larga,
quiero que no me abandones
amor mío, al alba.

Al alba, *Luis Eduardo Aute*

I
LOS CAMINOS DE LA DESESPERACIÓN

Lyon, Estado Francés Libre *de Vichy,*
mediados de octubre de 1942

Anne Michelle Lafourcade, *Michelle*
(algo más de 30 años), cantante

Fue por casualidad que me enteré de su pequeño secreto, como le contaré.

Yo estaba muy sola. Mi mundo era París: en Lyon no tenía amigos, y apenas había conseguido un contrato para cantar en un café tres veces por semana. Dejé París en busca de libertad y porque sentí que mi identidad francesa era pisoteada por la brutalidad de los nazis. Por idealismo, en definitiva. Libertad, Igualdad, Fraternidad. Pero, ¡qué va! Después me enteré de que la mayoría de mis colegas se quedaron en la *Cité Lumière*, y que muchas estaban cantando para los alemanes, de lo más felices y sin cargo de conciencia, *les grandes putains*. Como Arletty, que dijo «mi corazón es francés, pero mi culo es internacional». ¡Se imaginará mi indignación! Pero, bueno, yo había nacido en Eure-et-Loir –donde tuve el honor de conocer al prefecto Jean Moulin, incluso canté para él varias veces en la Préfecture–, así que tenía un poco más de dignidad que esas rameras arrastradas. Pero no me fue bien.

Unos meses después de arribar a Lyon tuve un amante, un coronel retirado del ejército, bastante mayor que yo. Lo llamaba mi Capitán. No estábamos enamorados –al menos yo no lo estaba al comienzo–, pero compartimos lindos momentos: los pocos instantes de felicidad que tuve en esa ciudad. Pero un buen día decidió incorporarse a la Resistencia, y allí quedó Michelle, de nuevo pobre y sola.

Por eso solía dar largas caminatas por los suburbios. No me gustaba ir al centro: no me agradaba ver gente riéndose y divirtiéndose como si nada pasara. ¡Estaban sucediendo cosas, por Dios! Había franceses como nosotros peleando y muriendo en el norte de África, luchando contra los nazis. Había razias en las que se llevaban gente presa todos los días, que desaparecía para siempre. Había gente valiente –o inconsciente o estúpida–, como mi Capitán, que estaban combatiendo en los bosques y las montañas por la libertad de su patria. Por eso me enfermaba ver que la gente seguía viviendo como si nada, como si todo aquello no importara.

Y por eso, a la distancia, me sentía tan parecida a aquella chiquilla. Sola, alejada de las luces de la ciudad, absorta en mis tristezas.

Varias veces me crucé con ella en esos atardeceres de verano. Hasta el punto que empezamos a saludarnos con una leve inclinación de cabeza. No más que eso. Yo respetaba sus silencios, y ella respetaba los míos. Me llamó la atención que le gustaba apostarse en una pequeña loma, en las afueras de la ciudad, y observar el movimiento de los trenes. Para ese entonces yo ya había visto –¡con espanto!– que en los trenes de mercancías y ganado transportaban seres humanos, que viajaban apilados como bestias en los convoyes. Se ve que ella no.

Una tarde observé, a lo lejos, que estaba sentada en su lomita con las piernas recogidas y su cabeza reclinada entre ellas. Comprendí que estaba llorando. Decidí acercarme. Cuando me vio a pocos pasos de ella, se sobresaltó. Pero no reaccionó mal. Solo giró su rostro, bañado en lágrimas, procurando esconderlo de mi vista.

–Hola. Es por lo de los trenes, ¿no? –le dije, de la forma más suave que me fue posible–. Por la gente que se están llevando...

Asintió con la cabeza, sin decir palabra.

–¿Tienes miedo?

Volvió a asentir.

Se produjo un largo silencio. Tal vez aquella chiquilla no comprendía lo que estaba sucediendo en ese mundo demente y cruel. O tal vez lo comprendía demasiado bien.

–Es que mis padres no saben nada... de eso.

Me corrió un escalofrío. Durante unos instantes quedé paralizada.

–Pues tienes que decirles –reaccioné–. Es mejor que lo sepan.

Asintió de nuevo, mientras se enjugaba las lágrimas con la manga de su blusa y procuraba recomponerse. Todavía transcurrió un rato más de silencio. Luego se paró, se sacudió la tierra de la pollera y partió.

–Adiós... Y gracias.

Después, en las siguientes semanas, no la vi más.

***

Charlotte

Unas dos semanas después que le conté a papá lo de los trenes, mi madre se acercó una tarde –con mucha discreción– al ropero donde «vivíamos» Raymond y yo.

–Esta noche vamos a ir los cuatro a un café. Vístanse lo mejor que puedan, como hacemos siempre –susurró con su dulce voz.

Nada más nos dijo. En realidad, a esa altura ya nos habíamos acostumbrado a no hablar. Ni siquiera entre nosotros. Con Raymond pasábamos horas encerrados dentro del placar sin decirnos nada. Y con nuestros padres, las pocas veces que teníamos la oportunidad de estar juntos, no teníamos de qué hablar. Todo eran breves susurros y largos silencios.

De modo que nada sabíamos de lo que ocurría en nuestro propio mundo y, mucho menos, en el mundo exterior. Cuando le conté a mi padre lo de los trenes, quedó muy impresionado.

–Pero ¿estás bien segura? –me preguntó varias veces, con el rostro cada vez más pálido.

Tuve la impresión de que mi noticia no le resultó una novedad, pero sí que le confirmó sus peores pesadillas. En los quince días siguientes no salimos del ropero. Hasta que mi madre nos avisó lo del café.

***

Más que un café, aquello era un antro.

Es verdad que en los alrededores de la Estación, no demasiado lejos de la casa de los Rapalian, abundaban los cafés sencillos, de gente de pueblo. En esa parte de la ciudad se contaban con los dedos de una mano los sitios de categoría. Pero aquel café oscuro, sucio y maloliente se llevaba todos los premios. ¿Por qué habíamos ido a parar a ese lugar?

Nos sentamos en una mesa alejada de la ventana. Unos minutos después entraron dos hombres corpulentos de estatura mediana, uno con barba y cabeza rapada, el otro de pelo corto y crespo. Ambos vestían camperas de cuero negro y usaban unos relojes muy llamativos. Nuestros padres nos indicaron que nos sentáramos en otra mesa y nos pidieron una jarra de limonada para los dos. Ellos pidieron unos cafés. El aspecto de los demás parroquianos dejaba mucho que desear, sin duda estaba a la altura del lugar. ¡Qué lejos había quedado don Giusto, con su helado de fresa! Pero Raymond, siempre muy protector conmigo, se ocupó de que yo bebiera la mayor parte del agua con limón. Estaba bastante desabrida, pero su gesto fue muy lindo.

Los hombres corpulentos hacían grandes ademanes, con movimientos toscos y enérgicos. Mi padre les discutía algunas cosas y asentía a otras. Mi madre callaba. Todos estaban muy serios. Ya sobre el final se dieron la mano, sin sonrisas. Parecía que habían llegado a un acuerdo.

Cuando emprendimos el regreso ya era noche cerrada. Nada preguntamos y nada nos dijeron. Sin embargo, presentíamos que algo estaba por ocurrir.

***

Jean-Claude Rapalian

No sé a qué hora se fueron los belgas. Pero debe de haber sido muy temprano. Quizá al alba. Cuando me levanté me llamó la atención no verlos, ni escuchar ruidos en sus... habitaciones. Le pregunté a mi padre:

–Sí, se fueron. Pero tal vez regresen... –me respondió, con aire misterioso.

Después hice algunas preguntas más, a vecinos de confianza, sin levantar sospechas. Me comentaron que se escuchó el motor de un camión en la madrugada. Que estacionó unos minutos en la calle principal, donde desemboca el callejón de nuestra casa. Y que algunas personas se subieron a él. Eso fue todo.

Pero fue suficiente: sin duda nuestros inquilinos ya iban rumbo a la frontera suiza. No eran épocas para sentimentalismos. Nos habíamos endurecido para sobrevivir. Pero no pude evitar sentir miedo al pensar en el destino de esos dos hermanos. Me podía haber tocado a mí, pensé.

***

Charlotte

Tres días después de la reunión en el café, temprano en la madrugada, papá Léon abrió con cuidado la puerta del armario y nos despertó con un leve sacudón por el hombro.

–Escúchenme bien: vístanse como cuando vamos a los cafés y pongan todas sus cosas en la valijita –nos dijo, subrayando cada una de sus palabras–. No se olviden de nada, porque nos vamos de este lugar.

¡Quedamos con la boca abierta! Y desconcertados. Nos íbamos, pero ¿a dónde?

***

Salimos a la calle. Apenas se observaba el primer resplandor del amanecer en la noche oscura. Recorrimos el callejón hasta llegar a una avenida más ancha. Doblamos la esquina y vimos un camión con el motor encendido.

–¡Rápido! ¡Suban al camión! –nos apuró un hombre de campera negra, que enseguida reconocí como el corpulento rapado del café mugroso.

Subimos como pudimos a la caja del camión, que estaba cubierta por un toldo de lona. Mi padre y Raymond nos auxiliaron a mamá y a mí. Allí, envueltas en la oscuridad, descubrimos a otras doce personas, de todas las edades. Según nos dijeron, nosotros fuimos los últimos en recoger. El camión partió de inmediato.

Media hora más tarde se detuvo en el interior de un galpón, en la periferia de la ciudad. Los choferes –los dos corpulentos de campera negra del café–, ayudados por un robusto muchachón, cargaron en un santiamén un sinfín de muebles, de todo tipo. Los muebles, que ocupaban más de la mitad de la caja del camión, protegían a quienes viajaban en él de las miradas de los curiosos y de los eventuales controles policiales. En el resto de la caja nos ubicamos nosotros: dieciséis personas en total. También subieron algo de agua y comida. No cabía ni un alfiler más.

En el momento previo a la partida, papá se acercó a nosotros y cuchicheó algo. Raymond sonrió, pareció contento. Yo no entendí nada de lo que dijo mi padre, salvo la palabra «Suiza». También sonreí.

Instantes después, el camión reanudó su marcha. El toldo y los muebles impedían ver lo que sucedía en el exterior. No obstante, por el aire que penetraba a través de las rendijas que dejaban los muebles, nos dimos cuenta de que estábamos en la campiña y, más tarde, que comenzábamos a ascender.

–*Le Jura* –dijo uno de los compañeros de viaje. Nadie lo contradijo.

Allí me encontraba, tan incómoda y apretada como en el ropero de los armenios. Pero ahora una esperanza crecía en mi alma. «Estamos camino a la libertad», pensé. Y una felicidad como un océano me invadió, sin que pudiera evitarlo.

***

Muy rápido perdimos el sentido del tiempo y la distancia.

Cada vez hacía más frío. Era lógico: el otoño estaba avanzado (segunda mitad de octubre) y nos internábamos en el macizo del Jura, con su clima rudo y ventoso. Solo nos deteníamos para hacer «necesidades», y ello ocurría como máximo ¡dos veces por día! Con tal clima, eso era insuficiente. Pronto aparecieron los urinales de fabricación casera: alguna botella, una pequeña palangana, una cacerola (seguro que fabricada para fines más nobles). No había espacio para el pudor, y nos arreglábamos como podíamos, en total promiscuidad. Las mujeres éramos las más incómodas, a pesar de que nuestros padres y maridos trataran de ayudarnos. Dos o tres días después, comenzaron a escasear el agua y los víveres. Todos sabíamos que no era momento para comodidades, pero varios se quejaron –con razón, a mi modo de ver– de que les habían «entregado todo lo que tenían» a los *passeurs* y estos no se habían ocupado de nada, ni de las necesidades más elementales.

En esa caja de camión oscura, que empezaba a volverse maloliente, era muy poco lo que se conversaba. Cada tanto estallaba alguna pequeña discusión intrascendente. Había muchos miedos y esperanzas. No importaba el momento presente; solo contaba el mañana, lo que sucedería en los próximos días. La incertidumbre se respiraba en el aire. Nadie tenía ganas de hablar.

Por lo poco que pude saber, la mayoría eran judíos. Aunque había una pareja húngara que parecían gitanos, y una madre con un niño *down*. «Es por él», explicó la madre uno de esos días –en francés con acento bretón–, y besó la cabeza del hijo. Había varios niños, y también algunas personas muy mayores. Pero adolescentes éramos solo nosotros dos.

Durante esos primeros días no tuvimos contacto con los choferes. Cuando el camión se detenía para que hiciéramos nuestras necesidades, ellos permanecían en la cabina. A su vez, cuando paraban para abastecerse de gasolina o para alimentarse, no nos permitían bajar. De repente, un mediodía, el camión se detuvo. No sabíamos la razón, porque hacía apenas un rato que habíamos parado para «ir al baño». Los choferes corrieron unos muebles, abrieron un estrecho pasaje y nos invitaron a descender.

Nos encontrábamos en el medio de un espeso bosque, en lo alto de la montaña. El cielo se veía gris, con amenaza de lluvia. No sabíamos lo que pasaba. Los *passeurs* de fronteras llamaron aparte a los cabeza de familia, que eran cinco. Cuatro hombres y la mujer con el niño *down*. Los demás permanecimos al lado del camión, con el corazón en la boca. Entonces notamos cómo la conversación entre los *passeurs* y nuestros familiares subía de tono, hasta convertirse en una abierta discusión, con gestos de rabia y palabras cada vez más duras. Mi padre sacudía la cabeza, indignado.

¿Qué estaba sucediendo?, nos preguntábamos con miedo.

De repente, se escuchó nítida la voz del corpulento de pelo crespo que decía, casi a los gritos:

–Estamos a mitad de camino. Ahora vamos a entrar en la parte más peligrosa. ¡Si no nos pagan más, no seguimos! ¿Quedó claro?

Ya lo sabíamos: éramos víctimas de un canallesco chantaje.

***

Los choferes se retiraron a la cabina del camión. Su actitud era de desprecio y prepotencia. Era un tómalo o déjalo, y nuestros padres lo sabían. Los jefes de familia comenzaron a hablar entre ellos. Resultaba evidente que estaban desesperados y no sabían qué hacer.

–Estos no son pasadores de frontera, ¡son mafiosos! –dijo uno.

–Yo ya les di lo que me pidieron... ¡y era todo lo que tenía! –dijo la madre del niño.

–¡Hijos de puta!

–Bueno... yo tengo una pistola –deslizó otro.

Fue terrible ver cómo la vileza y la desesperación eran capaces de despertar los más brutales sentimientos en estos hombres tranquilos. Finalmente ganó la resignación: estaban en medio de la nada, con las vidas de sus familias en grave riesgo. No tenían opción. La madre no pudo aportar, ya nada tenía. El hombre que se había quejado todo el tiempo durante el viaje de que lo habían exprimido, de que no le quedaba nada, parece que al final algo todavía tenía. Los otros tres –incluido mi padre– pagaron su cuota de lo solicitado. Les trasladaron a los choferes el resultado de la colecta.

–Continuamos el viaje, ¡todos arriba del camión! –gritó el corpulento rapado, dando la impresión de que habían recogido más de lo que esperaban.

Subimos, nos acomodamos de nuevo, cada cual en su lugarcito, y el camión retomó la marcha. Pero ya nada era igual. Las preocupaciones por las condiciones de alimentación e higiene quedaron atrás.

En su lugar se instaló una aterradora desconfianza en aquellos a quienes habíamos confiado nuestras vidas.

***

Transcurrió un día y medio más. Era la noche siguiente al día del chantaje. El camión avanzaba a los tumbos por los caminos sinuosos y empozados de la montaña. Nosotros dormíamos: ya habíamos aprendido a dominar nuestra ansiedad, a la espera del desenlace final, cualquiera que este fuese. No había nada que pudiéramos hacer. En esas noches interminables en la caja del camión, yo reclinaba mi cabeza en la falda de mi madre, que me acariciaba la nuca con amor y paciencia. Ella sabía que eso me hacía sentir bien.

De pronto, me despertó un sacudón. Mi madre trató de pararse, sin consideración por su hija que estaba recostada sobre ella. Entreabrí los ojos, adormecida. Todos se movían, algunos ya estaban de pie. Un aroma intenso que secaba la garganta se extendía por la caja del camión, mientras una columna de humo brotaba de uno de los rincones.

–¡Fuego! –gritó uno de los hombres.

–¡Es un incendio, deténganse! –vociferó mi padre.

Otros golpearon, tratando de llamar la atención de los choferes.

¡Nadie nos escuchaba! El camión continuó avanzando en la noche cerrada, mientras que la humareda se volvía más espesa y el aire difícil de respirar.

–¡Arrojen el agua sobre el fuego, no hay más remedio, por favor! –imploró el gitano.

–¡Y la orina! –gritó otro.

Un par de hombres trataron de abrir un hueco entre los muebles, para que entrara aire fresco, pero fue imposible.

¡No había caso: nadie nos oía! El camión siguió adelante, el fuego se extendió y el aire se volvió irrespirable. Todos tratábamos de hacer algo en aquel espacio minúsculo, empujándonos los unos a los otros, gritando como locos, dominados por la desesperación.

–¡Nos estamos asfixiando! ¡Paren por favor! –grité hasta enronquecer.

En ese momento sentí que me desmayaba. Las piernas se me aflojaron y la vista se me nubló. La realidad se volvió borrosa...

II
PRESIENTO QUE TRAS LA NOCHE, VENDRÁ LA NOCHE MÁS LARGA

Konskie, Polonia, en los mismos días
(mediados de octubre de 1942)

Christoff Podnazky

¡Pensar que cuando abordé aquel tren en Lieja, camino de Plock, tenía tantas ilusiones! Defendería la patria polaca, como mis ancestros. ¡Qué poco duró el sueño! Resbalé en el borde de un abismo. A partir de ese momento, solo pude caer y caer.

Hasta terminar en ese cuchitril en el gueto de Konskie. Y conste que gracias a mi amigo Alter pude conseguir un trabajo mejor (que en esos tiempos era un trabajo que no te arrastrara a la muerte) y vivir solo en mi cuartito. Hasta el día en que transportaron a los judíos de Gowarczow. A mediados de octubre, al anochecer, arribó Hirsch, mi nuevo compañero de habitación. Allí apareció, pálido y abatido, con una pequeña mochila en los hombros, igual que yo un año antes. Disimulé mi contrariedad y traté de alentarlo.

Unas noches antes había sido nuestro último «sabbat», al menos por el momento. Pero Alter ya no era el mismo. Igual nos obligamos a brindar con las copitas –cada vez más vacías– de aguardiente. Brindamos por nuestras familias, por las personas de buen corazón que nos ayudaban (como Swit y don Kazimierz) y por nosotros mismos.

–*Lejaim!* –nos saludamos, y cruzamos nuestras tristes miradas cargadas de afecto, sabiendo que por un buen tiempo no lo volveríamos a hacer.

Preocupado por la visita de Swit al taller, volví a la carga:

–Querido amigo: hace un par de semanas que te noto extraño, muy preocupado –le dije, preparando el terreno–. ¿No hay nada que me quieras contar?

Alter se movió en su taburete, incómodo. Luego pareció que su mente volaba de allí. Permaneció pensativo largo rato. Respeté su silencio. Cuando al final «regresó», comenzó a desgranar algunas palabras:

–Sí, es verdad... Están sucediendo cosas. Y temo que ocurrirán cosas aún peores –me dijo, y luego continuó, mirándome directo a los ojos–: Quiero que sepas que si ese momento llega, Swit y tú serán los primeros en saberlo.

Me había dicho todo. Y no me había dicho nada. ¿Pero cómo seguir hostigándolo después de semejante confesión?

***

Kazimierz Wroblevsky

En octubre del 42 ya se hablaba de muchas cosas. Cosas muy feas.

Se decía que había convoyes de transportar ganado que venían de toda Europa (Francia, Bélgica, Holanda, Austria, Alemania) «hacia el Este», repletos de mujeres, hombres, niños y viejos. Casi todos judíos. Yo, como la mayoría de los polacos, no lo creía. Pensaba que eran rumores. «¿Cómo van a poder mantener en secreto semejante cosa?», les preguntaba a quienes lo contaban. Otros iban más lejos: «son exageraciones de los judíos, les gusta hacerse las víctimas». También nos decíamos: pero si fuera verdad, ¿a dónde llevan a toda esa gente? ¿Dónde los tienen? ¡No van a desaparecer del mapa como por arte de magia!

Yo veía todos los días cómo los nazis martirizaban a los judíos. Algunas de las «diversiones» más populares eran cortarles la barba (sobre todo a los ancianos), pasearse en una carreta empujada por judíos u obligar a las adolescentes a lavarles los pies en la vía pública. Muchos soldados sacaban fotografías de sus «hazañas» y se las enviaban a sus novias. Pero no se me ocurría que pudieran ir más allá de eso. Que no era poco. A veces los partidos políticos polacos

también se sumaban a los rumores. Pero yo no creo en los políticos. Así que tenía mis dudas.

Hasta que un día, temprano por la mañana, apareció el Ingeniero en el taller. Ya hacía tiempo que al muchacho se lo veía desmejorado. Pero ese día parecía un espectro, qué sé yo, ¡un fantasma! Igual me saludó cordial, como siempre.

–Quiero pedirle un gran favor, don Kazimierz.

–Usted dirá –le respondí con afecto, pero manteniendo la distancia.

Él iba directo al grano. Eso me gustaba. Pero esa mañana comenzó a dar vueltas, a decir las cosas a medias...

–Es probable que pasen algunos hechos en las próximas semanas... en el gueto, ¿sabe? Hechos poco agradables, ¿me entiende? –dijo, y así siguió dando vueltas y más vueltas.

En otras circunstancias, me habría impacientado: «Alter: dígame de una vez lo que quiere», para que supiera que no tenía tiempo para perder. Pero, ¡lo vi tan afligido! Le pregunté en qué podía ayudarlo. Su respuesta me dejó helado. Y muy preocupado: el Ingeniero quería que protegiera a mis empleados judíos, si los nazis venían por ellos. Mi primera reacción fue de orgullo:

–¡Nadie va a entrar a la zapatería de don Kazimierz Wroblevsky sin mi autorización! ¡Aquí todavía mando yo!

Pero sabía que no era cierto. Por eso, cuando Alter insistió, le dije que lo pensaría. Vería qué podía hacer. Era de tonto desconocer la realidad.

Nos estrechamos la mano. Como siempre. ¡Pero todo había cambiado tanto! ¿Qué estaba ocurriendo en mi Santa Patria?

***

Swit Mariah Czerny

Los últimos días de octubre transcurrieron con desesperante lentitud. Mientras tanto, el otoño terminó de instalarse en Konskie, con su aire triste, sus fríos, vientos y brumas.

Nuestra inquietud aumentaba día tras día. Y digo «nuestra», porque luego de mi visita a Christoff en el taller, nos la ingeniamos para mantenernos en contacto e intercambiar los minúsculos fragmentos de información que cada uno lograba obtener. Sabíamos que algo *espantoso* estaba por ocurrir y que seríamos los primeros en enterarnos. ¿De qué se trataba? ¿Cuándo ocurriría?

Nuestra desesperación no podía ser mayor.

***

Hasta que el último jueves de octubre, cuando fui a ayudar en el comedor popular del gueto, observé que Alter no había llegado. Preparé las escasas verduras que habíamos conseguido para la sopa, mientras miraba, una y otra vez, hacia las puertas de entrada. ¡Pero no aparecía!

Cayó la tarde. Acondicionamos un poco la cocina y «lavamos» los utensilios como pudimos (hacía ya varias semanas que no nos daban jabón). Cuando terminamos era noche cerrada y la bruma otoñal lo invadía todo. Aun así, me tomé mi tiempo, traté de quedarme un poco más... ¡Esperaba el milagro!

Fue providencial. De repente, en el preciso momento en que partía, de las sombras surgió Shlomo, un amigo de Alter del Judenrat.

–¡Qué suerte que todavía estás! –me dijo, en voz baja–. Alter me pidió que te entregara esta esquela.

Y con el mayor disimulo puso en mi mano un pequeño rollito de papel. «¡Se acordó de mí!», fue lo primero que pensé. En la miseria de afectos en que vivíamos, eso era muy importante para mí.

Shlomo desapareció en las sombras, tan fugazmente como se había presentado.

Apreté mi esquelita con el puño, con toda mi fuerza, como si fuera el tesoro más valioso del mundo. Luego pensé que era mejor esconderlo, y lo coloqué bajo el corpiño, cerca de mi corazón. Apuré el paso todo lo que pude. Un rato después llegué a la granja de mis padres. Los saludé y me encerré en mi cuarto. Saqué el papelito celosamente guardado y leí el mensaje de mi amado:

Adorada Swit: las cosas se han precipitado. Tenemos que hablar urgente. ¿Podrás ir mañana, a eso de las cinco de la tarde, a nuestro robledal? Te quiere, Alter.

III

¿TIEMPO DE REVANCHA?

El Alamein, Egipto, en los mismos días (mediados de octubre de 1942)

Domingo López Delgado

¡Es increíble lo rápido que pasa el tiempo cuando volvemos a la normalidad! Y lo lento que transcurre en el campo de batalla...

En la madrugada del 11 de junio recuperamos nuestra libertad, escapando por muy poco a la muerte en el cerco de Bir Hakeim. Cuatro meses después ocupábamos nuestras posiciones en la gran ofensiva aliada de El Alamein. Teníamos la ilusión de que nuestro ataque diera un giro inesperado a la guerra.

***

Esos cuatro meses se fueron volando. Luego del combate nos autorizaron a acampar, durante ocho días, en las playas de Alejandría. Fue un reposo breve, pero absoluto. Lo primero que se nos ocurrió al llegar fue dormir. Dormir mucho, para desquitarnos. Sin embargo, no podíamos: teníamos pesadillas y nos despertábamos sobresaltados.

Después fuimos a un campo militar cerca de El Cairo. Atravesamos una ciudad que era presa del pánico, porque los nazis se encontraban a solo ochenta kilómetros y allí habitaban numerosos judíos. Partimos al atardecer entre las aclamaciones del pueblo que, al enterarse de que éramos quienes habíamos resistido en Bir Hakeim, nos saludó desde las calles y ventanas como si fuéramos héroes. Debo confesar que esas manifestaciones no me dejaban indiferente: sentía una enorme satisfacción por el deber cumplido.

En ese campo militar comenzó la reorganización de la 13.ª Media Brigada de la Legión Extranjera, cubierta de gloria, pero diezmada por el combate.

En julio recibimos noticias de que las fuerzas aliadas, ayudadas por la resistencia de Bir Hakeim, detuvieron el avance de Rommel en El Alamein, y que por el momento Egipto no corría peligro.

El 10 de agosto fue el día más emotivo: el general De Gaulle en persona llegó desde Londres y revistó nuestras tropas. El general Koenig y el coronel Amilakvari recibieron la Cruz de la Liberación de manos de De Gaulle. Nosotros estábamos formados detrás de ellos y pudimos ver al líder de la Francia Libre a unos pocos metros de distancia. Me corrió un temblor por todo el cuerpo.

También visitó en el hospital y condecoró con la Cruz al teniente Théodore Gérard, a quien un obús alemán le arrancó una pierna la noche antes del escape, cuando ayudaba a disparar un cañón. ¡No pude evitar pensar que era lo mismo que yo hacía!

En las semanas siguientes recibimos el equipamiento: unos enormes camiones Bedford (¡que no nos gustaron nada!) y nuevos cañones antitanques. La instrucción se volvió intensa y se recompusieron las secciones, mezclando a los que ya conocíamos las «bellezas del frente» con los novatos. Los españoles, los sudamericanos y otros amigos nos reuníamos a charlar y cantar. En Alejandría conseguimos yerba mate. Aunque era muy mala (¡puro palo y a los pocos mates estaba lavada!), igual nos sirvió para darnos el gusto. Los españoles pidieron para probar, pero al primer sorbo maldijeron aquello tan amargo.

Comenzaron los preparativos de marcha. El tiempo de retomar el combate estaba cerca. Antes de partir fuimos revistados por el rey Jorge VI de Inglaterra, acompañado por los generales británicos Montgomery y Alexander. Con equipamiento más moderno y la moral en alto, una mañana nos pusimos en camino.

Íbamos en busca de la revancha.

***

Jean-Baptiste Renard

Desde un primer momento la situación se presentó difícil para nosotros. El general Montgomery nos visitó el 19 de setiembre en nuestro *bivouac* de Heliópolis, cerca de El Cairo. Fue el primer contacto de Monty con las Fuerzas Francesas Libres, que veníamos de nuestra «cita con la gloria» en Bir Hakeim.

El frente africano se encontraba estancado desde julio a lo largo de una línea que se iniciaba en la estación ferroviaria costera de El Alamein. Montgomery, recién ascendido a comandante del Octavo Ejército, planeaba quebrar esa línea antes de finales de octubre. El esfuerzo principal se realizaría en el sector norte de la línea con tropas británicas, australianas y neozelandesas. Al mismo tiempo, otro ataque secundario se llevaría a cabo en el extremo sur, con el objetivo de tomar la peligrosa meseta de El Himeimat. Este asalto sería confiado a los franceses.

No bien el general Koenig y su Estado Mayor tomaron conocimiento de los planes de Montgomery, la inquietud se instaló en nuestros mandos. Y con justa razón. El Quaret el Himeimat, con su altura imponente y sus laderas escarpadas, se destaca en el desierto como una enorme atalaya. Es una posición defensiva impresionante. Y el terreno alrededor es inestable, muy difícil de transitar. ¡No hay ningún emplazamiento siquiera parecido! Además, los campos de minas que lo defendían no habían sido bien localizados por los británicos. Como si esto fuera poco, los mapas que señalaban las defensas del Eje eran obsoletos. ¡Todos sabíamos que el enemigo las había reforzado!

Para completar el panorama, debo decir que el general Montgomery impuso un clima de secretismo necesario, pero excesivo. Ni siquiera el general Koenig tenía claro hasta qué punto nuestro ataque era parte esencial de la ofensiva, o se trataba de una simple maniobra distractiva. Las órdenes que recibió eran insuficientes y contradictorias. Parecía haber un menosprecio del Alto Mando británico hacia los franceses. Por supuesto que los soldados no sabían nada de todo esto. Pero fue imposible evitar que un clima de incertidumbre ganara a nuestra oficialidad.

No eran las mejores condiciones para enfrentar una batalla decisiva.

IV
LA ESTAFA

Macizo del Jura, Estado Francés Libre *de Vichy,*
últimos días de octubre de 1942

Charlotte

Abrí los ojos. ¡No se veía nada! El griterío era aterrador y todos luchaban por escapar, empujándose unos a otros. Papá Léon me sostenía en sus brazos, pero no vi a mamá ni a Raymond. Yo no sentía ninguna emoción, solo una extrema debilidad, estaba como anestesiada.

Recién en ese momento me di cuenta de que el camión estaba detenido. ¡Habían escuchado nuestros gritos! Y ahora los choferes empleaban toda su corpulencia en retirar algunos muebles y abrir un boquete hasta donde nos encontrábamos.

¡Al final lo lograron! Una corriente de aire barrió la caja, comenzamos a distinguir algunas formas, y vimos aparecer del lado derecho la débil luz de la linterna de los choferes, que señalaba el camino de nuestra salvación. A los tumbos, como pudimos, avanzamos en esa dirección.

Pero en ese momento vimos con pánico cómo el aire fresco que ingresaba avivaba el fuego y grandes llamaradas se acercaban a nuestros cuerpos. Algunos lograron bajar (empleando el paragolpes y las ruedas como escalera), mientras que otros –sin importarles su edad– se arrojaban desde el camión al suelo, recibiendo al caer un golpe terrible. En ese instante, las llamaradas alcanzaron al niño *down* y a su mamá, cuyas ropas comenzaron a arder. Dos hombres se lanzaron sobre ellos y trataron de apagar las llamas con lo que tenían a su alcance, incluidas sus manos desnudas. La cabeza me daba vueltas, pero de repente vi que Léon alcanzaba el boquete de salida.

Por fin saltamos del camión. Rodamos por el suelo pedregoso, abrazados uno del otro. Cuando al final nos detuvimos, teníamos la ropa rasgada, y los codos y rodillas sangrando. ¡Pero podíamos respirar! Aspiramos hondo el aire puro de la montaña, sin importarnos que el frío nos golpeara fuerte la garganta y los pulmones. En las sombras de la noche distinguimos a mamá y a Raymond que se acercaban, tambaleantes. Estaban bien. Papá se sumó a los demás hombres en la tarea de apagar el fuego del camión, que había recrudecido. Todos nuestros compañeros de infortunio habían logrado bajar. Algunos parecían muy lastimados y sus quejidos partían el alma.

Los choferes no tenían extintores. El incendio, lejos de atenuarse, tomaba cada vez más fuerza. Mi padre y los demás corrían de un lado para otro, tratando de arrancar algo de tierra y arena a ese suelo rocoso, lo que resultaba imposible. Otros golpeaban el fuego con ramas que habían arrancado de los arbustos, con escaso resultado. ¡Quedaríamos a pie, en medio de aquella montaña helada, sin agua ni comida, ni un lugar donde protegernos, a merced de nuestros perseguidores!

Entonces ¡sucedió un milagro!

De repente Dios abrió los grifos del cielo, y una lluvia torrencial se precipitó sin previo aviso sobre el camión y nosotros.

Instantes después el incendio se había extinguido. Nosotros estábamos empapados hasta los huesos y muertos de frío, pero igual festejamos lo sucedido. Ya un poco más serenos, los que estaban en mejor estado físico se ocuparon de los heridos, con las pocas medicinas de que disponíamos. Con papá Léon en primera línea, como siempre.

No sé la hora que sería, pero todavía no se veían las primeras luces del día. Pasadas las horas de sufrimiento y emoción, comenzamos a sentir un frío impresionante. Con la ropa mojada temblábamos como varas al viento. Mamá y yo nos abrazamos, y tratamos de protegernos entre las rocas. Luego Raymond se nos unió. Papá seguía ayudando a los que estaban peor, sobre todo a la mamá con el niño. A pesar del frío atroz, el hambre y los dolores por las heridas y los golpes, al final el sueño nos venció.

***

Fue un amanecer irreal. Como extraído de un sueño. O quizá de una pesadilla. ¡Yo no quería abrir los ojos, no quería despertar! Me sentía sin fuerzas. Sin ánimo para enfrentar lo que estaba sucediendo. ¡Todavía faltaba tanto! ¿Y cuál sería el final? Pero no pude soportar más el hambre y el frío.

Abrí los ojos y miré alrededor. La densa niebla –tras la cual apenas se adivinaba un tímido sol– lo cubría todo. Los compañeros de viaje que ya estaban en pie parecían fantasmas grises, que se desplazaban en cámara lenta. Aquí y allá asomaban grupos de rocas, entre los cuales crecían unos pocos arbustos de montaña. Estábamos en un lugar alto, tal vez un sitio que en invierno quedara cubierto por la nieve. Mi madre estaba a mi lado, tan desorientada como yo. Papá, Raymond y los demás hombres trataban de rescatar del camión todo lo que no había sido destruido por el fuego. Los choferes no se veían por ningún lado.

–Fueron hasta el pueblo más cercano, a conseguir los repuestos para reparar el camión –comentó alguien.

De repente, entre la bruma, apareció Raymond –sonriente– con nuestras dos valijitas. Estaban mojadas, sucias y con alguna rajadura: ¡pero todo lo que teníamos en el mundo estaba allí! Nos abrazamos y él se sentó a mi lado.

Entonces contemplamos una escena que nos dejó con la boca abierta.

Deambulando entre los roquedales, sin destino y con la mirada perdida, vimos a papá. Llevaba en su mano derecha, bien agarrada –como quien cuida algo que considera de mucho valor–, la manija de su valija, ¡sin darse cuenta de que la valija ya no estaba!

Con Raymond cruzamos miradas cargadas de ternura, pero también de tristeza y dolor. Mi hermano se paró de inmediato y se le acercó. Yo lo seguí.

–Papá, has perdido la valija –le dijo con voz cariñosa; y se sonrió, para aliviar la tensión del momento.

Mi padre salió bruscamente de su ensoñación. Miró la mano que sostenía la solitaria manija y nos dirigió una mirada desesperada: parecía no comprender. Un instante después volvió a la realidad. Se sonrió avergonzado, mientras hacía unos movimientos torpes, tratando de disculparse por lo sucedido. Los cuatro nos reímos un buen rato, mientras los demás viajeros nos observaban con curiosidad.

Ese episodio me golpeó en lo más hondo del corazón. Hasta ese momento había visto a papá Léon como un ser especial, capaz de mantenerse por encima de las desdichas que sufríamos desde hacía más de dos años. Pero de golpe comprendí que era un frágil ser humano más. Envuelto en mi cariño y admiración, sí, pero sometido a las feroces leyes de la selva que el nazismo había impuesto, capaces de robar la sensatez al alma más noble.

***

Pasamos dos días interminables en aquel páramo frío y rocoso, lamiéndonos las heridas. Aprovechamos una tarde de sol y secamos nuestra ropa, que tendimos sobre las piedras. Papá recobró los restos de su valija –estaba destrozada– y algunas de sus pertenencias, desparramadas por los roquedales. Los choferes, además de los repuestos para el camión, trajeron víveres, alcohol y gasas. Todo en minúsculas cantidades: ya sabíamos que eran unos miserables. Con mucho ingenio, Blima y otras mujeres de la comitiva cocinaron unos buenos caldos para atenuar el frío. También se ocuparon con cariño de los heridos, aunque su recuperación era lenta.

Nunca se supo cuál fue el origen del incendio. Los *passeurs* dijeron que había sido uno de nosotros, tratando de encender un fuego en la caja del camión. ¡Un reverendo disparate, una más de sus absurdas mentiras! Nosotros estábamos convencidos de que había sido una falla mecánica. Al promediar la tarde del segundo día comenzaron a encender y probar el motor. Andaba a los empujones, pero eso no hacía demasiada diferencia en ese vetusto camión. De todos modos, luego de un rato lo mejoraron un poco. Mientras el corpulento de pelo crespo seguía con el arreglo mecánico, el corpulento rapado convocó a los hombres para ayudarlo a reacondicionar la caja del camión. A esa altura todos los detestaban, pero no teníamos otra alternativa: estábamos subidos al mismo barco.

Volvieron a acomodar los muebles. Si bien alguno se había quemado en el incendio, la mayoría –aunque chamuscados– igual servían para ocultarnos. Un par de horas después, el corpulento rapado comenzó a golpear las manos:

–¡Vamos! ¡Rápido! ¡Todos arriba del camión! –gritó–. Y no se olviden de sus cosas –nos dijo, como si nosotros les importáramos a esos sabandijas. Yo los odiaba por cómo nos habían maltratado y chantajeado.

Al caer el sol retomamos la marcha. Unos días antes habíamos subido al camión muy debilitados, luego de meses de privaciones. Ahora, después de pasar dos días en ese páramo helado, casi sin alimentarnos, estábamos desfallecientes. Era un milagro si no nos pescábamos una pulmonía.

Pero ¿sabe una cosa? El alma humana, el espíritu, ¡qué sé yo!, son invencibles.

Fue ponernos de nuevo en movimiento, escuchar el ronroneo del viejo camión, sentir el aire fresco que se colaba entre los muebles y nos acariciaba el rostro... y la esperanza retornó, poco a poco. Cada momento que pasaba estábamos más cerca de la frontera suiza. De salvar nuestras vidas y recuperar la libertad. ¡Resistiríamos lo que fuera necesario!

***

Transcurrieron todavía un par de días más. Los *passeurs* se detenían ahora con más frecuencia y buscaban las sendas menos transitadas. Seguíamos en lo alto de la montaña, en esos montes Jura llenos de cañones, desfiladeros y pasajes que hay que conocer muy bien para no desorientarse. De repente me pareció que el camión comenzaba a bajar. Se lo cuchichié a Raymond y él me dijo que pensaba igual. Un rato después todos teníamos la misma impresión. Nos mirábamos expectantes, mientras continuaba el lento descenso.

Hasta que el camión se detuvo. Los choferes corrieron unos muebles y nos invitaron a bajar, con unos buenos modales que nos sorprendieron. Atardecía. Estábamos todavía bastante alto en la montaña, en el claro de un bosque. Más abajo, en la planicie, se veían luces que se encendían. Convocaron a los jefes de familia.

–Allí, donde se ven esas luces –les informó el corpulento rapado– es Suiza. Todo está arreglado para dejarlos pasar. Ellos ya saben de este convoy.

–¡Pero eso no es lo convenido! –protestaron varios.

–Ustedes dijeron que nos iban a llevar hasta la frontera, y allí harían la «gestión» con los guardias para el cruce –terció otro.

–¡Los hemos dejado a un paso de la frontera! ¡Y ya les dije que está todo arreglado!

La conversación comenzó a subir de tono. Un hombre, bastante mayor, se le abalanzó al corpulento crespo y pretendió sacudirlo:

–¡Sinvergüenzas! ¡Nos engañaron! ¡Nos van a hacer matar!

Pero era viejo y estaba muy débil. El corpulento se lo sacó de encima con una mano y el pobre hombre rodó por el suelo. Viendo que la situación escapaba a su control, el otro corpulento empezó a los gritos:

–¡Nosotros nos vamos! ¡Si no terminan de sacar sus cosas del camión ahora mismo, nos las llevamos!

–¡Si alguien más se mete con nosotros, los entregamos a la Gestapo! –completó el rapado. Y luego susurró para sí mismo, aunque era evidente que quería que lo escucharan–: ¡Cerdos judíos!

No había marcha atrás. Siguieron los cruces de insultos y amenazas, pero al final no tuvimos más remedio que retirar nuestras cosas de la caja y contemplar cómo esos canallas partían en el camión. Varios –entre ellos Raymond– los despidieron a pedradas. Pero fue tan solo un desahogo: habíamos quedado a pie en la mitad de la noche y en un lugar que desconocíamos por completo.

Se escucharon entonces las opiniones más diversas. Algunos, llevados por la desesperación, querían bajar enseguida: «nuestra suerte ya está echada, que sea lo que Dios quiera», decían. Otros, perdida toda esperanza, proponían regresar a Lyon. Finalmente, prevaleció un criterio más sensato que –entre otros– sostenía mi padre. Bajaríamos al pueblo a la mañana siguiente, para llamar menos la atención. La idea era averiguar dónde estábamos, y recién allí decidir si era posible cruzar la frontera. Un hombre mayor, que por su aspecto y manera de hablar parecía muy religioso, advirtió:

–Hay que ser prudentes. ¡Vaya a saber dónde nos dejaron! No sería bueno que apareciéramos todos juntos en el pueblo. Convendría enviar una avanzada, quizá algunos muchachos jóvenes, para no levantar sospechas...

¡Pero ocurría que Raymond era el único joven adolescente! ¡Y yo era quien lo seguía en edad! Fuera de nosotros dos, solo había niños y adultos. Mi padre nos miró, temeroso, sin saber qué hacer.

–Si mi padre me autoriza, yo no tengo problema en bajar –afirmó Raymond, muy seguro de sí mismo.

–Yo tampoco –dije de inmediato, sin pensarlo, por no dejar solo a mi hermano, aunque sentí que el terror me invadía.

Pero ya era tarde. Luego de algunas vacilaciones, mis padres aceptaron. Al día siguiente, de madrugada, descenderíamos por la pequeña senda hacia ese pueblo extraño, que ahora nos esperaba dormido.

V

MILES DE BUITRES CALLADOS VAN EXTENDIENDO SUS ALAS

Konskie, Polonia, en los mismos días
(finales de octubre de 1942)

Christoff Podnazky

Una brisa fría, más propia del invierno que de mediados del otoño, barría las calles de Konskie.

Era temprano por la mañana y yo caminaba apurado, procurando llegar en hora a la zapatería de don Kazimierz. No era el único. Las calles estaban demasiado concurridas para esa hora del día. De improviso, al doblar una esquina, una mano me tomó del brazo con fuerza y me apartó a un lado del camino. Cuando quise reaccionar ya me encontraba recostado a la pared de una casa, en un sitio donde nacía una callejuela. ¡Era Alter, gracias a Dios! En los tiempos que vivíamos, cualquier sobresalto nos aterrorizaba.

–¿Pero qué sucede, mi amigo? –le pregunté con tono de reproche, sorprendido por su actitud.

–Mira, Christoff, dame tu palabra de que lo que te voy a contar no lo comentarás con nadie –me dijo, sin más trámite–. ¡Pero con nadie, de verdad!

Comprendí que la situación era muy grave. El temido momento de la verdad había llegado.

–¡Sí, por supuesto! Cuenta conmigo, ¡te lo juro!

Alter respiró hondo, hizo una larga pausa, y me contó que a la semana siguiente los nazis vendrían por todos los judíos, sin excepción. Me quedé mirándolo: no comprendí lo que eso significaba, y se lo dije. Alter hizo un nuevo silencio. Al final, mirándome directo a los ojos, me confesó:

–Significa... lo peor. No bien Swit te avise, deberás esconderte. Si estás en el trabajo, don Kazimierz te va a ayudar. Cuando el momento más difícil haya pasado, deberás escapar de aquí.

Quedé conmocionado. No alcanzaba a comprender. Pero si ya nos habían robado todas nuestras pertenencias y destruido nuestras familias... Nos habían humillado en público hasta el hartazgo. Y luego nos habían encerrado en los guetos como a animales, donde nos moríamos de hambre, y solo nos dejaban salir a trabajar para ellos. ¿Qué más querían de nosotros? ¡Si solo nos quedaban la piel y los huesos! ¿Por qué habrían de eliminarnos? ¿Qué ganaban con eso?

No pude decir nada. Mi rostro y mi mente estaban alterados por completo. Permanecí en silencio, mientras Alter me sacudía con un breve abrazo, que le retribuí lo mejor que pude, como si aún no comprendiera la inmensidad de la tragedia que se nos venía encima.

Luego mi amigo partió calle abajo, con paso rápido. Recién allí alcancé a reaccionar.

–¡Alter! Y tú, ¿qué vas a hacer?

Mi amigo detuvo su marcha durante un instante, giró su cabeza y me miró con una tristeza infinita. El instante pareció eterno. Luego volvió a girar y retomó su camino, hasta perderse en el gueto.

***

Swit Mariah Czerny

Eran las cinco en punto de la tarde. Había llegado temprano a nuestro robledal para encontrarme con mi amado. Esperaba ese momento desde hacía semanas, y ahora no podía dejar de mirar ansiosa el camino, con la esperanza de verlo aparecer en cualquier momento. Yo era un saco de nervios. «Debo controlarme», pensé, «para poder ayudarlo mejor».

De repente, el corazón me dio un salto: ¡allí venía! Todos los disgustos y maltratos padecidos en los últimos tiempos lo habían desgastado, es verdad, pero no habían logrado que perdiera su apostura, ni su dignidad. Yo lo admiraba. Y lo quería cada día más.

Nos abrazamos con fuerza. Dijo que me sentara sobre unos troncos y se ubicó a mi lado. Se notaba que quería ir directo al grano:

–Te voy a contar algo que no le he dicho a nadie, ni siquiera a Christoff –dijo, midiendo sus palabras–. ¿Recuerdas que hace algunos días me preguntaste qué me pasaba, por qué estaba tan preocupado?

–Sí, por supuesto. También recuerdo muy bien tu respuesta: «me he enterado de algo *espantoso*, que serás la primera en saber...».

–Hace unos meses llegaron noticias de que los nazis construyeron nuevos campos. Pero ya no de trabajo... –Alter hizo una pausa y tragó saliva–, sino de exterminio... para los judíos. Nos relataron que cuando los prisioneros llegan allí, luego de hacerlos desvestir, se los introduce a todos, sin importar edad ni condición, en una gran sala de duchas, con el argumento de higienizarlos para prevenir enfermedades. Pero en realidad, no se trata de duchas... sino de cámaras de gas. Una vez cerradas todas las entradas, lo que sale de las duchas no es agua, sino gas Zyklon B, un pesticida a base de cianuro, que es mortífero en pocos minutos. Como te imaginarás, al principio dudamos de las noticias, pensamos que era una fantasía macabra...

–¡Seguro, eso no puede ser verdad! ¡Es una locura! –lo interrumpí, horrorizada, mezclando mis deseos con la realidad.

Alter me miró con infinita ternura. Hasta me pareció entrever la sombra de una triste sonrisa. Luego continuó:

–Pero lo confirmamos todo, cada vez con mayores detalles. Incluso sabemos algunos de los sitios –afirmó, con una terrible seguridad que no dejaba espacio para la ilusión–. Sobibor, próximo a Ucrania; Treblinka, no demasiado lejos de aquí, al noreste de Varsovia; Auschwitz, al sur, cerca de la frontera con Eslovaquia...

–Pero ¿por qué? ¿Por qué están haciendo eso?

Alter se encogió de hombros. No tenía explicación para semejante horror. Pero intuí que aún no me lo había dicho todo. El día antes, un grupo de oficiales de la Gestapo se había presentado en su oficina del Judenrat y le había solicitado que les preparara una lista con los nombres de todos los judíos que habitaban en el gueto. Le dieron tres días de plazo.

–¿Hasta pasado mañana? –le dije, turbada por todo lo que acababa de escuchar–. Pero... si es domingo. Y además es el Día de Todos los Santos, ¡el Día de Difuntos!

No bien lo dije, enseguida me arrepentí. Pero Alter estaba demasiado golpeado para que mis palabras lo afectaran, por más agoreras que pudieran sonar.

No lo trataron mal. Pero le exigieron guardar total reserva de lo conversado. Y le advirtieron que debía cumplir con el plazo: «de lo contrario, bueno... usted sabe». Quedé sin palabras. La desesperación se adueñó de mí y comencé a imaginar que las peores pesadillas se volvían realidad. Tuve que hacer un enorme esfuerzo para contener las lágrimas, por el bien de mi amado.

–Fue por eso que ayer te envié la esquela. Y ahora te quiero pedir que ayudes a Christoff, en caso de ser necesario.

Abrumada como estaba, no comprendí bien. Igual acepté ayudarlo, sin reparos.

–Pero... ¿Y tú? ¿Qué vas a hacer?

Me reveló que estaba alertando a algunas personas, con mucha discreción y sin dar mayores detalles. Si hacía correr la voz en el gueto, lo único que lograría sería acelerar el desastre. Además, en algunos casos, estaba tratando de encontrarles protección.

Yo veía a mi amado dedicado a salvar las vidas de quienes confiaron en él, hasta el último momento. Era su modo de ser, noble y leal. Pero el instante final, el de adoptar decisiones atroces, cuestiones de vida y de muerte, se acercaba implacable. Ya estaba próximo, y había una pregunta que no me había querido responder.

–Alter, por favor, dime qué piensas hacer con la lista.

–Mi amor –susurró, mientras levantaba la mirada hasta cruzarse con la mía–, si hiciera esa lista en ella tendrían que estar mis padres, mis tíos y sobrinos, Christoff, mis compañeros de escuela, mis amigos de toda la vida... ¿Me entiendes?

–Pero... ¿Y entonces? –pregunté, desesperada.

–Sí... –asintió varias veces con la cabeza, derrotado–. Lo que imaginas. Aun así no tengo demasiadas esperanzas: también les han pedido la lista a otros miembros del Consejo, y es probable que alguno se quiebre.

–¿Por qué no escapas? –casi le grité, tratando de encontrar una esperanza de la que aferrarme.

Alter hizo un largo silencio. Fijó su mirada más allá del robledal, en las montañas lejanas. Pero en realidad, estaba hurgando en su interior, en sus raíces y afectos.

–No puedo abandonar a mi gente.

Comprendí lo que eso significaba. Lo abracé con toda mi fuerza, enloquecida de dolor. La emoción me desbordó y las lágrimas afloraron, incontenibles.

–Mañana de noche cenaré con mis padres, así lo hemos acordado. Ellos saben muy poco de todo esto, no tienen demasiadas alternativas –me dijo en voz muy baja, mientras sacudía la cabeza con pesar–. Solo te pido una cosa: al terminar la cena quisiera venir a visitarte y que pasáramos la noche juntos... –susurró en mi oído, mientras permanecíamos abrazados–. ¿Podrás arreglarlo?

–Sí, sí, mi amor –le respondí, enjugándome las lágrimas–. Hablaré con mis padres. Ellos van a comprender. Todo va a estar bien.

VI
EL SACRIFICIO EN EL HIMEIMAT

El Himeimat, Egipto, en los mismos días
(finales de octubre de 1942)

Jean-Baptiste Renard

Los legionarios partieron hacia el frente de ataque a las 19:15 de la noche del 23 de octubre.

Pronto encontraron las primeras dificultades, el terreno blando y arenoso impedía el desplazamiento de los vehículos, que se hundían con facilidad. Al tratar de avanzar, los vehículos se recalentaron. Incluso un camión se prendió fuego. Los carros de combate debieron liberar los coches de comunicaciones, enterrados hasta el chasis. ¡Un desastre! Llegamos a la posición convenida con un atraso preocupante.

La noche se presentaba serena. Bajo el resplandor de la luna llena, el macizo de El Himeimat lucía aún más impresionante. Un viento leve soplaba del norte.

***

Domingo López Delgado

Frente a nosotros se levantaban unas montañas muy escarpadas que servían de magnífico observatorio a las fuerzas del Eje. Esas montañas, llamadas El Himeimat, eran nuestro objetivo.

Al caer la noche iniciamos la marcha de aproximación. En ese momento estaba charlando con dos españoles, Raúl Gómez y Díaz Otero. Eran de infantería y, por tanto, salían antes que nosotros. Nos deseamos suerte, y felicitamos a Díaz, que estaba cumpliendo 29 años.

Nunca regresaron.

Luego que partió la infantería, avanzamos nosotros con los cañones antitanque. La arena estaba blanda y se hizo difícil el desplazamiento. Pero al final llegamos. En eso apareció el capitán Simon.

–¡Es el momento de tomarnos el desquite! –nos dijo con una sonrisa, mientras se restregaba las manos–. Los vamos a sorprender, porque no atacaremos de frente sino que lo haremos por el flanco. Ya verán ustedes que todo va a marchar de maravillas. ¡Atención y buena suerte!

***

Jean-Baptiste Renard

De repente, a eso de las diez de la noche, los mil doscientos cañones apostados a lo largo de las líneas británicas rugieron con furia, todos al mismo tiempo. ¡Aquello era un cataclismo! ¡Parecía que la tierra se partía, el ruido era ensordecedor!

La batalla de El Alamein había comenzado.

El primer batallón legionario estaba apostado frente a los campos de minas, esperando a que los zapadores abrieran una senda para acercarse a El Himeimat. En ese momento, los equipos de radio del Puesto de Comando de la Legión dejaron de funcionar. Las comunicaciones con las tropas en el teatro de operaciones quedaron interrumpidas. Era un hecho de enorme gravedad.

De todos modos, el primer batallón –al mando de Pâris de Bollardière– comenzó el ascenso de la empinada meseta. Poco después se tropezó con un campo minado que no estaba señalado en los mapas. En ese momento el enemigo desató un violento ataque con morteros, armas automáticas y cañones Breda. Entre las dos y las tres de la madrugada, la situación se agravó: todos los intentos de avanzar fracasaron. Esto permitió que los alemanes e italianos lanzaran un feroz contraataque. La difícil situación, sumada a la confusión por el mal funcionamiento de los equipos de radio, obligó a De Bollardière a replegar el batallón a unos mil doscientos metros del acantilado.

***

Domingo López Delgado

Acostados en los agujeros que habíamos abierto en la arena, esperábamos nuestro turno con gran nerviosismo. Cuando la artillería cesara su fuego, sería el momento de la infantería. Después vendría el nuestro.

De repente, como aparecido de la nada, vimos pasar en su jeep al coronel Amilakvari con su *képi* blanco y su capa verde perlada. «Si uno arriesga tener que presentarse ante Dios, tiene que estar adecuadamente vestido», había dicho. Recorría la línea de combate con el mayor desprecio del peligro, preocupándose siempre por sus legionarios, a quienes quería de manera entrañable.

Para nosotros era como un padre.

***

Nuestro batallón aguardaba la señal de que el primero había alcanzado su objetivo –una bengala de color convenido–, para entrar en acción. Ignorante de lo sucedido, y viendo que la señal no llegaba y el amanecer se aproximaba, el coronel Dimitri dio la orden de asalto al promontorio de Naqb Rala, situado al costado de El Himeimat. Los italianos se sentían tan seguros que recién dispararon las primeras ráfagas de ametralladora cuando ya tenían a los legionarios encima. Grave error. A pesar de los disparos a quemarropa, los legionarios saltaron sobre ellos como leones, dispuestos a pelear cuerpo a cuerpo. El empuje fue feroz y el enemigo cedió terreno. A las seis de la mañana, luego de una carga heroica, con los capitanes Messmer, Morel y Lalande a su frente, el objetivo fue tomado.

Era nuestro turno. Debíamos emplazar los cañones, para poder –en caso de contraataque de tanques– «rendirles los debidos honores». Pero ya era tarde: el amanecer había comenzado... Y las fuerzas del Eje preparaban su contragolpe.

***

Jean-Baptiste Renard

El contraataque fue fulminante. Pocos minutos después que nuestros hombres –en un acto heroico– alcanzaran la cima, el batallón de paracaidistas italianos Folgore se les vino encima. Se enfrentaron dos cuerpos de elite y el choque fue violento.

Nuestros hombres resistieron. Pero, de pronto, vieron al grupo blindado alemán Kiel –una docena de vehículos fuertemente artillados– coronar la meseta. Mientras tanto, la Séptima División Blindada inglesa, que debía estar en el lugar, no aparecía por ningún lado. ¡Y nuestra artillería tampoco estaba en posición! La infantería nada pudo hacer y la penosa orden de retirada no tardó en llegar. Eran las siete de la mañana.

A plena luz del día y en terreno llano, el repliegue fue un gran riesgo. A pesar del mortífero fuego, los nuestros se retiraron con calma, sin abandonar a los heridos y trayendo a los prisioneros.

***

Jean-Baptiste Renard

Los blindados alemanes intentaron cortar la retirada de nuestros hombres. Pero los cañones del Segundo Batallón esta vez sí se hicieron oír. Tres vehículos fueron golpeados y los nazis dudaron unos minutos antes de continuar el ataque.

Fue un tiempo precioso. El Segundo Batallón –bajo intenso fuego– logró retirarse en orden, aunque las pérdidas fueron grandes. A esa altura, numerosos oficiales habían resultado muertos o heridos: el teniente Suberbielle, los capitanes Wagner, Morel y Lalande, el comandante Pâris de Bollardière. Y muchos más...

A las nueve horas, el general Koenig –muy preocupado por la marcha de la batalla y la suerte de sus hombres– ordenó un reagrupamiento: si ya no era posible alcanzar la victoria, al menos se volvía imprescindible evitar una derrota catastrófica.

Fue entonces que la artillería del capitán Simon pasó a librar un combate decisivo –y desesperado–, tratando de retardar el avance de las fuerzas del Eje, para que la Legión se pudiera reagrupar.

***

Domingo López Delgado

Ese fue nuestro peor momento. Teníamos al enemigo encima. Y estábamos a la vista, carentes de toda protección.

Los nazis asumieron que nuestra infantería ya estaba fuera de su alcance y concentraron toda su potencia de fuego sobre nosotros. En medio de las explosiones de los obuses, que estallaban por todas partes, tratamos de enganchar los cañones a los camiones. Pero los cañones eran muy pesados y se atascaban en la arena. Estaba concentrado en esa tarea, aislado del infierno que nos rodeaba, cuando un compañero dio la voz de alarma: un importante contingente de italianos, bien armados, se nos venía encima.

Me puse de rodillas detrás del blindaje del cañón para protegerme, extraje la pistola y comencé a disparar. Los italianos ya estaban a menos de cincuenta metros de nosotros. Tirábamos de continuo, las balas rebotaban a nuestro lado, cualquier cosa podía pasar... De repente vimos que los atacantes se arrojaban al suelo y lanzaban granadas de mano. A pesar de todo, parecía que los deteníamos. Mientras que unos empujaban el cañón, otros –siempre ocultos detrás del blindaje– disparábamos sin cesar. Avanzamos a paso de tortuga en medio de la balacera. La situación se tornó desesperante. Al final llegamos con el cañón al vehículo y lo enganchamos. Uno de los muchachos saltó dentro del camión, tomó su ametralladora y la descargó contra los italianos, que tuvieron que resguardarse. No habíamos terminado de subir, cuando el camión se puso en marcha: algunos de los compañeros lo tuvieron que tomar a la carrera. El chofer parecía tener cierta prisa, no sé por qué... Estábamos casi salvados. Sin embargo, alguien me dijo:

–¡Pero tú estás herido!

–¿Quién? ¿Yo? –pregunté sorprendido y asustado.

–¡Pues claro que tú! –me respondió uno de los españoles.

Un sudor frío bañó mi rostro y una debilidad repentina me aflojó las piernas.

–¡Pero si yo no siento nada! –protesté, deseoso de que estuvieran equivocados.

–Acuéstate en el fondo del camión y veremos qué es –me ordenaron.

Invernón, que parecía ser el más versado en primeros auxilios, cortó el pantalón con una navaja. Recién en ese momento tomé conciencia de la situación: el pantalón estaba empapado en sangre, que brotaba en abundancia de una profunda herida abierta en el muslo derecho.

–Una esquirla de obús –dictaminó el Vasco Artola–. Las heridas no se sienten hasta después de un rato de haberlas recibido –me explicó.

Un raro mareo me invadió. Estaba a punto de desmayarme. Uno de los camaradas me dio unos tragos de una bebida fuerte, que algo me repuso. Me vendaron, con lo poco que había a mano en aquel momento.

)RCES FRANÇAISES LIBRES

FICHE MATRICULAIRE

Modèle No. 2

de Sous-Officier ou d'Homme de Troupe

Corps: 1er 3e de Légion Étrangère

Nº Mle	Noms et prénoms	Bureau de recrutement
45 92	Lopez Domingo	de Londres Nº 2436 2 Classe 1942

BLESSURES

1º — de Guerre	2º — en Service commandé
Eclat d'obus à la jambe droite	

Mientras tanto, el camión continuó su travesía por el desierto bajo el incesante bombardeo enemigo, hasta alcanzar –a eso de las tres de la tarde– la seguridad de nuestras posiciones. Fui trasladado a la enfermería. Me trataron muy bien y comencé a sentirme mejor, a tal punto que pensé en solicitar permiso para permanecer allí un tiempo más. Pero no me dieron oportunidad. «Cuando un soldado colonial se traslada a la enfermería, va a repatriarse; cuando un soldado francés lo hace, va a curarse; pero cuando un legionario se dirige a la enfermería, va a morir», sentenció el oficial a cargo del hospital de campaña.

Salí al exterior. Caminando con mucho esfuerzo y soportando el intenso dolor me dirigí a una de las ambulancias, para regresar a mi batallón.

–¡No, a esa no! –me detuvo uno de los enfermeros con rostro angustiado y voz sombría.

Recién allí me di cuenta de que algo muy grave había sucedido. Y que una noticia devastadora recorría nuestro campamento, como si fuera un ciclón en la quietud del desierto.

***

Susan Travers, la *Miss*

Al entrar en nuestro campo de visión vimos que el vehículo que se acercaba era una ambulancia, un enorme Dodge americano (...) que rodó por delante de nosotros a la máxima velocidad que le permitía la arena del desierto y se dirigió a la tienda que hacía de hospital. No había nada extraño en este hecho: era probable que hubiera heridos a bordo. Pero algo en la expresión de los conductores y el hecho de que la ambulancia estuviera flanqueada por dos jeeps de oficiales me inquietó.

No me atreví a moverme, me quedé con los ojos entornados frente al sol, tratando de adivinar la identidad del hombre que ahora sacaban con cuidado de la ambulancia, colocando su cuerpo en una camilla y llevándolo apresuradamente al interior del hospital...

... Van der Wachler, el chofer de Amilakvari, no pudo resistirlo más. Tiró el cigarrillo, lo hundió en la arena y se dirigió al interior del hospital de campaña. Al cabo de unos minutos volvió a salir y supe que traía malas noticias. Tenía los hombros caídos y, al acercarse a nuestra hilera de coches, pude ver que traía las mejillas humedecidas. No fui capaz de moverme. Me sentía sin aliento, sofocada por el calor y el mal augurio. Recuerdo que pensé que me iba a desmayar.

–Es el teniente coronel Amilakvari –dijo Van der Wachler, con su duro acento flamenco–. Ha muerto.

***

Parecía imposible que Amilakvari hubiera muerto. Siempre nos había parecido inmortal...

... Van del Wachler se derrumbó por completo. Aguantándose la cabeza entre las manos, lloró abiertamente.

***

Jean-Baptiste Renard

Eran las diez de la mañana. El coronel Amilakvari se encontraba en medio de sus hombres, a quienes alentaba en la difícil retirada. Un oficial de enlace británico le ofreció trasladarlo en su vehículo blindado.

–Mi sitio está al lado de mis hombres –le respondió–. No me retiraré hasta que lo haga el último de mis legionarios.

Se cuenta –aunque tal vez esto no sea más que una leyenda– que un rato antes, en lo más duro del ataque, había perdido su mítica capa. Y que eso fue fatal para su suerte.

Unos instantes después, un obús estalló a pocos pasos de él. Una esquirla impactó en la cabeza de Amilakvari. Otra hirió en la espalda al médico Lepoivre, que se encontraba a su lado. El capitán Saint-Hillier arrastró a los heridos hasta ubicarlos detrás de un montículo. Momentos más tarde logró que un carro de combate los recogiera. Y luego, que una ambulancia los trasladara de urgencia al hospital. En el fragor del encarnizado combate, los legionarios no se dieron cuenta de lo sucedido.

Poco después, cuando la infausta noticia de la muerte del príncipe comenzó a esparcirse, yo fui uno de los primeros en saberlo. No podía creerlo. La información tenía que estar equivocada. ¡No podía ser! Cuando comprendí que no tenía otra alternativa que asumir lo sucedido, me aparté y lloré en silencio.

Al mediodía, el general Koenig fue informado de la muerte de su querido amigo. A las tres de la tarde, los últimos cañones de la compañía del capitán Simon alcanzaron el resguardo de las líneas francesas. Algunos combatientes tuvieron que arrastrar a mano los cañones durante kilómetros en la arena blanda, para evitar que cayeran en manos del enemigo.

Cuando al llegar se enteraban de la muerte de su comandante, el asombro se adueñaba de ellos. Un asombro que cedía lugar al abatimiento y a la más profunda tristeza.

***

Al anochecer del 24 de octubre, cuatro legionarios transportaron los despojos mortales del príncipe Amilakvari hasta la tienda de campaña del general Koenig. Una escolta de honor acompañó la marcha llevando antorchas que alumbraban el camino. Aquella procesión de luz, en la noche del desierto, no se me olvidará mientras viva.

El general decidió que el cuerpo quedara en su tienda, sobre una mesa, para que sus soldados le rindieran honores. Ver a aquellos hombres exhaustos, que habían entregado todo en la batalla –muchos de ellos heridos–, acudir a despedirse y ponerse de rodillas delante de su jefe fue impresionante. Contemplar a legionarios curtidos por el sol del desierto y las nieves polares llorar como niños me conmovió hasta lo más hondo de mi ser.

Había muerto como había vivido: con admirable dignidad y una entrega sin límites por aquello en lo que creía. Como dijo el general Monclar: «Amilakvari es la Legión». Una semana después habría cumplido 36 años.

***

Mientras nosotros mordíamos el polvo del fracaso en El Himeimat y llorábamos a nuestros muertos, el general Montgomery se abrió camino en el norte de la línea de El Alamein. Una semana después, las fuerzas del Eje se batían en retirada, con el ejército aliado pisándoles los talones. La persecución se extendió durante varios miles de kilómetros, hasta alcanzar Túnez en abril del 43, consagrando la derrota definitiva del general Rommel y su legendario Afrika Korps. El Alamein fue la primera victoria importante sobre el nazismo y sus aliados en cualquier frente de lucha durante la Segunda Guerra. Churchill afirmó: «Antes de Alamein nunca tuvimos una victoria. Después de Alamein nunca tuvimos una derrota».

Sin embargo, sobre los franceses libres cayó la recriminación de no haber tenido éxito en la toma de El Himeimat, sin contar nuestra ofrenda de vidas a la causa aliada, incluida la de nuestro admirado comandante. A tal punto que el general De Larminat se vio obligado a dejar constancia por escrito de que «el examen de la documentación así como del terreno establecen de manera evidente que la misión asignada a la Legión era imposible de realizar», y protestar de manera enérgica ante el secreto mantenido por el Alto Mando británico frente a sus aliados franceses, a quienes había tratado como a una fuerza de segundo orden.

Pero nosotros, franceses libres que apenas dos años antes habíamos respondido al *Appel* del general De Gaulle, sabíamos que la resistencia con sabor a victoria de Bir Hakeim –cuya importancia el mundo entero reconocía– y el sacrificio en El Himeimat –que muy pocos valoraban– habían contribuido al giro decisivo de la guerra. «Sin Bir Hakeim no hubiera sido posible El Alamein», sentenció Churchill.

Incluso se llegó a afirmar, parafraseando a *Sir* Winston: «Antes de Bir Hakeim los aliados solo habíamos conocido la derrota. Después de Bir Hakeim solo conocimos la victoria».

Habíamos hecho lo que teníamos que hacer.

VII
LAS ABERRACIONES HUMANAS

Un lugar indeterminado en las cercanías de la frontera entre Francia y Suiza, quizá el 30 de octubre de 1942

Charlotte

–¡Cuidado! Esas rocas están resbalosas –me advirtió Raymond.

Era el amanecer de un día cuya fecha ignorábamos, en un sitio que desconocíamos. Teníamos por delante varias horas de descenso antes de llegar al pueblito que se divisaba en la planicie, por lo que partimos al alba. La senda era escarpada y la visibilidad escasa, apenas un leve resplandor entre la niebla. Además, no teníamos linterna. Solo llevábamos una cantimplora con agua y el abrazo interminable de mamá, que no se resignó a que fueran sus hijos los elegidos para la riesgosa misión.

Raymond avanzó con decisión. Aunque yo –que lo conocía tan bien– podía ver en su mirada la tensión que estaba soportando. A mí me dominaba un miedo atroz, solo disminuido por el cansancio y el hambre, que me dificultaban pensar en otra cosa. Raymond siempre había sido muy protector conmigo. Era su pequeña hermana, y pienso que tenía cierta debilidad por mí. Pero esa mañana, además, era la primera vez que se sentía responsable por lo que me pudiera ocurrir.

Bajamos y bajamos. Nos dolían las rodillas y estábamos muertos de cansancio. El agua de la cantimplora se terminó enseguida y tuvimos que recurrir a las cañadas que bajaban de los cerros para refrescarnos. Como siempre sucede en la montaña, las distancias resultaron mucho mayores de lo que parecían. A eso del mediodía llegamos al pueblo. La senda terminaba en una calle lateral, de modo que nuestra llegada pasó inadvertida. A mí me temblaban las piernas, no sé si de cansancio o de miedo.

Se veía poca gente en las calles, como es habitual durante el invierno. Los vecinos eran la viva representación del hombre rural francés, que conocíamos tan bien. Nada hacía pensar que estuviéramos en Suiza, o al menos cerca de la frontera. Aunque sabíamos que los pueblitos de habla francesa de Suiza, al igual que los de Bélgica, tienen mucha similitud con los de la propia Francia.

Hasta que luego de deambular una media hora, nos cruzamos con un piquete de soldados: llevaban el inconfundible uniforme de los milicianos franceses. ¡Qué desdicha! Sin embargo, todavía nos aferramos a la ilusión de que pudiéramos estar en Francia, pero cerca de la frontera suiza. ¡Por favor, que así fuera!

No nos animábamos a hablar con nadie. Temíamos caer en manos de un francés colaboracionista de los nazis. Así que seguimos dando vueltas por el pueblo. Encontramos una fuente y nos sentamos. Bebimos agua, nos refrescamos, procuramos recuperar el aliento. Sobre todo yo, que estaba agotada y muy triste. Entonces Raymond me dijo:

–Mira, Charlotte: en aquella dirección hay una iglesia, ¿la ves?

Asentí con la cabeza.

–Debe estar a unas tres calles de aquí. Vamos hasta allí y le preguntamos al cura –me propuso; y como yo seguía sin responder, insistió–. No se me ocurre otra idea. ¡Algo tenemos que hacer!

–Pero ¿y le vamos a contar quiénes somos?

–Sí, no tenemos otra alternativa.

Volví a asentir, asustada. Y nos pusimos en marcha.

***

Fueron las tres manzanas más largas de mi vida. ¿Acaso separaban la ilusión, nacida en tantas horas de soledad y temor, del más cruel desencanto? No lo sabía, pero igual deseaba no llegar nunca a aquella iglesia.

La puerta estaba arrimada, pero no quisimos entrar. Preferimos llamar. Pasaron unos minutos. Insistimos. La pesada puerta de madera cargada de herrajes se entreabrió y vimos cómo un sacerdote vestido de sotana nos saludaba de manera cordial. Era un hombre joven, delgado, de estatura mediana.

–*Bonjour*, mi hermana y yo querríamos hablar con usted, padre.

El cura nos miró de arriba abajo durante un instante.

–Sí, cómo no. Adelante –nos respondió, a la vez que nos hacía señas de entrar.

Lo seguimos hasta una pequeña habitación y nos sentamos en unos bancos de madera.

–Ustedes dirán –nos dijo, y por primera vez sonrió, transmitiéndonos confianza. Pensé: «Es la hora de la verdad».

Y lo fue. Raymond le contó todo. Quiénes éramos, de dónde veníamos y por qué, lo sucedido con los *passeurs* y su falsa promesa de que todo estaba arreglado para ingresar a Suiza.

El padre respiró hondo. Frunció el ceño en señal de contrariedad. Permaneció todavía unos momentos más en silencio, pensativo.

–Miren, lamento mucho decirles que los dejaron mal –nos respondió, muy disgustado–. Aquí estamos en la «zona roja». Es una zona prohibida, bajo riguroso control alemán. Si siguen adelante un poco más, van a encontrar soldados uniformados. Pero ya no franceses, sino nazis.

Fue un momento de terrible decepción. ¿Hasta cuándo seguiría nuestro suplicio? Ya no tenía fuerzas ni ganas de continuar. ¡En tan solo un instante caí en el más negro pesimismo! Con Raymond nos miramos, desconsolados. Pero el padre continuó:

–No puedo hacer mucho por ustedes –nos dijo, y luego, midiendo sus palabras, prosiguió–: pero tres o cuatro días los puedo ocultar en un granero. No van a poder salir de aquí, pero al menos no van a pasar hambre. Voy a solicitar ayuda a otros vecinos del pueblo.

A esa altura a mí se me escapaban las lágrimas. Mi odio hacia los falsos *passeurs* que nos estafaron se mezclaba con la frustración por el tiempo que me había tocado vivir. Un grito me desgarraba por dentro: «¡¿Por qué?!».

Sin embargo, a pesar de tanta amargura, la actitud del cura me hizo sentir mejor. En un tiempo en que tantos nos daban la espalda, como si fuéramos apestados, al menos alguien se preocupaba por nosotros. Sabía de las salvajes represalias de los nazis hacia quienes ocultaban judíos, que la mayoría de las veces terminaban con la muerte del «culpable» de semejante crimen. Este joven sacerdote tenía coraje.

***

El padre Antoine –así se llamaba el cura– nos preparó un tazón de leche caliente con avena para cada uno. Lo bebimos desesperados. Antoine nos recomendó aguardar un par de horas para emprender el regreso, de modo que el pueblo estuviera más tranquilo. De paso podíamos descansar un rato.

Iniciamos el regreso con el cuerpo un poco más repuesto, pero con el alma y los sueños hechos pedazos. Subimos lentamente el empinado sendero. Ya era noche cerrada cuando avistamos el lugar donde se encontraban nuestros compañeros, ignorantes de lo sucedido.

Hasta esa noche éramos solo dos jóvenes: Raymond en plena adolescencia y yo próxima a iniciarla. Pero esa noche nos convertimos en portadores de una noticia terrible.

Esa noche Raymond y yo nos hicimos adultos.

***

Père Antoine, cura párroco del Departamento de Ain, región Rhône-Alpes

No, no... No fui yo.

Quizá haya alguna confusión con el nombre... Había un *Père* Antoine en el Departamento de Jura, no lejos de aquí. *Père* Antoine Passy, si no me falla la memoria. Tal vez sea él a quien están buscando. Estábamos a poca distancia, ¡pero eran mundos distintos! Por lo pronto, su parroquia estaba en la región controlada por los alemanes. Y además, cerca de la frontera suiza. ¡Imagínese! Vivía en un sobresalto permanente. En mi parroquia la situación era dura, pero quizá no tanto. Aunque viví muchas historias como esa, *malheureusement*. Había organizaciones serias de ayuda, que lo hacían por solidaridad, con fines humanitarios: la OSE, el MJS (Mouvement de la Jeunesse Sioniste) y el Comité de la rue Amelot. Reunían a unos cuantos perseguidos, por lo general entre diez y veinte, y los enviaban en un convoy. Les daban prioridad a los niños.

Pero luego estaban los *passeurs*... Allí había de todo, *mon Dieu!* Algunos eran vulgares delincuentes. Y se ve que cayeron en malas manos. Los engañaron, les tendieron una trampa, *un guet-apens*. Los dejaron en cualquier lado, como hacían muchas veces. Igual, ¡qué les importaba, si ya habían cobrado!

Nosotros ayudábamos en lo que podíamos. Proveíamos de un lugar seguro y comida caliente a los refugiados. Tanto a quienes iban camino a la frontera como a los desgraciados cuyo ingreso había sido rechazado por las autoridades suizas. O a quienes tenían aún peor suerte: luego de cruzar la frontera eran capturados por la policía suiza y expulsados. El funesto *refoulement*. Pero no nos ocupábamos del cruce de fronteras. Ese era un tema complejo, entre países, en el que preferíamos no meternos. Sabíamos de feligreses que por amistad o parentesco ayudaban a alguna familia a escapar. Pero lo hacían por su cuenta.

Era una época terrible, *mon Dieu!* Como usted sabrá, también la Iglesia vivía tiempos difíciles, de muchas amenazas.

***

No le voy a decir nada que ya no sepa. Pero la verdad es que los párrocos actuábamos cada uno de acuerdo con su leal saber y entender, guiados por el Señor y nuestra conciencia. Por lo general no teníamos directivas claras. Nos sentíamos muy solos. Y a fin de cuentas, también somos seres humanos, con nuestras dudas y temores.

Es verdad que conocíamos la actitud valiente de la Iglesia en algunos países. En Holanda, desde mediados de los años treinta, los católicos tenían prohibido participar en el movimiento nazi. Cuando comenzaron las razias y las deportaciones de judíos, los obispos protestaron públicamente, llegando a prohibir a los policías católicos participar en ellas, aun cuando les costara perder el trabajo. También en Bulgaria la Iglesia Ortodoxa se opuso tenazmente a la persecución de los judíos. El Episcopado alemán se enfrentó al programa de eutanasia nazi, logrando que se suspendiera. En los demás países también hubo ejemplos a seguir, como lo fue en nuestra Francia el arzobispo de Toulouse Jules-Géraud Saliège, quien en el año 42 emitió la carta pastoral *Et clamor Jerusalem ascendit*, cuya lectura ordenó en todas las parroquias de su diócesis. Escribió: «Los judíos son hombres. Las judías son mujeres. Son tan hermanos nuestros como el resto. Un cristiano no puede olvidarlo». Y convocó a brindarles asilo en las iglesias.

Pero por otro lado, también había sacerdotes como el obispo Alois Hudal y el cardenal Adolf Bertram, que manifestaron sus simpatías por el nacional-socialismo. Incluso algunos, en Alemania, pretendieron escribir de nuevo los Evangelios para eliminar la influencia judía. Algo difícil, dado que nuestro Señor Jesucristo era él mismo un judío...

También hubo quienes creyeron que había llegado el momento de descristianizar al Reich, porque de lo contrario iba a ser imposible eliminar las raíces judías de Alemania. Fundaron el MFA, Movimiento de Fe Alemana, una suerte de culto pagano del nazismo, que llegó a tener cientos de miles de seguidores, y gran receptividad entre las Waffen-SS de Himmler.

Asimismo, sabíamos de las presiones del nazismo y el fascismo al Vaticano. Había negociaciones todo el tiempo, por temas religiosos, políticos y de derechos humanos. Y más de una vez, no puedo negarlo, las decisiones del Vaticano nos generaron honda preocupación. Felizmente, en 1937, el Santo Padre Pío XI publicó la Encíclica *Mit Brennender Sorge...*, *Con ardiente inquietud...*, que ordenó leer el 21 de marzo en las once mil iglesias católicas de toda Alemania. ¡Fue una conmoción! La sorpresa fue total. Y el apoyo de la gente, unánime. Por primera vez se le decían al nazismo, en sus propias narices, cosas como esta: «Todo el que tome la raza, el pueblo, o el Estado, o los representantes del poder estatal, [...] y los divinice con culto idolátrico, pervierte y falsifica el orden creado e impuesto por Dios». ¡Formidable! *Malheureusement*, dos años después, cuando se encontraba listo para divulgar la nueva Encíclica *Humani generis unitas*, en la que condenaba el antisemitismo, enfermó y el Señor lo llamó a su presencia.

An die ehrwürdigen Brüder Erzbischöfe
und Bischöfe Deutschlands
und die anderen Oberhirten
die in Frieden und Gemeinschaft
mit dem Apostolischen Stuhle leben

über die Lage der Katholischen Kirche im Deutschen Reich

Papst Pius XI.

Ehrwürdige Brüder

Gruß und Apostolischen Segen!

Mit brennender Sorge und steigendem Befremden beobachten Wir seit geraumer Zeit den Leidensweg der Kirche, die wachsende Bedrängnis der ihr in Gesinnung und Tat treubleibenden Bekenner und Bekennerinnen inmitten des Landes und des Volkes, dem St. Bonifatius einst die Licht- und Frohbotschaft von Christus und dem Reiche Gottes gebracht hat.

Diese Unsere Sorge ist nicht vermindert worden durch das, was die Uns an Unserem Krankenlager besuchenden Vertreter des hochwürdigsten Episkopats wahrheits- und pflichtgemäß berichtet haben. Neben viel Tröstlichem und Erhebendem aus dem Bekennerkampf ihrer Gläu-

Con su sucesor, el papa Pío XII, regresaron las dudas. El Vaticano realizó muchas gestiones reservadas para ayudar a los judíos, eso es cierto. Pero la posición oficial fue de «neutralidad». Y aunque el mensaje de Navidad de 1942 haya sido claro, las manifestaciones públicas fueron escasas. Así que nos volvimos a sentir muy solos en un momento crítico. De todos modos, el trabajo de clérigos, laicos y feligreses no cedió. Muchos fueron detenidos y torturados por la Gestapo o por los *collabos*. Varios fueron asesinados. Pero igual no aflojaron. *Je rends grâce à Dieu.*

***

Mathias Landauer-Degas,
inspector principal de frontera, Ginebra, Suiza

Por lo que me cuentan ustedes, ese convoy nunca llegó a la frontera. De modo que el asunto nunca estuvo en mis manos. De lo contrario, alguna información les podría dar. Porque nosotros registramos y medimos todo. Lo que no se anota con precisión no existe; tan simple como eso.

Por los datos que me suministraron, puedo afirmar lo siguiente: técnicamente, ese convoy tenía posibilidades mínimas –por no decir nulas– de cruzar la frontera. Por dos razones. En primer lugar, por la geografía. El Departamento de Jura y el norte del Departamento de Ain pertenecían a la Zona Ocupada por Alemania. Además de la Wehrmacht y las milicias francesas, contaban con la Gestapo y las Waffen-SS, lo que no es poco decir. Además, el territorio vecino a la frontera había sido declarado «zona roja», es decir, de máxima seguridad. En cambio, el Departamento de la Haute Savoie y el sur de Ain estaban bajo jurisdicción de Vichy, pertenecían a la Francia Libre, por llamarla de alguna manera... Sus milicias podían ser muy miserables, pero también eran insuficientes y muy ineficaces. Era más sencillo alcanzar la frontera.

Y en segundo lugar, por la época. ¡La fecha fue muy mala! Las regulaciones de Suiza se endurecieron mucho en ese tiempo. Hasta agosto de 1942 el cumplimiento de las directivas federales dependía en gran medida de los cantones. Algunos eran más estrictos, otros no. Su aplicación era variable y errática. Pero en el verano del 42 comenzaron a llegar a Suiza noticias de las deportaciones masivas de judíos desde Francia, incluidos niños y ancianos. Se hablaba de «masacres» y de «la eliminación sistemática en campos de exterminio» de los judíos «deportados al Este». Era demasiado pronto para saber si esos hechos eran ciertos. Pero también demasiado tarde para desmentirlo como un simple «rumor». Una ola creciente de refugiados comenzó a llegar a las fronteras de la Confederación. Heinrich Rothmund (director de Policía del Departamento Federal de Justicia), con el aval del Consejo Federal, ordenó que a partir del 13 de agosto la frontera fuera cerrada a los civiles en busca de asilo, con excepción de personal militar y refugiados políticos. La directiva estableció, para que no quedaran dudas: «Aquellos que solo huyeran por causa de su raza no deben ser considerados refugiados políticos». ¡Tremendo! Pero las protestas de la gente fueron inmediatas y masivas. Menos de dos semanas después, la directiva fue modificada para autorizar el ingreso de los denominados «casos de extrema necesidad»: los niños solos de menos de 16 años, los padres con sus propios hijos de menos de 6 años, los enfermos, las madres embarazadas, las personas mayores de 65 años y aquellos con parientes directos viviendo en Suiza. En octubre, las autoridades federales tomaron medidas adicionales para asegurar las fronteras, al disponer que el ejército patrullara los cantones de Ginebra y de Valais (Wallis), limítrofes con Francia e Italia, en respaldo de los oficiales de aduana y la policía local. En los puntos de cruce más populares se colocaron filas adicionales de alambres de púas.

Sí, fines de octubre fue una mala fecha. Aunque es probable que ellos no lo supieran. Igual, la operación parece armada por neófitos. O peor, por estafadores. No fue más que un *guet-apens*.

***

Fíjese que las organizaciones confiables, como l'Oeuvre de Secours aux Enfants (OSE), procuraban atravesar la frontera con el convoy. No dejaban a las personas libradas a su suerte, salvo casos extremos. Y trataban de que la integración del convoy fuera –dentro de lo posible– acorde con las regulaciones suizas, que eran muy cambiantes, como ya les he explicado, para evitar el *refoulement*. Por lo general, trataban de alcanzar los alrededores de Ginebra, cruzando la frontera desde la Haute Savoie (ingresando por Hermance, Jussy, Veyrier, Certoux...). Cuando los cruces se efectuaban por fuera de las rutas, a través de valles y planicies, era necesario atravesar las múltiples filas de alambres de púas, *les barbelés*, lo que suponía contar con apoyo adicional, brindado por la propia organización o por la Resistencia. En otras ocasiones, cuando el clima lo permitía, utilizaban sendas remotas que atravesaban las montañas, muy numerosas en la Haute Savoie. Pero esto no era sencillo: requería mucho conocimiento y buen estado físico, algo poco frecuente entre los refugiados. En general, se optaba por cruzar en el horario que va entre la caída del sol y la medianoche. A veces se prefería el amanecer. Existían códigos que nos alertaban sobre quién estaba detrás de cada operación.

Cuando un convoy venía *par Simon*, sabíamos que era de la MJS (en alusión a su líder Simon Lévitte). Si el convoy venía *par Amelot*, sus organizadores pertenecían al Comité de la rue Amelot. Aunque sorprenda, esto nos daba cierta tranquilidad. Los convoyes armados por *passeurs* siempre eran más complicados y solían ponernos en apuros.

Cuando descubríamos la presencia de un convoy ya ingresado a nuestro territorio, aplicábamos las leyes de la Confederación Helvética. Hacíamos todo lo posible por ignorar el drama humano y actuar con objetividad. Era nuestro deber. Pero si le tengo que hablar con franqueza, con el corazón en la mano, debo decirle que eso era imposible. Yo también tenía hijos pequeños y padres ancianos, y hermanas y hermanos, y amigos de toda una vida. ¿Qué ley nos puede decir cómo separar a unos de otros, sabiendo que el rechazo equivalía a una condena de muerte? Era muy duro para todos, ellos y nosotros.

Al regresar a mi casa, tarde por la noche, solía encontrar a mi esposa y mis dos hijos durmiendo. Siempre les daba tres besos a cada uno, aunque ellos no se dieran cuenta. Recién después de cumplir con ese ritual, comía algo y me iba a dormir. ¿Usted sabe que todas las noches, cuando me inclinaba para besarlos, se me venían encima –como en una catarata insoportable– los rostros de quienes ese mismo día había enviado al *refoulement*? ¡Era muy cruel!

Porque a fin de cuentas, yo no era el culpable de las guerras ni de las persecuciones. Y no escribía las leyes ni los reglamentos.

Para colmo, nos movíamos en un mar de contradicciones. Suiza era un país neutral en la guerra. Además, la mayoría de sus habitantes éramos germano parlantes, como mi caso (a pesar de ciertas influencias francesas por lado de madre, que se remontan al pintor Edgar Degas). Sin embargo, la opinión pública estaba a favor de conceder refugio a los perseguidos, que en su inmensa mayoría eran judíos. Y quienes no eran judíos, eran alemanes o austríacos enemigos del régimen nazi. O franceses de la Resistencia. ¿Cómo se explica esto?

Además, había una gran controversia sobre cuál era la cantidad de refugiados que la Confederación podía aceptar. Eduard von Steiger, miembro del Consejo Federal, defendía la teoría del «bote salvavidas repleto de gente». Suiza era un pequeño bote salvavidas en medio de un gran naufragio. Si seguía subiendo gente a bordo, terminaría por hundirse. Albert Oeri aceptaba la imagen de Von Steiger, pero decía que el bote salvavidas todavía tenía mucha capacidad y, por tanto, era inmoral no dejar subir a nadie más. Felix Moeschlin sostenía que Suiza no era un pequeño bote, una cáscara de nuez, sino un transatlántico de primera línea. Y que, por ello, nada arriesgaba sumando las víctimas de un naufragio a su lista regular de pasajeros. No sé qué decirle. ¡Todos tenían algo de razón! Pero lo tremendo era que entre los gritos desesperados de los náufragos a punto de ahogarse, y la salvación de subirse a un barco, grande o pequeño, ¡estábamos nosotros! ¡Y teníamos que tomar decisiones todos los santos días!

Por eso las regulaciones iban y venían, y muchas veces su redacción era imprecisa y confusa, lo cual nos dejaba algún margen de libertad para proceder según lo que nos dictaba la conciencia. Y los sentimientos. A pesar de que los sentimientos no se registran y son muy difíciles de medir. Porque antes que funcionarios, éramos seres humanos.

Eso no se puede olvidar. Sería trágico hacerlo.

***

Charlotte

El relato de Raymond a nuestros compañeros de escape sobre lo sucedido en el pueblito fue devastador.

La furia con los falsos *passeurs* muy rápido dejó paso al más absoluto desconsuelo. Las mujeres –y no pocos hombres– lloraban sin poderse contener. Varios, entre ellos la mamá con el niño *down*, no tenían más dinero, les habían entregado hasta el último céntimo a esos canallas. ¿Cómo iban a hacer para regresar a Lyon? ¿De qué iban a vivir? Sus días parecían contados...

***

Al día siguiente, a partir de la mañana, comenzamos a descender en pequeños grupos de tres o cuatro personas, tal cual lo acordado con el padre Antoine. No hubo mayores problemas. Al caer la tarde, ya estábamos todos reunidos en un granero en las afueras del pueblo. Lo que Antoine nos dijo resultó cierto: no pasamos hambre, lo que no era poca cosa en esos tiempos. Al cuarto día comenzó la partida, también en pequeños grupos.

Un día después nos tocó marchar a nosotros cuatro. Fuimos acompañados por un joven de unos 18 años (supusimos que era de la Resistencia), hasta la estación de trenes más cercana. Dos horas más tarde partimos rumbo a Lyon. Durante el trayecto casi no hablamos entre nosotros. El desaliento era total. Irónicamente, vimos que en los trenes que hacían el recorrido entre la frontera suiza y Lyon los controles militares eran mínimos. Seguro: volvíamos a la guarida del lobo. ¡Quién podría tener interés en detenernos!

Un par de semanas después de nuestra partida –cuando al doblar la esquina vimos aquel camión que supusimos nos transportaría a la libertad–, volvimos al callejón de los armenios. Minutos después Raymond y yo nos dejamos caer en nuestro ropero. No lo podíamos creer.

Lloré y lloré, no sé durante cuánto tiempo. Y cuando se me agotaron las lágrimas, seguí llorando con el corazón. Habíamos sido víctimas de la peor de las canalladas. No podía dejar de pensar que el ser humano es una caja de sorpresas. Y que muchas veces esas sorpresas son terribles. Había aprendido –para siempre– que no hay límite a las aberraciones que se pueden cometer por una supuesta ideología o por dinero.

VIII
QUIERO QUE NO ME ABANDONES, AMOR MÍO, AL ALBA

Konskie, Polonia, madrugada del Día de todos los Santos o Día de Difuntos, 1 de noviembre de 1942

Swit Mariah Czerny

Alter llegó a nuestra granja poco después de la medianoche, tal como habíamos acordado. Yo hablé con mucha franqueza con mis padres. Bueno, para lo que podía hablar con sus padres una veinteañera tímida como yo, sobre temas tan delicados... Al principio ellos me malentendieron. Pensaron que lo que buscábamos era otra cosa, y se molestaron. Así que tuve que contarles parte de la verdad, aunque ocultándoles los horribles hechos que conocíamos. Les dije que no nos veríamos por un buen tiempo, porque la situación en el gueto era cada vez más difícil. Y que por eso queríamos disponer de unas cuantas horas para conversar tranquilos, como despedida. Nada más que eso, les insistí. Y les ofrecí mi palabra. Al final les pareció bien que nos instaláramos en un pequeño depósito de herramientas y otros enseres de la granja, que mi padre a veces utilizaba para reuniones familiares, y que disponía de unos pocos muebles. Se lo agradecí mucho. Estaba muy contenta de tener padres así.

Mi madre y yo preparamos algo de comer y beber. Todo muy sencillo, porque eran tiempos de gran escasez. Y yo ventilé y barrí el depósito, para que estuviera lo mejor posible. Sus paredes y techo eran de chapa y el piso de tierra, así que mucho no pude hacer.

Luego esperé la llegada de mi amado. ¡Mis sentimientos y sensaciones estaban tan entremezclados! Era la primera cita en mi casa. ¡Y con un galán como Alter! Me sentía orgullosa. ¡Pero en qué circunstancias! Todavía no terminaba de aceptar todo lo que Alter me había contado la tarde anterior. Algo habría de verdad. Pero seguro que también había exageraciones. ¡Era todo demasiado espantoso! «No puede ser, no puede ser», pensaba todo el tiempo. Y en el fondo de mi corazón confiaba en que Alter, tan inteligente y respetado por todo el mundo, sabría cómo salir de todo esto.

***

Alter saludó a mis padres y nos trasladamos al depósito de herramientas vecino a la casa. Al principio conversamos como siempre, mientras disfrutábamos de algunas de las comidas que había preparado mamá.

–¡Tu mamá es muy buena cocinera! Espero que tú seas igual... –bromeó Alter, mientras yo me sonrojaba.

Así estuvimos un par de horas, en apariencia bastante distendidos. Pero la incertidumbre se respiraba en el ambiente. El reloj continuó su marcha. La hora fatídica se acercaba.

–¿Alguna novedad? –le pregunté, rompiendo el silencio sobre el tema.

–No, no... –me respondió, con voz queda, destrozando en un instante mis ilusiones de que algo hubiera cambiado–. Luego que yo me vaya de aquí, en el correr del día, o mañana por la mañana, me gustaría que hablaras con Christoff, para que estén coordinados entre ustedes. A otros yo ya les avisé.

Asentí con la cabeza: no era capaz de decir palabra. El porvenir se veía tan siniestro como la tarde anterior. ¡Pero yo todavía esperaba el milagro!

***

Serían las tres o cuatro de la mañana cuando me acerqué al sillón donde se encontraba Alter, me hice un pequeño lugar a su lado y lo abracé, mientras recostaba mi cabeza sobre su pecho.

Él me abrazó fuerte y comenzó a acariciarme el pelo, con infinita ternura. ¡Era todo tan extraño! Con tan poco habíamos sido capaces de construir un mundo, donde podíamos vivir felices y soñar con envejecer juntos, rodeados de nuestros hijos... Sin embargo, por obra de malditas fuerzas que desconocíamos, en pocas horas ese mundo podía estallar en mil pedazos.

¿Por qué, mi Dios? ¡Por qué!

En algún momento nos dormimos. Quizá durante una hora o un poco más. Cuando abrimos los ojos, a través de las ventanas se vislumbraba el primer resplandor del día. Serían alrededor de las cinco de la mañana. El frío invernal que se hacía sentir en ese galpón y el agotamiento por la brutal situación que vivíamos nos habían debilitado. Me desperté dominada por el pánico. Y me di cuenta de que Alter, a pesar de su entereza, también estaba consumido por el miedo. Calenté un poco de agua y nos preparamos un café, que bebimos acompañado con un trozo de pan.

Cerca de las seis los primeros rayos de sol penetraron en nuestro refugio.

–Es la hora –dijo Alter, de manera casi inaudible.

No me pude contener. Me le abalancé encima y lo cubrí a besos, mientras las lágrimas que no lograba detener corrían por mis mejillas. Mi amado me abrazó largamente, con maravillosa dulzura. Luego me palmeó con suavidad los hombros y comprendí que el tiempo se había acabado. Que nuestro tiempo juntos había terminado.

Cruzó el depósito y abrió la puerta. Antes de salir, aún se volvió hacia mí una vez más:

–¡Hasta pronto, mi amor!

Nunca olvidaré esa última mirada. Luego partió, su figura recortada contra el sol que nacía.

Era el alba del Día de Difuntos. Y en el horizonte se adivinaba una silenciosa danza.

Quinta parte
AL FILO DE LA GUADAÑA

Aparece la hoz igual que un rayo
inacabable en una mano oscura.

Primero de mayo de 1937, *Miguel Hernández*

I

SERÉ YO QUIEN SE LO DIGA

Lyon, Estado Francés Libre *de Vichy,*
fines de noviembre de 1942

Jean-Claude Rapalian

La guerra nos volvía cada vez más insensibles.

La suerte de mis vecinos, incluso la de nuestros inquilinos, me importaba cada vez menos. No es que eso me parezca bien, al contrario, ¡me parece horrible! Pero así eran las cosas. Vivíamos escuchando rumores aterradores. El verdulero de la esquina, el panadero de la calle principal, la limpiadora de la casona: todos tenían «su versión» de los hechos. ¡A cuál peor! Al principio no les creímos. «Es un rumor», dijimos. Más tarde, cuando conocimos la verdad, resultó que era peor que el rumor. «¡No puede ser!», protestábamos. Pero de a poco nos íbamos acostumbrando.

Sin embargo, aquel atardecer frío de noviembre, cuando abrí la puerta de calle y vi ese desfile de espectros derrotados, sentí una gran piedad. Sobre todo cuando al final de la penosa procesión, divisé a la pequeña niña. ¡En dos semanas habían envejecido diez años! La ropa sucia y rota, sus escasas pertenencias acarreadas en viejas bolsas de comprar verduras, el olor que despedían sus cuerpos y, sobre todo, las miradas... La humillación y la vergüenza les salían por los poros. Sí, la vergüenza, ¡aunque parezca mentira! ¡Como si fueran culpables de algo! Confiaron en quienes no debían. No pudieron escapar a la maquinaria infernal que los condenaba. Y todavía sentían vergüenza. Desde niño soñaba con ser escritor. A partir de esa noche siempre pensé que, si algún día lo lograba, relataría aquella escena.

***

Charlotte

Los primeros días, luego del regreso a lo de los Rapalian, fueron muy duros. Por primera vez vi a mi padre doblegado por las circunstancias. Disimulaba delante de nosotros, pero se notaba que no sabía qué hacer. Alguien le sugirió que, al menos por un tiempo, la comida la fuéramos a buscar nosotros. Éramos muchachos jóvenes y pasaríamos desapercibidos. Pero le costó mucho decirnos. ¡Qué pensaríamos nosotros! ¿Que tenía miedo? ¿Que por lo ocurrido con los *passeurs* ahora quería escapar a sus obligaciones?

Cuando al final nos lo comentó, aceptamos encantados. Con gran inconsciencia celebramos salir un rato de nuestro encierro. Pero no ignorábamos los rumores. Yo había visto con mis propios ojos los vagones de ganado marchando hacia el Este. Por algunos cuchicheos que capté en los pasillos, también los españoles estaban aterrorizados (hasta tal punto que la pareja sin hijos abandonó la casona): las persecuciones parecían no tener fin. Ni criterio. Cada vez eran más violentas y absurdas. ¿Por qué transportaban niños, ancianos, inválidos o mujeres embarazadas? ¿Qué utilidad podían tener ellos para los nazis, que necesitaban brazos fuertes para producir armas y comida? ¿Qué razón había?

Con Raymond planificamos muy bien nuestras salidas. Yo ya no era la tímida niñita que había dejado Lieja más de un año antes. Me acercaba a los 10 años, pero parecía que tuviera 15. ¡Aunque seguía extrañando a Katiushka!

Ir a la verdulería a la vuelta del callejón, elegir entre lo poco que había, regatear el precio y pagar nos tomaba quince minutos. Ir a la panadería de la calle principal –que nunca tenía nada (¡el pan era un artículo de lujo!)– nos llevaba más de veinte. La *crèmerie*, aún más desprovista que la panadería, nos demandaba cerca de media hora. A veces Raymond me pasaba el brazo, como si fuéramos novios. Nos reíamos de cualquier cosa: nadie podía sospechar el drama que nos consumía. Aunque nunca pude superar el pánico que me dominaba, ni controlar el temblor de mis piernas.

***

Los encuentros en bares y cafés quedaron muy lejos en el tiempo. Los recursos de mi padre habían menguado mucho y sufríamos toda clase de penurias. Era impensable volver a aquellas salidas. Sin embargo, en los comercios, Raymond y yo escuchábamos noticias y rumores.

Así fue que un día oímos que las tropas italianas ahora ocupaban una parte mucho mayor del territorio de Francia. Que la zona controlada por las fuerzas de Mussolini llegaba hasta las afueras de Lyon, a una corta distancia de donde estábamos. También se decía que la Gestapo había aumentado su presencia en la Francia de Vichy, y que el temido Klaus Barbie se había radicado en Lyon. Le comentamos estas novedades a papá.

–No es una mala noticia –nos dijo Léon, mientras aspiraba hondo, pensativo–. Los italianos siempre nos han tratado mejor que los alemanes... Aunque me preocupa lo de Barbie.

No sé cuánto incidió nuestra información. Pero lo cierto es que mi padre, luego de permanecer encerrado en la casa durante tres semanas, un buen día nos reunió:

–Yo no aguanto más esto –nos dijo, esforzándose por ocultar su desesperación–. Fíjate, Blima, que dependemos de nuestros hijos. Ellos son los que nos están ayudando a nosotros.

Y luego nos anunció:

–Hoy voy yo a comprar la comida.

***

Consuelo Hernández Randall

Mi padre, el Tito Hernández, fue el primero que escuchó del asunto. En una taberna, cerca de la Estació, donde había ido pa' tomar unas cañas y unas tapas, que siempre dice que la' hacen de puta madre. Se lo contó un amigo andalú, compinche de lo' italiano'. Cuando regresó a la pocilga de lo' armenios, enseguía la llamó a mi madre:

–¡Fítetu, Sidney, lo que ha pasao!

Cuando mi madre escuchó la historia, quedó de una pieza, estrozá.

–¿Y ahora qué hacemos, Tito? ¡Es una noticia terrible!

–Pues, que le tengo que contá a la señora, a la belga, ¿qué otra cosa viá ser?

–¿Y estás bien, pero bien seguro de que es verdad? –insistió mi madre.

–¡No ni ná! –afirmó mi padre, convencido.

–Pues entonces no tienes alternativa, miarma...

***

Charlotte

Papá salió al mediodía a buscar comida y no regresaba. Habían pasado unas cuantas horas. Pero no nos llamó la atención. Después del fracasado escape a Suiza y las tres semanas que permaneció encerrado en la casona, era lógico que no se limitara a conseguir algo de comida. Seguro habría buscado restablecer contacto con sus amigos.

Sin embargo, cuando vi que *monsieur* Krikor Rapalian se acercaba a mi madre, acompañado por Tito, el poeta andaluz, de inmediato intuí que algo andaba mal. Era todo muy extraño.

–¿Nos permite hablar unos minutos a solas, señora Blima? –le preguntó el armenio, correcto como siempre.

Pero su cara lo denunciaba: estaba blanco como un papel. Partieron los tres por el pasillo, camino del comedor. Raymond y yo permanecimos recostados contra la puerta de nuestro ropero, sorprendidos y preocupados.

–¡Qué raro todo esto! –le comenté a Raymond–. ¿Por qué *monsieur* Krikor y Tito querrán hablar con mamá?

Raymond se encogió de hombros. Era «el hermano mayor»: como siempre, trató de mostrarse sereno. Pero era evidente que él también estaba inquieto.

Los «minutos» que Krikor le solicitó a mi madre se prolongaron. Nuestra ansiedad aumentaba a cada instante. Quizá haya transcurrido cerca de una hora, o tal vez más. En cierto momento escuchamos ruidos de pasos en el corredor y los vimos aparecer. ¡Mamá arrastraba los pies y venía sostenida de los brazos por Krikor y Tito, uno de cada lado! ¿Qué había sucedido, por Dios?

Con el mayor cuidado la sentaron en el estar ubicado frente a nuestro ropero. Nosotros nos paramos y corrimos a abrazarla, pero *monsieur* Krikor extendió su mano «en señal de alto» y nos detuvo, sin decir palabra. Mientras tanto, Tito le alcanzó a mamá un vaso de agua. Nosotros quedamos a su lado, expectantes. Don Krikor comenzó a decir algunas palabras, pero mi madre lo atajó:

–Quiero ser yo quien se lo diga –susurró.

Luego respiró hondo, nos agarró fuerte de un brazo a cada uno y nos miró a los ojos, con una mirada vencida:

–Papá está preso.

II
EL INFIERNO EN LA TIERRA

Konskie, Polonia, noviembre de 1942 a abril de 1943

Swit Mariah Czerny

Cuando Alter dejó la granja en la madrugada, yo todavía creía –o quería creer– que un milagro podía ocurrir.

Luego no supe nada más. Era domingo y día de festividad religiosa, por lo que las familias permanecieron todo el día en sus casas, salvo para ir a visitar los cementerios y colocar farolitos y flores en las tumbas de sus seres queridos por el Día de Difuntos. El servicio de comedor del Judenrat se trasladó para el lunes.

El día se presentó soleado, pero al caer la tarde todo el frío del invierno cercano se nos vino encima. Un silencio sepulcral se instaló en el pueblo.

***

El lunes por la mañana intercepté a Christoff, camino de la zapatería. Le advertí que la operación de los nazis era inminente, que tomara sus precauciones.

–Sí, una *Aktion*, así las llaman –me comentó con rostro tenso y sombrío, aunque parecía preparado para lo que se venía–. Lo están haciendo en todos los pueblos. Sé que ya estuvieron por Szydlowiec...

Tampoco él sabía nada de Alter. El silencio sobre su paradero aumentaba mi preocupación. Pero también me daba algunas esperanzas. ¿Habría escapado? ¿Estaría escondido? Yo vivía con el Jesús en la boca.

***

Poco después del mediodía, un sordo temblor de tierra se adueñó de la ciudad.

Por la ruta que atraviesa el poblado –y que no pasa demasiado lejos de la granja– avanzaba una interminable columna de camiones alemanes. Siguiendo las directivas de oficiales de las Waffen-SS que, de repente, surgieron de todos los rincones, los camiones se distribuyeron por la ciudad. Los pobladores –polacos judíos y no judíos– miraban desconcertados lo que sucedía.

En el momento preciso de la puesta del sol –a eso de las cinco de la tarde–, los camiones efectuaron una rápida serie de maniobras, las tropas se desplegaron y en cuestión de minutos las dos fracciones del gueto quedaron rodeadas por completo.

Entonces el infierno se desató en la tierra.

Los oficiales de las SS, acompañados por piquetes de soldados fuertemente armados y perros de policía, se lanzaron al interior del gueto gritando a voz en cuello y gesticulando ante todo judío que se les cruzara por delante, fuera hombre, mujer, niño o anciano.

–¡Todos a la plaza del mercado! –vociferaban, mientras los soldados empujaban con la punta de los fusiles a los remolones y golpeaban con la culata en la espalda a quienes se retrasaban.

Solo importaba que hasta el último judío fuera trasladado a la plaza central. Si algún polaco no judío había permanecido en el gueto, vaya a saber por qué razón, ese fue su día de mala suerte: también marchaba en la redada. En la medida en que en el gueto se corrió la voz de que serían trasladados, los judíos armaron pequeños bultos con las pocas cosas que todavía les quedaban. Pero al llegar a la plaza, los oficiales los obligaron a abandonar todo. Era una trágica señal: adonde viajaban no se necesitaba equipaje...

De la plaza fueron trasladados a vagones de carga y ganado que estaban apostados en la estación de Konskie, hasta que la capacidad fue colmada por completo. En esa primera *Aktion* –iniciada el 2 de noviembre–, seis mil judíos del gueto fueron trasladados a uno de los campos que Alter me había nombrado: Treblinka. Los que no pudieron ser embarcados permanecieron cercados en la plaza, sin comida, en el frío invernal. Tres días después, los nazis regresaron por más: en una segunda *Aktion*, otros tres mil judíos fueron capturados y trasladados al mismo maldito campo.

En el correr de los meses de noviembre y diciembre, y hasta la primera semana de enero, las persecuciones se sucedieron. Los últimos centenares de judíos que aún permanecían en el pueblo fueron liquidados allí mismo. Solo unos pocos sobrevivieron, escondidos con la ayuda de sus amigos polacos.

Finalmente, la «magna» obra quedó consumada: cerca de diez mil judíos –escuálidos, harapientos, enfermos y muertos de hambre– fueron enviados a su destrucción. Las orgullosas Waffen-SS y su *Führer* pudieron proclamar en tono triunfal que Konskie era una ciudad *Judenrein*. Limpia de judíos.

***

SS-Scharführer Matthias[8], jefe de tareas en el Campo de Exterminio de Treblinka

¡Eran jornadas agotadoras, lo recuerdo bien! Noviembre del 42 fue un mes de muchísimo trabajo. Recién a partir de mediados de diciembre los transportes comenzaron a ralear, lo que me permitió tomar unos merecidos días francos para las fiestas de fin de año y visitar a mi familia.

Es imposible saber de dónde provenía cada transporte, ¡eran demasiados! Pero por la fecha –comienzos de noviembre– pienso que podía ser del sur de Polonia. ¿Konskie? Es probable, pero no lo puedo asegurar.

Ese trabajo extenuante nos requería un gran esfuerzo de organización. Por ejemplo, si el tren llegaba después de las seis de la tarde, se lo retenía en la estación y recién a la mañana siguiente era traído al campo. Era importante contar con luz natural. Así logramos procesar hasta diez mil personas en un solo día. Una vez que el cargamento llegaba, actuábamos de inmediato. La «expectativa de vida» (como la llamaban los técnicos del Reich) era de una hora con cuarenta y cinco minutos. ¡Sí, aunque cueste creerlo! Nuestra eficacia era impresionante.

No obstante, cuando esas reglas se alteraban, teníamos dificultades. En una ocasión, al anochecer llegó una carga proveniente de Ostrowiec. Pero como más tarde nos informaron que a la mañana siguiente arribaría un nuevo transporte, no tuvimos más remedio que hacer el trabajo esa misma noche. ¡Se ve que de algo se enteraron los prisioneros! Lo cierto fue que en el momento de introducirlos a las cabinas, cuando ya estaban desnudos, se resistieron a golpes de puño a entrar. Tuvimos que recurrir a las armas, muy a nuestro pesar. ¡Fue una resistencia tan inexplicable como inútil! La sangre salpicó las paredes y corrió por los pasillos. ¡El trabajo de limpieza fue enorme!

Pero también teníamos algunos momentos de distracción: como nos gustaba mucho la música, al igual que a los ucranianos que nos ayudaban en las tareas del Campo, organizamos una orquesta judía. Nos entretenía al final de la jornada, para que los atardeceres no fueran tan melancólicos. A veces también ayudaba a silenciar los gritos provenientes de las cabinas, cuando el trabajo no se hacía de la manera adecuada.

Todas las noches anotábamos un prolijo inventario. El dinero recuperado, el oro extraído de las dentaduras, los objetos de valor (¡es increíble las cosas que son capaces de esconder las judías en sus vaginas!), las ropas en buen estado. Y la cantidad de cuerpos incinerados, por supuesto, que era lo que más interesaba al comandante Franz Stangl. Se contaban los cuerpos enteros, los que tenían cabeza. Si faltaba la cabeza, no se registraba el cuerpo. Las cabezas se contaban por separado.

El 42 fue el mejor año de nuestro campo de Treblinka: alcanzamos la cifra de 713.555. Nuestra eficiencia fue reconocida por todos.

***

Swit Mariah Czerny

Unos días después me enteré de que al anochecer del domingo 1.º de noviembre, varios integrantes del Judenrat y otros judíos que se negaron a colaborar –una docena en total– fueron arrestados por la Gestapo. Y que al alba del día siguiente los trasladaron a un campo en las afueras de la ciudad, donde fueron fusilados.

También supe que entre ellos se encontraba un muchacho joven, alto, vestido con un viejo traje azul oscuro, al que llamaban «el Ingeniero».

Yo ya creía que no tenía más lágrimas para llorar, después de todo lo que había sufrido. ¡Pero sí que las tenía! No podía siquiera evocar la imagen de aquel grandote tierno y leal, sin que me naciera el llanto. Mis padres, muy preocupados por la salud de su niña, intentaban calmarme: pero era en vano.

Solo una débil luz me daba algo de ilusión en esos días negros. ¿Dónde estaría Christoff? ¿Qué habría sido de él? Porque la única pequeña revancha que la vida me podía brindar ante tanta maldad era cumplir el deseo de Alter y ayudar a salvarlo.

***

Una noche, más de una semana después de esos terribles sucesos, me encontraba estudiando en mi dormitorio de la granja. De repente, escuché que alguien golpeaba mi ventana. ¡Me asusté mucho! Eran épocas en las que todo podía pasar y en cualquier momento. Giré la mirada, y a través de los vidrios empañados, alcancé a descubrir el rostro demacrado y barbudo de Christoff. ¡Estaba vivo! ¡Mi corazón pegó un salto! Yo había hablado antes con mis padres, que eran unos santos, y quedamos en que si Christoff aparecía estaban dispuestos a esconderlo. «Pero solo por unos pocos días», me advirtieron.

Christoff me contó que la tarde en que comenzó la *Aktion* se quedó un rato más en la zapatería, junto con tres compañeros judíos. Hubo otros dos que no creyeron y se retiraron antes, para su desdicha. Al desatarse el ataque, don Kazimierz los zambulló a un pozo que había construido en los fondos del taller, y lo tapó con unas maderas, sobre las que acumuló restos de cuero y vasijas de químicos. Allí permanecieron diez días, amontonados unos sobre otros, porque los cuatro no cabían en el pozo. Una vez por día don Kazimierz les llevaba agua y un poco de comida. Cuando los nazis culminaron su siniestra tarea y las tropas se retiraron del pueblo, comprendieron que era su oportunidad de huir.

Christoff estuvo tres días recuperándose en la granja, escondido en el mismo depósito donde me despedí de Alter. Cada vez que me acercaba a llevarle alimentos, el corazón se me estrujaba por el recuerdo de mi amado. Pero sentía algo de alegría, porque sabía que estaba cumpliendo con su deseo, aun a riesgo de nuestras vidas.

Una noche Christoff desapareció. Y por varios meses no supe más nada de él. Hasta que un día recibí una breve carta. Estaba fechada en Malmö, Suecia.

> Querida Swit,
> Estoy bien. Gracias a tus padres y a ti por todo. Pero debió haber sido él.
> Cariños, Ch.

III
EN EL CORAZÓN DE LAS TINIEBLAS

Lyon, Estado Francés Libre *de Vichy,*
diciembre de 1942 a abril de 1943

Charlotte

El mundo se nos derrumbó.

¿Papá preso? ¡Pero si Léon era nuestro protector, nuestro único resguardo! El que nos había guiado desde Lieja, a través de un mundo hostil que nos agredía todo el tiempo. Que nos perseguía sin piedad. Que no nos consideraba seres humanos. ¡Cuántas veces tratamos de disimular nuestro sufrimiento, por papá mismo, para que pensara que el sacrificio que hacía nos aliviaba el dolor! Pero no era verdad. Y ahora, ¡ni siquiera lo teníamos a él!

No sabíamos qué hacer. Mamá intentó mostrarse fuerte, pero las lágrimas le resbalaban por las mejillas todo el tiempo. *Monsieur* Krikor dijo que no nos preocupáramos por el pago del alquiler. ¡Como si fuera eso lo que nos angustiaba! Pero igual agradecimos su gesto. Tito y Sidney vinieron a conversar un rato con nosotros. ¡Parece mentira! En un año que llevábamos encerrados juntos, nadie había tomado la iniciativa de interesarse por el otro. Tito se comprometió a hablar con sus amigos y obtener más información.

Al final quedamos solos. En verdad, solos. Solos en ese mundo enfurecido, que parecía que nos iba a tragar en un abrir y cerrar de ojos.

Con un único pensamiento, que nos torturaba. Papá, ¿dónde estás?

***

Jean-Claude Rapalian

Después que mi padre dejó solos a los belgas, decidí darme una vuelta para saludarlos. Igual lo hubiera hecho, pero Krikor me lo sugirió.

–Jean-Claude, hijo, por qué no vas a ver cómo está ese muchacho, Raymond, que es casi de tu misma edad –me dijo mi padre, muy golpeado por lo sucedido–. Es la primera noche que van a pasar solos...

Me acerqué a donde vivían. Golpeé la puerta. Me abrió Raymond, que siempre se acurrucaba del lado de afuera. Nos miramos. No supe qué decirle. Él tampoco. Pero me pareció que se alegraba. Entonces su hermana levantó la cabeza y me miró. Y le sonreí. Sé que fue algo tonto, dado el momento terrible que estaban pasando, pero no pude evitarlo. Esa niña dulce, con su cabello rubio y su cinta de colores, ¡me provocaba tanta ternura!

Ella me devolvió la sonrisa. Una sonrisa apagada, muy triste. Les deseé buenas noches, aunque sabía que por delante tenían una noche llena de pesadillas.

En mi interior, supe que había ido por ella.

***

Más tarde, antes de acostarme, tuve una conversación con mi padre y le dije lo que me alarmaba. Toda la ciudad sabía que a partir de noviembre del 42, Nikolaus *Klaus* Barbie había establecido su cuartel general en Lyon, desde donde comandaba la Gestapo para el sur de Francia. Era un hombre temible. Por otra parte, las tropas italianas habían avanzado hasta las afueras de Lyon. Y eran menos crueles con sus prisioneros.

¿En cuáles manos habría caído *monsieur* Léon?

La fuente de información de Tito («un andaluz amigo de los italianos») nos daba ciertas esperanzas. Si *monsieur* Léon estaba prisionero del Ejército Italiano, su situación era muy comprometida, pero todavía podíamos tener una ilusión.

Si, en cambio, estaba en manos de la Gestapo y su nuevo *SS-Hauptsturmführer*, todo estaba perdido.

¿Quién lo había apresado? ¿Dónde? Unos pocos metros separaban la vida y la muerte de *monsieur* Léon.

***

Giusto Pacella

¡Ah! ¡Qué invierno el del 42! Íbamos de mal en peor. A las calamidades de la guerra, que ya llevaba tres años, se agregó el frío del invierno, que ese año entró temprano. Cada día venía menos gente. Michelle y Charlie solo actuaban los viernes y los sábados, ¡con suerte! Porque a veces había que suspender el *show* por la escasa concurrencia. ¡Imagínense el estado de ánimo de Michelle, ya de por sí bastante depresiva! El patrón redujo el número de mozos, aunque yo no tuve problemas porque él apreciaba mi trabajo. Igual alguna vez me habló de bajar el sueldo. Felizmente, nunca lo concretó.

Pero si faltaban clientes, ¡lo que sobraban eran rumores! Se hablaba de las andanzas del general Delestraint, tratando de coordinar los grupos de la Resistencia en el sur. Y sobre todo de Jean Moulin, el antiguo prefecto de Eure-et-Loir, ahora mano derecha del general Charles de Gaulle en toda Francia. Los clientes se acercaban y me susurraban, con aire misterioso:

–Don Giusto, un amigo de confianza me dijo que hace un par de días vio a Jean Moulin en tal o cual café... ¿Qué me cuenta? ¿Sabe algo?

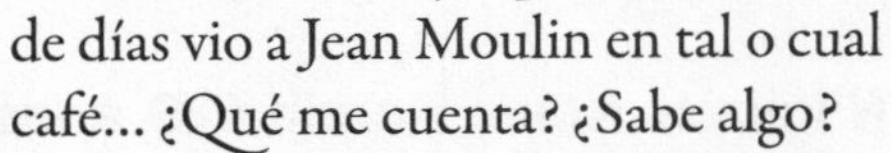

Yo les seguía el juego. No confirmaba ni desmentía. Llevaba y traía. ¡Fíjese que yo apenas sabía quién era ese Moulin! Pero veía que todos hablaban de él con admiración. Incluso uno de ellos me mostró una fotografía: con un gacho tanguero ladeado a lo Gardel y una media sonrisa. ¡Qué presencia, el hombre!

La que sí conocía al tal Jean Moulin era Michelle. Había cantado para él cerca de París, fíjese, ¡quién diría! Pero me imaginaba que si sabía algo de él, no me lo iba a contar a mí. O tal vez sí. A fin de cuentas, yo era su único amigo, ¿o no?

El otro de quien muchos hablaban era un alemán de las SS, Klaus Barbie. De él hablaban con miedo, en voz baja. Los nazis lo enviaron al sur a poner orden, y la cosa venía en serio. Al poco tiempo aumentaron las redadas para cazar judíos. Cada vez eran más violentas, llevándose a todo el mundo por delante, aun a las instituciones que hasta ahora los propios nazis habían respetado, como la UGIF (una asociación de israelitas franceses). Yo me acordaba de mis amigos belgas y franceses, que habían venido al sur escapando... ¡Pobre gente! ¿Qué sería de ellos?

Lo que sí me alegró fue la presencia cercana de tropas italianas, del *mio paese*, que ahora estaban en los alrededores de Lyon. Me enteré, incluso, de que varios amigos míos integraban un batallón. Pronto me reuniría con ellos.

***

Nikolaus *Klaus* Barbie (29 años), *SS-Hauptsturmführer* y jefe de la Gestapo de Lyon

Las órdenes que recibí fueron claras: desmantelar la Resistencia y limpiar de judíos la ciudad de Lyon.

La arquitectura medieval de la ciudad facilitó las cosas a nuestros enemigos. Existían numerosos callejones y *cul-de-sacs*, así como viejos sótanos y catacumbas, olvidados por siglos, donde los *résistants* y los judíos tenían escondrijos. Los judíos se sentían muy a gusto en esos ambientes hediondos y subterráneos.

Por eso, muchos colegas en Berlín y París dijeron que mi misión era imposible. También había quienes pensaban que era demasiado joven, pues recién había cumplido 29 años. ¡Qué sorpresa se llevaron!

No voy a perder tiempo hablando de los judíos, una raza inferior, fuera de toda duda. Pero lo que muchos ignoraban era que la mayoría de los franceses eran débiles y serviles. Eso me lo enseñó mi padre. Un hombre alcohólico y violento. Pero ¡cuánta razón tenía! Bastaba con aplicar algunos «métodos» y de inmediato cantaban todo. Muchas veces ni siquiera eso era necesario: alcanzaba con exhibirles ciertos «instrumentos»...

Por otra parte, los informantes hacían cola en nuestra oficina. No daba abasto, con los veinticinco oficiales de que disponía, para llevar adelante todas las investigaciones. Algunos delataban por codicia o para obtener algún favor. Pero muchos lo hacían por acercarse al poder, para estar bien con el que manda. Y los que mandábamos éramos nosotros. ¡Hay que ver cómo se desesperaban por agradarnos esos lameculos! También había unos pocos que eran soplones porque lo consideraban su deber, por el bien de *la France*. ¡Unos pobres idiotas!

Pronto dispusimos de suficiente información para intensificar las razias de judíos. Pero ya no al barrer, sino yendo a direcciones precisas que nos habían facilitado nuestros informantes. No solo era más efectivo, sino que además sembraba el terror entre los judíos ocultos en sus guaridas, que ahora sabían que –uno por uno– los estábamos eliminando. Esa fue una de mis grandes innovaciones luego de asumir la Jefatura de Lyon, que me valió mucho prestigio. También comenzamos a recibir informaciones muy interesantes acerca de las redes de la Resistencia. Pero aún nos faltaba trabajar mucho en ello.

Los que sí me preocupaban eran la autoridad y el territorio que habían ganado los italianos, ¡otros debiluchos! Ya no se ocupaban solo de su frontera con Francia y algunas regiones cercanas a ella, como la Haute Savoie, sino que extendían «sus dominios» por todo el Isère hasta llegar a las puertas de Lyon. ¡No creo que el *Führer* haya sido el de la idea! Más probable es que se haya debido a la excesiva influencia de algunos generales de la Wehrmacht...

Para colmo, los dos principales campos de concentración de la región, el de Vénissieux –ubicado en los alrededores de Lyon– y el de Vienne, que distaban entre sí unos veinte kilómetros, luego de retirarlos de manos del Gobierno de Vichy en noviembre del 42, quedaron uno bajo nuestra autoridad y el otro bajo la de los italianos. ¡Un absoluto desorden! Según a qué campo fuera trasladado el prisionero, el tratamiento que recibía era distinto. ¡Un disparate! Yo informé del hecho al Alto Mando y solicité que –con máxima urgencia– el campo de Vienne también pasara bajo nuestro mando.

***

General De Castiglioni[9], comandante de la División Alpina Pusteria

Las diferencias entre los *tedeschi* y nosotros existieron desde el comienzo. Sin hablar de la permanente actitud de superioridad que exhibieron sus oficiales, algo fuera de lugar entre aliados. Fuimos ignorados cuando la capitulación de Francia, y –más tarde– humillados durante la rendición de Grecia, ¡a cuya derrota contribuimos con la sangre de nuestros soldados!

Por eso, cuando la importancia de Italia fue finalmente reconocida, sometiendo a su jurisdicción una parte considerable de Francia –el Isère, la Savoie y la totalidad de los Alpes–, de ningún modo íbamos a permitir que nos pusieran la bota encima e hicieran lo que quisieran. El origen del conflicto fue *gli arresti di ebrei*, la detención de los judíos. También aquí manteníamos diferencias desde tiempo atrás. Coincidíamos en los principios. Pero la política de *Il Duce* hacia los hebreos era más prudente, aunque en muchos casos al final el *Führer* imponía su criterio.

Había, además, una cuestión de soberanía, de dignidad nacional italiana. Por eso me decidí, luego de varias advertencias previas, a enviar –a comienzos de marzo del 43– una carta al prefecto de Isère, en estos términos:

Señor prefecto,
Le comunico que en ejecución de cuanto ya ha sido notificado por la autoridad central italiana al Gobierno de Vichy, las detenciones de judíos de cualquier nacionalidad, incluso de nacionalidad francesa, son reservadas en el territorio bajo control italiano a la autoridad militar italiana.
Le ruego, por lo tanto, que proceda a la revocación de los arrestos y de los internamientos ya efectuados.

Considero que nuestra posición fue clara. Por supuesto que la nota generó un gran revuelo en el Gobierno de Vichy y en las autoridades nazis. Incluso me relataron el ataque de furia que sufrió el jefe de la Gestapo de Lyon, Nikolaus Barbie.

Nada de eso me importó. Para mí solo contaba la patria.

***

Charlotte

¡Por fin tuvimos novedades! Pero eran tan escasas...

Habíamos vivido dos semanas terribles. No saber, sospechar, imaginar, pensar por qué las cosas no fueron diferentes: eso es lo peor. El silencio es lo peor. El silencio anuncia sucesos desgraciados. No podíamos pensar otra cosa.

Hasta que por el pasillo vi aparecer a Tito, el poeta andaluz. Venía con una sonrisa de oreja a oreja. Enseguida nos reunió a los tres. Más atrás se ubicó Consuelo. Estábamos expectantes.

–¡Está vivo! –susurró, con una alegría desbordante, mientras sacudía los brazos.

–¡Gracias a Dios!–suspiró mamá.

Yo tomé la mano de Raymond y la apreté bien fuerte.

–Y, fítetu, está aquí bien cerquita, ¡en Vienne! –afirmó, con los ojos abiertos como el dos de oro–. Lo' italiano' lo han puesto preso. Pero todavía no lo han deportao, al Léon.

Cuando dijo «todavía», ¡fue como si me pegaran un puñetazo! De inmediato vinieron a mi cabeza las imágenes de los vagones de ganado que partían de Lyon, con manos y piernas asomadas por las rendijas...

Queríamos saber más. Pero Tito no tenía mucho más para contarnos.

–Esto lo supe por mi' amigo', lo' italiano'. Me van a averiguar si hay alguna manera que uno de ustede' pueda velo –prometió, alimentando nuestras esperanzas.

Sabíamos que Vienne estaba muy cerca de Lyon. Pero también era verdad que corríamos una brutal carrera contra el tiempo.

Durante más de un año las tres familias –los Rapalian, los Hernández y nosotros– convivimos casi sin hablarnos. Cada una encerrada en su propia desgracia. Ahora, en pocos días, un hecho trágico había despertado solidaridades y afectos insospechados. A pesar del dolor que sentía, no pude dejar de pensarlo.

***

Anne Michelle Lafourcade, *Michelle*

Yo continué con mis caminatas solitarias. Cada vez más agobiada por las dificultades económicas (lo que cobraba en el Grand Café des Commerçants no me alcanzaba para nada) y por las penas que me mordían el alma.

Hacía ya un mes que no tenía novedades de mi Capitán. Era imposible no pensar en lo peor. Solo vagabundear por *les alentours* de la ciudad me devolvía cierta calma, me daba un poco de paz. En ocasiones los parques y campos circundantes se cubrían de nieve. Otra veces predominaba la bruma, que todo lo envolvía, y transformaba los árboles sin hojas en formas misteriosas. Ese ambiente me gustaba. Para rematar la tarde me dejaba caer por un café de las afueras (de medio pelo, el presupuesto no me daba para más) y me despachaba un café doble bien cargado con un toque de ron. Cuando no andaba muy lejos, prefería llegar hasta el Grand Café des Commerçants, porque no me lo cobraban...

Sin embargo, tanto deambular en pleno invierno me estaba afectando la voz. Por eso me alegró cuando ese año, ya a mediados de febrero, se sintieron las primeras caricias de la primavera.

Fue justo en uno de esos días soleados que la volví a encontrar. En el mismo lugar y con la misma mirada. No podría decir que fuéramos amigas. Apenas habíamos hablado unas palabras. Pero había algo que teníamos en común, más allá de las penas y las ansiedades: detrás de nuestra apariencia frágil, se ocultaba una gran determinación. Mi padre –un hombre muy culto– solía citar a un poeta sudamericano, cuyo nombre no recuerdo: «no te des por vencido, ni aun vencido». Intuía que ambas hacíamos honor a esa forma de ser.

–Hola –me dijo con naturalidad.

Hacía más de dos meses que no la veía. En esa época, cuando uno dejaba de ver a una persona en los lugares que frecuentaba, sabía que algo había sucedido. Estaba contenta de volver a verla. Me senté a su lado.

Le conté algunas cosas de mi vida, para entrar en confianza: que era cantante, que estaba ennoviada con un capitán de la Resistencia. Ella también se franqueó conmigo: me relató en unas pocas palabras su escape desde Lieja, pasando por París. Sus escondites. Y la prisión de su padre en el campo de Vienne. Me corrieron escalofríos.

–Es posible que Raymond visite a papá –me confesó, con una chispa de luz en los ojos–. Tito, un andaluz que vive en la misma casa, está tratando de arreglarlo.

–Que tengas mucha suerte –le dije, conmovida, y nos despedimos con un abrazo.

«Lindo lugar para hacer una amiga», pensé con ironía, mientras desandaba el camino a mi cuartucho de la pensión, disfrutando de los últimos rayos de sol de un tiempo obstinadamente gris.

***

Las últimas semanas no habían sido iguales a todas. Al menos para mí.

En los cuchicheos de bares y cafés, en las tiendas y almacenes, en los furtivos cruces en la estación de ferrocarril, un rumor se adueñó de la calle. Quien lo decía ponía rostro cómplice, y quien lo escuchaba abría ojos y boca con asombro: «Jean Moulin está aquí».

Para los demás era un personaje mítico: «la mano derecha del General en Francia», «el unificador de la Resistencia». Para mí era, sobre todo, un buen amigo, en tiempos que estos brillaban por su ausencia. Más que eso: alguien sensible que había valorado mi arte. Tenía una deuda para siempre con él.

Saber su presencia cercana me estimulaba. Era como revivir tantos sueños que la guerra había sepultado. Cuando él abrió las puertas de la Prefectura a mi voz, sentí que acariciaba el cielo con las manos. Unos meses después, la maquinaria nazi lo había devorado todo.

Pero tampoco dejaba de pensar en otros rumores. En apenas tres meses, el nuevo jefe de la Gestapo había adquirido fama de cruel y despiadado. Y se sabía que estaba obsesionado con la Resistencia. ¿Estaba Jean al tanto de esto?

***

Charlotte

Una semana más tarde, Tito trajo novedades.

–Sigue nomá en Vienne, en mano'e lo'italiano' –se apresuró a confirmar.

Respiramos hondo. Sabíamos que si pasaba bajo el mando alemán, la deportación era segura. Con destino desconocido. Y ya habían comenzado a llegar a Lyon versiones increíbles de lo que estaba sucediendo «en el Este».

Pero Tito había guardado lo mejor para el final:

–El jueve' que viene, uno de ustede' lo va poder visitar. Van a hacer una excepción. ¡Ya está to arreglado! –remató, muy ufano de sus logros.

Nos miramos, incrédulos.

–¡Muchas gracias! –le dijo mamá, emocionada, mientras tomaba la mano derecha de Tito con las suyas y la sacudía.

¿Quién debía ir? La decisión no era demasiado difícil: yo era muy chica y mi madre no iba a resistir ver preso a papá.

***

El jueves, temprano por la mañana, Raymond partió rumbo al Campo de Concentración de Extranjeros de Vienne. Tito, quien no dejaba de sorprendernos, le dio precisas instrucciones para llegar y sobre cómo proceder allí.

El sitio no podía ser más deprimente. En una zona plana, cerca de las montañas, se agolpaban unos barracones viejos de madera, rodeados de cercas y alambradas de púas. Cada tanto había una torre de vigilancia. En lo que parecía ser la puerta principal estaba apostada una fuerte guardia militar y una caseta de control. Había una larga cola de gente de todo tipo y edad. Raymond habló con ellos y supo que eran familiares de los presos. Y que debía esperar a la intemperie, en esa mañana helada de nevadas intermitentes, hasta que fuera su turno.

Tres horas después, cuando ya estaba a punto de congelarse, fue su turno de hablar con el oficial de guardia.

–*Bongiorno*, vengo para visitar a Léon Wins, de parte de Stéfano Mondadori –le explicó, de la mejor manera que le resultó posible.

Al escuchar el nombre de Stéfano, el guardia asintió. Durante unos instantes que le parecieron eternos, el oficial buscó y rebuscó entre sus papeles. Cuando Raymond ya sentía que las piernas le iban a flaquear, el policía reaccionó:

–*Ecco!* Wins: *caserma trentuno* –y le indicó el camino a seguir con un vago ademán.

Momentos después, Raymond se presentó en la barraca treinta y uno, a la espera de que «el reo» fuera conducido a su presencia. No había sillas, por supuesto. Un cerco de alambres separaba a los presos de sus visitas.

Al cabo de media hora, apareció papá acompañado de un carcelero. ¡Qué impresión más terrible! Ver aquel hombre erguido y elegante, siempre bien vestido, a quien tanto admiraba, transformado en un viejo que arrastraba los pies, enfundado en una humillante vestimenta a rayas y en estado mugroso, fue casi demasiado para él. Pero se contuvo y no dijo nada.

–*Solo cinque minuti!* –advirtió el guardia.

Se abrazaron como pudieron a través de la cerca de alambres.

–Estoy bien, ¿y ustedes? –preguntó Léon, cuyo tono de voz, firme y claro, por suerte desmentía su deplorable aspecto.

–¡Todos te mandan muchos besos y abrazos, papá! –replicó Raymond, emocionado.

–Mira, Raymond, escucha: es muy importante lo que te voy a decir –le habló, mirándolo directo a los ojos–. Este es un lugar horrible, muere mucha gente todos los días, por el hambre y las pestes. Pero no se lo comentes a mamá ni a Charlotte. Te lo digo solo a ti, porque no quiero que vuelvas a venir. Si lo haces, lo más probable es que quedes dentro. Ya lo vi pasar en otros casos.

Léon debe de haber visto la profunda pena en los ojos de Raymond, porque le dijo, con convicción:

–Pero no te preocupes: yo voy a escapar. Te lo prometo.

Raymond insinuó una sonrisa triste. ¿Sería cierto lo que le decía su padre? ¿O solo lo hacía para aliviar su pena?

Momentos después, el odioso griterío de los guardias italianos los obligó a despedirse, con un interminable apretón de manos.

–*La visita é finita!*

***

Giusto Pacella

«¡No hay paz para los malos!», solía decir mi padre –*un uomo veramente santo*– cuando lo llamaban un domingo de tarde para hacer una suplencia.

Adesso io volevo dire la stessa cosa! Fíjese: era un jueves, cerca de la medianoche. El café estaba por cerrar. Pocos clientes y una miseria de propinas. Mi ánimo estaba por el suelo. En eso se abrió la puerta. Giré la cabeza y vi a mi amiga Michelle que ingresaba al local. ¡Qué raro! No era día de actuación, y llegar a esa hora tan avanzada, en invierno... «Vendrá a pedirle un adelanto al patrón», pensé. Pero no: quería hablar conmigo. Me sorprendí y, a la vez, me alegré. ¡Para qué!

Nos sentamos en una mesa del fondo, previa anuencia del patrón. Me sorprendió ver a Michelle tan animada. No era lo habitual en ella, sobre todo en los últimos tiempos.

–Tú eres mi amigo, Giusto, ¿no es verdad? –me encaró, con tono seductor–. Sé que puedo confiar en ti...

–*É vero*, puedes confiar en mí, Michelle. *Perché la domanda?*

–Porque necesito que encuentres algún italiano amigo tuyo entre los guardias del Campo de Vienne... –la Michelle hizo un silencio– ... que ayude a escapar a un preso.

¡Casi me muero de un infarto allí mismo! ¡No lo podía creer!

–Sé que no me vas a negar ese pequeño favor –continuó Michelle, en tono modoso. Sin duda sabía cómo salirse con la suya, *come tutte le donne!*

–¡Pero yo no sé de esas cosas! ¡No tengo nada que ver con la política! –protesté.

–No es cuestión de política, ¡sino de amistad! –atacó con fuerza Michelle–. Además, se trata de alguien que tú conoces...

–*Chi é il prigionero?* –le pregunté, asaltado por la curiosidad.

–Uno de los belgas. Se llama Léon Wins y es el padre de la...

–... *della signorina del gelato di fragola* –completé la frase, ensimismado.

Mamma mía! No tenía opción.

–Puedes contar conmigo –le dije mirándola a los ojos, con la fuerza de un juramento, sin ceder al miedo que me sacudía por dentro.

***

Anne Michelle Lafourcade, *Michelle*

Le debo confesar que mi amigo Giusto me sorprendió por completo. Unas pocas semanas después de aquella noche en que le saqué con tirabuzón su compromiso de ayudar al *prigionero*, ¡ya había conseguido un guardia dispuesto a colaborar!

–Lo voy a hacer por mis propias convicciones –le respondió Armand-Ugon, un sargento piamontés de religión valdense, cuando Giusto quiso averiguar si esperaba alguna «atención» a cambio.

Pero aún más me sorprendí cuando una noche, al llegar a la mísera pensión donde me alojaba, encontré una esquela que alguien había arrojado bajo la puerta de mi habitación.

Michou: te espero mañana a las 21 en el Café Trois Nations. JM

***

El firmante de la misiva, «JM», era –a todos los efectos legales– Jacques Martel. Pero yo sabía el verdadero nombre que se ocultaba tras esas iniciales. Era uno de los pocos que conocía mi apodo, ese que reservaba para mis amigos más cercanos: *Michou*.

El Trois Nations era un oscuro cafetín de escaso prestigio, situado en Saint-Genis-Laval. Llegué temprano, un cuarto de hora antes, y me senté en una mesa del fondo, cerca de los baños. Conocía las reglas. Ordené un café y esperé.

Cinco minutos después de la hora fijada, la puerta principal se abrió con lentitud y una figura inconfundible entró al café. Enseguida me vio y se acercó a la mesa. Nos dimos dos besos en las mejillas y nos sentamos uno al lado del otro, como si nos viéramos a cada rato.

–Estás tan hermosa como siempre, Michou –me dijo con su peculiar media sonrisa. Y yo me derretí.

–A ti también se te ve muy bien, Jean –mentí. Las penurias de la guerra y las permanentes tensiones habían dejado su huella.

–¡Parece mentira! Ya pasaron más de dos años... –reflexionó, pensativo. Entonces me clavó sus profundos ojos negros–: ¿Sigues en contacto con el capitán?

–Sí, ayer mismo recibí un mensaje, aunque hacía un mes que no sabía nada de él.

–Necesito que le hagas llegar una carta. ¿Tienes algún inconveniente?

–¡Por supuesto que no, Jean! Lo haré con mucho gusto. Por él y por ti.

Como si se tratara de algo sin importancia, me entregó un sobre.

–Es muy importante –subrayó, y luego, con tono protector–: Te sugiero que no la leas, por tu propio bien. Ya sabes...

La frase quedó inconclusa. Pero ambos sabíamos lo que sucedería si caía en malas manos. Cuanto menos supiera, mejor. Terminó su café, pagó, salimos a la calle y nos despedimos. Instantes después se perdió en la bruma.

Solo compartimos quince minutos y un café. No obstante, quedé inundada de emociones, del signo más diverso.

***

Pierre Armand-Ugon, sargento del Ejército Italiano, destacado en el Centre de Rassemblement des Étrangers (C.R.E.), Vienne, Departamento de Isère

¡Ah, sí! Recuerdo bien al prisionero belga Léon Wins. Por varias razones, ya verá.

Le contaré algunas cosas, aunque comprenderá que en otras mantenga reserva. Cuando nos hicimos cargo del Campo de Vienne de manos del Gobierno de Vichy, se encontraba en absoluto desorden. Los reos comunes –ladrones, asesinos, violadores– estaban mezclados con los presos políticos y con los detenidos por quebrantar las leyes raciales. Las alteraciones al orden –trifulcas, intentos de robo, ¡hasta ataques sexuales!– eran cosa de todos los días.

Nosotros intentamos separar a los reclusos en diferentes categorías. Pero allí enfrentamos otro problema: la ausencia de registros confiables. ¡No sabíamos quién era quién! Así que fue poco lo que pudimos hacer. Además, las condiciones del Campo eran deplorables. Las barracas eran viejas, las maderas estaban apolilladas, los techos se llovían y las letrinas no funcionaban. Por si todo esto fuera poco, los suministros de alimentos y medicinas –para lo que dependíamos de la Wehrmacht, porque el Estado italiano tenía graves dificultades económicas– eran totalmente insuficientes. El hambre, el frío del invierno y las epidemias hacían estragos. Todos los días, al atardecer, recogíamos los cadáveres de los difuntos y los enterrábamos, para tratar de que las pestes no se extendieran. Nos sentíamos de manos atadas.

Fue en esas circunstancias que resultó detenido e internado el prisionero Wins. Por lo que averigüé en ese momento, fue arrestado en la Estación de Ferrocarriles, donde estaba haciendo preguntas que atrajeron la atención. Cuando los oficiales a cargo lo interrogaron, no supo dar su domicilio preciso ni explicar a qué actividad se dedicaba. Su documentación indicaba que era belga. Pero teníamos firmes sospechas de que se trataba de un judío. Y no estaba usando la estrella amarilla, entre otras violaciones a la ley. Por eso lo pusimos preso. Eso ocurrió en diciembre del 42, si no recuerdo mal.

Con el paso de los días la situación en el Campo de Vienne se volvió insostenible. Las redadas de los nazis en Lyon y otras ciudades de la región –orquestadas por el renombrado Klaus Barbie– eran cada vez más efectivas. Los judíos y *résistants* procuraban huir hacia el Isère, que se encontraba bajo autoridad italiana, y muchos caían en nuestras manos. El número de muertos por día era importante, pero insuficiente: la cantidad de nuevos internados era siempre mayor. El hacinamiento se volvió imposible de administrar. Comenzamos a temer por nuestra propia salud.

Mientras tanto, el prisionero Wins entabló cierta relación con un cabo de nombre Giacomo (cuyo apellido no le voy a revelar):

–Mira, Giacomo: tengo dos hijos pequeños, que van a quedar sin padre –solía decirle–. ¿De qué te sirve que yo esté aquí?

Giacomo estaba sujeto a jerarquía. Y la respetaba. Pero también era un ser humano y padre de familia. En más de una ocasión llegó a insinuarme lo que pensaba que debía hacer. Yo guardé silencio.

***

Fue entonces, a mediados de marzo, que recibí la visita de un viejo compañero de andanzas, del tiempo que estuve destinado en Sicilia, y que ahora trabajaba de mozo en un pintoresco café de Lyon que yo frecuentaba. Se llamaba Giusto. No le voy a brindar detalles de nuestra conversación. Solo le diré que me planteó una situación. Yo la comprendí. Mis convicciones religiosas valdenses tampoco me permitían seguir observando, ¡sin hacer nada!, la tragedia que estaba ocurriendo en esa prisión.

Por eso, cuando Giacomo volvió a insinuarme lo que pensaba que debíamos hacer con aquel pobre hombre, lo miré fijo a los ojos y asentí con la cabeza. Decidimos correr el riesgo. No hablamos una sola palabra entre nosotros. Y nada más le voy a contar a usted.

Éramos dos hombres jóvenes. Pero ya estábamos curtidos por tantos horrores. Y entre gente derecha, eso fue suficiente. En ese caso, y en otros que vinieron después.

Porque elegimos el camino de cumplir con nuestro verdadero deber. El que nos imponían nuestra conciencia y nuestra fe.

***

Jean-Claude Rapalian

La prisión de *monsieur* Wins era como una nube negra que flotaba siempre sobre nuestra casa.

Hacía ya más de tres meses de su detención –nos encontrábamos a finales de marzo– y era difícil hablar de otro tema. Las informaciones que traía Tito aliviaban nuestra ansiedad: *monsieur* Wins seguía en manos de los italianos. Y por lo que relató Raymond, tenía la esperanza de escapar. ¿Se trataría de una falsa ilusión? Porque también sabíamos que estaba muy desmejorado y que las condiciones de internación eran pésimas.

Una noche, de esas en que el aire anuncia la llegada de la primavera (y que sentimos una alegría que no tiene explicación), golpearon la puerta. ¡Qué raro! Luego de la puesta de sol y del toque de queda, era muy extraño que alguien viniera a nuestra casona. No se escuchaban ruidos de botas y armas, no podía tratarse de una razia.

Consuelo corrió hacia la puerta. Quitó los cerrojos y pasadores que la trancaban y abrió con dificultad una de las pesadas hojas.

–¡Ohhh! –solo atinó a decir, asombrada, como quien ha visto un fantasma. Y salió corriendo por el pasillo, mientras gritaba:

–¡Papá! ¡Tito! ¡Mira quién ha llegao!

Una figura demacrada, con la ropa descosida y sucia, ingresó arrastrando las piernas.

–¡*Monsieur* Wins! –murmuré, tan sorprendido como Consuelo.

Y por primera vez nos confundimos en un abrazo.

***

Charlotte

Me encontraba (para variar...) encerrada en mi «habitación». Ya era de noche y esperaba que mamá me trajera un platito de arroz y un vaso de agua para engañar el estómago.

De repente, se escuchó un griterío.

¡Una redada!, pensé sobresaltada, muerta de miedo. ¡Y no habíamos escapado al callejón! Pero no: las voces se oían alegres, no alarmadas. ¡Qué extraño! Por primera vez desde que estábamos en lo de los armenios se había quebrado la regla del silencio (hablar en voz baja, no gritar, no discutir) y se escuchaban exclamaciones de alegría. Con Raymond decidimos abrir las puertas de nuestro ropero y salir.

Un instante después lo vimos avanzar por el pasillo. ¡Parecía un fantasma! Su rostro tenía un color malsano –blanco amarillento– y sus labios reflejaban una amargura que parecía haberle borrado la sonrisa para siempre. Arrastraba las piernas como un anciano. ¡Pero si solo tenía poco más de 40 años!

Entonces nos vio. Su rostro demacrado se iluminó, y una sonrisa –¡la más hermosa que le viera jamás!– se dibujó en su rostro. Durante un instante volvimos a ver, tras ese disfraz que le había impuesto la infamia, aquel hombre erguido, elegante y orgulloso.

Corrimos a recibirlo. Él se agachó un poco. Y los cuatro nos abrazamos largamente. Los Rapalian y los Hernández nos rodearon. Aquella noche con sabor a primavera, por unos instantes se transformó en mágica, y a más de uno se le escapó un lagrimón.

***

Más tarde nuestros «vecinos» se retiraron. Papá comenzó a recuperar su buen ánimo, luego de vivir una temporada en el infierno. Comimos y bebimos algo. Más tranquilo, papá nos habló:

Tenemos que irnos de Lyon –nos dijo, con decisión–. No bien me reponga un poco y haga unos arreglos, nos vamos de aquí.

Temblamos al pensar que Léon volviera a salir y pudiera ser arrestado. Pero igual asentimos, en silencio. Habíamos recuperado a nuestro guía. Teníamos de nuevo a papá.

***

Anne Michelle Lafourcade, *Michelle*

Cumplí con el encargo de «Jacques Martel», como Dios manda.

Tuve suerte. Apenas un par de días después de nuestro encuentro, supe de un «correo» que partía rumbo al *massif de la Chartreuse*. Y allí marchó la carta para mi añorado Capitán (que por supuesto no leí, como me recomendó mi admirado JM). La distancia, la ausencia, el sufrimiento en común causado por la ocupación no hacían más que aumentar mis sentimientos hacia el capitán. ¿Me estaría enamorando?

No obstante, otras preocupaciones ocupaban mi mente en esos días. Las noticias que llegaban de las andanzas del jefe de la Gestapo Klaus Barbie eran aterradoras. El 9 de febrero allanó la sede de la UGIF (Union Générale des Israélites de France) en Lyon, una organización creada por Vichy y reconocida por el régimen nazi, donde arrestó a ochenta y seis funcionarios, que fueron enviados al siniestro Campo de Drancy, camino a su deportación. No conocía límites. Sus métodos de tortura superaban a la más cruel imaginación. Y se sabía que, en muchas ocasiones, era Barbie en persona quien los ejecutaba.

También se sabía de su obsesión con un nombre de la Resistencia, a quien perseguía con ferocidad y sin respiro, como si fuera su oscura sombra: Jean Moulin.

Noventa días después, a unos pasos de aquí, en la casa del doctor Dugoujon en Caluire-et-Cuire, la tragedia se daría cita.

Sexta parte

EL ADIÓS A LAS SOMBRAS

El viento, el viento está soplando,
a través de las tumbas el viento está soplando,
la libertad pronto vendrá.
Entonces nosotros llegaremos desde las sombras.

The Partisan, *Leonard Cohen*

I
HUYENDO HACIA LA LUZ

Lyon, Estado Francés Libre *de Vichy, abril a junio de 1943*

Charlotte

En Lyon fuimos de mal en peor. El encierro en el ropero se volvió insoportable. Comencé a tener pesadillas horribles: corría, siempre corría, sin resultado; cuando corría un tren, nunca lo alcanzaba; cuando gritaba el nombre de algún ser querido, este nunca aparecía; si al final encontraba un teléfono, no tenía línea... Así, noche tras noche.

Las frecuentes razias, la huida a Suiza que culminó en una terrible estafa, la prisión de mi padre... ¡era demasiado! Para colmo, aumentó mucho la presencia militar en las calles. Se veían alemanes por todos lados. Yo sabía muy poco sobre lo que pasaba en el mundo, salvo por lo que me contaba mi hermano. Raymond decía que los nazis habían perdido algunas batallas y que las cosas estaban cambiando. ¿Sería cierto? Yo no me quería hacer ilusiones. Sabía que si lo que se decía no era verdad, luego sufriría aún más.

Papá tenía razón: había que irse de Lyon. Pero... ¿a dónde?

***

Anne Michelle Lafourcade, *Michelle*

¡Los *petainistes collabos* estaban enloquecidos! Corrían de un lado para otro, tratando de congraciarse con los boches. Todos los días te enterabas de una *rafle*, dirigida por la Gestapo, pero ejecutada por los propios franceses de la Milicia, si es que se les puede llamar franceses a estos grandes traidores...

¡Ahora tenían miedo! Durante años se los vio fanfarrones y despreciativos –el tiempo del desprecio, *Le temps du mépris*, había llamado André Malraux unos años antes a esta triste época que nos tocó vivir–, capaces de humillar muy sueltos de cuerpo a todo aquel que pensara distinto que ellos. Sí, humillar, injuriar, difamar, avergonzar: eso era lo suyo. Seguro que la prepotencia y el falso coraje se desvanecían ante la presencia todopoderosa de sus amos germanos. Y sí, ¡era lógico! Aquellos nazis altos y atléticos, con sus gabardinas de cuero hasta las rodillas, a quienes yo tanto odiaba, eran matones en serio. Los «nuestros» eran una triste caricatura, una burda imitación. ¡Ni para eso servían!

Las fuerzas del Eje seguían controlándolo todo. Pero habían sufrido reveses importantes: Bir Hakeim y El Alamein en el norte de África, y Stalingrado en el frente ruso. El viento había cambiado, y se olfateaba en el aire. Por eso salieron como locos de sus madrigueras, porque temían perder los privilegios de que habían gozado durante estos años negros.

Empapelaron la ciudad con panfletos que proclamaban:

NON, JE NE SUIS PAS GAULLISTE... Pourquoi?

Y daban siete «razones». Entre ellas:

Porque el Gaullismo ha hecho un pacto con la Judería y la Franc-masonería.

La octavilla era deplorable, por supuesto. Pero me acercó el recuerdo de aquella chiquilla que gustaba de ver los trenes partir. Hacía tiempo que no la veía... Sabía que su padre había sido liberado del campo de Vienne y estaba contenta de haber ayudado en eso. Pero ¿qué habría sido de ella?

***

Charlotte

¡Al fin papá regresó con noticias! Nos resignamos a que saliera de la casona, porque no teníamos más remedio. Solo él podía encontrar una salida a nuestra situación, cada día más desesperante. Las redadas eran cosa de todos los días. Nos resultaba imposible comprar alimentos. Pasábamos mucha hambre. Era cuestión de tiempo para que cometiéramos un error y nos descubrieran. La ansiedad nos devoraba, sobre todo a mamá y a mí. Raymond se hacía el fuerte, pero yo sabía que por dentro sentía lo mismo.

Hasta que una noche, papá nos reunió en la sala de estar. Enseguida supimos que tenía novedades:

–Esta noche reúnan todas sus cosas y vístanse lo mejor posible –nos dijo con dulzura, aunque en su voz se notaba la amargura por los fracasos anteriores–. En la madrugada nos vamos para Grenoble. Los voy a despertar cuando sea la hora. Grenoble está en manos de los italianos y todos me han dicho que allí se vive un poco mejor.

Nosotros nos sonreímos, nerviosos. Cualquier cosa nos parecía mejor que quedarnos en Lyon. No nos importaban los riesgos a correr.

–Los que tienen parientes allí han recibido cartas de sus familiares, invitándolos a mudarse –insistió mi padre, al vernos animados. Luego se dirigió a mí–: Charlotte, tráeme el abrigo que tiene las hombreras, tú sabes a cuál me refiero...

Yo sabía bien cuál era el abrigo que quería y por qué. Mi padre le pidió una tijera a mi madre y comenzó a buscar los diamantes escondidos en las hombreras. Varias veces en estos dos largos años había hecho lo mismo, para poder pagar nuestras cuentas. Luego volvía a coser –con extremo cuidado– la hombrera en su lugar.

De repente, papá palideció. Rápidamente buscó en la otra hombrera, con gestos nerviosos y bruscos, hasta que por fin el abrigo escapó de sus manos y cayó.

–¡Blima, los diamantes desaparecieron! ¡Nos robaron! –intentó gritar, pero la desesperación le quebró la voz.

Nunca había visto a mi padre en ese estado. Parecía que iba a sufrir un ataque al corazón en cualquier momento. Intentaba hablar, pero se ahogaba, casi no podía respirar. Blima, Raymond y yo nos acercamos. Papá nos señaló, con ojos desencajados, dos pequeños cortes, uno en cada hombrera, que se habían utilizado para robar los diamantes. Pero ¿quién había sido? ¿Cuándo? ¿Quizá en el verano, un día de calor, dejé el saco descuidado? ¿En algún café, al quitarme el sobretodo para ir al baño? También el abrigo corrió muchos riesgos durante el frustrado escape a Suiza. En ese caso, ¿quién? ¿Los *passeurs*? ¿Otro judío? Era demasiado tarde para tantas preguntas sin respuesta.

–¡No puede ser! ¿Y ahora qué vamos a hacer? –repetía una y otra vez para sí mismo.

Blima le alcanzó un vaso de agua y tratamos de calmarlo. Luego nos aseguramos de que a mamá y a Raymond no los hubieran robado. A medida que se fue serenando, papá comenzó a hacer cuentas y –con ese carácter que hacía honor a su nombre–, pronto concluyó que lo que teníamos todavía alcanzaba para el viaje a Grenoble y unos meses de sobrevivencia. Pero ya no teníamos margen.

***

El robo fue un mazazo tremendo. ¡Justo en el peor momento! Esa noche no dormimos. A la madrugada juntamos las cuatro cosas locas que nos quedaban, las metimos en unas bolsas y emprendimos viaje. ¡Qué lejos habían quedado las humildes pero dignas valijitas con las que partimos de Lieja!

Salimos de la casona cuando apenas se adivinaba un resplandor en el horizonte. Recorrimos el callejón con el corazón en la boca. Doblamos en la calle principal y vimos un camión estacionado, con el motor encendido y los faros apagados. El ánimo se me vino a los pies. ¡Era todo tan similar a lo vivido con los falsos *passeurs*! ¿Terminaríamos igual?

***

¿Por qué lo admiraba tanto? Su característica más notable era la simplicidad. El problema más complejo se resolvía en su mente en pocos principios, y se expresaba en frases sencillas, claras, que todos podían comprender. El obrero de Essen, el campesino solitario, el industrial del Ruhr y el profesor universitario, todos podían entenderlo. Era un autodidacta y no lo ocultaba; estaba orgulloso de ello. ¡Y lo irritaban los académicos cargados de títulos!

Su estilo de vida era sobrio y no cambió cuando se convirtió en el *Führer* de la nación alemana. Se vestía y alimentaba con frugalidad. Bebía solo agua, era vegetariano, gustaba de tomates, fideos y panqueques. No fumaba, y tampoco toleraba que alguien fumara en su presencia. No poseía dinero ni bienes materiales.

En su juventud fue sobresaltado por la presencia en las calles de Viena de judíos luciendo largas barbas y túnicas negras. «¿Cómo pueden ellos ser alemanes?», se preguntó. Estaban por todos lados. Invadieron las profesiones de abogado y de médico, y tomaron el control de los periódicos. Los trabajadores reaccionaron. Pero no fueron los únicos: personalidades prominentes de Austria y Hungría no ocultaron su resentimiento ante semejante invasión extranjera de su propio país. Hitler, el hombre más poderoso que el mundo ha conocido, fue tan solo el responsable de llevar a cabo lo que tantos deseaban.

En ocasión de condecorarme con la Cruz de Caballero con Hojas de Roble, me confesó: «Si tuviera un hijo, quisiera que fuera como usted».

***

Jean-Claude Rapalian

Los escuché partir en la madrugada. Cuando oí pasos en el corredor y voces hablando bajo, no tuve dudas. Sabía que los iba a extrañar. Compartir un año y medio en tiempos tan difíciles no es poca cosa. Y además estaba aquella chiquilla... Con sus ojos vivaces y su pelo rubio, que ataba en un moñito con cintas de colores. Nunca dejaba de hacerlo, a pesar del infierno en que vivía. Ella había cumplido

10 años. Y yo ya tenía dieciséis. La diferencia de edades era mucha. Además, apenas habíamos conversado unas pocas veces. ¡Pero me despertaba tanta ternura...!

Un rato después, escuché el ruido de la pesada puerta de calle que se cerraba. Luego el silencio. Habían partido.

Y esta vez supe que ya no regresarían.

II

ENTRE LA ILUSIÓN Y EL DESENCANTO

Grenoble, Isère, territorio bajo ocupación italiana,
junio a setiembre de 1943

Charlotte

Es muy poco lo que puedo contar sobre Grenoble. Luego que la ocupación alemana nos obligó a escapar de Lieja, perdí interés en conocer nuevos sitios. Aun de mi adorada París, que tanto ansiaba visitar, tan solo conservé oscuros recuerdos envueltos en una niebla de miedo. ¡Ni que hablar de Lyon!

Pero además, en Grenoble –adonde a pesar de nuestros temores arribamos sin contratiempos una calurosa mañana de junio–, el matrimonio francés ya mayor que nos alquiló una pequeña habitación –sin ventana, con dos colchones en el suelo, pero ¡al menos no era un ropero!– nos tenía prohibido salir. Sobre todo a nuestros padres. Lo mismo hacía con los otros inquilinos, una familia de gitanos.

–Usted tiene que comprender, *madame* Duplessis –le explicaba papá una y otra vez, en tono conciliador– que es necesario que yo salga para conseguir alimentos para mis hijos. Es mi deber...

Su invariable respuesta era categórica:

–Que vayan los jóvenes.

Así que, al final, íbamos nosotros. Nuestros padres sufrían, pero no les quedaba otra alternativa. De todos modos, aun nuestras espaciadas salidas eran controladas con rigor por la severa *madame* Duplessis:

–¡Derecho a hacer las compras! Y a regresar enseguida, nada de vagabundear por ahí.

***

Debo reconocer, muy a mi pesar, que *madame* Duplessis tenía razón. Las calles de Grenoble eran intensamente patrulladas por el ejército. Y si bien las tropas eran italianas, los temidos uniformes de la Gestapo se veían por aquí y por allá, en tareas de «asesoramiento». En julio, un mes después de nuestra llegada, la ciudad apareció inundada de copias de un ***MEMENTO de la Legislación sobre cuestiones judías***, que debían aplicar las alcaldías y la Gendarmería. El compendio comenzaba con el capítulo: ***CÓMO RECONOCER UN JUDÍO***. Leerlo me puso los pelos de punta y me provocó una gran tristeza.

A pesar de ello, nos las ingeniamos: papá nos daba unas esquelas que entregábamos en un café cercano. En la salida siguiente recogíamos la respuesta. En una ocasión, al regresar, Léon leyó el breve mensaje –apenas media docena de palabras– delante de nosotros y esbozó una sonrisa. Fue la primera vez que oímos el nombre de Saint-Pierre-de-Chartreuse. Me pareció un dulce nombre. No sé por qué.

También corríamos algunos riesgos. Yo había entusiasmado a Raymond con la idea de ir a ver los trenes partir, como solía hacerlo en Lyon. Era algo que no tenía mayor sentido, que no alcanzaba a explicar, pero que a él también le gustó. Y no demoramos en encontrar un sitio protegido donde instalarnos, para disfrutar –aunque más no fuera por unos pocos minutos– de algo que nos recordaba la libertad perdida. Solo unos minutos y luego... ¡a correr, para evitar el rezongo de *madame* Duplessis!

MEMENTO
de la Législation des Questions Ju
à l'usage des Maires et des Brigades de G

I. — COMMENT RECONNAITRE LA QUAL
(Loi du 2 juin 1941, nº 2332, J.O. du 14 juin 1941, p. 2

1° EST JUIF :

Celui ou Celle : Q

Qui est avant le 20 juin 1940	
De religion, quelle qu'elle soit.	3 grands-parent de religion juiv
De religion juive, ou est sans religion (2).	2 grands-pa ou de religion
De religion reconnue autre que la religion juive (1), mais marié à une (ou un) juive (ou juif) (3).	2 grands-pa ou de religio
Le ménage dont chacun des époux appartient à une religion reconnue autre que la religion juive.	Pour chac grands-paren gion juive.

2° N'EST PAS JUIF : (4)

Celui ou Celle :

Qui est avant le 20 juin 1940	
De religion reconnue autre que la religion juive (1).	Aucun
De religion juive ou sans religion.	3 gran
De religion reconnue autre que la religion juive et non marié à un juif.	2 gra

***

Anne Michelle Lafourcade, *Michelle*

Desde el mismo momento en que ingresé al Grand Café des Commerçants percibí que algo grave había sucedido.

Se olfateaba en el aire. No sé, tal vez fuera que los cuchicheos por lo bajo entre mozos y parroquianos eran mayores de lo habitual. Pero cuando vi acercarse a don Giusto Pacella tan afligido, mientras con ademán protector indicaba que me sentara, se me heló la sangre. ¿Qué había acontecido? ¿JM? ¿Mi Capitán?

–Sucedió algo terrible –el italiano quiso prepararme para la noticia, pero la desesperación de mi rostro lo convenció de ir al grano–: Los nazis apresaron a Jean Moulin.

En un instante mi mundo se desplomó. A cualquiera lo podían poner preso, ¡pero a Jean Moulin no! Él estaba por encima de todas esas cosas sucias y deleznables que impregnaban de horror el mundo de la guerra. Él aparecía y desaparecía, como por arte de magia, sin perder su presencia y apostura, con el *feutre*, el gabán y la bufanda. No podía ser. ¡Jean Moulin no!

–Fueron arrestados muy cerca de aquí, en Caluire-et-Cuire, en las afueras de Lyon –prosiguió don Giusto–. Estaba reunido con otros jefes de la Resistencia en la casa del doctor Dugoujon, cuando la Gestapo allanó la vivienda. Todos fueron arrestados, salvo un tal René Hardy, que logró escapar... ¡Alguien habló, de eso no hay duda! Es lo que todos dicen. ¡Moulin fue entregado! –remató don Giusto, indignado y vehemente, como nunca antes lo había visto.

El impacto fue terrible. Un torbellino de preguntas se arremolinó de manera caótica en mi cabeza. Entonces, ¿Jean y los otros jefes estaban ahora en las manos de Klaus Barbie? ¿Qué pasaría con la Resistencia? ¿Cuántas informaciones lograrían arrancar los nazis a estos desgraciados? ¿Y mi Capitán, que estaba tan solo a sesenta kilómetros de Lyon, escondido en el macizo de la Chartreuse, corría peligro? ¿Lograrían averiguar su paradero? ¿Sabrían de la carta que JM me entregó? Eran demasiadas preguntas dolorosas al mismo tiempo.

Con esfuerzo me levanté y me dirigí al *toilette*. Allí, al abrigo de miradas indiscretas, me derrumbé por completo y dejé que las lágrimas –¡tanto tiempo contenidas!– fluyeran a su antojo.

***

Con el correr de los días se conocieron más detalles. Detalles espeluznantes, debo decir.

Fue internado en la prisión de Montluc. Una vez que los nazis confirmaron su identidad, lo trasladaban todas las noches a un sótano de la *École de santé* –el sitio preferido de torturas de la Gestapo–, donde se «ocupaba» de él Klaus Barbie en persona. ¡Qué hijo de puta!

Después de su última «reunión» con Barbie, Jean –medio muerto– fue arrojado en el patio de la prisión. Christian Pineau, un prisionero que oficiaba de barbero de la cárcel –a quien insólitamente le pidieron que lo afeitara–, fue el último en verlo con vida: «Moulin estaba en muy mal estado. Se encontraba inconsciente y sus ojos parecían incrustados hacia adentro de su cráneo, como si hubieran sido empujados a través de su cabeza. Una horrible herida azul se expandía por toda su sien. Un estertor tembloroso salió de sus labios tumefactos». También se supo de uñas arrancadas y muñecas quebradas. Un rato más tarde alcanzó a pedirle agua al barbero, y él le dio unos sorbos. Fue lo último que se supo de Jean. Una semana después, el 8 de julio, mientras trasladaban en tren su cuerpo destruido hacia Alemania, falleció cerca de Metz.

Me sentí muy sola. Fue un triste consuelo saber que había muerto como un héroe: a pesar del brutal castigo que recibió, ¡no le pudieron arrancar una sola palabra! La gente –incluidos muchos franceses «indiferentes», que habían mirado para otro lado durante la ocupación– comenzó a hablar de él con admiración. Yo me sonreía por fuera, pero por dentro sentía a la vez orgullo y rabia. No solo admiraba a Jean por cómo había muerto. Siempre lo había admirado por cómo había vivido.

***

Fue también por Giusto que supe que *la signorina del gelato di fragola* y su familia habían dejado Lyon. Hicieron lo correcto. No tenían otra alternativa. Como venía la situación, Lyon pronto sería una ciudad *Judenrein*, ¡como gustaban decir los nazis de mierda!

En medio de mi angustia y dolor, sentía que muchas cosas me unían a ella. Recordaba su imagen en la colina –la cabeza apoyada en las rodillas y la tierna mirada observando a la distancia– y me preguntaba: ¿seguiría mirando los trenes partir? ¿Podría aún hacerlo?

***

Charlotte

¡Qué noticia más aterradora, por Dios!

Fuimos con Raymond a hacer un mandado al almacén. Unas pocas cosas, como para seguir soportando el hambre. Era el 9 de setiembre de 1943. Estábamos por atravesar un *boulevard*, cuando de repente vimos aparecer a toda marcha y con aire triunfal –como si se tratara de un desfile militar– una columna de tanques alemanes. ¡Quedamos desconcertados! ¿Qué estaba pasando? Preguntamos a una señora que caminaba a nuestro lado:

–La ciudad pasa a estar bajo control de los nazis. Los italianos se van –nos respondió, como si fuera algo sin importancia.

Se nos paralizó el corazón. Habíamos venido a Grenoble dos meses atrás huyendo de los nazis, y de ese despiadado ser del que todos hablaban. Y ahora volvíamos a caer bajo sus garras. ¡No lo podíamos creer!

Cuando regresamos a lo de *madame* Duplessis, ya todos estaban enterados de lo sucedido. El ambiente era lúgubre. Incluso la propia *madame* estaba muy nerviosa. Los días siguientes confirmaron nuestros peores temores: las calles se volvieron un hervidero de alemanes y las razias comenzaron de inmediato. Los intimidantes uniformes de la Gestapo y de las Waffen-SS, acompañados por los de las Milicias francesas, estaban por todos lados. Pronto un nombre, para nosotros bien conocido, comenzó a escucharse entre *les grenobloises*: Nikolaus Barbie. Los controles en las estaciones de ferrocarril se volvieron estrictos: se revisaba la documentación y, a la menor duda, se llamaba por teléfono a la alcaldía para asegurarse de que no había falsificación. A los varones se los obligaba a desvestirse de la cintura para abajo. Si estaban circuncidados, eran deportados sin más trámite. Varias decenas de judíos fueron arrestados y enviados a los campos de concentración en apenas un par de semanas de setiembre. A los *résistants* no les iba mejor: a una veintena de jóvenes capturados por aquellos días los hicieron desfilar por la calle principal con los brazos levantados. Raymond y yo los vimos. Se podía leer en sus rostros cómo el terror consumía los últimos restos de orgullo. Luego se dijo que fueron fusilados.

El clima entre los perseguidos era de pánico. Nadie sabía qué hacer, hacia dónde huir. Léon trató de mantener su habitual calma y buen humor, pero le resultó imposible. Mamá nos miraba con la ternura de siempre, pero sus ojos estaban vidriosos por el llanto. Supimos que los alemanes habían avanzado sobre el territorio ocupado por los italianos, tanto desde Lyon y otras ciudades de Francia como desde la propia frontera con Italia. ¡No quedaba ni un pequeño rincón donde guarecerse! Comenzamos a pensar que nuestro final se acercaba.

Sin embargo, en esos días negros, nació una ilusión. Las noticias eran confusas: la ocupación alemana del sur de Francia y el retiro de los italianos se debieron a que el rey de Italia Víctor Manuel III hizo la paz con los Aliados (a espaldas de Hitler) y puso preso al líder fascista Benito Mussolini. También se supo que los Aliados, luego de la exitosa campaña en África del Norte, desembarcaron en Italia –en la isla de Sicilia– y avanzaban desde el sur. Los alemanes retrocedían en todos los frentes. Eso era seguro. Todo lo demás eran rumores: algunos ciertos, otros descabellados.

Pero lo más importante fue que, por primera vez, la gente –en los cafés, en las *boulangeries*, en los puestos de verduras– comenzó a preguntarse: ¿cuánto más podrá durar?

¡La guerra –y nuestro sufrimiento– podían tener un fin! Era solo una ilusión, pero nos era tan necesaria... Papá se decidió a hacer un último esfuerzo, cuando ya casi no teníamos un peso: mudarnos a un pequeño pueblito de las montañas, donde resultara más difícil encontrarnos, mientras transcurría el tiempo y rogábamos que el ansiado final de la guerra llegara. Y así el dulce nombre de Saint-Pierre-de Chartreuse volvió a escucharse en nuestras conversaciones...

III
UNA VENTANA EN MEDIO DE LA NOCHE

Saint-Pierre-de-Chartreuse, región Rhône-Alpes, Isère, territorio bajo ocupación alemana, entre octubre de 1943 y marzo de 1944

Pierre Chenaudon (35 años), *épicier*

Desde el momento en que los vi entrar a la *épicerie*, no tuve dudas. Es que el pueblo siempre ha sido muy pequeño: unas setecientas personas, poco más o menos. Todos nos conocíamos. Cuando alguien nuevo aparecía, enseguida se notaba. No obstante, en los años negros aprendimos a no preguntar. Sainte-Pierre está en plena montaña, y en épocas de caminos malos y transportes precarios, unos cuantos lo eligieron como refugio para escapar de los nazis. Por otra parte, muchos en el pueblo teníamos parientes o amigos *maquisards*. Yo tenía un primo y su mujer que estuvieron contra el Gobierno de Vichy desde la primera hora. Un buen día desaparecieron en la montaña, dejando tan solo un mensaje escrito en un trozo de cartón, sin mayores detalles. Pero yo sabía que se habían unido a *Combat*, y con mi esposa nos hicimos cargo de sus dos hijas, Natalie y Nicole. Y así, muchos otros. Por eso en el pueblo se había instalado un manto de silencio. Nadie hacía preguntas incómodas. No es que no hubiera serviles colaboracionistas. ¡Sí que los había, como en todas partes! Pero eran pocos y no se animaban a tomar la iniciativa. Salvo la delación. La mayor bajeza era cuando recurrían a sus amos de la Gestapo para entregar a algún pobre judío o a una familia que escondía a un inválido.

Por eso, cuando Martha y yo vimos aparecer a ese par de muchachos –una chica y un varón– que no conocíamos, rubios como el trigo, espigados, nos dijimos: parecen tan arios... que no pueden serlo.

Lo que sí nos llamó la atención fue que vinieran enseguida del 1.º de octubre. ¡Con lo espantoso que había sido aquel día!

***

Charlotte

Vomité durante todo el viaje. El camión despedía un olor a nafta insoportable. Sumado a los nervios y a los pozos del camino, hicieron que la pasara muy mal en todo el trayecto. Viajamos en la caja –salvo mi padre, que iba en la cabina junto al chofer–, tapados con lonas y mezclados con una cantidad de desechos –que también lanzaban un olor inmundo–, entre los cuales escondimos las bolsas con las pocas ropas viejas y descosidas que nos quedaban. Pero no era tiempo para quejas. Al final el camión se detuvo. Mi padre golpeó tres veces en la caja: era la señal acordada. Como pudimos retiramos las lonas que nos cubrían y bajamos.

Era noche cerrada, y un viento frío proveniente de las montañas barría el poblado. Me sentía descompuesta y estaba cubierta de tierra y hollín. Mientras mi padre nos apuraba a entrar, apenas pude dar una rápida mirada a la casa y al pueblo que sería nuestro nuevo «hogar». Era una casa antigua, de paredes de piedra con rajaduras y techo de tejas de madera. Al entrar, una imagen de la Virgen María con el niño Jesús en sus brazos, ubicada sobre la puerta, me llamó la atención. A pesar de todo lo sucedido, esa casita rodeada de montañas nevadas me hizo esbozar por dentro una sonrisa.

Entramos. La casa –que poseía una planta baja y dos pisos altos– se veía vieja y descascarada, y el matrimonio francés que les alquilaba a mis padres –¡tan añoso como la casa!– era de pocas palabras. Subimos por la escalera con lentitud, aferrados a nuestros bolsitos, siguiendo a *monsieur* Durand, el propietario. A pesar del estado de debilidad en que me encontraba, mi expectativa no podía ser mayor.

Al final llegamos. Nos alojaríamos en el segundo piso. *Monsieur* Durand nos mostró las «comodidades» de que dispondríamos: dos piezas, ¡para nosotros solos!, con los consabidos colchones en el suelo. El baño estaba aparte, en la planta baja, y era compartido por todos los habitantes: los dueños de casa que residían abajo, una familia que se alojaba en el primer piso –a quienes no conocimos en ese momento– y nosotros.

Monsieur Durand se retiró y quedamos solos. Fue recién entonces que descubrí –maravillada– algo que no había visto hasta entonces: en una de las habitaciones había una buhardilla con una ventana. Y no parecía tapiada... Miré a mi padre, temerosa de cuál sería su respuesta, que imaginé:

–Sabes, Charlotte, que la ventana va a estar cerrada. Más tarde vendrá *monsieur* Durand a clavar unas tablas, para mayor seguridad –esperaba que me dijera, dolorido por tener que decepcionarme...

Sin embargo, ¡me equivoqué!

–Sí, Charlotte, vamos a poder abrir los postigos y mirar por la ventana, ya lo hablé con *monsieur* Durand. Aunque al comienzo muy pocas veces y sobre todo de noche y apagando las luces...

Corrí a abrazarlo. Le rodeé el cuello con mis brazos y lo apreté bien fuerte, mientras lo cubría de besos. Léon carraspeó un poco y miró a Blima. Me pareció que ambos estaban emocionados. Entonces papá apagó la luz y los dos juntos nos acercamos a la ventana –bajo la atenta mirada de Raymond y mamá–. Abrimos un poquito el postigo, como si fuera parte de un ceremonial largamente esperado. Contuvimos la respiración. Era apenas una pequeña rajadura de oscuridad. Pero fue suficiente. Fue como haber presenciado la más deslumbrante de las visiones: en la noche alpina se divisaban los techos de las casas de Saint-Pierre-de-Chartreuse y, más al fondo, una media luna perfecta bañaba con su resplandor las montañas nevadas. No dijimos nada. Durante largo rato contemplamos en silencio. ¡Fue como un milagro!

***

Esa visión idílica no duró demasiado.

Saint-Pierre no era lo mismo que Grenoble o Lyon, eso estaba claro. No se observaba aquel patrullaje incesante que nos obligaba a vivir en un permanente estado de terror. Pero pronto nos enteramos de que Saint-Pierre fue ferozmente rastrillada –¡casa por casa!– por la Milice Française, dirigida por la Gestapo, durante la noche del 1.º de octubre. ¡Una semana antes de nuestra llegada! Dieciocho judíos –entre ellos varios niños– fueron arrancados de sus camas en mitad de la noche y deportados «al Este», sin destino conocido. No fue un hecho aislado: Allevard y otras pequeñas localidades de la región la siguieron. Incluso se rumoreaba que trataron de ingresar a la Grande Chartreuse (ubicada cerca de Saint-Pierre), el monasterio donde San Bruno fundó en el año 1084 la Orden de los Cartujos, pero los monjes se lo impidieron.

Así que los tres primeros meses fueron de encierro. Eso sí: ¡con el beneficio de la ventana! Nunca había pensado que fuera algo tan importante. La dichosa ventana daba hacia el fondo de la casa. Se veían árboles y plantas, con sus colores otoñales: ocres, amarillos y marrones. También se veían otras casas, aquí y allá, no muchas, porque nos encontrábamos en las afueras del pueblo. Al fondo del paisaje se contemplaban las imponentes cumbres nevadas: se destacaba un pico con forma de cresta, que papá me dijo era el de Cha-

mechaude. Con el correr de las semanas la nieve se acercó a nuestra casa, hasta que poco antes de fin de año también el jardín se vistió de blanco. Fue emocionante levantarse una mañana, luego de una fuerte tormenta, mirar por una rendija del postigo y ver todo blanco. Hacía frío, porque teníamos solo un par de estufas de leña para calentar toda la casa, pero estábamos contentos de recuperar –poco a poco– sensaciones que creíamos perdidas.

Fue en ese tiempo que conocí a Aline. Ya llevábamos viviendo seis semanas en Saint-Pierre y todavía no sabíamos quién vivía en el primer piso. ¡Tal era nuestro encierro! Un buen día nos sorprendió encontrarnos, una subiendo y otra bajando la escalera. Aline tenía 10 años, como yo, y vivía con su familia –sus padres y dos hermanos varones mayores que ella–, y ambas permanecíamos encerradas en la casa todo el tiempo. Muy pronto nos hicimos buenas amigas. Pasábamos un número interminable de horas juntas, charlando e inventando juegos, con las pocas cosas que teníamos. Ella tenía un dominó, ¡qué maravilla! A veces lo hacíamos en su parte de la casa, otras en la mía. Estaba muy contenta de tener una amiga, ¡luego de tanto tiempo! A mí me dolió mucho cuando las «leyes raciales» me obligaron a dejar la escuela y así perdí mis compañeros para siempre. Tampoco tenía nada para leer. Para mí eso era un castigo difícil de soportar. Pero ahora estaba Aline, ¡mi primera amiga de la adolescencia! Alguien que me confiaba sus fantasías y me animaba a contarle las mías...

Con el correr del tiempo –y a medida que la presencia militar y policial disminuía–, empezamos a salir de la casa. Ya entrado el año 1944, cada dos por tres Raymond y yo éramos enviados a hacer algún mandado. Mis salidas preferidas eran ir a lo de Antoine –el *artisan boulanger*– y a lo de Pierre –el *épicier* del pueblo–. Aunque también me encantaba detenerme a contemplar el trabajo de *monsieur* Salguière, el *souffleur de verre*. Me hubiera quedado horas observando las maravillas que fabricaba con el vidrio; pero no podía demorarme para no impacientar a mis padres.

El olor del pan recién horneado por las mañanas era una sensación insuperable. Y también me fascinaba husmear entre aquellos productos que había en la *épicerie*, provenientes de otras regiones de Francia e incluso de lugares muy alejados del mundo. Me gustaba imaginar cómo serían: Madagascar, Martinica, Buenos Aires... ¿Dónde quedarían? Pierre el *épicier* y su esposa Martha eran muy amables conmigo, y me explicaban todo lo que les preguntaba, con mucha paciencia. ¡Deseaba tanto volver a disfrutar esas cosas! Como visitar a mi amigo *monsieur* Ledouc, el *bouquetier* de mi añorada Lieja... ¿Qué habría sido de él?

***

Mi juego preferido –cuando me enviaban de compras– era contar cuántas casas de cada color había en el camino, o ver cuántas eran de un tipo o de otro (de dos plantas o de tres, de techo de tejas de madera o de piedra pizarra, con o sin esos «picos» tan extraños que colocaban como adorno en los techos). También me gustaba imaginar lo que sucedía dentro de cada una de ellas. Raymond, en cambio, era bastante mayor que yo y tenía otras necesidades... Con sus 16 años para 17, cuando conocía una chica que le resultaba atractiva, enseguida procuraba entablar relación. Era lógico: vivía encerrado entre cuatro paredes y ya casi era un hombre. Pero, por otra parte, eso era peligroso. ¿Cuánto le podía llegar a contar a la joven? ¿No cometería el error de ser demasiado confiado e ingenuo? Mis padres vivían preocupados con ese tema. Comprendían lo que estaba viviendo mi hermano, pero no tenían más remedio que restringirle al máximo las salidas, hasta que el infierno que vivíamos terminara. Estaba en juego la vida de todos. Y, en primer lugar, la de él mismo.

En marzo, con los primeros calores de primavera, mi padre me invitó a dar un paseo. Fue un gran acontecimiento. En todos esos años, rara vez habíamos hecho algo juntos, salvo huir. Cuando me dijo que me abrigara y lo acompañara, sin decirme a dónde, me sorprendí mucho. Era temprano por la mañana, el cielo estaba despejado y se respiraba el aroma inconfundible de la primavera. Cuando salimos a la calle, para mi asombro, no tomó el camino que conducía al centro del poblado, donde estaban la mayoría de los comercios que frecuentábamos, sino en la dirección opuesta, rumbo a los bosques que se extendían al pie de las montañas. Lo seguí en silencio, intrigada. Al cabo de un rato nos internamos en una tupida arboleda, por un sendero de montaña que seguía la ribera de un arroyo. Quizá fuera el Couzon, pero no lo sé. El agua era cristalina y el rumor del arroyo al correr entre las piedras me encantó. De repente papá se apartó unos metros del sendero y me señaló unos arbustos, con una sonrisa de satisfacción como no le había visto en años:

–*Voilà!*

Aquí y allá crecían plantas salvajes de fresas y de moras, con sus frutos bien maduros. Quedé extasiada. Abrí bien grandes los ojos y la boca, pero no me salió palabra:

–¡Oh!

–Vamos a cortar solo las que ya están prontas –me susurró papá, mientras sacaba una navaja del bolsillo.

Probamos varias frutas, de diversos tipos: eran pocas y más bien chiquitas, pero me parecieron lo más exquisito que había disfrutado en años.

–Ahora vamos a recoger algunas para llevarles a mamá y a Raymond.

Así lo hicimos, y apenas unos minutos después partimos camino a casa, rebosantes de alegría. Durante el regreso casi no hablamos; pero cada tanto nos mirábamos y sonreíamos con complicidad. En las semanas siguientes repetimos el paseo un par de veces más.

Por primera vez en años que me habían parecido eternos, sentí que la felicidad estaba cerca. Tanto, que casi podía tocarla con las manos. Faltaba tan solo un esfuerzo más... ¿O nos estábamos engañando?

***

Pierre Chenaudon, *épicier*

Después de la *rafle* del 1.º de octubre, Saint-Pierre-de-Chartreuse vivió un período de cierta tranquilidad. Habíamos pagado un precio, ¡y bien alto! Pero además, supe por unos amigos que la Policía Francesa había catalogado a nuestro pueblo como de «guarida de judíos». Era solo cuestión de tiempo para que regresaran por más.

Una o dos veces por semana, al caer la noche, nos reuníamos en la casa de algún amigo a comentar las escasas noticias que nos llegaban sobre la guerra. Nos movíamos con disimulo, aunque por dentro éramos un manojo de nervios y apenas podíamos contener nuestra ansiedad. Sobre todo al comprobar, día tras día, el giro de los acontecimientos. Así nos enteramos de que los Aliados –con muchas pérdidas– progresaban en Italia (defendida ahora tan solo por el Ejército Alemán) y se acercaban a Roma. Y que Hitler había liberado a Mussolini y lo había puesto al mando del gobierno en Milán, pero sin poder alguno. Tampoco en el frente ruso las cosas iban bien para la Wehrmacht, que retrocedía en toda la línea y acababa de perder la emblemática Leningrado (la antigua San Petersburgo), recuperada por el Ejército Rojo luego de sufrir un sitio terrible.

A esas reuniones asistía, de vez en cuando, el joven «ario» que llegara con su familia unos meses antes a Saint-Pierre, llamado Raymond, quien se había vuelto muy «amigo» de mi sobrina Nicole. A mí me preocupaba esa relación. No por el tema de la religión, no, eso no me importaba. Pero apenas lo conocíamos, y eran tiempos difíciles. Había que cuidarse. ¿Me comprende? Sin embargo, Nicole era muy cabeza dura y no me hacía caso.

Mientras tanto, los *résistants* intensificaron sus acciones en las cercanías de Saint-Pierre. Teníamos opiniones diferentes sobre ese tema. Algunos pensaban que era necesario. Otros temíamos que provocara actos de venganza nazi sobre la población.

De todos modos, hasta bien avanzada la primavera, Saint-Pierre se mantuvo en calma. Pero era una calma extraña. Me daba mala espina.

IV
EL PAROXISMO DEL MAL

Diversos lugares del sur de Francia,
entre marzo y agosto de 1944

Anne Michelle Lafourcade, *Michelle*

¡Los nazis no parecían comprender que su final se acercaba! ¿O sería que su crueldad era infinita? ¿Y qué decir, entonces, de los franceses colaboracionistas? ¡Denunciaban a sus propios vecinos y compatriotas para congraciarse con el opresor! ¿No comprendían que su infame servilismo los enterraba cada día más? ¡Que después no vinieran a rogar clemencia, *salops de merde...*!

Fíjese que solo en los primeros tres meses del año, al menos trescientos judíos fueron arrestados en Grenoble. Antes, ni nos enterábamos de lo que sucedía. Pero ahora muchos comenzaron a hablar. Cada vez era más difícil para los nazis y los *collabos* mantener sus crímenes ocultos.

A finales de diciembre Julius Zerman, responsable de la Union de la Jeunesse Juive de Grenoble, de 19 años, murió durante su arresto. Varios otros integrantes del grupo fueron apresados. Nunca se supo más nada de ellos. En febrero se instaló en el Hôtel Suisse et Bordeaux, cerca de la estación de ferrocarriles, una Sección de la Policía Antijudía Alemana. Las redadas aumentaron de inmediato. Los hoteles y pensiones conocidos por aceptar judíos –como el Hôtel d'Angleterre y la pensión Thérèse– sufrieron razias cotidianas. También los pequeños pueblos fueron objeto de la enfermiza persecución: veinticinco personas arrestadas en Uriage a comienzos de febrero; una veintena detenidos el 18 del mismo mes en Vizille; una quincena apresados el 23 en Monestier-de-Clermont. En marzo fue el turno de La Terrasse, del convento La Providence de

Corenc y, sobre todo, de la aberrante fechoría de La Martellière, cerca de Voiron.

En esta pequeña villa al pie del *massif de la Chartreuse*, la Gestapo irrumpió, a las tres de la madrugada del 23 de marzo, con un impresionante despliegue de armas y efectivos, para apresar... ¡a diecisiete niños y adolescentes! Más la madre de uno de ellos, que estaba a cargo del grupo. Pertenecían al albergue para niños del rabino Chneerson. Todos ellos fueron deportados. Su destino: un lugar llamado Auschwitz, cuyo nombre se escuchaba cada día más. No sabíamos dónde quedaba; pero sí sabíamos que de allí no se regresaba.

***

Nikolaus *Klaus* Barbie

Era mi oportunidad de hacer en Isère lo mismo que había hecho en Lyon. ¡Pensar que a Lyon la llamaban –con toda pompa– la «Capital de la Resistencia»! Pues bien: allí mismo, en el corazón de la Resistencia, me di el gusto de apresar y enviar a Alemania a su jefe máximo Jean Moulin. Más tarde fui informado de que murió durante el viaje. Los autodenominados «*résistants*» eran en realidad bandidos, criminales de poca monta, o jóvenes imberbes, incapaces de participar en la verdadera guerra. Pero debo decir que este Moulin era duro. Se ganó mi respeto, lo que no es poco. Aunque también debo confesar que me hubiera resultado más difícil arrestarlo, si uno de sus compañeros no lo hubiera delatado. Sea como fuere, la muerte de Moulin fue un golpe tremendo para los insurrectos.

Y a mí me otorgó un enorme prestigio personal: bien pronto fui convocado a mi patria, donde el *Führer* en persona me otorgó la Cruz de Hierro de Primera Clase con Espadas.

Poco después, a comienzos de setiembre, la retirada de los italianos –unos serviles de los judíos– resultó una bendición. ¡Servían para tan poco esos seres siempre preocupados por *mangiare* y *scopare*! Con la ayuda de una Sección de la Policía Antijudía que

se instaló en un hotel de Grenoble, muy pronto pusimos manos a la obra. El trabajo con los judíos se desarrolló a buen ritmo. Eran muchos y estaban acostumbrados al tratamiento *très chic* de los italianos, por lo que no resultó difícil atraparlos. Luego de una primera batida en Grenoble, nos extendimos a los pequeños pueblos del departamento. En cambio, la tarea con la Resistencia era más difícil. El macizo de la Chartreuse –donde se refugiaban muchos de ellos–, con sus altas montañas nevadas y sus infinitos recovecos, brindaba una protección natural a estos delincuentes. Era necesario esperar a que finalizara el invierno para golpearlos con fuerza.

Giusto Pacella

Pecato! Quanto terribile! ¡Cincuenta niños de una escuela apresados por la Gestapo! *Porca miseria!*

El café era –cada vez más– un centro de informaciones. A medida que se olía en el aire la derrota de los nazis y de Vichy, la gente se animó a hablar. Seguro que se decía de todo, así que tampoco había que dejarse llevar *per tutti i pettegolezzi*.

Pero esa tarde del 6 de abril del 44, cuando supimos que por la mañana tres camiones con oficiales de la Gestapo llegaron a una escuela y albergue en Izieu –un pequeño pueblito de menos de cien habitantes– y secuestraron a todos los alumnos y maestros, la indignación fue incontenible. Por primera vez en años los parroquianos se expresaron en voz alta, algunos casi a los gritos, sin tener miedo a ser denunciados. La furia y la impotencia eran terribles. Sin embargo, los tiempos estaban cambiando.

***

Pierre Chenaudon

Nunca olvidaré aquel martes. Antoine, el *artisan boulanger*, nos había adelantado que un sobrino suyo –recién llegado de Grenoble– traía novedades sobre el odiado Klaus Barbie. Al anochecer nos encontramos en su casa, con los amigos. Cuando llegué, un poco retrasado (había tenido una de las habituales discusiones con mi sobrina Nicole), el ánimo estaba por el suelo.

–Cuando termine con los judíos de Grenoble, haré lo mismo con los *résistants* de la Chartreuse –había dicho Barbie a sus secuaces–. ¡Y ya me queda poco trabajo con los marranos!

Quedamos en silencio, preocupados. En realidad, no era nada nuevo: sabíamos que el ataque de los nazis podía llegar en cualquier momento. A pesar de la brutal razia del 1.º de octubre, los judíos continuaron llegando a Saint-Pierre. Y las acciones de la Resistencia se incrementaron. Sí, era probable que el ataque fuera inminente...

De repente se abrió la puerta y –en esa reunión de hombres– asomó la cabeza Nicole. La miré como para matarla. Pero no me dio tiempo:

–¡Los Aliados desembarcaron en *la Normandie*!

Nos miramos unos a otros, pasmados de asombro. En un santiamén, cien preguntas se cruzaron en el aire, sin que nadie supiera responderlas. ¿Será cierto? ¿Cómo te enteraste? ¿Quién lo dijo? ¿Qué dice la BBC? ¿Y De Gaulle?

Salimos a la calle con discreción. Era una noche maravillosa, fría y estrellada, de finales de primavera. Algunos fuimos al café de la plaza, frente a la Mairie. Otros se acercaron al *billiard*, donde todavía había algo de movimiento. El rumor estaba en todos lados. Una hora más tarde nos volvimos a reunir. Esta vez en mi casa, para no levantar sospechas. No terminábamos de convencernos. ¡Y menos aún nos animábamos a festejar! ¡Habíamos sufrido tanto en los últimos años! Pero igual saqué del bargueño una botella, que había guardado con el mayor cuidado todo ese tiempo.

–Solo una pequeña copita, hasta que las novedades se confirmen –les previne a mis amigos–. Y fíjense: es un Calvados, de Normandía. ¿Habrá sido una premonición?

En esa noche dulce y estrellada nos abrazamos en silencio, mientras el corazón se nos salía del pecho por la ansiedad de saber más. Sí, ¡cómo no voy a recordar aquel martes 6 de junio de 1944!

Sin embargo, una pregunta nos perturbaba: ¿y nosotros, en el sur, cuánto más tendríamos que esperar?

***

Domingo López Delgado

Por la mañana, a las 7:30, divisamos la costa francesa sobre el mar de Liguria, en el Mediterráneo. ¡Por fin estábamos donde tanto habíamos ansiado! Ahora debíamos esperar impacientes la orden de desembarco.

Tres largos años habían transcurrido desde que partiera de mi añorado Uruguay. Muchas cosas sucedieron en ese tiempo, que me marcaron para siempre. No era el mismo, de eso no cabía duda. Pero todavía conservaba intactos aquellos ideales que me llevaron a golpear fuerte la mesa del viejo Café Gardeazábal y gritar bien alto:

–¡Mi lugar está donde se pelea por la libertad!

Lejos había quedado mi bautismo de fuego en el norte de África. El cerco heroico de Bir Hakeim, nuestro encuentro con el general De Gaulle, la victoria –para nosotros trágica– de El Alamein, donde cayó el querido Amilakvari. También sufrimos la pérdida de nuestro compatriota Águedo Sequeira, muerto al ser bombardeada la ambulancia que conducía, el 30 de agosto de 1943. No fueron consuelo suficiente el homenaje solemne de la Legión y las vibrantes palabras de nuestro capitán Jean Simon durante su inhumación en Takrouna: «Desde un pequeño país de América del Sur viniste a empuñar las armas en defensa de Francia y de la democracia. Dejaste todo lo que amabas para combatir junto a nosotros. Gracias en nombre de mi patria. Tu tumba quedará como un jalón de gloria en nuestro camino hacia la victoria final». Luego rezó una oración con voz quebrada. Y allí, en la tumba 13 del grupo M del cementerio nacional de Túnez, cubierto por la gloriosa bandera tricolor con la Cruz de Lorena, quedó nuestro amigo.

Más tarde desembarcamos en Itália, e hicimos la campaña desde Nápoles hasta Roma. Varios episodios difíciles que me correspondió protagonizar motivaron que fuera condecorado. Fue un inmenso honor. Al recibir la Cruz de Guerra, imaginé lo que hubiera sentido mi familia si hubiera estado presente.

Había venido a la guerra por mi amor a la democracia y a Francia, esa nación que ahora dormía a pocas millas de donde nos encontrábamos. La batalla decisiva estaba cercana.

***

Anne Michelle Lafourcade, *Michelle*

El tiempo de la desesperación había llegado. Malraux llamó al comienzo de la era nazi *el tiempo del desprecio*. ¿Qué podía definir mejor su oscuro final que la desesperación provocada por la rabia, el odio y el resentimiento?

Era lo que los empujaba a acciones cada vez más brutales y carentes de sentido. En el cementerio de Rillieux-la-Pape siete judíos fueron fusilados por la Milice Française dirigida por Paul Touvier, como represalia por acciones de la Resistencia. Por lo mismo, seis judíos fueron asesinados en Voiron. Albert Troujmann y la familia Cohen-Faraggi fueron secuestrados en Grenoble por la banda del miliciano Guy Esclach: al primero le destrozaron el cráneo sobre el puente de la Bastilla, mientras que a los demás los arrojaron al río Isère con una granada alrededor del cuello. La persecución contra los *résistants* se volvió cada vez más feroz y se trasladó a los pequeños pueblos: La Frette, Bizone y Allevard fueron solo algunas de las muchas villas sospechadas de proteger a los maquis que los nazis rastrillaron casa por casa, y donde tomaron rehenes para asustarlos.

Con el correr de los días se conocieron los detalles del ataque al albergue de Izieu. Fue a la hora del desayuno. Los niños estaban tomando chocolate caliente. Los nazis rodearon la escuela y se llevaron a todos los alumnos. ¡Los arrojaron en los camiones como si fueran bolsas de papas, mientras los niños gritaban aterrados! Ni uno solo pudo escapar. Poco después fueron enviados a Auschwitz, en el mismo convoy que los niños de Voiron.

La locura se había desatado. ¿Qué sentido tenía todo esto?

Vivía angustiada. Todos sabíamos que el *massif de la Chartreuse* era el refugio preferido de los maquis de la región. A medida que la persecución de la Gestapo se volvía más eficiente en los valles, los *maquisards* tomaban el camino de las montañas. Así lo había hecho, tiempo atrás, mi Capitán. Era evidente que no tardarían en lanzarse sobre ellos, llevados por esa demente desesperación que los dominaba. Entonces, ¿qué sería de él?

***

Domingo López Delgado

La fase inicial de la Operación *Dragoon* resultó un éxito total. En la mañana del 16 de agosto comenzamos nuestro desembarco cerca de Cavalaire, encontrando escasa resistencia. Al pisar tierra firme, los compañeros franceses liberaron su emoción: hincándose de rodillas, recogían puñados de arena que besaban con fervor, sin poder contener el llanto.

Recién un par de días después tomamos contacto directo con el enemigo: primero en las salinas de Hyères y luego en las afueras de Toulon. Enfrentamos fuertes nidos de resistencia germanos y el contraataque desde un fortín ubicado en las alturas de un monte. Pero el Decimonoveno Ejército Alemán ya no era el mismo, su desorganización era notoria. Fue por eso que el comandante del Séptimo Ejército de los Estados Unidos, Alexander Patch, y nuestro comandante, Jean de Lattre de Tassigny, decidieron apurar el ritmo.

Mientras el Primer Ejército Francés atacaba Toulon y Marsella, los estadounidenses avanzaban por el valle del Ródano. La resistencia fue débil, comparada con la que veníamos de sufrir en África y en Italia. Muy pronto los alemanes comenzaron a batirse en retirada hacia el norte y nosotros a perseguirlos. En las poblaciones a lo largo del camino, éramos aclamados por una multitud enloquecida de alegría. Nos arrojaban flores. Y si los camiones se detenían, eran de inmediato asaltados: ¡se nos cubría de abrazos y besos hasta ahogarnos! Era la apoteosis de la libertad, que por fin había roto las cadenas que la oprimían. Revivía la verdadera Francia.

Así continuaron los días siguientes. Por una parte, recibiendo el «Honor y reconocimiento eterno a los libertadores», como decían las postales que nos regalaban las muchachas en los poblados. Por otro lado, enfrentando los bolsones de resistencia nazi, que en la desesperación por la derrota cercana seguían cometiendo los crímenes más execrables. Mientras el Ejército Norteamericano se ocupaba de las grandes ciudades, nosotros liberábamos –uno por uno– los pequeños poblados de la montaña, para evitar que quedaran expuestos a su propia suerte.

***

Nikolaus *Klaus* Barbie

Cumpliría con mi deber hasta el final. De eso no tenía la menor duda.

En la Gran Alemania la tarea ya había sido concluida. Todo lo que pudiera aportar fuera de sus fronteras a nuestros ideales –por más adversas que fueran las siempre cambiantes circunstancias de la guerra– debía hacerlo.

Por eso me ocupé del tema del albergue de Izieu. Algunos me preguntaron si era necesario. Era cuestión de responsabilidad. Y así lo comuniqué a mis superiores: *Esta mañana la casa de niños judíos «COLONIE ENFANTS» en Izieu-Ain ha sido limpiada. 41 niños en total, entre 3 y 13 años han sido capturados. También ha tenido lugar el arresto del total del personal judío, 10 personas, de las cuales 5 son mujeres.*

Pocos conocían lo duro que era nuestro trabajo. Yo lo cumplía con orgullo, porque sabía que era mi deber, aunque no siempre con alegría. El camarada Heinrich Himmler, unos meses antes –en octubre de 1943–, nos habló en una reunión reservada directo al corazón: *La frase «los judíos deben ser exterminados» contiene pocas palabras. Se dice pronto, señores. Pero lo que exige de quien la pone en práctica es lo más duro y difícil que hay en el mundo. Naturalmente son judíos, no son más que judíos, es evidente; pero pensad en la cantidad de gente –incluso camaradas del partido– que han dirigido a cualquier servicio o a mí mismo la famosa petición que dice que por supuesto todos los judíos son unos puercos, salvo tales y cuales que son judíos decentes, a quienes no se debe hacer nada.* Y más adelante, nos dijo con total franqueza: *Os pido que escuchéis lo que digo aquí en la intimidad, y que nunca habléis de ello. Se nos planteó la cuestión siguiente: «¿Qué hacemos con las mujeres y los niños?». También aquí encontré una solución evidente. No me sentía con derecho a exterminar a los hombres y dejar crecer a los hijos, que se vengarían en nuestros hijos y descendientes. Fue preciso tomar la grave decisión de hacer desaparecer a ese pueblo de la faz de la Tierra. Para nuestra organización fue la cosa más dura que había conocido. Creo poder decir que se ha realizado sin que nuestros hombres hayan sufrido en su corazón o en su alma. Pero ese peligro era real. La vía situada entre las dos posibilidades –endurecerse demasiado, perder el corazón y dejar de respetar la vida humana, o flojear y perder la cabeza hasta tener crisis nerviosas–, la vía entre Caribdis y Escila, era desesperadamente estrecha.*

Si más adelante, por voluntad de los dioses de la guerra, debía regresar a cumplir funciones dentro de los límites de la Grossdeutschland –que el *Führer* nunca permitiría que fueran mancillados–, continuaría allí mi trabajo.

Mientras tanto, proseguiría sin desmayo la tarea encomendada. Por de pronto, en los próximos días rastrillaría las montañas y los pueblos del macizo de la Chartreuse, infestados de judíos y *résistants*. Cumpliría con mi deber hasta el último día.

***

Jean-Baptiste Renard, auxiliar del comandante de la 13.ª Media Brigada de la Legión Extranjera, cercanías de Annonay, Francia

Avanzábamos a buen ritmo. Demasiado rápido, decían algunos, porque comenzamos a tener dificultades de abastecimiento. Sobre todo porque el enemigo había destruido puertos vitales, como Marsella y Toulon.

Sin embargo, nuestro mayor problema era otro: en cada pueblo al que llegábamos, los habitantes nos relataban los horrores cometidos por los nazis y sus socios de la Milicia en su debacle final. ¡Se ensañaban con los pequeños pueblos de montaña, porque habían sido el refugio preferido de los judíos y de la Resistencia!

–No podemos seguir de brazos cruzados escuchando todas esas atrocidades –nos dijo nuestro comandante al capitán Simon y a mí, luego de convocarnos a su improvisada oficina–. Mañana mismo reclutan un grupo de suboficiales y soldados, aguerridos y con experiencia. Vamos a crear una unidad especial para adelantarnos a liberar algunas villas de montaña, antes de que llegue el grueso del Ejército Aliado. De ese modo evitaremos las represalias de los nazis. Los norteamericanos van a hacer lo mismo.

Pusimos manos a la obra con el mayor empeño. Nos pareció una tarea noble y necesaria; no cambiaría el curso de la guerra, pero podía salvar muchas vidas. Aunque no dejó de resultarnos irónico que una unidad especial, que requería de gran precisión y rápidos desplazamientos, fuera puesta en manos de un tuerto y un rengo... Elegimos los mejores hombres para la difícil tarea: no solo se necesitaba coraje, también se requería una buena dosis de sentido común para manejar situaciones diversas y cambiantes.

También fijamos prioridades: la región del *mont Pilat* y el *massif de la Chartreuse*.

V

UNA PERA PARA CHARLOTTE

Saint-Pierre-de-Chartreuse, región Rhône-Alpes, Isère, territorio bajo ocupación alemana, última semana de agosto de 1944

Charlotte

Habíamos ido de compras a la *épicerie* de Pierre. Raymond repasaba con el almacenero si ya tenía todas las cosas que figuraban en nuestra escuálida lista, mientras yo curioseaba en las cajas de cartón y envases de hojalata. ¡Cómo me gustaba meter las narices en las latas de los ultramarinos!

En eso se abrió la puerta e ingresó un vecino:

–Pierre, hay movimientos raros en el pueblo –comentó, con tono preocupado–. Sobre todo en el bosque que está cerca de aquí.

El *épicier* frunció el ceño, inquieto. Los dos se quedaron cuchicheando. Raymond cargó el pedido y salimos. No bien estuvimos en la calle, mi hermano comenzó a dar un largo rodeo. Se suponía que íbamos rumbo a casa, pero era evidente su intención de pasar por las cercanías del bosque. Yo lo seguí. De repente, entre las sombras del bosque alcancé a distinguir un par de soldados alemanes. Estaban camuflados con arbustos, pero se distinguían por su inconfundible uniforme. Con el mayor disimulo que me fue posible, le hice una seña a Raymond. Mi hermano asintió: sin duda ya los había visto, y me hizo un gesto como diciéndome: «Hay muchos más». Miré con mayor atención y me quedé dura de espanto: no eran dos los boches, sino que había una enorme cantidad de soldados camuflados y escondidos en los bosques. Era claro que preparaban un golpe importante.

Entonces Raymond –sin dudarlo un instante– me entregó la bolsa con el pedido de almacén y enfiló hacia un sendero que, unos cien metros más adelante, se adentraba en la floresta.

***

Pierre Chenaudon, *épicier*

Luego de cambiar ideas con mi vecino Lucien sobre lo que estaba sucediendo en el pueblo, decidimos salir de la *épicerie* a curiosear un poco. Fue entonces cuando vi a aquel muchacho, Raymond, que le entregaba a su hermanita la bolsa con lo que había comprado en la tienda y se internaba en el bosque.

–¡Ese muchacho está loco! –me salió del alma, mientras miraba a Lucien, desesperado–. ¿Qué está haciendo? ¿A dónde va?

Pero ya era demasiado tarde.

Uno de los oficiales de las Waffen-SS que comandaba la operación lo había visto y enseguida prestó atención a sus movimientos.

***

Charlotte

Comprendí lo que pasaba y quedé muerta. Los nazis preparaban un ataque a la Resistencia que operaba en las cercanías de Saint-Pierre. Y yo sabía que mi hermano estaba muy enamorado de una chica, Nicole, sobrina de Pierre el *épicier*, cuyos padres eran *résistants*. ¡Ahora mi hermano se adentraba por un sendero en el monte para avisarles a los de la Resistencia del ataque que se venía! ¡Pero cómo se le pudo ocurrir semejante cosa, por Dios!

No supe qué hacer. Contemplé, aturdida y aterrorizada, cómo Raymond desaparecía en el bosque. Luego –con el corazón deshecho– cargué mi bolsita de compras y marché rumbo a la casa. Recuerdo que mis pasos eran cada vez más lentos. Deseaba no llegar nunca. ¿Qué le iba a decir a mis padres?

***

Pierre Chenaudon, *épicier*

Apenas un minuto después, el oficial impartió la orden. Yo no sabía alemán, pero su tono cortante no me gustó nada. Media docena de soldados partieron por el sendero, a paso redoblado.

No tardaron mucho en regresar: caminando delante de ellos, a los empujones, venía el muchacho. No estaba esposado, pero se veía, por el estado de su ropa y la expresión del rostro, que lo habían «sacudido».

En ese momento, el comandante de las tropas dio la orden de iniciar la operación. Mientras que un grupo de soldados avanzó por el bosque, los demás subieron a unos camiones militares. Estos tomaron por un camino rural que se internaba en la montaña. Al muchacho se lo llevaron con ellos.

***

Charlotte

Abrí la puerta de la casa y subí lentamente por la escalera. Cuando entré a la habitación, mis padres me miraron, sorprendidos.

–¿Y Raymond? –preguntó mamá.

No supe qué contestar. Y me eché a llorar. Poco a poco, lograron que les contara lo sucedido. Cuando terminé, Blima se unió a mis lágrimas. Mi padre se incorporó y comenzó a vestirse, con el rostro distorsionado por la desesperación. Sé que se dirigió a hablar con Pierre. ¡Fue terrible! Por él se enteró de que Raymond había sido arrestado por los alemanes.

Regresó a casa destrozado. Estaba sofocado. La angustia le impedía respirar y creímos que le pasaría algo en cualquier momento. No obstante, se abrigó mejor –la tarde ya caía y corría un viento frío de las montañas– y se preparó para salir de nuevo. Estaba decidido a hacer lo que fuera necesario para recuperar a su hijo.

***

Pierre Chenaudon, *épicier*

Caía la tarde. De repente escuché los pasos de alguien que corría por la carretera y atravesaba el pueblo. Temí lo peor. Con Martha nos asomamos por la ventana de nuestro dormitorio –que está en los altos de la *épicerie*– y vimos al muchacho, Raymond, que corría como un desesperado. Sin embargo, nadie lo seguía.

¿Habría logrado escapar? ¿Lo habrían soltado?

***

Charlotte

Papá se terminó de abrigar y bajó la escalera a grandes zancadas. No llegó a abrir la puerta: cuando estaba por hacerlo escuchó que alguien corría por el pueblo. Los pasos se escuchaban cada vez más cercanos. Y le resultaron inconfundibles. Aguardó aún un instante más.

De repente la puerta se abrió con brusquedad. ¡Y un Raymond exhausto se arrojó dentro de la casa! Mi padre se apuró a abrazarlo, con infinito amor. El matrimonio Durand se acercó, solícito, aunque sin decir palabra. Aline y su familia preguntaron qué había pasado.

Poco después, más sereno, Raymond relató lo sucedido:

–Caminé por el sendero hasta acercarme a los *résistants*. Cuando me pareció verlos, les hice señas de que venían los boches. Enseguida escuché los pasos de los soldados y emprendí el regreso. Me preguntaron qué estaba haciendo. Les dije que buscando frutas para la cena. No me creyeron y me golpearon. Luego me cargaron en un camión, donde también había un par de tipos con los rostros deshechos. Entonces escuché a los oficiales discutir entre sí:

–¿No ves que es un adolescente? No tiene sentido...

–Yo prefiero que no vea lo que tenemos que hacer.

Raymond pensó que lo iban a matar.

El comandante lo miró directo a los ojos. Su mirada era cansada y distante. No dijo nada. Sacudió la cabeza y dos soldados lo arrojaron por sobre la baranda. No bien pudo pararse, volvió corriendo a casa.

***

Pierre Chenaudon, *épicier*

Desde que vi los primeros movimientos de los nazis en el bosque cercano a mi casa, sospeché que el asunto no terminaba sin una redada en el propio pueblo. Su preocupación eran los grupos de la Resistencia, de eso no cabía duda. A pesar de masacres como la de finales del 43 en Grenoble, en la cual una veintena de líderes de la Resistencia habían sido asesinados –que pronto se conoció como *le Saint-Barthélemy grenobloise* (en recuerdo de la Matanza de San Bartolomé del siglo XVI)–, los *résistants* habían resultado difíciles de agarrar. Los judíos, en cambio, fueron aniquilados en todos lados. Solo sobrevivían unas pocas familias, aquí y allá, escondidas en pequeños pueblos, como Saint-Pierre.

Pero la maquinaria asesina ya estaba de nuevo en marcha. ¡Y no se iba a detener así nomás! Por eso, al caer la tarde, cuando los vi formarse en un extremo del pueblo y recibir instrucciones, supe lo que iba a pasar. De inmediato salí de la *épicerie*:

–¡Martha! Se viene una razia, voy a dar la voz en el pueblo –alcancé a susurrarle a mi mujer, antes de partir calle abajo, a toda velocidad.

***

Charlotte

–¿Y ahora qué hacemos? –preguntó la madre de Aline, angustiada.

Nadie tuvo tiempo de responder. Alguien golpeó la puerta. Mientras los demás nos escondíamos como podíamos, *monsieur* Durand se acercó y abrió. Contuvimos la respiración. Era Pierre, el *épicier*. Suspiramos, aliviados. Pero solo durante un instante:

–¡Se viene una razia, *monsieur* Durand! –dijo Pierre, casi en un grito–. Por favor, ¡avíseles a sus inquilinos!

Y partió. Uno por uno fuimos saliendo de nuestros improvisados escondrijos. Los rostros estaban pálidos y desencajados.

–Tenemos que salir de aquí, escondernos en otro lado –dijo el padre de Aline, desesperado.

Sí, era cierto, era lo que había que hacer. Pero escondernos, ¿dónde? Por un instante añoré la vieja casona de los armenios, cuando al anuncio de razia nos zambullíamos entre la basura en aquel mugroso *cul-de-sac* que tantas veces nos salvó la vida.

Nadie alcanzó a dar una respuesta. No tuvimos tiempo. En la calle ya se oía el ruido de los camiones, el griterío de los oficiales nazis azuzando a la tropa y el odioso sonido de las botas que repiqueteaban en el empedrado.

Cada familia marchó para su habitación a guarecerse tan rápido como pudo. Papá y yo nos escondimos detrás de un bargueño desvencijado. Mamá y Raymond tras un viejo silloncito de mimbre. Eran todos los muebles que teníamos. Si entraban a nuestra habitación, ¡nos descubrirían sin remedio!

Los gritos eran cada vez más fuertes y hostiles. Ya habían detenido a algunos desdichados y ahora los arreaban a culatazos de fusil hacia los camiones. Me abracé a mi padre con toda la fuerza que pude. Papá me puso la mano sobre la nuca y me acarició. Me quedé tan quieta como pude (¡como si eso pudiera ayudar!), cerré los ojos y comencé a rezar: ¡Dios, que no entren! ¡Que sigan de largo, mi Dios, por lo que más quiero, que no entren!

Pero entraron a la casa.

Patearon la puerta y arrancaron la cerradura. De pronto se encontraron con los Durand, que habían permanecido en la planta baja. Les gritaron a voz en cuello. No les alcanzaba con invadir su casa a cualquier hora de la noche: era necesario asustar, aterrorizar, humillar... Los dos viejitos no dijeron nada, aunque *madame* Durand sollozaba de forma entrecortada. Se produjo un silencio, interrumpido por el ruido de puertas de roperos y cajones de muebles que se abrían y se cerraban. Estaban revisando la planta baja. Cada tanto un oficial pegaba un grito: algo había llamado su atención. Los nervios me devoraban, estaba temblando. Con el apuro, ¿habría quedado abajo alguna prenda de ropa nuestra? Y el dominó, ¿lo habríamos subido?

De repente se produjo un griterío. Varios hablaban a la vez. Yo no entendía alemán, a lo sumo alguna palabra suelta. Sin embargo, ahora sí: ¡algo encontraron! El comandante de la patrulla ladró una orden y se oyeron las botas de los soldados que subían por la escalera, muy despacio. Tal vez temieran una emboscada de los *résistants*. Al llegar al primer piso se detuvieron y esperaron a su jefe. Volví a escuchar el terrible taconeo de las botas en la escalera de madera... ¡El tren de Lieja a París! ¡Otra vez no, por favor! ¡Qué horror!

Se produjo un nuevo silencio, que me pareció interminable. De repente, el oficial de la Gestapo bramó una nueva orden: la tropa pateó las puertas de las habitaciones y penetró bajo un griterío atronador. En un santiamén los pocos muebles de las habitaciones volaron por el aire. Entonces se oyó un chillido: ¡era la mamá de Aline! ¡Los habían descubierto! Luego las voces de sus dos hermanos, entrecortadas. Les estaban pegando. Finalmente, la voz ronca del padre: no pudo tolerar que golpearan a sus hijos y había salido de su escondite. Se escuchó cómo recibía un golpe tremendo, profería un quejido seco y se desplomaba en el piso. Pero, ¿y Aline? ¡Parecía que no la habían descubierto! Contuve la respiración. Transcurrieron segundos que me parecieron eternos. ¡Que se fueran, mi Dios, que se fueran! ¡Aline, por favor, resiste un poco más! Los nazis seguían revolviendo todo y era evidente que no se habían dado por cumplidos. Algo no les cerraba. Habrían visto ropita de niña chica, o quizá la denuncia de algún *collabo* hablara de cinco personas. Siguieron hurgando, mientras hablaban a los gritos, como bestias acechando a su presa. De repente, durante un instante, se acalló el griterío. Y se oyó apenas el llanto ahogado de Aline... ¡Nooo! ¡No puede ser! ¡Aline, mi amiga, no, por favor!

Entonces se escuchó cómo los arrastraban escaleras abajo y los arrojaban al camión. Varios integrantes de la partida celebraron el éxito con vítores y aclamaciones.

Volvieron a entrar. El oficial de la Gestapo comenzó a subir la escalera, muy lentamente, seguido por un piquete de soldados.

Se oía, nítido, el taconeo de sus botas. Me aferré aún más fuerte a mi padre, mientras tiritaba sin poderme contener. Cada paso de sus botas me hacía estremecer. Arribó al descanso del primer piso. Se detuvo un instante. Luego continuó subiendo. Paso a paso. Mis dientes castañeteaban tanto que hasta temía que se pudiera escuchar el ruido. Papá apretó mi cabeza contra su pecho. El oficial de la Gestapo llegó al segundo piso. Sus soldados lo siguieron. Pensé que todo estaba perdido.

Se produjo un largo y profundo silencio. Luego de aquel griterío ensordecedor, ahora reinaba una calma absoluta. Se percibía que estaban a la puerta de nuestras habitaciones. Era inminente que el oficial bramara una nueva orden: los soldados se lanzarían al interior, gritando como desaforados. Y ese sería el final.

–¡Quién más va a estar aquí arriba! –se escuchó, nítida y seca, la voz del oficial–. Ya es tarde, para qué vamos a seguir. Lo dejamos para otro día.

Y en un instante descendieron hasta la planta baja. El oficial de la Gestapo cerró la marcha. Se oyó el claro sonido del taconeo de sus botas mientras salía a la calle y subía a la cabina del camión. Instantes después se perdieron en la noche.

***

Anne Michelle Lafourcade, *Michelle*

Los Aliados avanzaron rápido y rodearon la ciudad de Lyon. Días antes, Grenoble había sido liberada por norteamericanos y franceses. El final de la opresión era inminente.

Sin embargo, *the show must go on*. Llegué al Grand Café des Commerçants un buen rato antes de mi espectáculo –como acostumbraba hacerlo–, para disfrutar tranquila de un café con un par de *croissants*, y hablar con don Giusto y algún otro amigo. ¡Cómo habían cambiado los tiempos! Ahora en el café se veían caras desaparecidas por largo rato... ¡Y todos habían estado con De Gaulle desde la primera hora! Parece que nadie apoyó al *maréchal* Pétain... ¡Qué cosa!

Don Giusto se me acercó, sonriente. Pensé que era por los sucesos de los últimos días. Y me pareció bien: él no era un hombre de inquietudes políticas; sin embargo, había ayudado a todo aquel que lo necesitó en esos años negros. ¡Cómo olvidar, por ejemplo, su mediación para liberar al papá de *la signorina del gelato di fragola*. Pero esa no era la causa de su sonrisa, sino muy otra. Miró alrededor con cautela; luego se inclinó y me susurró al oído:

–Esta carta la dejaron para ti.

Sentí una puntada en el pecho. Yo no era de tener premoniciones y tampoco era muy sentimental. Pero esta vez sí sabía de quién venía. Tomé el sobre y me refugié en el *toilette*. Y leí, mientras las lágrimas corrían por mis mejillas hasta mojar el papel:

Querida Michelle,
¡Ya pronto nos hemos de encontrar! Ayer los nazis intentaron su último golpe. Sin embargo, gracias a un joven de Saint-Pierre que nos alcanzó a avisar, se pudo evitar una tragedia, pues el ataque no lo esperábamos. Igual perdimos a tres compañeros y yo sufrí un disparo en una pierna. Pero no te asustes, me estoy recuperando, todo va a estar bien. Los legionarios franceses y los norteamericanos ya están por aquí cerca. La Liberación es inminente. Ruego te cuides en las próximas horas, sería terrible que algo te sucediera ahora. ¡Vive la France! Te adora,

Tu Capitán

***

Jean-Baptiste Renard, cercanías de Lyon, Francia

Pensamos que el trabajo de la unidad especial encomendado al capitán Simon y a mí pasaría desapercibido en el fragor de la guerra. Mientras en el norte la operación *Overlord* ingresaba a París, y en el sur la operación *Dragoon* ya había liberado Marsella, Grenoble y ahora cercaba Lyon, nosotros liberábamos pueblitos perdidos de montaña, que nadie sabía siquiera dónde se encontraban. Igual, no nos importaba. Era un deber de conciencia, algo que teníamos que hacer.

En ocasiones recibíamos una mano de cal, y en otras, de arena. Pero eran más las alegrías. Por lo general llegábamos poco antes que los nazis recibieran la orden de retirarse y los obligábamos a dejar las villas sin poder saquearlas ni tomar represalias. Sin embargo, a veces llegábamos tarde: era muy doloroso escuchar a familiares y amigos relatar cómo se habían llevado o habían asesinado a sus seres queridos, ¡tan solo unas horas antes de la Liberación! No tenían consuelo, esos pobres desdichados, y tenían razón. Pero eso nos daba más fuerzas para redoblar la tarea al día siguiente.

Contra lo que suponíamos, en pocos días nuestro trabajo se hizo conocido. Muchos preguntaban cómo nos iba y si podían ayudarnos. Pero la sorpresa mayúscula fue cuando recibimos un telegrama desde París, unos días después de la Liberación de la *Cité Lumière*.

«Es un deber honrar nuestros principios de Igualdad y Fraternidad, en la hora gloriosa de la Liberación. Ningún ciudadano en territorio francés puede quedar abandonado a su suerte», se afirmaba. «Por ello, vuestra misión merece el mayor de los reconocimientos». Luego de lo cual el firmante nos decía: «Algún día tendré el honor de conocerlos y estrechar la diestra, uno por uno, de todos ustedes». Éramos todavía jóvenes, pero éramos hombres curtidos. Sabíamos que la guerra es pródiga en horrores y muy mezquina en alegrías. Y en la noche más oscura de Francia, dejamos todo por defender nuestros ideales, siguiendo al hombre que los encarnaba. Una figura que se había transformado en la voz del alma de la nación. Por eso, cuando leímos el nombre del firmante, no pudimos evitar que nos embargara una emoción indescriptible.

***

Charlotte

Quedamos muy golpeados. Al día siguiente, papá nos reunió a los tres y nos habló:

–Falta muy poco para que todo este sufrimiento termine –nos dijo, con voz apesadumbrada–. Pero anoche ya vimos lo terrible que pueden resultar las cosas, hasta el último día –y luego continuó, dirigiéndose a todos, pero mirando a mi hermano–. No vamos a salir más de la casa. Subsistiremos con lo poco que tenemos, o con lo que *madame* Durand nos pueda prestar. Lo que Raymond hizo ayer fue muy noble, pero demasiado peligroso. Charlotte: estamos muy cerca del final, tengo confianza en que Aline y su familia saldrán adelante, no te desanimes –me dijo, con una ternura que no disimulaba su amargura.

Lo miré con dulzura, pero no me pude sonreír. ¡Es que sentía tanta angustia y dolor por mi amiga perdida! Mi única amiga en todos esos horribles años, ¡se la habían llevado! ¿Dónde estaría en ese mismo momento? ¿Estaría sufriendo? ¿La volvería a ver algún día?

***

Era media tarde. Nos habíamos quedado dentro de la casa todo el día, tal cual papá nos pidió. Yo jugaba con el dominó que me había prestado Aline. No podía dejar de pensar en ella. Raymond daba vueltas como un león enjaulado. Iba de un cuarto a otro, bajaba al baño, no podía estar quieto. La maravillosa ventana –que tantos sueños me había alimentado– ahora estaba cerrada. No tenía idea de cuándo la abriríamos de nuevo.

De repente, la quietud de aquella tarde soleada de verano –propia de un día de semana en un pueblecito de montaña– se quebró bruscamente. El ronco ruido de los camiones que avanzaban por la calle principal y el griterío de las tropas que se acercaban nos helaron la sangre.

–¡Por Dios! –suplicó mamá.

–¡Otra vez no, por favor! –imploré con los ojos inundados de lágrimas, mientras le dirigía una desesperada mirada a mi padre, que acababa de entrar a la habitación con el rostro descompuesto.

Estábamos desconcertados. Encerrados entre cuatro paredes y sin poder mirar hacia afuera, no sabíamos lo que pasaba. Nos mirábamos unos a otros, mientras escuchábamos –aterrorizados– los sonidos provenientes de la calle. Ni siquiera estaban los Durand en casa, para darnos alguna pista. Esperábamos a ciegas lo que el destino nos tuviera preparado.

De repente, alguien intentó abrir la puerta de calle. No lo consiguió. Sabíamos que no era fácil, porque el marco estaba deformado. Nos quedamos duros, casi sin respirar. Insistió. Al final lo logró. ¡El alma se nos vino abajo! Luego de más de tres años huyendo, la resignación nos venció. Y por primera vez bajamos los brazos y pensamos: ¡que sea lo que Dios quiera!

Escuchamos cómo entraban varios hombres. Hablaban un idioma extraño.

–Hablan en español –susurró mi padre, que algo comprendía–. Preguntan si hay alguien en la casa.

Entonces papá tomó una decisión audaz. Sin pensarlo dos veces se incorporó, abrió la puerta de la habitación y les habló:

–*Oui, ici!*

Los hombres le gritaron en un francés con fuerte acento. Parecían cordiales. Le preguntaron cosas que yo no entendí.

–*Je ne suis pas seul, je suis avec ma famille* –les respondió, y nos llamó para que saliéramos de la pieza.

Dudamos un instante. Durante años habíamos hecho lo imposible para que nadie del «mundo exterior» supiera de nuestra existencia. ¡Pero era nuestro padre que nos lo pedía! ¿Qué otra cosa podíamos hacer? Nos asomamos y vimos a tres soldados vestidos con un uniforme desconocido. Sus ropas estaban sucias y con rasgaduras, tan distintos de los nazis. Papá insinuó una sonrisa:

–*Ils sont de la Légion Étrangère, ils sont combattants de la France Libre.*

Bajamos lentamente la escalera. No sabíamos cómo reaccionar. De pronto, uno de los soldados se me acercó. Me asusté hasta tal punto que pegué un pequeño salto hacia atrás. Él se dio cuenta de su brusquedad y su rostro dibujó media sonrisa. Introdujo su mano en uno de los amplios bolsillos de sus pantalones, y buscó hasta encontrar una cosa que no alcancé a distinguir, que luego frotó contra su sufrida ropa, como para limpiarla. Entonces extendió su brazo, abrió la mano y me la ofreció, como si fuera el más valioso de los tesoros. En un primer momento me quedé inmóvil, con los dos brazos colgando al lado de mi cuerpo. Papá exclamó:

–*Une poire, Charlotte!*

Estiré la mano hasta encontrarme con la de aquel rudo soldado, y tomé la pera.

–*Merci* –le dije, dominada por la timidez, mientras la guardaba en el bolsillo de la pollera y trataba de obsequiarle una sonrisa a aquel maravilloso soldado, nuestro liberador. Tuve que hacer un enorme esfuerzo: ¡hacía tanto que no sonreíamos!

Mi padre les preguntó de dónde eran.

–*Je suis espagnol, du Pays basque* –respondió el que comandaba la partida.

–*Et je suis de l'Amérique du Sud, de l'Uruguay* –contestó con marcado acento el que me había regalado la pera.

Luego los tres giraron sobre sus talones, saludaron y se retiraron, no sin antes informarnos –como si fuera una tarea de rutina, tan solo una mera formalidad–:

–*La ville est libérée.*

***

Largo rato permanecimos sentados en las sillas del comedor de los Durand, en la planta baja, casi sin decir palabra, mirándonos unos a otros. ¡No lo podíamos creer! Tanto era así que temíamos salir a la calle y enfrentarnos a una realidad distinta y cruel. Al cabo de un rato regresaron los Durand, que ya estaban enterados de las novedades. Y también se sentaron en el comedor, con nosotros, aunque sin decir nada, como siempre. Pero se veía que estaban emocionados. Los seis nos mirábamos y nos sonreíamos, una y otra vez, felices.

De repente comenzamos a escuchar alboroto en las calles. Mi padre se acercó a la ventana con cautela (¡eran tantos años de encierro!) y vio cómo los pobladores de Saint-Pierre-de-Chartreuse salían de sus casas y avanzaban rumbo a la plaza de la Mairie. Con mucha prudencia abrimos la puerta de entrada y nos instalamos a contemplar lo que sucedía. Decenas de personas marchaban por las calles con banderas tricolores, al grito de *Vive la France!* Me corrió un escalofrío.

Decidimos salir y acercarnos a ver lo que pasaba. Todavía distábamos más de un centenar de metros de la plaza, cuando escuchamos los cánticos. Cientos de vecinos de Saint-Pierre cantaban «La Marsellesa», acompañados por la banda local. Aquello ponía la piel de gallina.

Ya estábamos cerca de la plaza, cuando nos detuvimos. ¡Y nos abrazamos! Era la primera vez en cuatro años que no lo hacíamos para consolarnos o para ayudarnos a soportar el miedo, o para no sentirnos tan solos. Fue la primera vez que nos abrazamos de felicidad. Que nos apretujamos unos a otros por el placer de mimarnos, de sentirnos uno solo en ese infinito y cruel escenario de la guerra que llegaba a su fin. Y así permanecimos largo rato –Raymond, mamá, papá y yo, en ese orden–, contemplando esa multitud dichosa que entonaba por centésima vez «*La Marseillaise*» en aquella noche inolvidable, cálida y dulce noche de verano en Saint-Pierre-de-Chartreuse.

De pronto, golpeé con mi brazo algo que tenía en el bolsillo de la pollera. Introduje la mano: ¡era la pera que me había obsequiado el legionario! La saqué con cuidado, la froté contra mi ropa para limpiarla y le di un mordisco.

Era fresca, suave, jugosa. ¡Nunca había probado algo tan sabroso en toda mi vida! Disfruté largo rato cada bocado, abrazando aún con más fuerza a mi familia y arrullada por los cánticos de la multitud.

¡Era la pera más deliciosa que había disfrutado en mi vida!

Tenía el sabor de la libertad.

Epílogo

EL REGRESO A CASA

I
UN CAMINO SINUOSO

París, Francia, setiembre de 1944

Charlotte

Todavía nos quedamos en Saint-Pierre unos días más. Las noticias que venían del frente eran confusas. Aunque algo estaba claro: los nazis se habían ido para no volver. De todos modos, papá pensaba los próximos pasos con el mayor cuidado, pues ya no le quedaba dinero.

Retomamos las «excursiones» para recoger frutos en los bosques. Caminar de la mano de mi padre, volver a disfrutar del aire fresco de la montaña y de los atardeceres cálidos y silenciosos del verano me hizo mucho bien. Creo que a él también. Aunque, de vez en cuando, me parecía ver entre la arboleda aquellos soldados alemanes camuflados que nos aterrorizaran apenas unos días antes...

También Raymond volvió a sus encuentros con Nicole, cuyos padres regresaron de las montañas. Y mi madre, Blima, se reencontró con su gusto por la cocina, aunque siempre bajo la atenta y silenciosa mirada de *madame* Durand, quien le facilitaba la mesada y algunos ingredientes.

Mis padres hablaron con el médico del pueblo y me indicaron que volviera a usar el parche en el ojo derecho, el que había abandonado el día de la partida de Lieja. Pero ya era tarde: la vista estaba arruinada luego de tres años de maltratos. Tuve mucho miedo de que en el ojo izquierdo me sucediera lo mismo y quedara ciega por completo.

A pesar de que eran muchos los dolores del alma, igual disfrutamos de esos primeros días de libertad. Las heridas cicatrizaban, aunque con gran lentitud. Y las crueles preguntas surgían, cada vez con mayor fuerza: ¿Qué fue de mis abuelos, Yaakov y Raia, los padres de

Blima? ¿Y de mis tíos Alter, Paul, Rifka y los suyos? ¿Y de Aline y su familia?

Ya era tiempo de regresar a casa.

***

Unos días después partimos rumbo a París, con la idea de seguir más tarde hacia Lieja. El nuevo pasaje por mi adorada Ciudad Luz –que había sido liberada dos semanas antes, el 25 de agosto– no pudo ser más distinto del que padeciéramos tres años atrás. La ciudad había recobrado su alma.

Recuerdo que el día de la llegada –un viernes por la noche– fuimos a una sinagoga. Mi padre hacía tiempo que no lo hacía, pero esta vez sintió que tenía mucho para agradecer. Estaba repleta de gente. Incluso había muchos soldados norteamericanos judíos. Todos lloraban a mares: no había quien no hubiera perdido a un ser querido. Pero el sentimiento de solidaridad era tremendo. El calor humano que emanaba de toda esa gente unida por el dolor, pero también por la ilusión, era impresionante.

Al día siguiente fuimos al Hôtel Lutetia, que estuvo en manos de la Gestapo durante la ocupación, y que ahora era el centro de informaciones sobre el paradero de deportados y desaparecidos. Con la documentación incautada a los alemanes y los testimonios de los supervivientes, enfrentaban la imposible tarea de dar respuesta a la desesperación de familiares y amigos de las víctimas. Sin embargo, a veces el milagro sucedía. Mi madre tenía la fantasía de encontrar a Zara, su íntima amiga de la infancia, polaca de nacimiento –como ella–, pero que hacía muchos años vivía en París. Las primeras noticias no fueron alentadoras: había sido deportada con su familia nada menos que a Auschwitz. No obstante, unos días después, la búsqueda tuvo un vuelco inesperado: ¡había sobrevivido! Y estaba de regreso en un apartamento de París.

El encuentro entre Zeirele y Blimele, como se llamaban cariñosamente entre sí las dos amigas, fue de una emoción imposible de describir. Los relatos de lo padecido ocuparon varias tardes, en compañía de un humeante samovar. «En una casa judía polaca no puede faltar el té», repetía Zara cada vez que debía reponer su contenido. En aquel pequeño y desvencijado apartamento, el samovar era un símbolo de la identidad judía polaca, transplantada a la sofisticada París. Raymond y yo las acompañamos largo rato, y descubrimos muchas cosas sobre mamá que ignorábamos.

***

La idea de papá era regresar desde París directo a Lieja, a través de las Ardenas. Pero no resultó posible: si bien los alemanes seguían perdiendo terreno, todavía llovían en esa región los temibles cohetes V2, con su cola de fuego y su ruido atronador. Para colmo, cerca de finales de año, los nazis lanzaron la contraofensiva de las Ardenas (también llamada «contraofensiva de Von Rundstedt»), con la cual lograron recuperar la iniciativa por un par de semanas. La situación en Bélgica seguía indefinida. Léon debió cambiar sus planes: iríamos primero a Bruselas, y recién viajaríamos a Lieja cuando Valonia estuviera liberada por completo.

***

Bruselas, Bélgica, fines de 1944

Charlotte

Cuando llegamos a Bruselas, la ciudad todavía era un caos. Además, nuestras reservas habían llegado a su fin, y todas las pertenencias que teníamos cabían en un bolsito. Nos tuvimos que alojar durante varias semanas en un campo para refugiados. Las organizaciones humanitarias, como la Cruz Roja o las organizaciones judías que comenzaban a ser «reconstruidas» (OSE, Joint, ORT y otras), habían instalado refugios para aquella multitud de las más variadas nacionalidades, que peregrinaba de un lugar a otro, con un sueño en común: volver a su añorado hogar, si es que de este algo quedaba.

Para ello recurrían a galpones, barracas y tiendas de campaña. No había catres, los colchones se colocaban en el piso y las comodidades eran mínimas. Pero nosotros ya estábamos acostumbrados.

Nuestros sentimientos eran encontrados. Habíamos recobrado la libertad. Y cada día estábamos más cerca de volver a nuestra anhelada casita. Pero también seguíamos sin tener novedades de familiares y amigos. La ansiedad hacía su obra. Tratábamos de no pensar y confiar en que pronto tendríamos noticias. Y que serían buenas noticias.

Pero los días transcurrían sin novedad y la incertidumbre nos consumía.

II
AMANECE

Seraing-sur-Meuse, Lieja, Bélgica, comienzos de 1945

Charlotte

En enero papá tomó la decisión: volvíamos a casa.

Todavía persistían en Bélgica bolsones de resistencia nazi, y los temidos cohetes Vergeltungswaffen seguían cayendo del cielo (y causando estragos), sobre todo en Amberes y Lieja. Pero, a pesar de los temores, nos alegramos de la noticia.

Unos días después abordamos el tren con destino a Lieja, y pocas horas más tarde arribamos a la Estación Guillemins. ¡Cuántos recuerdos de aquella partida en la madrugada, que ahora parecía tan lejana! Todavía tenía miedo de ver aparecer en cualquier momento, detrás de los macizos pilares o en algún recodo de la Estación, a los oficiales de las Waffen-SS y de la Gestapo, con sus uniformes y el ostentoso taconear de sus botas...

Llegamos a Seraing-sur-Meuse, en los suburbios de *le Grand Liège*, una hora más tarde. Bajamos del tranvía, cada uno con su bolsito –pequeño y destartalado–, caminamos un par de manzanas, doblamos una esquina y enfilamos por una calle. Una calle en subida que conocíamos muy bien: *rue du Molinay*. Nuestra calle.

Como no la recorría el tranvía y había numerosos comercios (panadería, confitería, venta de papas fritas, heladería, venta de frutos del mar, y muchos más), parecía una calle peatonal. Aromas variados perfumaban el aire. Los dueños de las tiendas eran en su mayoría judíos.

Avanzamos por «nuestra calle» y no conocimos a nadie. Mi padre era comerciante y un activo miembro de la comunidad de Seraing. Es verdad que regresábamos cubiertos de harapos y acarreando esos minúsculos bolsitos que daban lástima... Pero los belgas que mi padre alcanzó a identificar dieron vuelta la cabeza o se hicieron los distraídos: no querían enfrentar un pasado que les generaba remordimientos. Y no se veían judíos por ningún lado, habían desaparecido.

Hasta que al pasar frente a la zapatería, salió uno de los hijos del zapatero. Apenas nos saludó. Enseguida nos dijo:

–Ustedes están vivos... Mi madre, mi padre y mis cuatro hermanos ya no están...

Fue la primera vez que sentimos el reproche por «estar vivos».

***

Subimos el repecho de «nuestra calle». Hasta que al final, remontando la cuesta, ¡la vimos! ¡Allá estaba! El corazón se nos saltó del pecho. Nos acercamos en silencio, como en peregrinación. Lo primero que notamos fue que las puertas y ventanas habían desaparecido. Solo quedaban algunos marcos. Parecía que a nuestra adorada casita le hubieran arrancado los ojos y que ahora nos contemplara llegar desde unos negros agujeros.

Atravesamos el umbral. La recorrimos despacio, observando cada detalle. Aunque no había demasiado para observar. Estaba completamente vacía. Y saqueada. Nada que pudiera tener cierto valor, por ínfimo que fuera, había quedado en ella. Yo no tenía demasiada ilusión de encontrar mis cosas, sobre todo mis juguetes. Después de todo lo vivido, habíamos crecido demasiado rápido y nos habíamos endurecido. Igual me dio pena ver nuestra casita –que tanto extrañamos– en ese triste estado...

¡Había imaginado que nuestro regreso sería tan distinto! Soñaba con encontrarme con mis amigas, abrazarme con los vecinos, celebrar con cosas ricas, cantar y bailar, ¿por qué no? ¡Sentía tanta necesidad de vivir! Pero ahora estábamos solos: casi no conocíamos a nadie en el despoblado vecindario, y a nadie parecía importarle que hubiéramos regresado o no... Tampoco estaban los tíos, Paul y Alter. ¡Qué desolación había causado la guerra! ¡Cuántas ausencias!

Nos encontrábamos cada uno tan sumido en sus propios pensamientos que no advertimos que alguien se había acercado a la casa y que ahora se encontraba bajo el dintel, dudando –ante la ausencia de puerta– si entrar o no.

–*Bonjour, monsieur Léon, madame Blima...*

Volteamos la cabeza, sorprendidos. La luz que ingresaba por la puerta de entrada impedía distinguir a nuestro visitante con facilidad. Pero la figura que se recortaba a contraluz no dejaba demasiadas dudas:

–¡Pero si es *monsieur* Ledouc! –reaccionó mi padre, mientras nuestro amigo el *bouquetier* se acercaba y ambos se saludaban efusivamente.

Luego fue el turno de Blima y de Raymond. Al final se paró frente a mí, y me saludó con una gran reverencia:

–*Bienvenue, mademoiselle!*

Estaba emocionado. A mí también me alegró mucho verlo. ¡Por fin aparecía alguno de nuestros viejos amigos! ¡Y justo *monsieur* Ledouc, que siempre había sido tan amable conmigo! Nos estrechamos las manos con cariño. Recién en ese momento advertí que traía consigo una pequeña caja, como de zapatos. Al ver que me había llamado la atención, y que ahora la miraba con curiosidad, mi amigo se dirigió a mí:

–Esto es para usted, *mademoiselle* Charlotte, algo que le traerá muchos recuerdos, sí, sí... anteriores a todo este tiempo tan infeliz, sí, sí... cuando todavía podíamos reír y soñar –*monsieur* Raphael se sonrió con nostalgia, hizo una pausa y extendió sus brazos, ofreciéndome la caja–. Tómela, sí, sí, es para usted.

Desde el momento mismo en que la tuve en mis manos, supe lo que contenía. Ya antes de abrirla me adelanté dos pasos y le di un beso a mi viejo amigo. Sentí que lo debía hacer. Luego, ante la mirada expectante de mi familia, abrí la caja con toda aparatosidad... ¡Y allí estaba ella, mi amiga tan querida! *Monsieur* Ledouc la rescató al ver que rompían la puerta y saqueaban la casa. Con un pequeño y maravilloso detalle: en su pelo lucía la cinta rosada que –con los nervios porque se hacía tarde y podíamos perder el ferrocarril– se me cayó del cabello la madrugada de la partida hacia París. Allí estábamos, de nuevo juntas: era la amiga que mi abuela le había dado a mi mamá para que la acompañara. Y luego ella a mí. Siempre había estado con nosotras, mi adorada Katiushka.

***

Caía la tarde. Era pleno invierno y el frío se hacía sentir. No teníamos ni dónde sentarnos. Al final elegimos el piso del comedor, tan vacío como el resto de nuestro hogar. Una ola de melancolía nos invadió y nos resistíamos a emprender cualquier acción. Papá rompió el silencio:

–Bueno... ¡de nuevo estamos en casa!

Y lo dijo con tanta ternura, con tanto candor, sentado en el suelo de esa casa violada, en el frío de un anochecer que se nos venía encima sin que tuviéramos ni una frazada con que protegernos, que nos hizo reír y llorar, todo al mismo tiempo. Sentimos en ese instante lo maravilloso que era tenernos unos a otros. Sabíamos que a la mayoría el destino no les había concedido lo mismo. Y comprendimos el privilegio que significaba haber atravesado ese interminable calvario de horrores cumpliendo lo que papá nos había asegurado:

–No van a dividir a nuestra familia.

***

Con el último dinero que nos quedaba compramos algo de comida y un par de mantas de abrigo. Y nos fuimos al sótano, a buscar bajo la pila de carbón. Yo no lo supe hasta ese momento, pero en un pequeño pozo excavado debajo de ella, papá y Raymond habían enterrado tres frascos de vidrio con unos billetes en libras esterlinas que Léon había alcanzado a cambiar en el banco antes de la partida.

El carbón había sido saqueado en su totalidad, como el resto de la casa. Pero no parecía que la tierra debajo de la pila hubiera sido removida. Buscamos con ansiedad, es verdad. Nuestro futuro inmediato dependía de que apareciera o no ese dinero. Pero todo lo padecido durante esos largos años negros nos había dado otra perspectiva de la vida. Aun a los más jóvenes, como a Raymond y a mí. Sabíamos que, en realidad, su importancia era muy relativa. Y que había tantas cosas más trascendentes...

Al final, luego de mucho buscar, ¡los frascos aparecieron! Dos de ellos se habían llenado de agua y los billetes estaban arruinados. Pero el otro se había conservado bien. No era mucho, pero nos permitiría comprar las cosas indispensables para los próximos días, hasta que papá se iniciara en un nuevo trabajo.

Anocheció. No teníamos luz ni modo de calentarnos. Elegimos el rincón «más cálido» de la casa (en realidad, donde el frío nos pareció menos terrible). Sentados en el suelo, nos recostamos a la pared y nos apretamos unos contra otros. Luego nos tapamos con las mantas lo mejor que pudimos y comimos lo que habíamos comprado.

Estábamos poblados de extrañas emociones. La angustia por los seres queridos, cuyo destino desconocíamos, era enorme. Pero también percibimos el calor de revivir las añoradas sensaciones de la vida de todos los días. Los sencillos afectos, los aromas del hogar, las intrascendentes conversaciones cotidianas.

Todo lo que el miedo nos había robado durante demasiados años.

Era una noche clara y fría. A través de los huecos desnudos de las ventanas podíamos contemplar manchones de cielo estrellado. Largo rato permanecimos mirándonos unos a otros con infinita ternura. Al final, el sueño nos venció.

En unas horas más volvería a amanecer.

DRAMATIS PERSONAE

Aline y su familia

Fueron deportados al campo de exterminio de Auschwitz, para ser asesinados en las cámaras de gas.

El tío Paul y su familia

Decidieron esconderse en las Ardenas en 1942 (salvo su hija Edith, que se refugió en un convento católico) y sobrevivieron a la guerra. Luego regresaron a Amberes.

Alter

Fue fusilado en Konskie, probablemente al alba del 2 de noviembre de 1942.

Rifka –hermana de Blima–, su esposo y sus dos hijos

Fueron trasladados al campo de exterminio de Treblinka, donde fueron asesinados por los nazis.

Yaakov y Raia, padres de Blima y abuelos de Charlotte

Fueron asesinados en las cámaras de gas del campo de exterminio de Treblinka.

Léon Degrelle

Huyó a España en 1945, país que le otorgó nacionalidad y asilo político –a pesar del pedido de extradición y condena a muerte *in absentia* de Bélgica–, donde falleció de muerte natural en 1994, en Málaga.

Klaus Barbie

Huyó a América del Sur luego de la caída del régimen nazi, donde fue descubierto a comienzos de los años setenta. En 1974, Francia solicitó su extradición a Bolivia, la que fue otorgada en 1983. Fue juzgado en Lyon y condenado a prisión perpetua. Falleció en 1991 en la cárcel de Montluc, donde casi medio siglo antes había torturado a Jean Moulin.

Susan Travers

La única mujer en la historia que integró la Legión Extranjera se retiró unos años después de la guerra, se casó y radicó en París. Recibió la Cruz de Guerra y la Legión de Honor. En 2000 escribió su autobiografía *Una decisión valiente*. Falleció en 2003.

Thamar Amilakvari

Hija del caballero georgiano y coronel de la Legión Extranjera Dimitri Amilakvari y la princesa Irina Dadiani, vivió en Inglaterra durante la guerra. En 1944 su madre falleció en un accidente automovilístico, camino de un homenaje a su esposo, el mismo día que se conmemoraban dos años de su muerte en El Alamein. Al finalizar la guerra, Thamar y su hermano Othar fueron declarados «hijos de Francia». En 2010 la avenida Stalin de Tskneti –alrededores de Tbilisi, capital de Georgia– fue rebautizada con el nombre Dimitri Amilakvari. Thamar se casó, tuvo hijos y se radicó en la República Checa.

Domingo López Delgado

Luego de su destacada actuación en el norte de África y en la Operación *Dragoon*, participó de las sangrientas batallas del «bolsón de Colmar» y en la contraofensiva de Von Rundstedt, al cabo de las cuales la Legión Extranjera resultó terriblemente diezmada. Combatió hasta la rendición final del régimen nazi. Recibió cinco condecoraciones de la República Francesa, incluida la Cruz de Guerra con estrella de bronce. Retornó a Uruguay en 1945, junto con Pedro Milano, Fulvio Zerpa, Antón Salaverri y José Real de Azúa, entre otros, quienes también fueron condecorados. Tiempo después fue electo presidente de la Junta de su nativo Departamento de Rocha, al este de Uruguay. El 8 de octubre de 1964, fue saludado y condecorado por el presidente Charles de Gaulle. Falleció en Rocha en 2012.

Léon y Blima

Rehicieron su vida en Bélgica. Sin embargo, tiempo después –en 1952–, procurando dejar atrás los horrores vividos, emigraron a Uruguay con sus dos hijos. Allí fallecieron muchos años más tarde.

Raymond

Se convirtió en agente inmobiliario en Uruguay, reconocido por su confiabilidad y capacidad para hacer amigos. En la actualidad vive en Montevideo.

Charlotte

Ha desarrollado una relevante carrera en el ámbito educativo, alcanzando la Dirección General de la Universidad ORT Uruguay, función que continúa desempeñando, en el marco de la Organización Educativa Internacional ORT creada en Rusia en 1880. Se casó en Uruguay con un destacado médico nefrólogo pediatra, con quien tuvo un hijo y varios nietos.

ÍNDICE DE PERSONAJES (por orden de aparición)

Geneviève Saint-Jean: muchacha belga, estudiante de Derecho en Lieja, amiga de Alter.

Charlotte: niña belga, nacida en Lieja, hija de Léon y Blima, y hermana de Raymond.

Christoff Podnazky: joven polaco, estudiante de Ingeniería en Lieja, amigo de Alter.

Gocha Gelashvili: exiliado georgiano en París, conocido de Dimitri Amilakvari.

Aleksandre Barkalaia: cadete de la Escuela Militar de la República de Georgia.

Teona: joven georgiana, estudiante de Arte y enfermera voluntaria, prima de Dimitri.

Thamara Amilakvari: hija de Dimitri Amilakvari e Irina Dadiani, nacida en Francia.

Domingo López Delgado: soldado uruguayo, voluntario de la Legión Extranjera francesa.

Pedro Milano: voluntario uruguayo de la Legión Extranjera, amigo de Domingo.

Raphael Ledouc: *bouquetier* en Seraing-sur-Meuse, Lieja, amigo de Charlotte y su familia.

Michel Balthazard: encargado belga del Café Saint-Hubert en Lieja, amigo de Léon.

Abraham Kempinski: joven argentino radicado en París, falsificador de la Resistencia.

Tío Paul: polaco residente en Amberes, tallador de diamantes y hermano mayor de Blima.

Gunther Hessen: joven oficial alemán de las Waffen-SS.

Swit Mariah Czerny: muchacha polaca, funcionaria del Hospital de Konskie, amiga de Alter.

Jean-Marcellin Lavoisier: comerciante francés del mercado negro, radicado en París.

Sarah Wilkinson: profesora de gimnasia, de origen judío, casada con un industrial inglés.

Jean-Claude Rapalian: joven francés, cuyos padres armenios le alquilan a Léon y su familia.

Consuelo Hernández Randall: joven madrileña, de padre andaluz y madre estadounidense.

Giusto Pacella: mozo italiano del Grand Café des Commerçants.

Facundo Peláez: artesano uruguayo, voluntario de la Legión Extranjera.

Jean-Baptiste Renard: oficial francés, auxiliar de campo del comandante Amilakvari.

Susan Travers: *adjudant* británica, única mujer integrante de la Legión Extranjera.

Jeremiah Lerner: voluntario de la Brigada Judía de Palestina, nacido en Nueva York.

Kazimierz Wroblevsky: zapatero polaco de Konskie, amigo de Alter.

Anne Michelle Lafourcade: cantante parisina residente en Lyon, amiga de Jean Moulin.

Père Antoine: cura francés, párroco del Departamento de Ain, región Rhône-Alpes.

Mathias Landauer-Degas: funcionario suizo, inspector principal de frontera.

Matthias: oficial alemán de las SS, jefe de tareas en el Campo de Exterminio de Treblinka.

Nikolaus Klaus Barbie: oficial de las SS y jefe de la Gestapo de Lyon.

General De Castiglioni: general italiano, comandante de la División Alpina Pusteria.

Pierre Armand-Ugon: sargento italiano asignado al Campo de Vienne, de religión valdense.

Léon Degrelle: político belga, fundador del rexismo, muy allegado a Hitler.

Pierre Chenaudon: almacenero de Saint-Pierre-de-Chartreuse.

UBICACIÓN

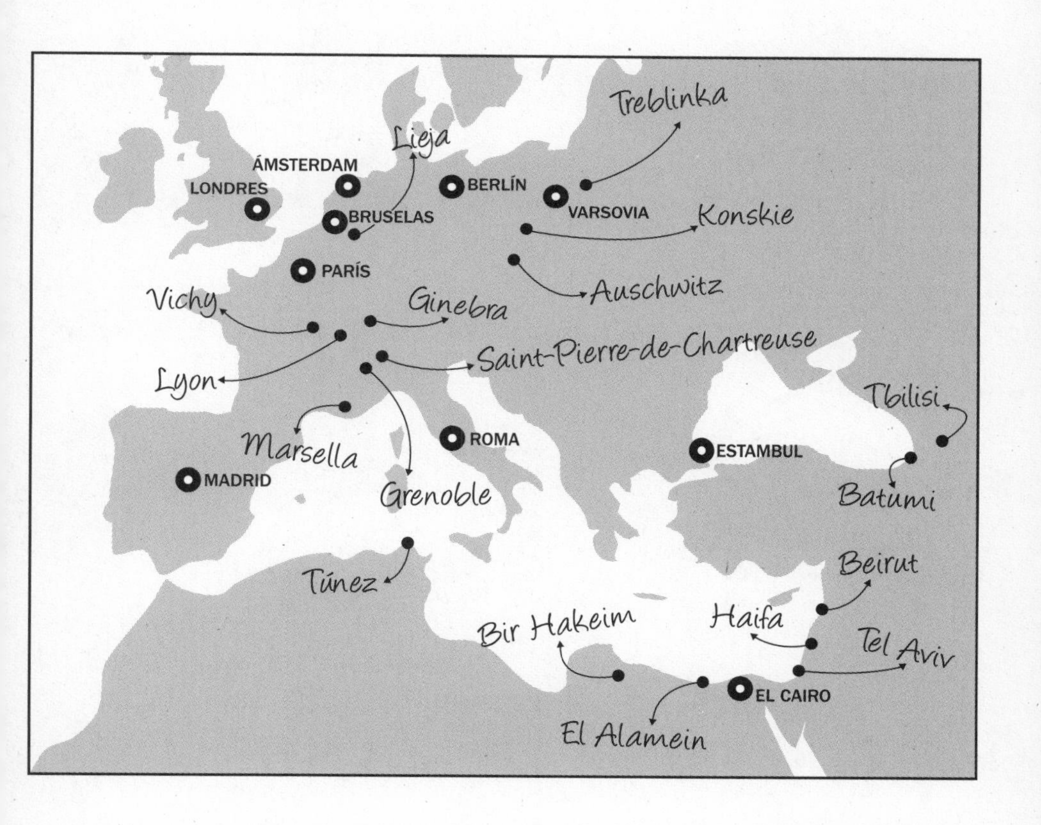

Treblinka
Lieja
ÁMSTERDAM
LONDRES
BERLÍN
VARSOVIA
BRUSELAS
Konskie
PARÍS
Auschwitz
Vichy
Ginebra
Saint-Pierre-de-Chartreuse
Lyon
Tbilisi
Marsella
ROMA
ESTAMBUL
MADRID
Grenoble
Batumi
Beirut
Túnez
Bir Hakeim
Haifa
Tel Aviv
EL CAIRO
El Alamein

CRÉDITOS

1 Elaborado por el autor con base en el testimonio de Shota Berezhiani, exiliado georgiano en París, recogido en el artículo «Georgian soldiers abroad» (traducción del original en georgiano), de Nona Rambashidze, publicado en *Istoriani*, Tbilisi, Georgia, 2011.

2 Elaborado por el autor con base en el diálogo mantenido en París con la condesa Thamar Kinsky-Amilakvari, el 26 de julio de 2013, así como en el intercambio de correspondencia con ella.

3 Los textos correspondientes a Domingo López Delgado han sido elaborados por el autor con base en las extensas reuniones mantenidas con él en su casa de la ciudad de Rocha durante el año 2011, así como con base en diversos documentos que incluyen –entre otros–: el libro autobiográfico escrito por López Delgado, *LOS FRENTES DE LUCHA. Diario de un voluntario rochense,* editado por CISA en 1948; los documentos y materiales que integran el Museo Regional de Rocha «Milton de los Santos»; los *dossiers* personales de los legionarios, conservados en el Bureau des Anciens de la Légion Étrangère; la documentación sobre las batallas de Bir Hakeim y El Alamein perteneciente al Centre de Documentation Historique de la Légion Étrangère; el artículo de Alejo Umpiérrez publicado en la *Revista Histórica de Rocha* y el trabajo sobre la vida de López Delgado, realizado por Alejandra López y Claudia Maffini.

4 Elaborado por el autor con base en documentación obtenida de diversas fuentes y en el diálogo mantenido con la señora Tulia Pini Amaral de Milano, viuda de Pedro Milano, en el año 2013.

5 Elaborado por el autor con base en la obra *ADOLFO KAMINSKY, EL FALSIFICADOR*, de Sarah Kaminsky, editada por Clave Intelectual, Buenos Aires, 2011.

6 Los textos correspondientes a Susan Travers han sido extraídos de manera literal de su obra autobiográfica *UNA DECISIÓN VALIENTE*, editada por Ediciones Granica, 2001. Título y edición original: *Tomorrow to be Brave,* Bantam Press.

7 Los textos correspondientes a Jeremiah Lerner han sido elaborados por el autor con base en el artículo «The First Salute», de Jerry Klinger, así como con base en información documental.

8 Elaborado por el autor, con base en el libro *UN GRITO POR LA VIDA*, memorias del sobreviviente de Treblinka Chil Rajchman, Ediciones de la Banda Oriental, Montevideo, 1997.

9 Elaborado por el autor con base en documentación obtenida de diversas fuentes.

FOTOGRAFÍAS

Página 12: los presidentes de Francia y Uruguay, Charles de Gaulle y Luis Giannattasio, recorren la avenida 18 de Julio de Montevideo, 8 de octubre de 1964; fuente: archivo fotográfico de *El País*, colección Caruso.

Página 13: Charles de Gaulle rinde homenaje a José Artigas, en la plaza Independencia; fuente: archivo fotográfico de *El País*, colección Caruso.

Página 14: el general De Gaulle saluda a los voluntarios uruguayos de la Francia Libre (López Delgado es el segundo de la derecha); fuente: familia López Delgado.

Página 21: Alter Sztark a los 21 años, 1938; fuente: Charlotte de Grunberg.

Página 26: Dimitri Amilakvari desfila por la avenida de los Champs Elysées al frente de la Legión Extranjera, 14 de julio de 1939; fuente: Istoriani, Tbilisi, Georgia.

Página 31: Dimitri Amilakvari y su familia; fuente: George Kalandia y Teona Bagdavadze, Tbilisi, Georgia.

Página 40: pasaporte de Domingo López Delgado, 18 de octubre de 1941; fuente: Museo Regional de Rocha.

Página 46: Léon, Blima, Raymond y Charlotte; fuente: Charlotte de Grunberg.

Página 49: afiche que anuncia la obligación de inscribirse en el Registro de Judíos de Lieja, 18 de noviembre de 1940.

Página 53: soldados alemanes golpean a un judío que han arrojado al suelo, Polonia; fuente: archivos de Yad Vashem, ID: 80977.

Página 55: afiche colocado en una empresa confiscada durante el proceso de arianización; fuente: archivo del Musée de la Résistance et de la Déportation de l'Isère.

Página 66: oficiales de las SS, Baden-Baden; fuente: archivos de Yad Vashem, ID: 80979.

Página 71: judíos deportados de Westerbork, Holanda; fuente: archivos de Yad Vashem, ID: 43253.

Página 78: Adolf Hitler saluda desde su coche; fuente: archivos de Yad Vashem, ID: 66423.

Página 80: Adolf Hitler y Leni Riefenstahl; fuente: dominio público.

Página 81: judíos excavan una fosa con la supervisión de soldados alemanes, Konskie, Polonia, 12 de setiembre de 1939; fuente: archivos de Yad Vashem, ID: 13725.

Página 84: asesinato de un hombre en una fosa común, Vinnitsa, Ucrania; fuente: archivos de Yad Vashem, ID: 18.900.

Página 99: niños en un parque de juegos prohibido para judíos, París; fuente: © LAPI / Roger-Viollet, código 209-7.

Página 103: afiche de la exposición Le Juif et la France, realizada en el Palais Berlitz, París.

Página 128: razia de la Gestapo en una vivienda; fuente: archivo de Yad Vashem, ID 37080.

Página 134: mujeres deportadas desde Francia, en vagones de ganado, hacia los campos de concentración; fuente: archivos de Yad Vashem, ID: 81828.

Página 141: programa del campeonato de boxeo en El Cairo, Egipto, en 1942, con la participación de Domingo López Delgado; fuente: Museo Regional de Rocha.

Página 153: carta del soldado Naftalí Fenichel; fuente: archivos de Yad Vashem.

Página 159: el mercado del gueto, Varsovia; fuente: archivos de Yad Vashem ID: 69864.

Página 163: la fila de espera de un comedor del gueto, Varsovia; fuente: archivos de Yad Vashem, ID: 34024.

Página 169: una pieza de artillería en Bir Hakeim, servida por Domingo López Delgado; fuente: libro *Los frentes de lucha* y Museo Regional de Rocha.

Página 171: Águedo Sequeira y Domingo López en África del Norte; fuente: Museo Regional de Rocha.

Página 194: un grupo de soldados llega al lugar de reencuentro luego de la salida *à vive force* de Bir Hakeim, 11 de junio de 1942; fuente: dominio público.

Página 213: niños y mujeres con los brazos en alto, durante la represión de los nazis en el gueto de Varsovia; fuente: archivos de Yad Vashem, ID: 99081.

Página 227: Charlotte y Raymond; fuente: Charlotte de Grunberg.

Página 240: foja de servicio del legionario Domingo López, donde consta la herida recibida en El Alamein; fuente: familia López Delgado.

Página 251: facsímil de la Encíclica del papa Pío XI, *Mit brennender Sorge*, Con ardiente inquietud; fuente: dominio público.

Página 270: deportación a Treblinka de los habitantes de Siedlce, Polonia; fuente: archivos de Yad Vashem, ID: 73318.

Página 272: vista parcial del Campo de Exterminio de Treblinka; al fondo, el depósito de municiones del cuartel general; fuente: archivo de Yad Vashem, ID: 43917.

Página 274: fusilamiento llevado a cabo por los Einsatzgruppen nazis en la Unión Soviética; fuente: archivos de Yad Vashem.

Página 279: Jean Moulin; fuente: archivos de Yad Vashem, ID: 61773.

Página 280: Klaus Barbie (persisten dudas sobre la veracidad de esta fotografía); fuente: archivos de Yad Vashem, ID: 26912.

Página 292: prisioneros del campo de Buchenwald; fuente: archivos de Yad Vashem, ID: 5466167.

Página 303: resolución firmada por Adolf Hitler para la ejecución de la Aktion T4 («programa de eutanasia»), que se tradujo en el asesinato de las personas con discapacidad; fuente: dominio público.

Página 308: Memento de la legislación en la cual se definía lo que era un judío, y cómo reconocerlo, Vichy, julio de 1943; fuente archivo del Musée de la Résistance et de la Déportation de l'Isère.

Página 314: detalle de una casa en Saint-Pierre-de-Chartreuse; fuente: fotografía del autor.

Página 315: buhardilla de una casa en Saint-Pierre-de-Chartreuse; fuente: fotografía del autor.

Página 316: vista del pico Chamechaude desde Saint-Pierre-de-Chartreuse; fuente: fotografía del autor.

Página 323: partisanos judíos de la región de Kovno, Lituania; fuente: archivos de Yad Vashem, ID: 28449.

Página 327: fotografía de Domingo López; fuente: familia López Delgado.

AGRADECIMIENTOS

Esta obra posee carácter ficcional. No obstante, ha sido inspirada en historias de vida tan singulares, intensas y emotivas que hubiera sido imposible conocerlas en plenitud de no haber contado con el compromiso de sus protagonistas, lo que es necesario destacar y agradecer.

En primer lugar, a Charlotte y su maravillosa familia. Su franqueza, sensibilidad, inteligencia, coraje y respeto por la verdad deben ser señalados. Natalie Zadje escribió, en *Les Enfants cachés en France*, estas sabias palabras que hago mías: «para mí, cada niño escondido es un héroe; cada uno está destinado a testimoniar una experiencia excepcional, vivida únicamente por él, y que ha hecho de él lo que es hoy día». José Grunberg, indiscutible media naranja de Charlotte, es poseedor de una rica filosofía (Spinoza mediante) y un buen humor indispensable para asomarse a los claroscuros de la vida. Jorge, el hijo de ambos, ha contribuido con sus acertadas reflexiones y sugerencias a lo largo de todo este proceso. Mi infinito agradecimiento a todos ellos. Así como a Raymond y a su familia.

Domingo López Delgado fue un hombre de leyenda, a quien tuve el privilegio de conocer y con quien establecimos en poco tiempo una hermosa amistad. A pesar de su valentía, nunca dejó de advertir sobre los horrores de la guerra, que solo debía ser el último recurso en circunstancias extremas. Su amable esposa Tona –quien nos mimó con sus ricos tés durante nuestros encuentros–, su hijo Gonzalo López Mesías y los demás integrantes de su familia aceptaron con emoción que la historia de Domingo se incluyera en este libro con su propio nombre, como un justo homenaje a quien tanto brindó en su vida. Todos ellos merecen mi profundo reconocimiento.

Asimismo, expreso mi agradecimiento a la condesa Thamar Kinsky-Amilakvari, por los enriquecedores diálogos mantenidos y por el sabio consejo que me brindó en cuanto a la forma de abordar la vida de su padre, Dimitri Amilakvari.

Por otra parte, agradezco especialmente al prestigioso y laureado escritor argentino Marcos Aguinis, por la lectura del manuscrito de la obra, y por el generoso comentario que encabeza esta edición.

Numerosas instituciones y personas aportaron invalorable información y documentos que enriquecieron este libro. Entre ellas, me permito destacar en el exterior:

A Yad Vashem, World Holocaust Remembrance Center, de Jerusalén, por el aporte de documentación y la autorización para el uso de fotografías de su archivo (véase créditos); en particular, debo mencionar a Timorah Perel, Fani Molad, Perla Hazan, Rachel Shapiro, Irena Steinfeldt y Emanuel Saunders.

Al Centre de documentation historique de la Légion étrangère, Aubagne, Francia, por permitirme el acceso a documentación única sobre la Legión en la Segunda Guerra, y a su director, el capitán Jean Michon.

Al Bureau des Anciens de la Légion étrangère, custodios de los *dossiers* personales de los antiguos combatientes, por la información suministrada.

A George Kalandia, director del Art Palace, y a Teona Bagdavadze, fundadora de Key Communications, apreciados amigos de Tbilisi, Georgia, por la información y fotografías aportadas (véase créditos), y por su permanente disposición a ayudarme a comprender las singularidades de ese maravilloso país.

Al Musée de la Résistance et de la Déportation de l'Isère, Grenoble, Francia, por su aporte documental y la autorización para el uso de fotografías de su archivo (véase créditos).

Al Mémorial de la Shoah, París, por la contribución en información y documentos.

A la institución Generaciones de la Shoá en Argentina, y a su presidenta Diana Wang, quienes me recibieron con la mejor disposición y me brindaron documentación y bibliografía.

Y en nuestro país:

A la Embajada de Francia en Uruguay, en particular al embajador Sylvain Itté y al consejero cultural Christophe Dessaux, por facilitarme el acceso a diversas instituciones de la República de Francia.

Al Museo de la Shoá y al Centro Recordatorio del Holocausto en Uruguay, por su permanente apoyo, y a la directora del Museo y secretaria general del Centro, Rita Vinocur, merced a cuya invalorable ayuda fue posible enriquecer esta obra con numerosas fotografías de Yad Vashem. También a la bibliotecóloga Melina Moreira.

Al Museo Regional de Rocha, Uruguay, por facilitarme el acceso a documentación, objetos y fotografías (véase créditos) pertenecientes a Domingo López Delgado; también a su directora, Alda Pérez, y colaboradoras Rosana Ravera y Cristina Motta.

Al diario *El País* de Uruguay por permitirme el acceso a diversos materiales de su archivo.

A la embajadora Diana Espino, y al conde Hans Podstatzky Lokovitz y su esposa Anita, quienes me ayudaron a establecer contacto con Thamar Kinsky-Amilakvari.

Extiendo mi particular agradecimiento a Penguin Random House Grupo Editorial, en la persona de su director Luis Sica y del formidable equipo que ha trabajado en la preparación de esta obra, todos apreciados amigos y excelentes profesionales, capitaneados por el gerente editorial Julián Ubiría: Mercedes Clara (editora), Lucía Sánchez Miraballes (diseño) y Aída Altieri (correctora). Su talento y compromiso han sido esenciales para esta obra.

Asimismo, agradezco a la Dra. Laura Nahabetian Brunet y al Dr. Pablo Arana Balestra, por su asesoramiento en materia legal.

Mi reconocimiento al director Gerardo Castelli y a todo el equipo que participó en la elaboración del *book trailer.*

A Magdalena Long –por su colaboración en la selección y obtención del material fotográfico, así como en la preparación del *book trailer*–, a Gabriela Tuberosa –por sus traducciones del italiano–, a Miriam Kemna –por sus traducciones del alemán– y a Michel Strawczynski –por su traducción del hebreo.

Lo último pero no menos importante es dar las gracias por las buenas sugerencias, el aliento permanente, el apoyo incondicional en ese viaje de varios años que significa cada libro, a quienes estuvieron todos y cada uno de los días en mi compañía: mi familia.

OTROS TÍTULOS DEL AUTOR

rupertolong.com.uy

contactorupertolong@gmail.com

/ruperto.long @rupertolong